Darkest Before Dawn
by Maya Banks

夜明けの奇跡

マヤ・バンクス
市ノ瀬美麗=訳

マグノリアロマンス

DARKEST BEFORE DAWN
by Maya Banks

夜明けの奇跡

ケリー《K》・グループ《G》・インターナショナル《I》　極秘任務を遂行する、家族経営のスーパーエリート集団。
能力　高い知性。鍛え抜かれた肉体。軍隊での活動経験あり。
任務　人質・誘拐事件の被害者の救出。機密情報収集。アメリカ政府が対処不可能な事件の解決など。

主な登場人

オナー・ケンブリッジ──中東で難民救済支援をしている女性。
ガイ・ハンコック──特殊作戦部隊タイタンのリーダー。
モジョ──タイタンのチームメンバー。
コンラッド──タイタンのチームメンバー。
ヘンダーソン──タイタンのチームメンバー。
ヴァイパー──タイタンのチームメンバー。
コープランド──タイタンのチームメンバー。
サム・ケリー──ケリー家長男、KGIのリーダー。
リオ──KGIのメンバー。タイタンの元リーダー。
マレン・スティール──KGIのチームドクター。
アダム・レズニック──CIA。
マクシモフ──犯罪組織の中心人物。ハンコックの標的。
ラッセル・ブリストー──ハンコックの雇い主。
マクシモフの側近グループに属している。

1

オナー・ケンブリッジは、四歳の少年の腕にできた小さな傷にスマイリーフェイス柄のカラフルな絆創膏を貼り、安心させるようにほほ笑みかけた。そして流暢なアラビア語で、怖がったり痛がったりして母親を余計に動揺させなかったのはすごく勇敢だったと伝えた。少年は歯を見せてにっこりと笑った。こんなに幼くても、すでに大人の男らしい横柄さが表れていた。勇敢だったのは当然だと言っているかのようだ。

オナーは医学の学位は持っていないが、高度な訓練を受けているし、厳しい試練を通して多くのことを学んでいた。厳密には、彼女の仕事は難民救済支援である。対立する派閥のあいだで板挟みになり、終わりのない覇権争いに巻きこまれている小さな村々の貧しく迫害された人たちを、さまざまな形で支援している。

オナーの家族は彼女を全面的にサポートしてくれているが、それと同時に、他人のために人生をささげたいという彼女の強い要求に疑問を抱いてもいるということもわかっていた。彼女を誇りに思っているけれど、もっと安全な場所を選んで支援活動をしてほしいと願ってもいる。戦乱の中東では、他国からのみならず、その国の中にも脅威がある。それから、宗教や政治や文化のちがいによって分裂し、互いのちがいを認められない集団による脅威も。彼らは無理やり相手を自分たちの生き方に従わせたいと思っている。同じイデオロギーを共

8

有しない人たちになんとしても自分たちの信念を押しつけようとしており、そういう現実にいまでは慣れていてもおかしくないはずだが、オナーは依然として愕然となり、当惑してしまう。どんなものにもショックを受けるべきではない。それでも……毎日驚いてしまう。いつだって、より驚くことが起きるのだ。すべてを目にしたと思っても、つねに不意を突かれてしまう。

けれど、うんざりして皮肉っぽくなるのは命取りだ。罪のない人や迫害された人たちへの思いやりや、無意味な暴力への怒り、彼女が働いている地域に広く蔓延している絶望、そういうものをもはや感じられなくなったら、安定した退屈な九時五時の仕事を見つけ、安全な生活を送るしかない。ラッシュアワーの通勤がもっとも危険だという生活を。

オナーは少年の腕に手を置き、待っている母親のほうに連れていった。母親はすでに大きな救援物資袋《ケアパッケージ》を受け取っていた。そこには、たいていの人にとっては当たり前のものだけれど、水道が贅沢品である村にとっては貴重な物資が入っている。

にわかに建物全体が揺れ、足の下の床が盛りあがった。地震が起きているかのように。だれも叫ばない。だが、みな恐怖の表情をうかべている。オナーにとって大切な存在になっている人たちがしょっちゅう見せる顔。不気味な静寂が訪れ、それから……。まわりの世界が爆発した。おそろしい嵐。熱と炎とつんとする爆薬のにおいが渦巻く。

そして血。

死にはにおいがある。オナーはこれまで多くの血や死を目にし、においを感じ、それまで生気にあふれていた人間からゆっくりと生命力が漏れ出ていくのを目撃してきた。無垢な子ども。我が子を守りたいだけの母親。家族みなの前で虐殺される父親。

大混乱が起こり、人々がやみくもに逃げているが、オナーは冷静に状況を見極めた。まるで自分の体を離れて、救済センターへの襲撃を落ち着いて眺めているかのようだった。仕事仲間――友人――のひとりがオナーに向かって避難しろと叫んだかと思うと、完全に静止した。胸に血が広がり、目から生気がなくなって、人形のようにぐったりと倒れる。その顔にうかんでいるのは苦痛ではなく、大きな悲しみだった。それと後悔。

オナーは目の端に涙をうかべながら、とうとう無理やり体を動かした。子どもたちを守らなければならない。女性たちを救わなければ。卑劣な過激派集団に皆殺しにされはしない。それは誓いだった。頭のなかで何度もくり返しながら、子どもや母親たちを裏口から灼熱の砂漠へと押し出す。

うしろを向いて中に戻ろうとすると、ひとりの女性がオナーの手をつかみ、一緒に来てくれとアラビア語で懇願した。逃げて。自分の命を救って。過激派は容赦ない。とくに西洋人には。

オナーは必死につかんでいる女性の手をやさしくほどいた。「アラーのご加護を」とささやき、心のなかで祈った。どんな神でもいい、すべての神が、憎しみと流血を止めてくれますように。善良で罪のない人々が無意味に殺されることがなくなりますように。

それからオナーは背中を向け、建物の中に、というより、建物の残骸の中に駆け戻った。

いつもはいている軽いけれどしゃれた西洋風のサンダルが、混乱のなかでいつの間にか脱げてしまったことにぼんやりと気づいたが、命がかかっているときに足を保護することは頭になかった。

無我夢中で仲間の救済ワーカーたちを捜す。昼も夜も休むことなく働き、ときにはどうしても治療が必要な人たちのために幾晩も眠らずにいるふたりの医師。アメリカでは通常は医師がしている仕事を、高度なテクノロジーや診断道具なしに自分たちでおこなっている看護師たち。

どちらを向いても血だらけだった。血の川。そして死。悪臭で胃がむかつき、手で口をしっかりと押さえた。猛烈な吐き気に襲われないように。魂の底からわきあがってくる叫び声をこらえるために。

どこを見てもなぐさめにはならなかったが、少なくとも、子どもや母親たちの死体があまりないことがありがたかった。ほとんどが逃げていた。きちんと訓練を積んでいて、こういう襲撃には慣れているのだ。けれど、オナーの同僚、友人、彼女と同じく天職に就いている人たちは、そこまで慣れてはいなかった。

ふたたび足の下の地面が爆発する。まわりも。石やがれきが打ちつけ、苦痛と恐怖が波のように絶えず襲ってくる。なんとか立ち上がって一歩踏み出したが、鋭いものでやわらかい足を切ってしまい、たじろいだ。そのとき、すでにたわんでいた屋根が崩れ、オナーは崩壊した床に思いきり倒れた。がれきが降り注ぐ。天井が崩れ落ちてきて、石やがれきや壊れた梁の下敷きになってしまい、身動きが取れなくなった。ほこりと煙が雲のごとくもうもうとたちこめ、息切れする肺に空気を取りこめない。

呼吸ができないのは、厚い煙と壊れたしっくいのせいなのか、それとも、大量のがれきに埋もれているせいだろうか。容赦なく押しつぶされ、全身の骨が折れてしまいそうだった。重圧に耐えられない。

痛みがある。感じるし、わかる。けれど、遠くにある。まるで、そこからまわりにたちこめるとてつもなく厚い霧を貫こうとしているかのようだ。知らぬ間に体じゅうの感覚が麻痺していた。ふつうならもっと激しい痛みがあるはずだが、それを感じられないのは神の恵みなのか、それとも死の呪いなのだろうか。

死。

まぶたを力なく震わせながら、懸命に意識を保とうとした。忍びよる暗闇に屈したら、死がこの究極の闘いに勝ってしまうのではないかと、すごく不安だった。

死を知らないわけではない。日常的に目にしている。この国で働くことには大きなリスクがともなうと、きちんとわかっている。ここでは、異なる目的や、信念、さまざまなレベルの狂信的言動のために隣国と絶えず争いが起きているだけでなく、国内で分裂し、各地域が国全体を支配しよう、対立する人々に自分たちの考えを押しつけようとしている。

それから、理由などなくても同胞を殺したり、弾圧したり、虐げたりする人たちがいる。こういう連中はなにより最悪だ。予測できないからだ。狂信的で、唯一の目的は自分たちに逆らう人々に恐怖心を植えつけること。彼らは栄誉を望んでいる。敵からおそれられること、戦うのを怖がっているほかの派閥から崇められることを望んでいる。

世界に自分たちのことを知らしめたいのだ。自分たちが何者であるかを。名前をささやかれたいと思っている。大きな声でモンスターのことを口にしたら、どこからともなく現れるのではないか、そんなふうにおそれてほしいのだ。彼らはすぐに、もっとも手っ取り早く自分たちの地位を高め、世界じゅうのメディアの注目を集め、新たにエリートを、それも最高のエリートを採用する方法を学んだ。〝大義〟のために命をささげることをおそれないだけでなく、殉教者になることを栄光だと思っている者たちが、西洋人を狙っている。とくにアメリカ人を。

アメリカのメディアは、まさにこの栄光の探求者たちが切望しているものを与えている。彼らが攻撃をするたびに二十四時間報道するのだ。そうして注目されることで、さらに注目されたいと野望を抱く。連中はますます大胆になり、その勢力が急速に広がることで、通常ならこのような西洋嫌悪を大目に見ている国々もこのままでは危険だと考え直すようになる。

こうした力により、石油大国のリーダーたちは不安になる。そして不安のあまり、前例のないサミットが呼びかけられ、不倶戴天の敵同士が集まって、ますます大きくなる問題について話し合う。狂信集団は力と富と軍事力を持つようになり、これまでになく大勢の人々が日々メンバーに加わっている。

世界じゅうからやってくる男や女。なにがこれほどまでの憎しみを呼び起こすのだろう？

これほどの苦痛と暴力と痛みと受難への渇望を。

オナーは身震いした。体を包んでいる無感覚の殻が崩れはじめ、一瞬痛みに襲われて息をのんだ。視界が黒くなっていき、光がしだいに薄れていく。酸のような涙がこみあげて目がひりひりしたが、泣いたりしない。生きている。少なくともいまは。ほかの救済ワーカーたちは、オナーほど幸運ではなかった。

建物は、まるで隕石が大気圏に突入してこのあたり一体を破壊したかのような様相を呈していた。屋根の半分が崩れていて、とてつもなくかすかな風のささやきとともに反響しているキシキシ、ミシミシという音から判断するかぎり、残りも崩れそうだ。

助からないだろう。それについて言うなら、仲間の救済ワーカーたちは神の恩寵を受けたのだ。即死のほうがましにちがいない。生き残っても、この破壊をもたらした残虐な野蛮人たちに見つかったらどうなることか。

なぜ自分は生き残って苦しんでいるのだろう？ なぜ自分には慈悲と恩寵が与えられないのだろう？ 生き延びても、死よりひどい地獄という運命が待っているなんて、どんな罪を犯したというのだろう？ ぼろぼろの体の奥に寒けが染みわたってきて、骨と血にしっかりとからみつく。魂のもっとも奥から凍えているが、まわりの世界は燃えていた。地獄の炎が貪欲に犠牲者たちをのみこんでいく。

「しっかりするのよ、オナー」そうつぶやく彼女の声はろれつがまわっておらず、ショック状態になっているのだとわかった。

生きているといって、めそめそしている。自分はもっとつらくて不可能に思える状況を生き延びた。同僚たちは無理だった。それなのに、彼らをうらやんでいる？　ほかにはだれも助からなかったけれど、彼女は生きている。なにか意味があるはずだ。彼女の人生には目的がある。これからもやるべきことがたくさんある。神はまだ彼女の命を奪わなかった。それなのに、がれきの下で、生きていることをありがたいと思わないで子どもみたいにふるまっている。これほど恥ずかしいと感じたことはない。家族はどう思うだろう？　彼女がまだ生きていると知って動揺したりはしないはずだ。けれど死んでしまったら、永遠に苦しめることになる。オナーは末っ子だ。六人きょうだいのいちばん下で、家族みんなに心から愛されている。彼女がこんな危険に身をさらすことを快く思ってはいないが、彼女の天職を理解し、応援してくれている。彼女を誇りに思っている。ほかのだれでもない、家族のために生き延びよう。

そのとき、甲高い声、命令をどなる声、がれきがよけられる音が聞こえ、身動きが取れずにいるオナーは凍りついた。パニックがこみあげ、心臓が早鐘を打ちはじめる。呼吸がいっそう苦しく途切れがちになる。目を閉じ、音を立てないようにした。

兵士たちが崩壊現場を捜索し、とくに西洋人――救済センターを運営し、難民たちを支援している人々――を捜している。男たちは襲撃が成功したことに得意げになっており、オナーは吐き気を覚えた。救済ワーカーがひとり、またひとりと死体で見つかるたびに、歓喜の叫び声があがる。涙がこみあげ、喉が締めつけられた。死体は救済センターから引きずり出され、並べられているようだ。写真を撮って、世界に示すのだ。こいつらの存在は邪魔だという警告として。

ああ、見つかったらどうなるだろう？　男たちは死体を一体ずつ捜索している。どんな救済ワーカーが何人いたかわかっているみたいだ。これほど多くの死体に喜んでいるなら、生きた捕虜が手に入ったらどれだけ興奮するだろう？　見せしめとなる捕虜。

建物がキシキシ、ミシミシと音を立て、残っている壁が構造の弱さを主張している。さらにがれきが降り注ぎ、あたり一帯に打ちつけた。オナーの体の上にある物体になにかがぶつかり、さらに押しつぶされたが、かろうじて苦痛の声をこらえた。

侵入者たちは急に警戒して用心深くなり、このまま一体ずつ死体を数えていくのは安全かと話しはじめた。ひとりが、すぐに——建物の残骸が頭上から崩れ落ちてくる前に——出ようと言うと、口論が起こった。その声は大きく、荒々しく、ものすごく近くで聞こえ、オナーは不安になった。

男たちは近くにいる。どんどん近づいてきている。呼吸まで聞こえるし、そんなことが可能かわからないけれど、緊迫した呼気が首に当たるのが感じられるようだ。追われている気分だった。捕食者が忍びよってくるときの獲物は、こんな気持ちにちがいない。

オナーは目を閉じ、生きられるようにと祈った。ついさっきは、死んでいないことを嘆いていたというのに。熱心に祈りをくり返す。生きるだけではなく、生き延びられるように。無事に逃げられるように。兵士たちに見つかったら、おそろしい運命が待っている。彼らはレイプすることも、女を拷問することも、殺すこともなんとも思っていない。ついでに言えば、子どもを拷問して殺すことも。

抑えきれずに全身が震えてしまい、息をひそめた。ばれていませんように。冷静さは失われていたが、無理やり体を落ち着け、痛みと強烈な恐怖を遮断した。いまほどおびえたことはない。いくら覚悟を決めていても、破壊行為しか頭にない過激派を危機一髪で何度やりすごしても、いままでこれほど危険だと思ったことはない。数えきれないほど長いあいだ現実にそなえて心の準備をしてきたというのに。

内心では、究極の恐怖と苦痛に直面するのは避けられないと感じていたけれど、天職だと思っている仕事のせいで殺されるとは本気で考えてはいなかった。両親は彼女を説得しようとした。最初は懇願し、それから自分たちの〝ベイビー〟を失いたくないとまで言った。

姉と四人の兄たちは団結してオナーを説得し、行かせまいとした。奥の手を使い、甥や姪たちの人生にかかわってほしいと言ってきた。姉は涙ながらにオナーの手をしっかりと握りしめ、自分の結婚式では妹に隣にいてほしいと喉をつまらせながら言った。すぐに結婚する予定はないのに。

オナーは家族からの感情的な脅迫に屈しそうになった。そう考えて、内心で顔をしかめた。脅迫はあまりに辛辣な言葉だ。家族の言動はすべて愛ゆえだった。最終的には、家族を喜ばせて幸せにしたいという気持ちと、戦争に巻きこまれて弾圧されている国の人々に尽くしたいという気持ちのあいだでオナーが葛藤していることを感じ取った母が、家族を集めて、穏やかに、けれどきっぱりと、彼らにあきらめなさいと言ったのだった。

オナーを見つめる母のまなざしには多くの愛と理解――そして誇り――がうかび、その目は涙で明るく輝いていた。愛が、母の愛が、高潮のようにオナーをのみこんでいくようだった。内臓が締めつけられ、心があたたかくなった。そんなことはいままで一度もなかった。

たしかに母はオナーに行ってほしくないと思っていたが、理解してくれた。そして、そろそろオナーを飛び立たせるべきだと、夫とほかの子どもたちに言った。彼女がなるべき人間になるころだと。彼女が輝く時間だと。幼いころ、オナーはもの静かで、きょうだいたちがそれぞれ選んだ道で成功したり幸せを見つけたりするのを喜んでいた。

母の言葉できょうだいと父は恥じ入ったが、それはオナーが望んだことではなかった。みな、無条件で応援すると言ってくれ、父はオナーをきつく抱きしめ、彼女はいつまでも自分のベイビーだ、家に帰ってくると約束してくれと言った。

胸がいっぱいになってうずき、ふたたび涙がこみあげる。父との約束を破ることになるかもしれない。

壊れた建物からまたガラガラと音が響き、がれきや、まだ残っている天井の破片がオナーの上とまわりに落ちてきた。男たちが咳をしたり悪態をついたりする。それを聞いて、もうないと思っていた希望がわきあがってきた。

兵士たちは、身動きが取れなくなる前に、もしくは死んでしまう前に、崩壊しかけている建物から避難するべきだという合意――結論――に達した。

リラックスした話し声になり、さっきは避難に難色を示していた数人の声に安堵がにじんでいた。死体はどこにも行かないし、この爆発で生きている人間はいないだろうし、生存者がいて逃げようとしてもスナイパーが的確に仕留めてくれると言っている。

オナーは悲しみのむせび泣きをこらえた。こんなにも多くの無意味な死。なぜ？　どうしても助けを必要としている人たちを支援しているからなのか？

男たちは避難しはじめ、声が小さくなっていったが、次に聞こえた言葉にオナーは骨まで凍りついた。

安全になったらまた戻ってきて、犠牲者を捜すと言っている。救済ワーカーが全員死んだことをたしかめると。そんな。彼らはワーカー全員を知っている。標的について調べたのだ。たとえ彼らが死体を数えるために戻ってくる前に逃げられたとしても、オナーが死んでいなかったことがわかってしまう。

つまり、無情に追われることになる。こういう集団は、ほかのなによりも失敗を許さない。もしひとりが——オナーが——命からがら逃げたとしたら、彼らの目的は果たされなかったことになる。

2

オナーは目を覚ました。意識がぼんやりして、頭のなかが曇っている。方向感覚がまるでなく、懸命に現状を理解しようとした。とたんに、彼女が目覚めるのを待っていたかのように痛みが襲ってきた。彼女が意識を失って、つらく厳しい痛みを逃れていたことにいら立っているのだろうか。

オナーは静かにあえぎ、体の上のがれきの山のあいだから外をのぞきながら、ためしに体をくねらせてみようとした。もっと強烈な痛みがあれば、大怪我をしているとわかる。また、体を床に押さえつけているがれきから抜けられないかどうかもたしかめたかった。

あたりは真っ暗で、夜が訪れていた。ほっと安堵のため息をもらしたが、すぐに気がついた。窮地を脱したわけではない。夜が味方になってくれるのは、なんとかこの監獄から脱出することができて、体が動いて、安全な暗闇のなかに逃げこめた場合だけだ。

完全に絶望にのみこまれる前に、悲観的な気持ちはきっぱりと追い払った。チャンスがないことを自分に思い知らせなくても、十分危険な状況なのだ。現時点で、あるのは希望だけだった。それと、生き延びてみせるというとても強い意志。自分たちのイデオロギーを認めない者たち全員に苦痛と恐怖と完全服従を押しつけている男たちに屈したりしない。

家に帰ってみせる。方法を見つけてみせる。そしてそのときには、同僚たち――友人たち

――を殺したテロリスト集団に「ざまあみろ」と特大のメッセージを送って、ただのアメリカ人女性が彼らの裏をかいて生き延びたことを知らしめてみせる。

新たな目的と決意を得たオナーは、目の前の問題を解決することに専念した。なにを動かせるか、身動きが取れなくなっている大虐殺の現場から抜け出すにはなにが最善策か。

一分一分が苦しいくらいゆっくりと過ぎていく。つねに痛みがある。体じゅう汗びっしょりだが、汗にしては濡れすぎている。出血しているのだ。ただ、それほどひどいわけでも、大量に出血しているわけでもない。さもなければ、意識がなくなっているだろう。けれど、あたたかくべとべとしたものが肌にまとわりついている。かびやしっくい、壊れた石や木、爆薬の薬品臭などのつんとするにおいが夜風に運ばれて弱くなったいま、血のにおいが嗅ぎ取れた。

時間をかけて、体全体をたしかめてみる。まずは足。つま先を動かしてから、ひざを曲げ、次にできるだけ脚をまわしてみた。ぎざぎざした石にひざがぶつかり、顔をしかめる。救済センターの壁はすべて石造りであり、天井は木製で、頑丈な梁が建物を支えていた。床はコンクリートで、どれだけはいたり掃除をしたりしても、砂が吹きこんできて一面に積もるのを防げなかった。そのせいで無菌状態を保つのが大変で、つねに感染症が医師や看護師たちの悩みの種だった。

ひざがこわばっている。腫れている。とても痛い。少しずつゆっくりと曲げてみる。重傷を負っているのなら、それ以上ダメージを与えたくないが、脚はどうしても使えなければならない。腕はそれほど重要ではない。だけど、この場所から逃げるためには脚が必要だ。人間に可能なかぎりいそいで逃げるには。

助けが来ることは期待できない。救助は来ない。国務省は、アメリカ人は全員この地域から退避するようにという命令を出していた。警告を無視する人間に助けは来ないだろう。この地区にアメリカの軍隊はいない。大使館もない。ここにはアメリカ軍はまったく駐留していない。

また、ほかの組織や他国の軍は、報復をおそれて過激派の野蛮人に対抗しようとしない。サミットを開くのにいそがしいのだ。行動を起こす代わりに、ひたすら問題を話し合うだけ。まったく頭にくる。

これほど広い地域で数えきれないほどの男女や子どもたちが苦しんでいるのに、どうして各国の政府は目をそむけていられるのだろう？　なぜ一般市民はもっと怒らないのだろう？　メディアで二十四時間報道されているのに、だれも気にかけない。絶え間ない報道に飽き飽きするあまり、退屈な話題になってしまい、敬遠されるようになったのだろうか？　それとも、安全な環境に満足してあまりにぬくぬくと暮らしているので、他人の苦境などどうでもいい？

心に引っかかるどうしようもない怒りを利用し、それにしがみつく。おかげで逃げ出すという決意と力が高まった。

手足と、もっとも重要な臓器を守っている部分を慎重に確認してから、やり遂げられると確信した——ただの希望かもしれないけれど。

まずは手を使って、あらゆるがれきをひっかいたりどかしたりした。指が鋭い物体に触れ、皮膚が切れて血が出てしまい、悪態をつく。爪はぼろぼろで下の皮膚まで裂けていたが、体のズキズキする痛みに比べたらささいなものだし、やる気がかり立てられただけだった。なかなか作業が進まず、怒りがつのっていく。アドレナリンが、頭にこびりついている自滅的な思考と痛みに取って代わる。

この姿勢で作業をするのは困難だった——腹ばいで、体がおかしな角度でわずかに傾いている。そのため、主に片方の手でやるしかなかった。もういっぽうの手は体の下にあって、届く範囲でがれきをどかす以外には役に立たなかった。

時間の経過がわからず、夜明け前に逃げ出さなければならないという緊迫感だけを抱いていた。明るくなったら、殺人者たちが戻ってきて、また死体を数えはじめるにちがいない。オナーは唇を噛んで悲しみの涙をこらえ、負けたりしないと心に決めた。他人を救うために人生をささげた、いまは亡きヒーローやヒロインの話を伝えられるのは自分しかいない。ここでの残虐行為を証言できるのは自分しかいない。他人のために尽くした勇敢な仲間たちのことを知ってもらうのだ。自分に語ることがあるかぎりは。

何時間も過ぎたように思えたあとで、上半身を出すことができた。つかの間だけ力を抜き、頬を床につけた。次はなんとかして向きを変えて、できるだけ上体を起こして、下半身を自由にするのだ。脚を。この場所から逃げるための唯一の希望を。

力を――それと勇気を――かき集め、体をよじりはじめる。ぎこちない動きに全身の筋肉が抗議し、オナーは顔をしかめた。まるで弱々しい子ネコになったみたいだ。ぼろぼろになった服に汗が染みこんでいる。その汗や、体をおおう血で、ズボンとシャツが糊《のり》で貼りつけられているかのようにくっついていた。

いちばん大きな問題は、負傷したひざだろう。重みで圧迫されている下半身全体を回転させなければならないのだ。

歯を食いしばり、片方の手のひらを床につき、上半身をよじって、もういっぽうの手を床から数センチあげる。さらに体を押しあげ、力を振りしぼってよじると、脚に痛みが走り、息をのんだ。両脚に痛みがある。

ああ、そもそも歩けないのだろうか？　両脚とも折れているのに、ショックのせいで感じていないのだろうか？　唯一感じられるのはひざの痛みだけだった。

もう一度つま先と脚を動かしてみる。さっき動かせたのは自分の想像ではなかったことをたしかめて安心したかった。今回はさっきよりも注意しながら、苦しく不自然な姿勢で体を折り曲げ、痛みがないか、脱力感がないかどうかに意識を集中させた。

ふと、痛みや脱力感がないのは、そもそも脚の感覚がないせいかもしれないと気がついた。その考えで頭のなかがパニック状態になったが、すぐにいら立ちながら追い払った。筋が通らないヒステリックな考えはいま必要ない。麻痺しているのなら、脚を動かせないし、動かせているとわからないはずだし、ひざにズキズキする痛みを感じないだろう。

恐怖がおさまると、気を引き締め、下半身をおおっているがれきの山を決然と見つめた。左足のつま先に夜の空気がかすかに感じられ、ばかばかしいくらいうれしくなり、血管に興奮が勢いよく流れた。さっきよりも注意しながらもう一度動かしてみると、つま先ががれきから出ていることに気がついた。

体が震える。ありがたいことに、兵士たちはオナーの足の先が出ていることに気づくほど近くには来なかったのだ。気づいていたら、ほかの職員たちと同じくオナーが死んでいるかたしかめるために、がれきをどかしていただろう。そして生きているとわかったら？　思考を遮断し、そのことは考えないようにした。彼女は見つからなかった。これからも見つかったりしない。だから、起きていたかもしれないことを考えて苦しむ必要はない。ぜったいにつかまったりしないということにもっと意識を集中させる。

声をもらさないように唇をきつく結び、今回はさっきみたいにためしに体をよじるのではなく、腹を決めて体の向きを変えた。唇を震わせながら顔をしかめ、あごが痛くなるくらい歯を食いしばる。

オーナーのなかで決意が息づく。それがすべてを凌駕する。彼女自身になる。その瞬間、逃げるのに失敗するという選択肢はありえなかった。口が開いて苦しげに声がもれる。荒く呼吸をしながら、さらに力をこめ、硬く体をこわばらせて下半身を回転させた。

脚の裏側が岩や金属や木やガラスにこすれ、痛みが燃えあがる。動かない物体に怪我をしたほうのひざがぶつかり、胃の内側が痙攣《けいれん》して締めつけられた。中身を吐き出そうとしているかのようだ。目の前に星が見え、まぶたの端に涙があふれる。そのせいでますます怒りがこみあげてくる。憤怒が大きくなり、体が震えた。

「どうして助けてくれないの？」天をあおぎ、怒りの口調で言う。だがすぐに、崩れ落ちてきた建物のように恥が襲いかかってきた。「ごめんなさい」とつぶやき、目を閉じる。「でも、いまはほんとうにあなたの助けが必要なの。いそがしすぎて自分では対処できないのなら、天使を遣わしてくれてもいいわ」

ふーっと息を吐き、血管で煮えたぎっている怒りのなかに埋もれている冷静さを探した。神にわめいたところで、どうにもならない。それに、昔から言われているように、天はみずから助くる者を助く。いま、オナーは自分の助けになることをなにもしていない。泣きごとを言って、死んでいたらよかったと願って、絶えず涙をこらえている。そんな人間は、命という贈り物にふさわしくない。ただこうして倒れているなんて。近くで同じように倒れている人たちはすでに魂がこの世から去ってしまったけれど、彼女の目の前には自由がある。

自分には目的がある。そのことをもう一度考える。すると元気がわいてきて、内臓をむしばんでいる恐怖がいくらかやわらいだ。自分はすでに目的を見つけてそれを果たしていたわけではないのかもしれない。いままでのことはすべて、ただ真の目的のための準備だったのかもしれない。太陽が昇る前にここから出られなければ、それを見つけられなくなってしまう。

いまにも噴火しそうな火山のごとく高まる怒りの感情を捨て、現在の体の限界や痛みを考えるのはやめ、もう一度体の向きを変えようとした。今回は、脚がひどくこすれて燃えるような痛みを感じても、腫れて力の入らないひざが抗議の悲鳴をあげても、止まらなかった。すると、とうとう両足のかかとが床につき、足とつま先が上を向いた。

この新しい体勢では脚がまっすぐになり、ひざが伸びてズキズキと激しく痛んだ。オナーはいそいで上体を起こして前かがみになり、まわりを囲むがれきの中に手のひらをついた。

明かりがないことに目が慣れてきたとはいえ、あたり一帯が息づまるような暗闇に包まれており、はっきりとは見えなかった。ためらいがちに脚にそって手を伸ばしていき、自由を妨げている障害物に軽く指をはわせた。

重い梁だとわかると、悪態をついた。爆発のときに落ちてきたものだ。床にうつぶせに倒れて、建物の半分の重さが背中にのしかかってくる前に、ひざにぶつかってきたのはこれだったのだ。世界が崩れ落ちてきたとき、オナーはあおむけに倒れたのだが、本能的にごろりと転がり、できるかぎり身を守ろうとした。

しばし動きを止め、指をこめかみに鋭く食いこませた。円を描くように押したりもんだりする。しっかりと指を食いこませて押すことで、少なくとも、頭のなかの鈍いドラムの音を消し、意識を取り戻したときから執拗に残っている濃い霧を払いたかった。

あきらめたり、やる気をなくしたり、頭のなかに迫ってくる暗闇の脅威に屈したりしなかったのは、ひとえに意志の力のおかげだった。あきらめて意識を失えば、痛みも恐怖も、すべてが……消えるだろう。だが、目覚めたら、あるいは目覚めることがあれば、死よりひどい悪夢に直面することになる。地獄の奥へと追いこまれ、生き延びたことをまたしても後悔することになる。そのことを思い出し、しっかりと作業に集中した。

たしかに、目を開けたときに痛みと深い悲しみと混乱を感じ、生きていることへの後悔がじわじわと心のなかに忍びよってきた。気を引き締めて、固い決意──彼女がつねに持っているものだ──を取り戻す前に、つかの間だけ弱気になり、恥ずべき考えに屈してしまった。だが、この虐殺をもたらした臆病者たちに殺してくれと懇願して、連中を喜ばせるのは、まったくべつの話だ。

そう考えると、多くの善良で寛大な人たちが無意味に死んだことと同じくらい、怒りを覚えた。彼らはけっして他人を傷つけたりしなかった。自分たちではどうにもできずに助けを必要としている人たちを助けたいという猛烈な願望を抱いていた。それだけが彼らの目的だった。

恐怖を見せたり、卑屈になって連中に懇願したりするものか。やつらの〝信念〟を非難し、唾を吐きかけ、中指を立ててやる。実際にそのしぐさをしなくても、視線で、反応で、伝えてみせる。呼吸でもいい。死に際の最後のひと息でも。

生きて中指を立てられればなおいい。救済ワーカーをひとり残らず抹殺するという連中の計画を妨げ、家に帰る。勝利をおさめて悦に入りながら、言葉以外で伝える。わたしは負けなかった。あなたたちはわたしを負かせなかった。

その空想が目標となり、オナーは残りのがれきと闘い続けた。新たなエネルギーがわいてくる。より速く、より怒りをこめて、手を動かす。石や、しっくいのかたまり、壊れた椅子や診察台の破片を投げ飛ばす。脚の上にのっている梁以外のすべてを。

あたりを手探りすると、梁以外はすべてどかせたとわかった。苦しげに息を吐き出しながら、できるかぎり体を前に倒し、手をさらに脚のほうに伸ばす。重い木片の下から出る方法をなんとかして見つけなければ。

口角をさげ、眉間にしわをよせて考えこむ。手をさらに伸ばすと、脚の裏側は床についておらず、がれきや破片の層の上にあり、脚はその層と梁のあいだにはさまれているとわかった。

両手を外側に伸ばして探り、脚のほかに梁を支えているものがないか確認した。たしかに重いけれど、全体の重さがかかっているようには感じない。梁が直接のっていたら、体の向きを変えられなかっただろう。

案の定、梁は脚の上に斜めにのっていて、体の両側のがれきの山に支えられていた。ひざを怪我したほうの脚と、斜めにのっている梁とのあいだに、二センチほどスペースがあるかもしれない。だが、もういっぽうの脚には梁が押しつけられている。とはいえ、耐えられないほどの重さではない。

オナーは興奮しながら体を起こし、脚の下のがれきを掘りはじめた。体をあちらこちらにくねらせ、脚の裏側と床とのあいだの障害物をすべてどかそうと試みる。出血している指先がざらつくコンクリートに触れると、希望に火がつき、消えない炎となって激しく燃えあがった。ここから出られる。

ぎざぎざした破片を両脚から押しのけたあと、背後に手を伸ばし、できるだけ体を後方に倒して、てこの代わりになるように手のひらを床についた。それから、懸命に少しずつうしろにずれる。梁と脚のあいだに十分なスペースができていて、自由を阻む最後の障害物からすべり出られるように祈りながら。

ありったけの力を振りしぼる。音を立てて呼吸をしながら、貴重な酸素をなんとか肺に取りこみ、全身をこわばらせて重い木の下から脚を引き抜いていく。

一センチ動かすたびに激痛が走った。今回は、涙があふれるだけでなく頬を流れ落ちたが、悪態はつかなかった。ゴールに集中するあまり、気にしていられなかった。それに、うまく抜けられたら、安堵の涙になる。

脚の太い部分が抜け、動きやすくなると、大きな喜びが炸裂した。脚は先に向かって細くなっているため、もっと速く動けるようになった。ついに足の先が障害物にぶつかると、しかたなく動きを止めた。ひと休みして息を整え、痛みと緊張を落ち着ける。

それから、できるだけ足首を伸ばして平らにした。そのまま横に向けると、怪我をしたひざに痛みが生じ、歯を食いしばった。だが、うまくいった。ざらざらした木をこすりながら、足の先が梁の下からすべり出た。やわらかい土踏まずの皮膚にとげが刺さるのを感じたが、勝利が目前に迫っているいま、動きを止めたりしなかった。

足の先に小さな木片が刺さるのを感じられるのがうれしかった。もう少しだ。最後には、とげが刺さるのも感じられなかったが、梁にこすれたもろい皮膚からあたたかい血が流れるのを感じた。

とうとう脚が抜けたとき、手がすべってうしろに倒れそうになった。あわてて体を起こす。一瞬でも力を抜いてしまったら、立ちあがる気力を奮い起こせないかもしれない。ここから出て、逃げなければ。

熱く猛烈な勝利感が血管に押しよせる。しかし、立ちあがったとき――というより、立ちあがろうとしたとき――勝利感は風船がしぼむように小さくなっていった。背筋に痛みが走り、それが脚へと伝わり、また戻ってきて頭蓋底に向かい、そこで跳ね返っているようだった。しばらくのあいだ、首を走る痛みのせいで、発作が起きているみたいに頭が痙攣した。なんとか呼吸をするうちに、とうとう痛みは我慢できる程度にまでやわらぎ、首のこわばりもようやくなくなって、ふたたび動けるようになった。

体ががたがた震えている。以前は当たり前のように簡単にできたことなのに、立とうとするだけで力を消耗してしまい、布巾のようにぐったりと床にうずくまっている。

だめ。いまは。まったくもう。ひと晩かけて救済センターの残骸から自由になったのは、ここに横たわって、理解できないほどの憎悪と暴力性を持つ邪悪な男たちの手に運命をゆだねるのを待つためではない。ええ。手を出されたりしない。モンスターたちに運命を決められるくらいなら、その前にみずから命を絶とう。けれど、まだ死ぬつもりはない。やるべきことがたくさん残っている。これは人生という道にできた小さなこぶにすぎない――いや、大きなこぶか。

そういうこぶは、だれもが経験する。いえ、全員ではないかもしれない。銃を持ってロケットランチャーを携え、息をするように自然に爆薬を使い、戦車で移動する狂人たちと直面するなんて、だれもが経験することではないだろう。けれど、オナーは比較的無傷で生き延びた。身体的には。心の傷は今日から死ぬまでずっとかかえていくだろう。それはまちがいない。

今度はとても慎重に残った体力を確認しながら、両手をついて体を起こし、怪我をしていないほうのひざを曲げて床につき、立とうとした。怪我をしたほうのひざは、体重がかからないように、床につかないように気をつけた。両手と片方の脚だけでは最速とはいかないものの、立ちあがることはできるだろう。気を引き締め、あわてて逃げるような愚かなまねはしない。壊れた建物から半狂乱になって逃げ出したら、殺されてしまうかもしれない。この一年、彼女にとっての家だった建物。

悲しみをこらえ、あたりを見まわしながら、壊滅状態の建物の中をゆっくりと進んでいく。ひざが腫れているほうの左足には、のろのろと前に進むのに必要なだけ体重をかけた。自力で生き延びるために必要な道具を手に入れなければ。この異国の地では、アメリカ軍は駐留しておらず、アメリカ大使館も、避難所もない。なんとかして家族と連絡が取れないかぎり、帰国する方法もない。

あたりに倒れている傷だらけで血まみれの死体は直視できなかった。だが、ありがたいことに、暗闇ではよく見えなかった。賢く立ちまわらなければ。静かに観察して、逃げる方法を見つけるのだ。この建物や、一方的に攻撃してきた連中からだけでなく、この国自体から逃げる方法を。

家までの道は長く曲がりくねって厳しいはずだが、なんとかしてそれを見つけなければ。

3

「おれとおれの部下たちになにをしてほしいって?」ハンコックは穏やかにたずねた。ふざけるなという気持ちはおもてに出さなかった。

本名ガイ・ハンコック。通常はハンコックとして知られており、多くの人間は彼のファーストネームを知らない。彼はラッセル・ブリストーと向き合っていた。ブリストーの愚かさが信じられなかった。顔には出していないものの、そう思っていた。

ハンコックは状況に応じて身分を変える。ときどき、いまの自分が何者なのか、頭が追いつかなかった。そんなふうに生活するのは疲れるし、どんどんうんざりしていく。だが少なくとも、自分には目的がある。というより、かつてはあった。いまは以前ほど確信がない。時が経つにつれて、厳格な行動規範が失われていた。どれだけ境界線に近づいているのだろうか。彼が罪のない人々のために休みなく働いて、この世から消している連中と、どれだけ同じになっているのだろうか。ほかの人生は知らない。人を殺す。操る。悪の親玉を支配し、既定の法律とは関係のない自身の冷淡で入念なやり方で正義を行使する。

ずっと昔にうわべだけの良心は捨てていた。心に深く根づいている揺るぎない道義心はあるが、道義心には良心がつきものだとはかぎらない。まさにそれがハンコックの規範だった。彼個人の規範。白か黒かで判断しない。彼の世界はグレーに染まっている。大きな影が迫っていて、彼をのみこもうとする。ときどき、追われていると感じる——実際に追われている——が、それは自分の時間には限りがあるとわかっているからだろう。すぐにでもターゲットを倒さなければならない。近づくためにとても長いあいだ待っていた。時限爆弾がカチカチと時間を刻んでいるかのようだ。いまだ達成できず、もはや時間がない。これほど近づけることは二度とないだろう。わかっている。部下たちもわかっている。任務を遂行する際におそらく命を落とすだろうということも感じている。けれど、だれひとりとして自分たちの務めに背中を向けていない。勝利の結果として死を受け入れている。ただそれだけだ。

ラッセル・ブリストーが不愉快そうに唇をゆがめ、目に怒りを燃えあがらせた。このまぬけ野郎は、感情を隠したり、怒りを抑えたりするだけの賢さがない。そのせいで殺されることになるだろう。ハンコックは内心で肩をすくめた。そうなれば、この世からろくでなしがひとり減って、つまるところ、彼が倒さなければならない人間がひとり減る。しかし、最終目的を果たすまでは、このまぬけ野郎を生かしておかなければならない。もっとも、首をへし折って、この薄汚い存在を世界から消してやりたいが。ブリストーは目的達成のための手段なのだ。それまではこの男に対するまぎれもない嫌悪を抑えておかなければ。そのあとで、この男は死ぬ。こんな邪悪な人間は生かしておけない。

「わたしの部下だろう?」ブリストーが噛みつくように言う。

ハンコックは片方の眉をあげ、ただ相手をじっとにらみつけた。この視線でほかの人間はおびえ、おじけづく。ブリストーの首がまだらに赤く染まり、顕微鏡下の虫みたいにもじもじした。目をそらし、それからまた視線を戻したが、今回はハンコックと目を合わせなかった。ブリストーの恐怖が悪臭となって空中にただよっている。ハンコックは不快感を覚え、部下たちもむかついていた。勇気はいろいろな形や姿や色で現れる。勇気は必ずしも成功に必要ではない。必要なのは決意だ。だが、恐怖は愚行を生む。恐怖はミスを引き起こす。恐怖で自分の本性と動機がばれ、大勢の人のために達成しかけていた目的が台なしになることもある。

ブリストーは自分自身だけに忠実だ。そうではないと考えたり、誤った判断をくだしたりするような失敗は――ブリストーにかぎらず、だれに対しても――ハンコックはけっしてしない。命の危険を感じたら、ブリストーはハンコックや彼の部下たち全員を犠牲にするだろう。そういうことだ。ハンコックたちの仕事は、ブリストーに自分は安全で無敵だと思わせておくことだった。生来の傲慢さと、権力への欲望を与えておくこと。自分がどんな状況に直面しているか知ったら、ブリストーはおびえて暗く深い穴にもぐってしまうだろう。そうなったら、ハンコックと標的を結ぶ最後のつながりが失われてしまう。だめだ、ブリストーには愚かでうぬぼれていてもらわなければ。ハンコックたちの標的であるマクシモフも、自身が扱っている相手のことをよくわかっている。操り人形。自分が支配していると思っているが、他人に簡単に支配されている男。ハンコックの人生でもっとも重要なこのチェスのゲームでは、ブリストーがマクシモフに簡単に操られているとマクシモフに思わせておかなければならない。同時に、そうやってブリストーを動かすことで、マクシモフをハ、ン、コ、ッ、クの望みどおりに動かす。そうして実際には、どちらにも気づかれることなくふたりの男を操る。

「おまえたちは全員わたしに雇われて、わたしから命令を受けているのだから、おまえたちはみなわたしの部下だ」ブリストーの声にはさっきほどの威厳はなくなっていた。とはいえ、こいつは臆病者だ。つねに人を雇って、自分の代わりに汚れ仕事をさせる。部下と残ってともに戦うか、部下を捨てて逃げるか、どちらか選ぶことになったら、逃げるだろう。こういうやつらはつねにそうだ。だからこそ、ハンコックはブリストーの代わりに身元調査をして部下を雇ったふりをして、自分のチームのメンバーを集めたのだ。ハンコックのチームが何年もともに働いてきたこと、互いへの忠誠心が深いことを、ブリストーは知らない。彼らはハンコック以外の人間には従わない。けっして。

ハンコックは貴重な数人以外はだれも信用していない。そんな世界で〝タイタン〟のことは信用しているが、それはもはやタイタンではない。それは……どんなものでもない。タイタンを生み出したのは政府だ。ハンコックたちの死を偽装し、それから不死鳥のように灰の中からよみがえらせ、新しい身分を与えた。外部とかかわりを持ってはならなかった。重要なのは任務だけだった。人でも、政治でも、デリケートな外交術でもない。

政府が生み出したのは……モンスターだ。慈悲も良心もなく、なにがなんでも命令を遂行するように訓練された殺人マシン。多数にとっての利益を、少数にとっての利益よりもつねに優先させる。そして、タイタンがあまりに力を持ち、命令や目的に疑問を抱きはじめ、大義のためになるのかといぶかしむようになり、タイタンのように訓練を受けた才能ある集団にとっては任務があまりに個人的で取るに足りないものに思われるようになったころ、彼らは解散させられ、裏切り者、危険人物、殺人者という汚名を着せられた。テロリストとまで言われた。自分たちが標的としていた連中と同じレッテルを貼られたことは、いまでもハンコックの内臓を焦がして穴を開けていた。何年にもわたって、感情を持たず、自在に気持ちを抑え、冷静に効率的に仕事をこなしてきたあとで、本物の怒りを知った。これほど圧倒されんばかりの怒りを感じたのは、育ての母親であり、ハンコックに自分には価値があると感じさせてくれ、はじめてかつ唯一の家族を与えてくれた女性が、夫の任務による復讐のために殺されたとき以来だった。そのとき、ハンコックは個人的な任務を引き受けた。あれが最初で最後だ。彼を息子と呼んでいるビッグ・エディが、協力を求めてきたのだ。復讐。たとえビッグ・エディに頼まれなくても、キャロライン・シンクレアを殺したやつを追っていただろう。

だが、その後状況が変わった。あれは何年も前のことで、当時タイタンはアメリカ政府の権限のもとで活動していたが、その存在は選ばれた数人しか知らなかった。当時はかなり自由が許され、国家の安全の脅威となる人物を見つけ出し、どんな脅威も思いのままに排除することができた。そんなとき、政府が手のひらを返し、タイタンを使い捨ての駒だと考えてあっさりと捨てた。

いまでは、狩る側が狩られる側になり、彼らを見つけしだい殺すようにと多くの傭兵が雇われている。

ハンコックは怪しげなCIAエージェントのコンピューターファイルにアクセスし、自分が忠誠を誓った国について多くのことを知った。

もちろん、アメリカや国民の防衛にかかわっている全員が邪悪で、利己的で、自分たちが守り保護すると誓った国民を裏切っているというわけではない。休むことなく責任を果たしている者たちがいる。だが、そのなかのだれがハンコックを見つけしだい殺してもおかしくない。彼のことを、自分たちが守り、従い、命をかけている信念にとっての裏切り者だと考えているのだ。

しかし、タイタンは滅びなかった。最初に指導者たちから教わった以上にはるかに進化した。そしていま、罪のない無数のアメリカ人の命や、自分たちを裏切った者たちまでも守るために戦っている。それだけでなく、アメリカの政府や軍に反映されるような、善と悪に満ちている世界へと活動の場を広げている。

罪のない人々はどこにでもいる。ひとつの国や民族にかぎらない。単に特定の国民だからとか、異なる信念体系を持っているからという理由で、善か悪かは決められない。だれも戦ってくれないせいで、罪のない人々が毎日死んでいる。自国の政府さえも戦ってはくれない。タイタンは全世界を救うことはできないかもしれないが、一部分を救っている。一度にひとつずつ。

マクシモフを——とうとう——倒せば、多くの命が救われる。だれかが彼の帝国の残りを引き継ぎ、支配を引き継ぎ、活動を引き継ぐには時間がかかる。ふたたび軌道に乗る前に、ほかの国やほかの特殊作戦部隊も潜入してつぶしてしまえるだろう。

マクシモフの件が片づけば……ハンコックはその考えを遮断し、目の前の問題に意識を戻した。ブリストーに気づかれてはならない。ハンコックが、いつでも彼に近づいてみじめな存在を消してしまえると自信たっぷりに優越感を抱いていることを。頭のなかではいくつもの声が聞こえる。それらは過去の出来事を再生し、なにをおいてもこの任務に完全に集中しなければならないということを思い出させた。その声を消そうとしても、ひとつのささやき声が知らぬ間に意識にすべりこんできて、すみずみまで広がり、耳を傾けずにはいられなかった。これまで何度もそうだったように、心の奥に巣くい、根を張る。しかし今回は、そこにあることを忘れるために、わざわざ引き抜いたり、追い払ったり、無理やり取り除いたりしなかった。

マクシモフの件が片づけば、この人生から解放される。休むことができる。

ハンコックは歯ぎしりしそうになった。このささやきは彼を悩ませる。ほかのことは平気なのに。ほかのことにはほとんど影響されないというのに。休息とは、彼のような男にとって多くのことを意味する。だが、そのなかでもひとつの考えが優勢だった。ほかのなによりも心をとらえている疑惑。この場合、休息とは永遠の休息を意味するのではないだろうか。けれど、人生が終わるという考えよりも悪いのは、それをおそれていないこと、悲しみも後悔もないということだった。感じるのは……期待だけ。自分が運命を受け入れていることを、チームには打ち明けていない。家族だと思っている四人にも。世界で唯一大切な人たち。彼が本物の感情を抱いている人たち。愛。忠誠。敬意。彼らのためなら死ねる。そう、彼らには打ち明けない。もし知られたら、事態がいっそう困難になってしまう。彼らはけっして理解できないだろう。こんな人生から手を引いてほしいと思うだろう。生きてほしいと。自分たちのために。自分たちと一緒に。ハンコックが市民生活に――ふつうの人生に――けっしてなじめないということを、彼らはぜったいに理解できないだろう。ふつうというのがどういうものかもわからない。すべてが白黒はっきりしていて、グレーが受け入れられない世界には溶けこめない。愛する人の身になにかが起きたときに、その犯人を追えず、報いを受けさせられない人生なんて送れない。警察を、それから司法制度を信用して頼り、愛する人のために正義を果たしてくれると信じなければならないなんて。まったくくだらない。

彼は自分のやり方でやる。それはぜったいに変わらないだろう。変えたいとも思わない。身を引いて、ほかの人間に彼自身の役目を任せたりしない。

ブリストーがハンコックの長い沈黙を軽蔑と反抗ととらえ、いらいらといきり立っていた。ハンコックはくたばれと言ってやりたかったが、いまはもっと大切な目的がある。とりあえずブリストーはそれを達成するための駒として重要な存在だ。まだ消すつもりはない。しかし、実際にはだれが主導権を握っているかを教えてやろう。はっきりした理由がわからなくとも、ハンコックに逆らおうとしなくなるだろう。なにかを――直接――言うわけではない。だが、ブリストーはまちがいなく察知するはずだ。

「あんたはおれに金を払ってる」ハンコックは穏やかに言った。「そして、部下を雇って金を払ってるのはおれだ。こいつらはおれの命令に従う。そういうことだ」

ものやわらかに聞こえるその言葉は単純な事実だが、まぎれもなくやさしい警告がふくまれていた。一瞬、犯罪を職業とするこの男の目に恐怖がよぎる。それから彼は頭を振ってあからさまにそれを追い払い、おびえる代わりに顔をしかめた。劣等感を抱くのは我慢ならないのだ。ひどく粗暴で、厳格で、断固としていて、だれが見てもハンサムでも魅力的でもないハンコックが、ブリストーのような男を……卑屈にさせるのが気に入らないのだ。それでも、ハンコックが雇い主に挑むだけの力を持っているということはよくわかっている。ブリストーは……ハンコックを……おそれている。そのことがなによりブリストーをいら立たせていた。

ハンコックは笑みをうかべそうになったが、そうしないだけの自制心はあった。この小者には彼を——彼の部下たちを——おそれさせておきたい。また、この権力欲の強い暴君に、ハンコックの部下たちがだれに忠誠心を抱いているかをわからせたい。ブリストーではないし、そう考えているのなら愚かだ。

「それで、その女だが」ハンコックはあえて本題に戻った。「たったひとりの女がなぜそんなに重要なんだ？　世界で指折りの権力を持つ男を怒らせるリスクを負ってまで手に入れたいなんて」

ふたたびブリストーの目に怒りがよぎる。いら立ちで右のまぶたをぴくぴくと引きつらせながら、かろうじて怒りを抑えている。ほかの人間が相手だったら、ブリストーはすでに行動を起こしていただろう。厚かましくも疑問をはさんで、ブリストーは世界でもっとも権力のある男ではないとほのめかす人間を殺せと。それも情けをかけて即死させるのではない。ハンコックはその目でブリストーの悪行を見てきた。実力を証明するために、ハンコック自身もそれに加わらなければならなかった。ブリストーの側近グループに入り、信用を――それと信頼を――得て、ブリストーの副司令官になるために。

　この男は悪人だ。第一の標的を倒してから、そのあとでブリストーを殺して組織全体をつぶしてやる。そう考えることによって、ハンコックはブリストーを殺すのを思いとどまっていた。認めるのは癪《しゃく》だが、この男が――というより、この駒が――必要なのだ。ブリストーのような人脈を持っていれば、どんなまぬけでもかまわない。ブリストー個人が必要なわけでも、彼の偉大さが役に立つと思っているわけでもない。第一の標的であり最終目標であるマクシモフは、用心深い野郎なのだ。これまでハンコックは数えきれないくらい接近したが、毎回あのロシア人は彼の手をすり抜けていく。

　これを最後にすると決めていた。ここですべてが終わる。このおそろしい悪の巨大組織の中心人物を全員倒す。やつらは罪のない人々を食い物にし、罪のない人々に戦争をしかける手段と金を持つ者に必要な道具を支給している。彼らのせいで、多くの血が流れている。血の川。この組織にかかわる連中のせいで何十万という死がもたらされているが、すべてはひとりの男に結びつく。マクシモフ。やつは想像しうるかぎりあらゆることに関与している。苦痛や受難やテロから利益を得る方法があるなら、やつはそれを見つける。

皮肉なことに、マクシモフは反対勢力にも同じように物資を支給している。自分が支給した武器で互いに戦っているのを見て楽しんでいるにちがいない。武器、爆薬、ありとあらゆる軍事兵器、核兵器を作る材料までも扱っていて、正真正銘の独占市場となっていた。そのおかげで彼のポケットはふくらんでいる。

マクシモフはすべての文明国で最重要指名手配リストに載っている。世界における最重要指名手配者。だが、だれもやつを倒せていない。何年にもわたって、ハンコックは思い出したくもないくらい何度も失敗を味わってきた。彼は執拗にマクシモフを追った。やつに通じる道を利用した。組織のなかでマクシモフにつながる幹部たちと協力関係を築いた。けっして持たないと誓ったもの――良心――が頭をもたげなければ、二度、やつを仕留めていただろう。

内心で百回は自分を責めたが、自分の選択を心の底からは後悔できなかった。呼び起こせたのは、二度と多数にとっての利益よりひとりの利益を優先させたりしないという鉄のように固い意志だけだった。だれかひとりの利益を優先させる代償はとてつもなく高い。かつて、罪のない人間のために自分の目的を犠牲にしたことがあった。一度ならず、二度。ハンコックはふたりの罪のない人間、ほんとうに善良なふたりの人間――彼とは大ちがいだ――を救った。だがそのせいで、いったい何人の罪のない人間が死んだ――いまでも死にかけている――だろうか。そう考えると、二度と自分の道義心や信念体系を捨てたりしないという決意が強くなった。しかし自分の任務を捨てて救うことにしたふたりの女性を失っていたら、大きな損失になっていたともわかっている。世界にはグレースやマレンのような人間が必要だ。だが、何年も送ってきた感情のない人生をふたたび受け入れ、自分自身を深い層の中にしまいこむしかなかった。なんとしても任務を達成するという熱烈な意欲以外はなにも感じないように。

多数のために少数を犠牲にしても、罪悪感を抱いたりしない。そんな選択はしないに越したことはないが、それが彼の仕事だった。厳しい試練で才能を磨いてきた。最高の訓練を受けてきた。なんとしても任務を達成しなければならないこと、失敗は選択肢にないこと。その考えは深く根づき、彼の一部になっていた。いや、一部ではない。それがすべてだった。存在全体。魂に深く根を張っていて、彼という人間になっていた。彼という存在。かつての彼はいなくなり、代わりに冷酷な戦士が生まれた。厳しい試練で鍛えられ、鋼の決意を持つ。ためらうことなく、遂行を誓った責務を果たし、唯一固守しているものに従う。彼自身の道義心と規範に。

「わたしをばかだと思っているな」ブリストーが憤った声で言う。先ほどの怒りの炎がまたしてもいくらか目によぎった。不機嫌で、激怒している。「非難されるために金を払っているんじゃない。絶対服従のために金を払っているんだ。それができないのなら、おまえは――おまえの部下たちも」嫌味っぽく続ける。「出ていけ」

このときばかりはハンコックも笑みをうかべたが、それは嘲笑だった。ブリストーへの軽蔑を示すもの。この男は他人に敬意や恐怖を呼び起こすのに慣れているが、ハンコックはどちらもまるで抱いていない。

「いや、あんたはおれに自分の汚れ仕事をやらせるために金を払ってるんだ。身を守ってもらうためにおれに金を払ってるんだ。それと、何年ものあいだに作ってきた大勢の敵に手を出されるのが怖いから、おれに金を払ってるんだ。最高に優秀な人間を雇いたいと考え、実際に雇った。もちろん、自分で問題に対処できる自信があるなら、おれたちはよそへ行く。おれの能力を求めてる人間はつねにいる。そいつらはまちがいなくあんたより感謝を示してくれるはずだ。あんたは自分が安全だという自信があって、夜も平気で眠れるんだろうな」

ブリストーの目に恐怖がよぎったが、影に消し去られるように一瞬で見えなくなった。それだけでなく、顔が真っ白になり、ごくりと唾をのんだ。ハンコックは自信を持ってこの臆病者にはったりをかけた。ブリストーはなによりも死をおそれている。つまり、自分自身の死を。他人の死はなんとも思わず、死をもたらすことを楽しんでいる。他人の生死を決められることで、自分には神のような力があると思えるのだ。自分がどんな人間であるかを知らしめたがっている。そうすればおそれられ、認められ、へつらわれ、崇拝さえされるから。

ブリストーがハンコックをこれほど嫌悪するのには理由がある。ハンコックは無敵で不死のようであるだけでなく、ブリストーをまるで尊敬していない。自分の才能に自信があり、人を雇って命令を実行してもらわなくてもいい。また、他人から本能的におそれられ、従われている。ブリストーは自分が雇った男のなかにおのれが切望する——欠けている——すべてがあるのを目にしていた。それゆえハンコックを憎んでいるのだ。

ハンコックは返事を待たずに、部下たちに出ていくように合図し、あっさりとブリストーに背中を向けたが、最低ふたりの部下がブリストーから目をはなさないようにしていた。ブリストーが銃を抜いてハンコックの背中を撃つという愚かなまねをしないともかぎらない。ブリストーの性格ならおおいに考えられる。臆病者であるうえに、怒りを抑えられないのだ。

「マクシモフはその女を手に入れたがるはずだ」ブリストーが口走る。「どれだけ手に入れたがるか、おまえはわかっていない。女が何者か知らないだろう。わたしはまだ、女を手に入れろとしか言っていないからな」

懇願するような口調だった。はっきりと懇願することなく、ハンコックと部下たちにとどまってもらいたがっている。とどまれと命じないだけの分別はあった。とはいえ、懇願することで、すでにぼろぼろのプライドを引き裂かれている。ハンコックをどれだけ必要としているか、敵とのバリアとしてハンコックがいない世界をどれだけおそれているか、知られたくないのだ。

ハンコックと部下たちが足を止めたのは、ブリストーの必死さのせいではなかった。たったひとことの魔法の言葉のせいだった。マクシモフ。

ハンコックは心の内をさらさないように、ゆっくりと振り返った。ブリストーを見すえる。

「マクシモフが欲しがってるものは山ほどある」ハンコックは冷静に言った。「その女のなにがそんなに特別なんだ？」

「女は関係ない」ブリストーはいらいらと言った。「つまり、女本人がどうというわけじゃない。わかってないな。その女は大勢の西洋人たちと中東の救済センターで働いていた。そこが襲撃され、彼女は逃げた。唯一の生存者だ。過激派集団は慎重を期して、死体をすべて回収し、そこで働いていた人間のリストと照らし合わせた。標的は救済ワーカーたちだった。そして、女が死んでおらず、どこにもいないとわかると、連中は捜索をはじめた。いまのところ、女はつかまっていないし、見つかっていない」

ハンコックは部下たちに、戻ってもう一度部屋の中で配置に就くように合図した。全方向からブリストーを見張るための防御の配置だ。賢くないブリストーは気づいていない。自分のすべての行動が監視されていて、ひとつでもおかしな動きを見せたとたんに殺されるということを。

ハンコックは腹の前で腕を組み、リラックスして興味を引かれたふりをした。

「なぜマクシモフはその女を気にかける？　あんたはおれに、女を追跡して、その集団より先に捕らえろと命じてる。なぜそこまでする？　女を守るとか、命を救うことに興味はないだろう。追っ手が女を見つけたら——見つけるだろうが——女はまちがいなく死ぬ。あるいは、死を願うことになる」

ブリストーは、ビジネスの取引をする際に使っている凝った装飾の机のうしろに腰をおろした。机からは富と裕福さが感じられるが、当然といえば当然だろう。この男は出会う者みなにみずからの富を知らしめ、力を想像させようとしているのだ。

ブリストーの目が……興奮してきらめく。その女のなにかが、ブリストーを優位に立たせてくれるらしい。想像のなかでも、そうでなくても。全身が焦燥と期待にあふれている。

「国じゅうをひっくり返して女を追っているテロリスト集団〝新時代《ニュー・エラ》〟は、広く知られた冷酷な集団だ。大勢におそれられている。国じゅうがおそれている。それどころか、敵国同士でさえ力を合わせてやつらを阻止するべく、サミットに参加した。連中は日々勢力を増している。無限の資金や人材があり、恐怖と脅迫で計画を実行している」

「その計画とは具体的になんなんだ？」ハンコックはたずねた。

「それが問題だ。狂信的なテロリスト集団が真に望むものはなんだ？　権力、崇敬。人々におそれられるだけでなく、能力に敬意を払ってもらうこと。ひとつの国や領土だけでなく、地域全体を支配すること。国々におそれられ、どんな軍隊よりも優れていると認められること。連中は着々と人数を増やしている。いたるところで新人を採用している。男も女も。民族も国籍も関係ない。説得力があり、究極の富と権力と支配を約束している。いまのところ、だれも、軍も、国も、組織的な行動でも、連中に近づけていない。向こうの死傷者は少なく、影響を受けていない。連中の活動に参加している者はみな、信念のために死ぬのは大いなる名誉だと考えている。そのためによりいっそう危険な存在になっている。死をおそれていないからだ。阻止することは……できない」

「その集団とマクシモフの関係は？　なぜその女に興味を持つ？」ハンコックはいらいらとたずねた。

役に立たない情報にはうんざりだ。

戦争によってすでに荒廃した地域を支配したがっている独立集団は山ほどいる。この集団はほかとなにがちがう？　だが、この集団にはひそかに恐怖を──それと敬意を──覚えた。マクシモフはだれにも恐怖や敬意を抱いたりしないが、それゆえに愚かなのだ。マクシモフは弱く、命令を実行してくれる強く冷酷な者たちがいなければ、たいした存在ではない。

「連中はマクシモフに借金がある。主にマクシモフから武器や爆薬を支給してもらっているんだ。だが、自分たちは無敵だと思いこんでいて、マクシモフをおそれていない。愚かなやつらだ。それで、連中がどうしても欲しがっているものを手に入れれば、マクシモフはそれを利用して大金を得られる。連中はこの女を手に入れたがっている。すでに女の噂が地域に広まっている。たったひとりの無防備なアメリカ人女性が難を逃れたと。そのせいで連中は弱く見られている。女を見つけられないまぬけだと。当然ながら連中は激怒している。女が見つかったら──連中は広範囲にわたって大きな権力を持っているから、ゆくゆくは見つかるはずだが──すぐには殺さないだろう。見せしめにしたいはずだ。女を利用して、自分たちがいかに冷酷かを示し、敵対する者たちにメッセージを送ることができる。だから、マクシモフは女を手に入れるためなら大金を払うだろう。それだけでなく、借りができる。わたしに」

最後の言葉はきわめて満足げで、目には傲慢さと強欲さが輝いていた。つまり、それがブリストーの目的なのだ。マクシモフに女を届ける。マクシモフがなんとしても欲しがっているものを鼻先にちらつかせる。そうすれば、マクシモフとの関係が強まり、さらなる富と権力がもたらされ、この先ずっと安泰でいられる。側近グループに属する者としてマクシモフの保護下にあれば、ブリストーの敵は攻撃をしかけようとしないだろう。ブリストーに手を出したら、マクシモフにとっての侮辱——攻撃——ととらえられてしまう。マクシモフと争ってやろうという人間はほとんどいない。そうしてマクシモフは権力を高めていく。すでに広大な勢力範囲がさらに広がり、実際におそろしい帝国になる。今度こそマクシモフを倒さなければ、時間切れだとわかっている。マクシモフがいかに冷酷になるか、ハンコックは身をもって知っていた。前回マクシモフともめたときの傷痕がまだ残っているが、さいわい、そのころハンコックは入念に変装して外見を変えていたので、ブリストーの手先が自分に逆らった男だと気づかれることはないだろう。何年も追っている男と個人的にあれほど接近したのはあのときだけだったし、マクシモフがハンコックに近づいたときには、変装していた顔はすでに血にまみれ、あざができ、腫れていた。マクシモフに気づかれるはずはない。今回はもっと接近するつもりでいた。ブリストーが話している女がそのチャンスを与えてくれるだろう。

ハンコックは興味を引かれつつブリストーを見やった。それまでは、ブリストーに命じられた仕事のせいで本来の任務が先延ばしになると思い、受け入れられなかった。機会がありしだいマクシモフに攻撃をしかけたいのに、そのチャンスが減ってしまうだけで、無駄な努力だと。

「つまり、その女を追って、彼女を狙っている連中より先に捕らえて、マクシモフのもとに連れていけということか？」

ブリストーは眉をよせ、かぶりを振った。「ちがう。直接じゃない。わたしのところに連れてこい。あっさりとマクシモフに渡すつもりはない。見返りにわたしの望みを叶えてもらってからだ。それには時間がかかるだろう。マクシモフは用心深く、人目を避けている。めったなことではおもてに出てこない。ほんとうに女を手に入れたいのなら——もちろん手に入れたいはずだが——待たせてやるつもりだ。そうすれば落ち着きを失って、わたしの望みを叶えるだろう。これは交渉だ。マクシモフが望みを叶えてくれないのであれば、必死で女を手に入れたがっている過激派と取引をする。どちらにしろ、女を手に入れるために多くのものを与えてくれるだろう。過激派のほうが多いかもしれないな。メンツを保つために」肩をすくめて言い加える。

マクシモフをもてあそび、操ろうとするなんて愚かで危険なゲームだが、ハンコックはそのことをブリストーに警告しなかった。マクシモフが女を手に入れるためにみずから姿を現すなら、完璧にハンコックの目的にかなっている。結果としてブリストーがどうなろうとあまり関心はない。

また、狂信グループと取引をするのも同じくらいばかげている。女を手に入れる見返りにブリストーの望みを叶えたあとで、連中は残忍な手口であっさりとブリストーを処刑し、女の代償として支払ったものを取り戻すだけでなく、ブリストーが所有しているすべてを奪うだろう。すでにやつらが持っている大きな富と権力がまたさらに増えるだけだ。

ハンコックの血管に期待感が勢いよく流れ、脈が速くなり、勝利の味が口の中に感じられた。テロリスト集団から逃げて隠れているひとりの女を捕らえるだけで目的を果たせるのなら、ためらうことなくそうしよう。そして、マクシモフが餌に食いつくように仕向けなければ。ブリストーが望みを叶えるためにテロリスト集団に寝返ったりしたら元も子もない。交渉相手はマクシモフでなければ。

部下たちを見やると、彼らの目にも同じような決意が見て取れた。ハンコックと同じくらい、マクシモフを倒したがっている。彼と同じく、おのれの存在に、というより、存在していないことに、うんざりしている。世間にとっては、彼らは死んだことになっている。政府にとっては、彼らは裏切り者であり、死刑宣告が出されている。彼らの標的にとっては、慈悲も思いやりもない死の天使。だれからもおそれられ、だれにとっても大切な存在ではない。感情を持たない最強の人間にとっても、こういう人生はやはりいら立たしかった。みな、大義から手を引いて、十年以上感謝も尊敬もされずにやってきた仕事をほかの人間に任せたいと思っている。そして、残った人生を、それがどんな人生であれ、歩んでいく。引退したあとでも、つねに追われていると知りながら。

「情報をよこせ」ハンコックはブリストーに言った。決意に満ちた口調にブリストーも気づいたにちがいない。長いあいだハンコックの活動を見てきたブリストーは、彼が軽々しく保証しないということを知っていた。「女を見つけて、あんたのところに連れてくる」

4

オナーは全身を包んでいる間に合わせの厚い服を片方の手で押さえ、渦巻く強風ですそがはためかないようにした。だが、はためいたところで問題はない。いまは夜で、体のどの部分がはだけようと、だれにも見られたりしない。けれど、見つからないように何日も逃げているあいだに、そうするのがすでに癖になっていた。

みずから布で作った袋は、物資が減っていくのに合わせて、最初のころよりも軽くなっていた。以前は風のなかで扱いにくい袋を片方の手で押さえていたが、いまは両手でかかえている。目に見える重荷は減っているかもしれないけれど、目に見えない重荷がゆっくりと心を侵食してきて、圧倒的な力でのしかかってくる。骨の随まで疲労に襲われていた。今夜は何キロも進まなければならないのに。

頭にうかんだ詩的な皮肉に楽しくなったが、すぐに警戒した。この状況で愉快なことなどなにもないのに、そう感じられるのがショックだった。ここ何日かの恐怖とストレスに屈しかけているのかもしれない。オナーは概して〝何日か〟と考え、あえて実際の日数では表現しなかった。虐殺が起きたあと、無我夢中で逃げているうちに、時間の経過がわからなくなっていた。何日経ったのが見当もつかない。止まって、ペースを落として、状況を理解して、やる気を失わないように悲しみを頭のすみにしまう機会はなかった。実際、悲しみに襲われることがあった。この目で見た恐怖を乗り越えられず、思考が停止した。なにも考えられなかった。行動するしかなかった。動き続けるしかない。止まったら負けだ。

　助からないかもしれないと考えても、〝死ぬ〟という言葉は使わないようにしている。同じように、安全な場所にたどり着くことを空想しても、〝生きる〟とか〝生き延びる〟という言葉は使わない。これはゲームになっていた。ランボー式のかくれんぼ。かつてないほど壮大なかくれんぼ。オナーは隠れ、連中が捜す。おそろしい事実に屈して、厳しい現実を認めてしまったら、彼女が守るために全力で闘っているもの、生と死における究極の賞品だと考えてきたものが脅かされてしまう。生命はまさに究極の賞品だ。だから、拒絶という殻に引きこもり、代わりに単なるゲームという現実を生み出した。もしくは、ひねくれたリアリティー番組。困難な状況を自力で乗り越えなければならない。乗り越えられそうにない障害を乗り越えて、最後まで残った人が勝者となる。

　実際、オナーは困難な状況にいるし、自力で乗り越えなければならない。それ以外に選択の余地はない。追っ手につかまらず、国境を越えてアメリカ軍が駐留しているところまで行ければ、彼女の勝ち。悪を打ち負かしてみせる。そう信じるしかない。簡単なことだ。彼女は賢い。困難に挑むのは好きだ——とはいえ、これはみずから選んだ困難ではないけれど。それに、逆境をおそれてはいないが、逆境という概念は襲撃を受けた日に決定的に覆されてしまった。これは逆境とはちがう。いまの状況を表せる言葉はない。なにか言えるとしたら、こんな逆境は二度とごめんだということだった。短い人生経験では、これほどおそろしい試練に対する心がまえはできていなかった。おかげで自分の天職について百回は考え直した。命からがら逃げ出し、追っ手の一歩先を行きながら。後れを取ったら……死んでしまうから。

オナーはかぶりを振った。また現実が戻ってきてしまう。覚悟を決めずにこの地域に来たわけではない。ある朝目が覚めて、ふと思いたってここに来ようと決めたわけではない。この国の言語のいくつかは、わかりづらい言語もふくめて、流暢にしゃべれる。地域ごとに特徴のあるさまざまな方言や小さなちがい、文化など、広く学んだ。うまく溶けこむ方法や、女にどんな規則が課せられているかを知っている。いまほど、そうしたすべての情報がありがたいと思ったことはなかった。

口は乾き、唇も乾燥してひび割れていた。この何日かのあいだ目指していた村に近づいているが、まずは休む場所を見つけなければならない。思いきって入っていく前に、村と住民たちを遠くから眺めて、じっくりと観察できる場所。

移動するのは必ず夜だけにしていた。日中に長い時間姿を現すのは危険すぎる。ひとつでもまちがった動きをしたら、ひとつでも失敗したら、ひとつでも入念な変装にぼろが出たら、注意を引いてしまう。それに、敵が近くにいるのもわかっていた。ひょっとしたら先まわりをして、すでに村で彼女を捜しているかもしれない。村に行きたくないけれど、彼女が選んだその村は小さく、仲間の救済ワーカーたちを処刑した残忍な野蛮人たちの怒りをまだ買っていなかった。オナーは必ず昼に寝て、夜に歩くようにしている。影にまぎれ、いつでも逃げられるように身がまえ、最悪の事態を想定する。それは耐えがたい日々で、みるみる余力が失われていった。

人目につくのは避けたかったが、危険なほどにまで物資が減っており、必需品を補充するためにいちかばちか村に行くしかなかった。怪我と疲労をかかえた状態でできるかぎり長く、遠くまで移動してきた。襲撃現場と、いま彼女を追っている連中からなるべく離れたかった。今夜もいつものように眠らずに前に進み、明日の夜になったらまた歩こう。だが、明日は朝から村に行かなくてはならない。朝が来る前にできるだけ安全な避難場所を見つけて、夜が来る前にできるだけ眠っておこう。

村から少し離れたところまで来ると立ち止まり、朝まで休んで待てる場所がないかとあたりを見まわした。安全で、身を守れて、見つからない場所。そんな場所があればだが。また、村人が起きて日常生活をはじめたときに、その様子がよく見える場所でなければならない。いそげば、体の状態を確認して、朝まで一時間、運がよければ二時間、眠れるかもしれない。太陽が昇れば目が覚めるだろう。今日の任務の緊急性を思い出して目が覚めるだろう。つねに動いていなければならないことを考えると、休めるときにぜったいに休んでおかなければ。

喉が渇いていたし、空腹だった。とくに水が欲しかった。必要だった。唇は乾いてひび割れ、舌も潤いがなくなって口蓋にくっつき、唾液すら出ないために敏感な皮膚にざらざらとこすれていた。オナーはペースをあげた。夜に変装をしていてもあまり意味はないとわかっている。外にはだれもいないだろう。ただし……。

いいえ。そのことは考えない。思考のドアを閉じ、いまこの瞬間にも敵が忍びよっているかもしれないという恐怖を遮断した。追いつかれ、居場所に気づかれたら、つかまってしまうだろう。連中が勝利をおさめる。そんなことはさせない。このゲームは終わっていない。彼女の計算では、勝ちに近づいているのは自分だ。リードを保つだけでいい。つねに一歩でも先を行っていれば、勝利は彼女のものだ。

とうとう村の外れに着くと、小さな集落を見渡せる丘の斜面を調べ、岩が堆積している場所を見つけた。岩は大きく、上に突き出ていて、斜面の開けた部分を守るように広く取り囲む形状になっている。ここなら人目につかずに隠れていられる。だれかが周囲の岩を越えてこないかぎり、姿は見られない。けれどこちらからは、気づかれずに下の村をはっきりと見ることができる。

オナーは村に面したいちばん大きな岩の裏に座りこんだ。ひざを折り曲げないようにしながら動かなければならず、顔をしかめる。脚を伸ばし、岩に背中をもたせかけた。とがってごつごつしていて、最高に心地いい支えとはいえないが、体を起こしていられるのだから、文句を言うつもりはない。

食べ物と水が必要だ。とくに水。けれど、喉の渇きよりも、一瞬でいいからただ静寂のなかで座ってひと息つきたいという気持ちのほうが大きかった。少し呼吸を整えて、つねに心のなかにある苦しみと悲しみと強烈な恐怖を一瞬だけ解放したい。

そこで、しばらくただその場に座って、夜を堪能した。このあたりはあまり人が住んでおらず、村にはほとんど明かりがついていない。周囲は暗闇に包まれ、空がよりはっきりと見えていた。星はより明るく、生き物のように輝きながら、厚い絨毯となって何キロにもわたって広がっていた。

ほんとうに美しい。黒いビロードのような空でこんなに多くの星がまたたいているのを見るのははじめてだった。妖精の粉みたいだ。夜の美しさに心がなぐさめられた。現実が戻ってくる前に、この数秒が必要だったのだ。いまでは少し落ち着いていた。乗り越えてみせる。勝ってみせる。

減りつつある物資が入った袋の中を探り、救済センターから持ち出したものの残りを確認した。がれきの中を歩いて、生きていくのに役立ちそうなものをいそいで探したのだ。体の状態と、ほかの荷物も運ぶことを考慮に入れて、できるかぎり多くの水のボトルも持ち出した。

プロテインバーと携行食《MRE》も見つけた。ありがたいことに、がれきの下からかろうじて箱がのぞいていたのだ。それと、薬。鎮痛剤、抗生物質、日焼け止め、日焼け治療薬。これには局所麻酔成分がふくまれているので、ひざに塗って、皮膚の裂傷の痛みを抑えた。

また、袋の貴重なスペースに、予備の伸縮包帯と抗生物質の軟膏を入れておいた。

役に立ちそうなものを見つけて集めたあとで、服を破いて、胸の下までの長さのニカブ（アラビア語のマスクという意味で、目もと以外の顔全体を隠すもの）を作った。そして、救済センターには、服作りのために女性たちに支給していた布があったので、それで全身をおおえるローブを手早く作った。長い布の真ん中にぎざぎざの穴を開け、頭からかぶり、その上からニカブをつけた。

完全に全身が隠れている。歩くときに気をつければ、足先さえもすそからのぞかない。もっとも重要なのは、変装に役立っているという点だった。

医療用テープをいくつも使って体のあちこちに小さなクッションを貼りつけ、ずんぐりした体形に見せた。体の形がはっきりとわからないように。腹部に貼りつけ、体重があるように見せたが、胸は平らになるようにした。というより、豊満な胸をできるだけ平らにした。ムスリムは露出度の高い服を着てはならないことになっており、それがありがたかった。彼女の胸は注意を引いてしまう。昔からいまいましく思っていた。この格好なら、どこが胸かわからない。年をとって背中が曲がっている太った女に見える。

外見のことを考え、オナーは無意識に、体と髪を染めるのに使っているヘナを取り出した。腕と肩と首を確認する。つねに隠れている部分だが、それでも……用心するに越したことはないというモットーを固守していた。とくに、自衛本能と、生き延びるという猛烈な本能がかかわっているときは。

救済センターから持ってきた鏡を取り出す。逃げるために物資を集めているときに、すでにどうやって変装するかということを考えていた。服から出ている部分がきちんと黒く染まっていることをたしかめるには、鏡はぜったいに必要だとわかっていた。また、持ってきたペンライトも、小さいとはいえ明かりの役目を果たしてくれるだろう。逃げられる可能性があるとするなら、主に夜に移動し、昼間は休む場所を見つけなければならない。一分でも止まらずに逃げ続けろと頭のなかで悲鳴をあげるパニックを無理やり無視しなければならない。論理的には、体にできない要求をしても意味はないとわかっている。無理をしすぎたら、力尽きてしまうだけだ。そして格好の標的になる。

ニカブを頭からおろし、息を吸いこんだ。風が髪を吹き抜ける。風は熱く、冷たく甘い空気をふくむ心地よいものではなかった。けれど、首と頭皮の汗が引いていく。また布をかぶる前に、髪の汗も乾くだろう。片方の手で鏡を持ち、もういっぽうの手でペンライトをつけた。

最初に見るのはつねに目だった。自分の目を見ていると思うと、ある程度の安心感を覚えた。生きている目。自分が生存者であることを思い出させてくれる。

変装をいくつか手直しした。そんな必要はなさそうだが、そうすることでもっと気づかれにくくなると自分に思いこませた。そのあとで髪に注意を向けた。いちばん大きな悩みの種だ。

彼女の目は茶色だし、肌もふだんはもう少し白いが、この地で過ごしたことでつやが出て濃い茶色になっていた。それでも地元の女性よりはまちがいなく明るい。けれど、問題の髪は金色なのだ。決定的証拠。救済センターでいそいで物資を集めているときに、髪がこのままではまずいことに気づき、パニックになったオナーは、すべて剃り落としてしまおうと考えた。だが、スキンヘッドの女はブロンドの女と同じくらい、あるいはそれ以上に、目についてしまうだろう。

ありがたいことに、脳が働きはじめ、しっかりしろと彼女を叱りつけてから、支配権を握った。それから、パニックと大混乱におちいっている感情を追い払い、逃げることだけに意識を集中させた。

襲撃現場から十分に離れたと思ってから、立ち止まり、必要な時間をかけて変装を完成させた。山ほどの材料で体を隠していたが、露出する可能性のありそうな肌にはすべてヘナをごしごしと塗りこんだ。とくに手には気を配り、すり切れて見えるようにした。泥を塗り、抗生物質が感染症を防いでくれることを祈りつつ、指と関節にはひっかき傷や切り傷までつけ、老婆の手に見えるように工夫した。がれきを掘って出るときに、爪のほとんどは割れてしまっていた。そのとき手にできたあざや傷が役に立った。腫れてすり切れているので、節くれだっていびつな手に見える。

可能なかぎりうまく変装できたと思えてから、いちばんの危険に注意を向けた。髪に。一本残らず慎重に黒い染料を塗り、それから眉毛にも入念に塗った。それがすむと、貴重な時間を無駄にするわけにはいかなかったが、染料がなじむのを待ち、そのあとで同じ作業をもう一度くり返した。さらに三度目も。最高にうまくできたわけではなく、地毛だと思わせるのは難しそうだが、髪を隠していないときにはだれにも会わないだろうと考えることにした。それに、目以外はニカブで隠れている。風で髪がひと房はみ出てしまったとしても、黒く見えるはずだし、すぐに隠してしまえば、色をじっくり見られたり、地毛だろうかと疑われたりすることはないだろう。

もう一度髪に染料を塗った。一本も塗り残しがないように、最初のときと同じくらい徹底的に。

ようやく身を守る変装の手直しが終わると、疲れた手を袋に入れ、プロテインバーと、最後の水が入ったボトルと、抗生物質と鎮痛剤を取り出した。

まずごくごくと水を飲んだが、全部飲み干したいという衝動を抑えた。それからいそいでプロテインバーを食べ、水を少し飲んで流しこんだ。胃がからっぽのときには抗生物質も鎮痛剤ものんではいけないと、身をもって学んでいた。一日目はそのせいで地獄だった。胃がむかつき、ひざが震え、数えきれないほど何度も立ち止まってえずいた。

両方の薬をのんでから、ひざに巻いた包帯に手を伸ばした。これがすんだら、少し目を閉じよう。救済センターから逃げる前に、ひざにはとくに入念にきつく包帯を巻いておいた。腫れはいくらか引いていて、オナーはほっとした。骨折や脱臼といった大きな怪我ではなさそうだ。もちろん痛いけれど、きつく包帯を巻いて歩くことができた。骨折か脱臼をしていたら、長時間歩くのは不可能だっただろう。言うまでもなく、痛みに悲鳴をあげて、二十四時間止まらずに歩き続けたつらい一日目を終えたあとで動けなくなっていただろう。

切り傷を手当てしてから、ひざ頭のまわりを押して、腫れの程度を調べた。そのあとで局所麻酔剤リドカインがふくまれる日焼け治療薬を塗り、また器用に包帯を結び直した。

老婆を装うために、手は荒れてがさがさしているように見せなければならないが、いちばん深い裂傷には抗生物質の軟膏を塗った。ひどい感染症で体調を崩して、旅を続けられなくなるわけにはいかない。朝には——願わくは——減りつつある飲み水を補給できると考え、残りの水をほとんど使って、まだ皮膚に刺さっているガラスの破片や泥を洗った。それまではあえて気にしなかったし、破片が刺さっている痛みを遮断できていた。

慎重に破片を引き抜き、持ってきた消毒薬の残りを傷に注ぐ。痛みに歯のあいだから息をもらし、呼吸を止めた。痛みをこらえつつまた息をしながら、ほかのすべてのことと同じように痛みを頭のすみにしまった。傷口をきれいに拭いてから、一カ所ずつ抗生物質の軟膏を塗り、ガーゼでくるんだ。少し休むあいだだけ。早朝に村に行く前に、ガーゼをはがして、また傷口に泥を塗ろう。指は丸めて、簡単には手が見えないようにする。たいていは布の下に隠れているが、物資を手に入れるときには手を使わなければならず、少しのあいださらすことになる。

近くで見たら、怪我はしているけれど、老婆の手ではないことがはっきりとばれてしまうだろう。しかし、離れていれば、身なりから老婆に見えるはずだし、だれも彼女の手をそれほどじっくりとは見ないだろう。ここでは女をじろじろ見る人間はいない。それは禁じられている。オナーのなかに根づいている西洋文化からすると、女が人前に出るときには目以外は完全に隠さなければならないという考えは気に入らなかった。地域によっては、目さえも見せてはいけないことになっている。けれどいまは、女に課せられている厳しい規則がありがたかった。この規則がなければ、ここまで逃げてこられなかった。

また、若い女は男の家族か、姑などの年上の女と一緒でなければ外に出られないので、もっと若い女に変装したら、望まない注意を引いてしまうだろう。救済センターが破壊され、がれきの下敷きになっていた状態から逃げ出したあとで、数分のうちにこれほどすばらしい変装を思いついたことに得意になっているわけではない。ただ本能に従って行動していた。生存本能。そして、自分が働いていた地域の言語と風習に関する幅広い知識をかき集めたことで、すぐにつかまらずに逃げられただけでなく、周囲に溶けこんで身をひそめていられた。この広大な地域をあまねく恐怖におとしいれていると思われる過激派集団の手の届かないところまで逃げられることを祈りながら。

オナーは慎重に袋に小物をしまい、忘れ物がないか確認してから、またごつごつした岩によりかかって目を閉じ、身がすくむような恐怖を追い払おうとした。村に行くのが不安だった。たとえ目だけしか見えていないとしても、姿を見せなければならない。

それに、目は魂の窓と言われている。恐怖を抱いていることがまわりにばれてしまう？ 村人たちは彼女の目を見ただけで、苦しみと悲しみと絶望的な不安に気づくだろうか？ 追われている者、死刑判決を言いわたされた者に見える？ それも二回目の死刑判決。襲撃で死ぬはずだったのに、どういうわけか生き延びた。せっかく生き延びたのに、また死刑を宣告される？

これはゲームよ、オナー。あなたは勝つの。ほかのことは考えないで。

オナーは唾をのみ、眠りのベールのなかへとさらに深く落ちていった。好きなように考えればいい。拒絶という鎧は永遠に身につけていられる。けれど、そんなことをしても、これはゲームではないという事実は変えられない。これは闘いだ。人生でもっとも大切な闘い。

人生のための闘い。

準優勝という選択肢はない。二位になって得られるのは想像を絶する苦痛と辱めであり、ゆくゆくは死が待っている。唯一の道は、これまでにないくらい闘うこと。

そして勝つこと。

5

オナーは朝いちばんの日射しで目を覚ました。太陽が少しずつ地平線から昇り、薄い明かりがあたりに広がっていく。心のなかでうめき声がもれる。ただただ眠っていたかった。何日も。岩棚に囲まれて居心地が悪く、砂が皮膚に食いこんでいても。

風が強くなっていた。昨夜、はためくローブのすそを必死で押さえようとしたときのように、強風になりそうだ。

宵闇のなか、村に忍びこんで、この村の命の源である小さな川に行くこともできた。そこで人々は水浴びをしたり、洗濯をしたり、飲み水をくんだり、さまざまな日々の雑用をこなしている。傷口を洗って、飲料水を補給することもできたが、救済センターで見つけたきれいな水がほとんど残っていないいま、川の水を煮沸させるために小さな粘土か金属のつぼ――ブリキのカップでもいい――が必要だった。

だが、追っ手に見つからないと考えるほどばかではない。村は静かで、平和で、まだよそ者に襲われておらず、外部の攻撃から自分たちを守らなければならないということもなかったが、男たちは訓練を積んでいるにちがいない。若い男も、年寄りも。また、少年や何人かの女でさえ、占拠にそなえて準備しているだろう。それに、毎晩パトロールをして見張っているにちがいない。真夜中に奇襲されて犠牲者にならないように。

だれひとりとして、自分たちの村はほかの多くの村とちがって苦境におちいったりしないと考えてはいない。また、襲撃されたほかの村からここにあるような村に逃げてくる難民が増えるにつれて、コミュニティへの危険も大きくなる。テロリスト集団や狂信者たちは、彼らを格好の餌食だと考えている。自分たちの帝国を広げてくれる道具にすぎないと。彼らを人間だとは思っていない。だれも傷つけたりしない善良で立派な人々、平和に過ごすことだけを望みながら日常生活を送っている人々なのに。あんなふうに残忍に救済センターを攻撃するような連中には、人間性のかけらもない。自分たちはまぬけな村人より優れている、村人たちは役立たずの農民や商人にすぎないと思っているのだ。

村の女たちは、美しいアクセサリーや服、ビーズの装飾、おしゃれなヘッドスカーフ、流れるような長いガウンなどを作っている。市《いち》が立つ日には人々が遠くから旅をしてきて、村人たちからさまざまな商品を購入する。そうして生活をして、生計を立てているのだ。

オナーはどこまで体の自由がきくかたしかめながら、ゆっくりと動きはじめた。痛みで全身が震え、顔をしかめたが、いくつもの筋肉が抗議していることは感じなかったかのように動き続けた。

主に、いちばん重傷を負っているひざに意識を集中させた。どんな怪我なのかまだはっきりとはわからないが、倒れずに歩けるのだから、耐えられないほどの傷ではないということだ。目的地まで歩いていけるだろう。動かして、筋肉をほぐせばいい。

救済センターの医療エリアでほかの薬も見つけられればよかったのだけれど。筋弛緩薬があれば最高だ。だが、いまあるのは抗生物質と、アメリカでは市販されている鎮痛剤――イブプロフェンとアセトアミノフェン――だけだった。もっと強い麻酔性鎮痛薬を見つけていたとしても、置いていっただろう。意識がぼうっとしてしまう薬を服用するわけにいかない。つねに頭をはっきりさせて、用心していなければならない。痛みはうれしくないものの、気を張りつめていられる。動くたびに痛みを感じていれば、リラックスできないし、自分は映画のなかの女優だと思いこんでいられる――とはいえ、これは映画ではない。彼女の人生という役柄だ。

ゆっくりと最後の水を口にふくみ、乾燥してひび割れた唇を舐めて潤わせてから、その水を喉に流しこんだ。もう一度食べる気はなかった。数個のMREと一本のプロテインバーしか残っていない。村で水は補給できるが、食べ物はわからない。お金はないし、物々交換できそうなものはひとつしか持っていない。けれど、食料がなくても水があればやっていけるだろう。つまり、いちばん重要なのは水だ。それと、できれば服や包帯を作れるものが見つかれば、いま着ている唯一の服を変えられる。毎日、とくに異なる場所で、同じ服装で姿を見せるのは危険だ。そのうちだれかに気づかれるだろう。噂になってしまう。彼女を追っている狂信者たちは、そこから推測して、じきに彼女をつかまえられると思うだろう。もっと悪いことに、オナーがどんな格好をしているかばれて、見ただけですぐに気づかれてしまうかもしれない。

オナーは服のあいだに隠してある鋭い短剣の柄をつかんだ。ウエストに巻いたひもにくくりつけてある。最初は身を守る手段として持ってきたのだが、日が経つにつれてほんとうの理由に気づきつつあった。

襲撃のあと、とてつもないパニック状態になりながら、モンスターたちが彼女の友人たちにしたこと、自分は容赦なくその十倍もひどいことをされるだろうということを考え、ナイフを持ってきた。戦わずに負けたりしないし、なにがなんでも生きるために――生き延びるために――戦うつもりでいた。けれど、もし勝ち目がなくなり、つかまるのが避けられなくなったときには……。目を閉じ、その考えを締め出す。少なくとも、締め出そうとした。しかし無理だった。あのおそろしい日に、早まって心に決めた。連中に追いつかれてつかまる前に、みずから命を絶とうと。

そんなのはまったく彼女の性分に合わない。自分はそんな人間ではない。いままでもそうだった。パニックで弱気になった一瞬、ほかの人たちと一緒に死ななかったことを悔やんだが、いまではそれを恥じていた。自分はファイターだ。強い。みずから命を絶つなんて、救いようがない臆病者がすることだ。だけど、彼女はばかではない。つかまったらどのみち死ぬのはわかっている。ただし、何日も、おそらく何週間も、絶え間ない苦しみと辱めと拷問を受けたあとでのことだ。殺してくれと懇願するところまで落ちたくはない。それくらいのプライドはある。そんなことをして連中を喜ばせたくはない。いざとなったら、みずから命を絶ち、連中から無意味な勝利を奪ってやる。

時間を無駄にしている。正直に言うなら、衰えつつある勇気を奮い起こさなければならないのに、それをだらだらと引き延ばしてしまっている。オナーはゆっくりと体を起こし、やっとの思いで立ちあがると、いまや少ない物資が入った袋の端を折りたたみ、ウエストに巻いたひもにくくりつけ、身を守らなければならなくなった場合にそなえて両手は空けておいた。

ひもを強く引っ張ればすぐにローブがゆるみ、頭から簡単に脱げて、楽に逃げられるようになっている。けれど、体のあちこちに何重ものテープでクッションが貼りつけてあるので、ローブを脱いでも、それほどスピードはあがらないだろう。

しかし、短剣が役に立つ。早いスタートを切ることができれば、走りながらテープを切れる。そうすれば足手まといになるものはすべてなくなり、速度をあげられる。あとはただ、ひざがもつことを祈るしかない。

いちばん高くて幅がある岩のうしろに隠れていたオナーは、外をのぞいてみた。驚いたことに、こんなに朝早い時間にもかかわらず、村に通じる道路はかなりにぎやかだった。人々がそれぞれ集団を作って歩いている。ひとりで歩いている人もいる。小さな木製の荷車を引いている人もいれば、ラバに荷馬車を引かせている人もいる。

下の村をさっと見渡すと、さまざまな売店が設営されており、人々はすでに商品を並べて、客を迎える準備をしていた。村で市が立つ日らしい。遠くの地域から大勢がやってくる。

小さく安堵のため息をつきながら、オナーは人目につかない隠れ場所からこっそりと出て、下の村へ向かう人々にまぎれるチャンスをうかがった。ありふれた光景に身を隠すのだ。追っ手たちは、オナーが真っ昼間に堂々とほかの人たちにまぎれているとは思いもしないだろう。これまでは夜に移動して、日中は隠れて休んでいたのだから。少なくとも、そう自分に言い聞かせた。ほかの可能性を考えたら、動くのが怖くなって、この場から離れられなくなってしまう。ふたたび逃げて自由への旅を先に進む前に、物資を補充する唯一のチャンスを失ってしまう。

行列のなかにすき間を見つけると、大またで足早に道路へと向かった。市場に向かう人たちの仲間としてまぎれ、猫背で足を引きずっている老婆に見えるように気をつけた。無意識に手をニカブにやり、目以外は隠れていることをたしかめ、たまたまだれかとまっすぐ目が合ってしまわないようにつねに下を向いていた。

ふと、両手に視線を落とし、ウエストから垂れている布のあいだに隠した。まだ腫れていて、切り傷や裂傷は土でおおわれているので、生涯ずっと手仕事をしてきた女の手にしか見えない。乾いて固まった血は丁寧に洗い流した。爪は割れ、泥だらけで、土が甘皮にこびりついているうえに、爪がはがれた部分をおおっている。

村の外れに近づくと、小さな集落から騒々しい音が聞こえた。遠くでは音楽まで流れている。すでに値段交渉がはじまっていて、売店は物々交換や買い物をしたがっている人たちで活気に満ちていた。

「こんにちは、姉妹よ」

オナーは身をこわばらせたが、いつの間にか横に来ていた男に過剰反応しないようにこらえた。村の様子に気を取られていて、周囲の旅人たちに用心すべきなのに注意がおろそかになっていた。男はあまり使われていない方言でしゃべった。彼女を試しているのだろうか？　オナーが返事を思いつく前に、男は声をひそめて続けた。だれにも聞かれたくないかのように。「ここには悪党どもがいる。なにかを捜している。村人たちは用心している。連中は村を取り囲んで、村じゅうをくまなく捜索している。女性ひとりでは、用心するに越したことはない。よければ、一緒に行きましょう。同胞のお年寄りの助けになれれば光栄だ」

　彼女の正体を知っている？　どうして？　思っていたよりも用心できていなかった？　男は警告している？　過激派グループが捜しているのは彼女だと知っているから？　それなのに、同胞のお年寄りと言って彼女の変装に調子を合わせて、彼女を裏切ったりしないと安心させている？　それとも、もっと邪悪な目的があるのだろうか？　彼女がなんとしても逃げようとしている連中の仲間なのか？

　オナーにできることはほとんどなかった。急に逃げたら、まちがいなく注意を引いてしまう。いっぽうで、彼女を追っているろくでなしどもは、オナーには自分たちがいる村に行くだけの度胸がないと思っているかもしれない。連中はすぐ近くにいる。においがする。彼女より年上に見えるこの男と行動すれば、変装に信憑性が増すだろう。

　男はオナーが変装している老婆より年下だが、若くはない。おそらく妻と、あるいは妻たちと、子どもがいるにちがいない。四十代かもしれないが、わからない。過酷な労働のせいで、ここの人たちははるかに老けて見える。

「ありがとう、兄弟、こんにちは」それからオナーは男のほうを向いたが、目は合わせないように気をつけ、追従を表すようにうつむいたまま、声に恐怖をにじませて聞いた。そうすると思われているはずだからだ。「なぜ悪党がここにいるの？　ここは平和な村ではないの？　連中はなにを捜しているの？　わたしたちは安全なの？」

熟慮したうえですべての言葉を発し、わざと年老いた声に聞こえるようにした。英語の訛りを出したくなかった、中東の言葉はとても得意だ。消滅しかけているわかりづらい言語でさえしゃべれる。なんとかミスをしなかったと思い、ほっと息をついた。なにか自分では聞き取れなかった過ちがあったとしても、この地元民が気づいていないことを祈るしかなかった。

「ニュー・エラと自称しているグループが、救済センターの爆撃から逃げたアメリカ人女性を捜しているという噂だ。ほかの職員は全員亡くなった。連中は女をつかまえるまであきらめないつもりだ。より広く捜索するために遠くまで範囲を広げ、手分けしている。村人たちは不安になっている。悪党連中がこの村を破壊し、勢力範囲を広げるのではと。女を見つけたら、村人は狂信者たちに引き渡すだろう。その見返りに自分たちは助かると期待して」

この男は彼女がその追われている女であることを知っているのだと、ますますはっきりした。なぜ助けようとしてくれるのかはわからない。彼女に偽りの安心感を与えて誘惑したいだけかもしれない。ニュー・エラに彼女を渡し、報酬を得るために。

頭のなかで選択肢を熟考したり検討したりする時間はなかった。そんなことをしたら正体がばれてしまう。それに、こういう話を聞いて、守ってくれるという申し出があった場合、老婆は断ったりしない。そこで、オナーは自分にできる唯一のことをした。彼女が選べる唯一の選択肢。

「あなたに守ってもらえるならありがたいし、喜んでお願いするわ。村で少し手に入れたいものがあるだけなの。罪のない人たちを虐殺する連中に目をつけられたくないわ」

「我々にアラーのご加護がありますように、我が姉妹」男は礼儀正しく言った。「さあ、一緒に行きましょう。必要なものを買ってしまえば、また先に進める。どこへ行くにも、アラーがともにあらんことを」

男はオナーの正体を知っている。そうにちがいない。それなのに、彼女を守りたいかのようにふるまっている。安堵と感謝を覚えたが、同時に不安だった。こんなに彼女の話が広まっているなんて。侵入者たちの標的が彼女だと知っている人間がいるなんて。罪悪感が押しよせる。自分のせいで罪のない人たちに死んでほしくない。自分のせいで村全体が破壊されたりしてほしくない。また、彼女の正体を知りながら助けてくれている男を死なせたくなかった。

「怪我をしているのかい?」

穏やかな声で心配そうに聞かれ、オナーはますます緊張した。だれも信用するわけにはいかない。この男はオナーを追っている連中のところにまっすぐ彼女を連れていくつもりかもしれないのだ。

オナーはやさしい笑い声をあげた。労働と加齢によるしゃがれ声に聞こえるように、声音を変えて言う。「この年になれば、骨が痛むし、若いときほど速く動けなくなるのよ。でも、わたしは大丈夫。まだちゃんと動けるわ」

男はうなずき、オナーの説明に納得したようだった。黙って歩き続けるうちに、村の小さな集落に着いた。オナーは伏せたまつ毛の下から、あたりを鋭く見渡した。第一の目的である川では、数人の女が朝の洗濯をしている。楽しそうな雰囲気だ。自分たちの村に危険が侵入していることを知らないのだろう。

先に川に行こう。そこから売店を観察して、必要なものを売っているか確認できる。あと数日は食べ物がなくても平気だが、可能なら補充しておいたほうが賢明だろう。いつまたチャンスがあるかわからないのだから。

オナーが持っているなかで、すぐに怪しまれたりしないと思われる唯一のものは、手のこんだ装飾用のブレスレットだ。以前、男の子を治療したときに、家族から感謝の印として贈られたものだ。おびえた子どもに対して、オナーはやさしく安心させるように接した。このブレスレットには価値があり、家族が簡単に手放せるようなものではないとわかっていたが、受け取るのを拒んだら侮辱になっただろう。いまでは、拒まなくてよかったと思っていた。これがあれば、食料と衣類を買って、着がえて見た目を変えられる。

「どこに行きたい、姉妹？」男がたずねる。

「川よ」オナーは短く答えた。「洗濯をしたいし、水をくんでおきたいの。来た道をまた戻らなきゃならないから」

男はつかの間オナーを見つめた。彼女の言葉がほんとうか考えこんでいるにちがいない。「わたしが水をくんでこよう。容器もある」まるでオナーが持っている容器はここでは使われていないものだと知っているかのようだった。プラスチックのボトルで、まちがいなく場ちがいに見えると。「あなたは村で欲しいものを見つけるといい。わたしは水をくんだら戻ってくる」

オナーはうなずき、敬意と感謝をこめて頭をさげた。それから背中を向け、足を引きずりながらゆっくりと通りを進んでいく。両側には売店が並び、あらゆるものが売られていた。保存食品だけでなく、服も売ってもらわなければ。あるいは、少なくとも、救済センターで見つけた大きな一枚布でいまの服を作ったように、服を作れる材料を。代償として払えるものはひとつしかない。つまり、両方を売ってくれる商人が見つからなければ、どちらか選ばなくてはならない。

いくつかの店の前で立ち止まり、興味があるふりをしながら、現地語で流暢にあいさつさえ交わした。本来の若い声にならないように、年老いた女の荒くしゃがれた声を保つように、つねに気をつけた。

そのあいだずっと、あたりに目を走らせ、不審な人間がいないかと群衆を注意深く観察した。村の住人たちに不安そうな感じはなかった。オナーの追っ手は獲物を見つけたいだけで、目立たないようにしているのだろう。

ようやく、おいしそうな保存食品を売っている商人を見つけた。旅を続けるために必要な分だけ消費していけば、何週間ももつだろう。さらに、何反もの布も売っていた。さまざまな色やスタイルのニカブと流れるような長いローブが陳列されている。彼女の匿名の協力者が代わりにくんでくれている水以外に、必要なもの。ここで生活を営んでいる罪のない人々に災難をもたらす前に、買い物を終えてこの場所を離れなければ。彼らの命と自分の命を引き換えにはしない。善良な人々のコミュニティを犠牲にして生き延びたとしても、その後平気で生きていけるわけがない。

ええ、すぐに立ち去って、夜まで身をひそめる場所を見つけて、それからまた旅を続けよう。一日ごとに安全な場所に近づいている。甘い勝利の味が感じられるほどに。けれど、どれだけ安全な場所に近づいているとしても、油断するほどうぬぼれてはいない。そういう重大な過ちを犯したら殺されてしまう。

売店に立っているのは年老いた女だった。無口だが、歓迎と好意が感じられ、オナーはほっとした。言葉をまちがえないように注意しながら、頭のなかで集中して言葉を考え、老婆のしゃがれ声に聞こえるようにするだけでなく、訛りを抑えてできるかぎり流暢にしゃべるように、きわめて気を配った。

この国は小さいものの、多くの言語が使われ、ほとんどの国民が複数の方言をしゃべるため、オナーにとっては有利だった。正しいアクセントに近づけておけば、アメリカ人であることがばれないかぎり、この店の女がささいなちがいに気づいたとしても、べつの地方の言語だと思うだろう。

丁寧な態度で、オナーは欲しいものを女に伝えてから、手のこんだブレスレットを取り出し、食べ物と服の支払いに足りるかとたずねた。

女はオナーからブレスレットを受け取ると、ひっくり返しながら、あらゆる角度からじっくりと調べ、それからオナーに視線を戻した。そのまなざしには誠実さが見て取れた。

「これじゃ多すぎるよ。ほかにも好きなものを選んでおくれ。このブレスレットはものすごく価値のあるものだ」

オナーは女が売っているほかの商品をさっと見て、論理的になにを持っていけるだろうかと考えた。予備の服は重いだろう。食料は重要ではない。だがふと、川の水を煮沸するためのボウルと、ライターが切れた場合にそなえて火をおこすものが必要だということを思い出した。ライターは救済センターから持ってきたものだ。ありがたいことに、職員のひとりがヘビースモーカーで、状況が落ち着いているときにきまってこっそりと吸っていたのだ。

「ボウルを」オナーはつけ足した。「それと、火打ち石も。ある?」

女は鋭い視線でオナーをじろじろと眺めまわした。心の奥まで探るようなその目は、内に隠された秘密をすべて見つけようとしているみたいだった。まじまじと見られ、オナーは気まずくなった。自分が無防備に感じられ、楽しい気分ではなかった。

「体が痛いようだね」女はそっけなく言った。「年を取ると、痛みには勝てない。わたしの家においで。あんたが欲しいものを用意して、軟膏もあげよう。筋肉でも関節でも、いちばん痛むところに塗るといい。痛みはやわらぐが、意識がぼうっとすることはない。わたしがいないあいだは、夫が商品を見ていてくれる」

オナーは被害妄想に襲われた。ここの人たちは彼女の正体を知っていて、なんらかの理由で助けようとしているかのようだ。オーケー、ふたりがそうだからといって全員が同じとはかぎらない。だけど、直接接触したふたりの人間が彼女の苦境を知っている――そして安全な道を提供してくれている――ように思えるのは、偶然ではない。

申し出はありがたいし、悪に支配されているかのような世界でこれほどの善があると思うと目に涙があふれた。だが、オナーを引き渡さないだけでなく、救いの手を差し伸べて、事実上かくまったりしたら、この人たちは苦しみを与えられることになってしまう。それだけはぜったいに避けたかった。

しかし、女の親切な申し出を断るのは、とんでもない侮辱になるだろう。そこでオナーはうなずき、静かに感謝を述べた。女はほほ笑むと、数メートル先でべつの村人と話している男に合図した。

老夫婦は低い口調で言葉を交わし、ふいに夫がオナーを見て、驚いて眉をあげた。奇妙なことに、その目に称賛――尊敬――がよぎり、またすぐに消えた。

いいい、みんなが彼女の正体を知っているのだろうか？　パニックが高まってのみこまれそうになる。ほとんど息ができなかった。連中がここにいる。近くに。見張って、待ち伏せしている。追跡している。オナーが見つかったら、罪のない人たちが殺されるかもしれない。連中にとって重要なのは標的だけで、ここの人たちはどうでもいいのだ。自分のせいで無意味な血を流すわけにはいかないと思い、高まるヒステリーを追い払い、落ち着いて女と一緒に歩いていった。売店から少し離れたところに小さな住居がいくつかあり、そのひとつへと向かう。

中に入ると、オナーは少しだけリラックスした。ここでは人目にさらされていると感じないものの、安全ではないし、小さな住居の壁で守られているという錯覚を抱いているだけだとわかっていた。家の中に侵入しようと思えば、正面の閉じたドアを難なく突破できるだろう。阻止することはできない。

女はオナーに頼まれたものをすばやく手際よく集めてから、棚に置かれたボウルからどろっとした軟膏を大量に取り出し、それを通気性のいい布にくるみ、小さな包みにした。これなら、簡単に体に隠せるし、袋に入れて運ぶこともできる。

女はオナーが売店で買ったものも持ってきており、間に合わせの袋の中にすべて入れるのを手伝ってくれた。しかし、袋といってもただの布で、端を結んで荷物が出ないようにしているだけだとわかると、女は舌打ちをするような音を立て、しばらくオナーをひとりにした。数秒後に戻ってきた女は、手に頑丈な素材でできたバッグを持っていた。口を閉めるひもがついているだけでなく、肩にかけられるようにストラップもついている。斜めがけにすれば、つねに両手を空けておける。

新しい協力者はオナーの服の上からバッグをかけてくれた。オナーは目を見開いて、揺るぎないまなざしで女の目を直接見つめた。老婆のふりをするのはやめた。この女は明らかにオナーの正体を知っている。その理由を知りたかった。

「どうして助けてくれるの？」オナーは女の母語でやさしく聞いた。「わたしを追ってる集団に逆らうなんて、危険すぎるわ」

女は目に怒りを燃えあがらせ、少しのあいだ黙りこんでから、ふたたび気を落ち着けた。数秒後には怒りもやわらいでいた。

「あいつらは悪党だ」外見の冷静さとは裏腹に、女は嫌悪に満ちたささやき声で言った。「あいつらはアラーの定めに従っちゃいない。あいつらはアラーの息子じゃない。真の信者たちを、真実を知っている者たちを裏切っている。自分たちの同胞を殺している。自分たちに逆らう者たちを殺している。わたしたちの仲間を助けようとしているだけの外国人を殺している。あいつらは神の定めに従っちゃいない。あいつらがやっているのは悪魔の所業だ。権力と栄光を求めている。崇められ、おそれられたいと思っている。連中を阻止しなければ、だれひとり、ムスリムも、ほかの宗教や信仰を持っている人も、やつらの罪深いやり方を受け入れない者はみな、殺される。すでに占領して迫害している国や地域だけにとどまることはない。やつらはいまでも、疫病のように広がり、触れる者すべてに死と破壊をもたらしている。忠実なしもべを世界に送りこんでいる。わたしたちはこれまでだれも目にしたことがない時代を迎えることになる。安全な場所なんてない。安全な国はない。世界じゅうが、ここと同じ状況になり、わたしたちと同じ目にあう。無意味で罪深い暴力によって命を落とすのではないか、愛する人を失うのではないかと、日々おびえながら暮らす。そうなったら、わたしたちはどうする？　どこに行く？　だれがあいつらを止めてくれる？」

女はひと息ついた。とても本気で、真剣で、熱烈な言葉がこぼれ出るようだった。ほとんど息をつかずにしゃべりながら、自分の恐怖を——率直な事実を——オナーに告白した。

「連中は大勢をだましている」女は打ち明けた。「あいつらは神のようにふるまっている。コーランに精通していて、聖なる言葉をねじ曲げるのがうまい。実際にはそうじゃないのに、自分たちは重要な存在だと思わせている。あいつらに従っている多くが、自分たちはアラーが望むことをしていると本気で信じている。アラーに仕えていて、それに対して十分な恩恵が与えられると。

「あの組織は恐怖と憎悪で活動している」嫌悪感をこめて言う。「一度組織に入ったら、不服従や、背信行為とみなされることは、アラーに背く罪とみなされ、死刑を宣告される。即死でもないし、慈悲をかけてもらえるわけでもない」

女は身震いした。目には悲しみがにじんでおり、いま話したようなことをじかに知っているみたいだった。

「ほかの者たちを支配するために、見せしめに利用される。おとなしく服従して、連中の〝大義〟に絶対的な献身を見せれば、称賛され、ちやほやされる。そうじゃない者はおそろしい拷問を受け、忠実な信奉者は自分を高める方法として拷問をするように命じられる。裏切り者の命を奪う手伝いができることは栄誉だとみなされている。最終的に、犠牲者がそれ以上耐えきれず、死にかけると、集会の場で首をはねられる。地獄に落ちる呪いをかけられ、犯したことになっているすべての罪を全員の前で発表されてから、そのあとでようやく首を切り落とされるんだ。それから連中は祝いを……」

女はまた言葉を切り、ふたたびオナーを見やった。今回、その目にはさっきよりも悲しみがにじんでいた。涙と悲しみがあふれている。こういう悲しみは理解できる。息がつまり、心を閉ざしたくなる悲しみ。感覚が失われ、深い喪失感以外にはほとんどなにも感じられなくなる。そしてそれを受け入れる。それ以上なにも感じたくないから。覚えていたくないから。

こらえきれず、オナーはすぐそばにいる老女の手の上に自分の手を重ね、なぐさめるように、また、連帯感を伝えるように、握りしめた。女と同じように自分も信じているということを伝えるために。いまの話を同じように嫌悪していると。

「あの組織のせいでだれかを亡くしたのね」オナーは静かに言った。

女の目にさらに涙がきらめき、しばらく心を落ち着けるかのように視線を落とした。それから、空いているほうの手をオナーの手に重ね、両手で彼女の手をはさむようにした。

「ええ。息子を。あの子は悪じゃなかった。誤った道に導かれてしまったんだ。組織が象徴するもの、象徴していると見せかけているものを正しいと思っていた。強い道義心を持っていて、母国を、家族を守りたがっていた。父親とわたしがもうこんなに懸命に働かずにすむように、わたしたちを養おうとしていた。アラーにかけて、わたしたちのためにしたことなんだ」打ちひしがれた苦しそうな声には、罪悪感があふれていた。罪悪感を持つべきなのは彼女ではないが、それでも感じているのだ。またしても、オナーにはその気持ちが理解できた。まだ生存者の罪悪感《サバイバーズ・ギルト》にとらわれていた。働いていた場所が無残に攻撃され、自分ひとりが生き延びたことへの罪悪感。

老女は言葉を切って黙りこんだ。ふたりのあいだに沈黙が広がる。女はもの思いにふけり、遠くにいるかのようだった。大昔の決意を嘆き、息子を止められなかった自分を責めているのだろう。オナーは女に同情を覚えた。息子の死を悲しんでいる母親。強い宗教的信念と信心深い魂にもかかわらず、憎しみを抱いており、そのことをときどき恥じている女。それはまちがいない。

「息子さんになにがあったの?」

女はなんとか唾をのんでから、小さなカップに手を伸ばした。水を飲み、話を続けられるように、乾いた口を潤した。

「最初は熱心だった。完璧な兵士。優秀な戦略家で、その知性で自分を上官たちに印象づけて、みるみるうちに昇進した。だけど、そこにいるうちに、多くを目にして、多くを理解するようになった。そして疑問を抱きはじめた。最初は自分自身に。まだ頭のなかで論理的に考えていたんだ。最初はとても正しいと思ったのに、なにがおかしいのだろうかと。

「でも、そのうち連中はより大胆に、より攻撃的になっていった。そうできるからという理由だけで、罪のない人たちを標的にした。テリトリーを広げはじめた。つねに強欲で、より多くを求めた。完全な支配。自分たちは無敵だと感じていた。どの国も、世界最高の軍事力でさえ止められないと。やつらは多くの成功で気をよくして、計画を変更して、はるかに大きなスケールで考えるようになった。冷酷で、罪深いモンスター。女や子ども、武装していない男たちを殺すことをなんとも思わなかった。また、武器を持って戦ったことなどない、ついでに言うなら、戦うための武器を所有してもいない平和な村を、平気で破壊した。村はたやすく制圧され、男も女も子どももひとり残らず処刑された。まずは親を苦しませるために、目の前で子どもを殺した。ひとりずつ殺していき、親たちは我が子を守れない自分たちを責め、悲しみながら、ずっと待たされる。そして、子どもがひとり残らず虐殺されてから、大人の番になる。子どものときと同様に、まずは夫に妻の死を見せるために、女を撃ち殺した。もっと悪いことに、多くは夫の前でレイプされた。夫たちはなにもできなかった。助けることもできない。彼らは怒り狂い、とうとう自分たちの番になると、喜んで死を歓迎した。死を願い、受け入れた。家族全員が目の前で暴行され殺された恐怖にもはや耐えられなかったから」

「もう話さなくていいわ」オナーはささやいた。女の悲しみが重々しく部屋に満ち、胸が締めつけられ、涙があふれてこぼれそうだった。「とんでもなくつらい出来事だったんでしょう。思い出させたくはないわ」

女はほほ笑もうとしたが、かすかに顔がゆがんだだけだった。

「毎晩、寝るときに思い出しているよ。目覚めるたびにいつも思い出している。毎日いつでも思い出している。わたしの心から追い払うことはできない」

オナーは目を閉じた。ずっとこらえていた涙が頬を伝い落ちる。この住居から出る前に、念のために顔にまたヘナを塗らなくては。

「息子はそういうのにうんざりしていた。そんなあるとき、アラー本人が夢に出てきて、事実を明らかにしてくれた。組織の真の計画を明らかにしてくれたんだ。連中は善ではなく悪の手先だと。そして、すぐに去るべきだと息子に伝えた」

女はぎこちなく息を吸いこんだ。その声はしゃがれていて、鋭く悲痛な悲しみをこらえようとしていた。

「息子は去るべきだった。正しい機会を待つべきだった。だけど、そうしなかった。組織が象徴しているものはまちがいで、コーランの教えに従っていないというアラーの言葉を受け取ったあと、それをすっかり信じこんで、みずからリーダーたちと対決した。夢の話をして、こんなことはやめなければ永遠の地獄に落ちると言った。連中はその場で息子を殺さなかった。拘束もしなかった。息子をもてあそんだ。大真面目な様子で、アラーの言葉を伝えてくれて感謝する、アラーが話しかけてくるなんて信心深い男にちがいない、いま聞いた話をすべて考慮して、メンバーを集めて今後の変化について話し合うと言った。そして息子を自分の部屋に戻らせた」

女はオナーをちらりと見やった。若い女がこんな空想的な話を信じるかたしかめるように。だが、オナーは真剣に女を見つめ返し、すべての言葉を受け入れた。それでも、女は自分の突拍子もない話を裏づける必要があると感じたにちがいない。

「あんなに秘密主義の組織内での出来事をどうして知っているのかと疑問に思っているのなら、教えてあげよう。息子はニュー・エラのメンバーとして経験したことをすべて詳しく日記に書いていたんだ。そして、リーダーたちと対決してすぐに、それをわたしに送ってきた。なにが起きるかわかっていたのかもしれない。連中が嘘をついているのを感じ取って、やつらの正体をだれかに知らせたかったのかもしれない。その後に起きたことについては――日記は息子がリーダーたちと対面したところで終わっていた――組織内の息子の友人に聞いた。息子と同じく、組織の行動をよく思っていなかった。彼がわたしのところに来て、息子がどうなったか教えてくれた」

今回、女の口からは悲しみの声がもれた。魂の奥からこみあげてくるようだった。涙がぽろぽろと流れ、その表情は悲しみで打ちひしがれている。オナーは彼女を見つめながら同じような反応を見せずにはいられなかった。友人と同僚たちがひとり残らず殺されたあの日の恐怖を思い出さずにはいられなかった。女の気持ちがはっきりとわかる。オナーとこの女は、ほかのだれとも築けない絆で結ばれていた。

「息子は持ち物をまとめて、夜明けに出発してわたしと父親がいる家に帰ってくるつもりだった。ところが、真夜中に連中が息子のところにやってきた。連中は息子をベッドから出し、外に引きずっていった。そこにはほかの仲間たちがすでに集まっていた。息子は猿ぐつわを噛まされた。しゃべれないように、弁解できないように、組織とその計画を非難しないように。そしておそらく、ほかの仲間たちに共感を起こさせないように。

「連中は仲間たちに、息子は同胞を裏切ったと言った。敵対する軍事集団に自分たちの居場所を教えるという許しがたい罪を犯したと。買収され、金のために兄弟全員を裏切った。アラーだけでなく、彼らの大義――アラーの大義――にとって悪だと。非難し終えるころには、ほかの仲間たちは喜んで拷問に加わりたがった。息子がしたことに腹を立てていた――激怒していた。息子を悪魔と呼んだ。悪霊にとりつかれていると。

「一週間、連中は休まず拷問した」女はささやいた。涙はまだ絶え間なく頬を伝い落ちていた。「このときは、いつものように相手が死んでしまう直前に首を落とさなかった。息子のような裏切り者には、すばやく痛みのない死を与える価値はないと言ったそうだ。息子はその場に残され、拷問によってゆっくりと死に向かっていった。ずっと食べ物も水も与えられなかった。さらに三日もかかった！」

女はこぶしを口に当て、強く噛んだ。小さな住居内でとてつもない悲しみがありありと感じられた。オナーはこらえきれなかった。他人をなぐさめずにはいられない性分なのだ。他人を助けずにはいられない。自分がどれだけ犠牲を払っても。だから、いまも命をかけて逃げているのだ。みずから危険な場所を選んで、支援活動をしてきたために。危険であるだけでなく、もっとも助けを必要としている地域でもある。ほかの多くの人たちはここまで来て助けようとしないから。

オナーは女に両腕をまわし、ただ抱きしめた。あまりに多くの無意味なおそろしい死のために、ふたりで涙を流した。

「お気の毒に」オナーは女の耳もとでささやいた。「息子さんはいい人だったのね。あのモンスターたちに支配されて、富と権力の約束を信じている愚かな操り人形とはまるでちがう。息子さんは過ちを正そうとした。いまはアラーのもとで安らぎを得ているわ。わかってるはずよ」

女は青白い顔に笑みをうかべ、手の甲で涙をぬぐった。そして震える手をまたひざの上におろした。

「そう言ってくれてありがとう。白状すると、ときどきあの子の魂が心配になるんだ。アラーの腕の中で平穏を見つけているように祈っている。でも、そう、あの子はいい子だった」

わずかにあごをあげ、より決然としたまなざしになる。「ニュー・エラの真の目的を知ったとき、あの子は阻止しようとした。それはえらいと思うよ。だけど、心のなかでは、ただ歩き去ってくれればよかったのにと、そう思わずにはいられない」

オナーはわかるというようにうなずいた。時間はかぎられている。水をくみに行ってくれている男がオナーを捜しているだろう。オナーは前かがみになり、もう一度女の手を取った。

「助けてくれてありがとう。このご恩は返しきれないわ。でも、もう行かなきゃ。村まで一緒に来てくれた男の人がいて、川で水をくんでくれてるの。彼の話では、その組織がここに、村にいるとか。少なくとも数人が。村を取り囲んで、市場にもまぎれてる。わたしを捜してるのよ。気づかれないように、疑われないように村を出る方法を考えないと。それから、休む場所を見つけないと。連中に見つからないように、昼は寝て、夜に移動してるんだけど、今朝は村に来て物資を手に入れなきゃならなかった。ほとんど蓄えがなくなっちゃったし、水が底をついちゃったから」

一瞬、女の目がきらめき、はじめてほんとうの笑みのようなもので顔が輝いた。

「夜までここにいればいい」女は得意げに言った。大きな問題を解決したとばかりに。

オナーは不安に襲われ、反射的に首を横に振った。「いいえ。ぜったいにだめよ。そんなふうにあなたやご主人を——村の人たちも——危険にさらすわけにはいかないわ。できるだけ早くこの場所を離れるのがいちばんよ。そうすれば、あなたもほかの人たちも怪しまれることはない。あなたはとてもよくしてくれたわ。連中が追ってる人間をかくまったせいで殺されたりしたら、恩をあだで返すことになっちゃう」

女の笑みは揺るがなかった。「ここなら見つからないよ。たとえやつらが中に入ってきて捜してもね」

女の表情は気取っていて、もっと重要なことに、自信にあふれていた。ためらいはなく、オナーを安心させるために自信があるふりをしているのでもない。

オナーは困惑して女を見つめた。「どういうこと?」

「何年か前、この地域でひどい戦闘があって、爆弾で吹き飛ばされるんじゃないかと毎日不安だった。攻撃は夜だけだった。戦闘員たちは意気地がなくて、日中に犠牲者と顔を合わせられなかったのさ。そこで、夫が家の床下に地下壕を掘ったんだ。人がふたり入れるだけの深さと広さがある。何カ月ものあいだ、爆弾が落ちる危険があったから、毎晩そこで眠ったんだよ。水を受け取って、ここに持っておいで。眠っているあいだに、煮沸してきれいにしておこう。夜になったら起こすから、またアラーのご加護とともに先を進みなさい」

「ご主人はどう思うかしら？」オナーは小声で聞いた。

「自分たちは神の使いで、神のご意志を実行していると言っている悪党どもの鼻を明かせるなら、夫は喜ぶだけさ。それに、ものすごく困っている若い女にけっして背を向けたりしない。ぜったいに見つからないよ。夫が床に作った入口は、わからないようになっている。あのけだものどもは、あんたの上に立ってもぜったいに気づかないよ。あんたには休息が必要だし、傷を手当てしなきゃならない。小さなことはわたしに任せて。息子は救えなかったけど、あんたを救える」

「なんてお礼を言ったらいいか」オナーは涙ぐみながら言った。安堵が清らかな雨のように降りかかってくる。

今回、女はオナーの手を取り、しっかりと握りしめて明らかな連帯感を示した。女から決意が伝わってくる。感じられる。オナーを助けるだけでなく、逃がして生かしてみせるという決意。

「生きることがわたしへの礼だよ」女はさらりと言った。「いいかい、オナー・ケンブリッジ。あんたが無事に逃げることを祈っている人が大勢いる。なんらかの形であんたを助けようという人が大勢いる。だけど、だれも信用しちゃいけない。あんたが安全な場所に逃げることを祈っている人が大勢いるように、ためらうことなくあんたを裏切る者も大勢いる。あんたを見つけた人間には富が約束されているんだ」

オナーはすっかりショックを受けて相手を見つめた。女は彼女の名前を知っている。彼女の名前は広く知れ渡っているのだ。

女はほほ笑んだ。「数日のあいだにあんたはかなり伝説になっている。あんたが過激派の手を逃れたという噂が村から村に伝わって、みんな畏敬の念を抱いている。たったひとりのアメリカ人女性が救済センターのおそろしい襲撃から逃れただけじゃなく、一週間以上もつかまらずにいる。あんたはわたしたちの希望の光になっているんだ。ニュー・エラが自分たちで主張しているような無敵の集団ではないってことを証明してくれ。やつらの評判はまちがっているって。だから、わたしの忠告を心にとめて、だれも信用するんじゃないよ。あんたは過激派にとって大きな悩みの種だ。連中は大きな権力をふりかざして、ひどくおそれられているが、あんたを見つけられずにいる。連中は激怒している。そして日ごとにますます怒りといら立ちをつのらせている」

「わたしは特別な人間じゃないわ」オナーは驚きながらなんとかしゃがれ声で言った。「どうしても家に帰りたいだけの平均的なふつうの女よ」

「帰れるさ」女はきっぱりと言った。「この偉業を成し遂げられる人間がいるなら、それはあんただ。ここまでやってこられたんだ。いまさらしくじったりはしないさ」

6

無が広がる意識のなかに、緊迫した声が侵入してきて、体力回復のための夢のない深い眠りが妨げられた。何時間か前からこの安全な繭の中で休んでいるオナーは、どうしてもそこにとどまっていたかったが、恐怖と覚悟が深く根づいていて、反応するしかなかった。ぱっと目を開け、声の主を捜す。彼女の協力者が、夫の作った地下壕に通じる階段のいちばん下の段に不安そうに立っていた。

「こんなに早く起こしちゃって悪いんだけど、準備をして、太陽が高く出ているうちに出発したほうがいい」

不安そうな声にオナーははっきりと覚醒し、いそいで起きあがった。バッグをつかみ、さっき買った新しい衣服をまっすぐに直す。上に行ってから、もっと染料を塗ったほうがいいところを手直ししよう。

「どうしたの?」オナーは女に続いて階段をあがりながら、強い口調で聞いた。

階段の上では女の夫が厳しい表情で待っていた。

「座って」女がせきたてるように言う。「顔と髪にもう少し染料を塗ろう。手を動かしながら話すから、聞いてくれ。それと、あんたは反対するかもしれないけど、変装についてアイデアがあるんだ。状況を考えると、連中を無事にやりすごすためには、それが完璧だと思う」

オナーはすぐに従った。恐怖で胃の奥に穴が開き、締めつけられるようだったが、女が言うアイデアというのに興味を引かれてもいた。そこで、手彫りの椅子に腰をおろし、ひざの上で手をこぶしにした。ひどく震えているのをごまかすために。

最初に口を開いたのは夫だった。

「悪党どもが村にいる。あんたが必ず夜に移動していることを知って、日が暮れてからもここに残るつもりでいるらしい。そこでだ、市のために北から来た人たちのグループがある。あんたは北に向かっているんだろう。まだ明るいうちに、彼らと一緒に出発するんだ。まぎれてしまえば、過激派の連中はほかの人間と旅をしている女を調べることはないだろう。いままでずっとひとりだったんだからな。絶好の——そして唯一の——チャンスだ。夜に出発したら、まちがいなくつかまっちまう。かといって今夜姿を隠していたら、連中は村を捜索して、あんたをかくまっている者をすぐに殺すだろう」

オナーは夫婦を見た。ふたりを危険にさらしていると思うとぞっとした。大きな危険をおかしてオナーを助けてくれていることはわかっている。実際、どれだけ危険があるかは、最初からわかっていた。けれど、こんなに冷静に話されると、体の芯まで動揺した。赤の他人に親切にしたからという理由で彼らを死なせたくない。

「そこであるアイデアを思いついたんだ」オナーのパニックが高まるのを感じ取ったのか、女が口をはさんだ。「連中は、あんたが日中にほかの人たちと旅をしているとは思っていないはずだが、足を引きずりながら歩いている猫背の老婆に変装しているっていう情報はつかんでいるかもしれない」

不安に襲われ、すでに胃の奥にある恐怖がたちまち高まっていく。すぐにつかまってしまうという絶望が口の中に苦く感じられた。ここまで来た。こんなに近くまで来た。あと少しで国境を越えて、アメリカ軍が駐留している安全地帯に行ける。まだニュー・エラが侵略していない場所に。それなのに、自由を目の前につかまってしまうなんて。そんなのは耐えられない。オナーはこぶしを口にやった。この勇敢な人たちの前で深い絶望を見せたりしない。そんなのは彼らを侮辱することになる。彼らはいまのオナーに欠けているものをこんなにも示してくれたのだから。

「いいから聞きなさい」女がなだめるように言う。「あんたもいいアイデアだって思うはずだよ。もう一度あんたの顔と髪を黒く塗るけど、若く見えるようにする。体を大きく見せている詰め物も取る。ひざが痛いかもしれないけど、怪我をしていないかのようにふつうに歩くんだ。ひざと、ほかの痛むところに軟膏を塗ってあげる。一時的に痛みがやわらぐはずだ。

「グループのなかには男もいる。そのひとりに、あんたの夫のふりをしてもらって、習慣どおりあんたの前を歩かせる。これらの要因――変化――を合わせれば、夜にまぎれてひとりで旅をしている老婆を待ち伏せしている連中の目をかいくぐれるだろう。注意を引くこともない。連中は新しい姿のあんたを捜そうとはしないはずだ。若い女。日中にグループ――家族――とともに旅をしている、若い女向けの鮮やかな服を着た女」

「それが唯一のチャンスだよ」夫がきっぱりと言う。

絶対的な確信に満ちた夫の口調が、思いきって日の光の下に出ていくことに対するオナーの恐怖を消し去ってくれた。女の言葉を熟考してみる。女のアイデアにはメリットがある。つまり、ニュー・エラが持っている彼女の情報とは正反対の変装をするということだ。この次はだませないかもしれないけれど、今回連中をやりすごさなければ、そもそも次の心配はないだろう。一歩ずつ進むしかない。罠をひとつずつかいくぐる。夫が言っていたように、これが唯一のチャンスだ。唯一のチャンス。やるしかない。闇にまぎれて出発するところを見つかったら、村人がオナーをかくまっていたことがばれて、報復として男も女も子どももひとり残らず殺されてしまうだろう。そう思うと吐き気がした。ここの人たちはオナーに親切にして、命をかけて助けてくれた。その代償に暴力を受けさせるわけにはいかない。

オナーはただうなずいた。女はまずオナーの顔を徹底的にきれいにした。年寄りに見せるために肌に土やごみをすりこんで染料でごまかしていたが、それを落とした。次に、細心の注意を払って肌に染料を塗ってから、髪にも塗りはじめ、もとは金色だった髪をほとんど黒く染めた。さらにオナーの眉毛も塗り直した。ハチミツ色の髪とちがって、もとは茶色、というより明るい茶色だった。オナーは危険をおかしたくなかったので、確実に変装するためにヘナで染めていたのだった。

次いで、女は無臭の軟膏をオナーの腫れたひざにたっぷりと塗りながら、祈りの言葉をささやいた。オナーの目の端に涙があふれる。アラーの加護と、その手がオナーを自由へと導いてくれることを祈っている。

いくつものすり傷やあざに丁寧に軟膏を塗ってから、女はオナーに両手を出すようにと言い、一本一本の指のしわやひび割れに染料を慎重に塗りこんだ。それから足にも同じことをして、そのあとで靴を出してきた。地元民がはいているような靴で、やわらかくはき心地がいいけれど、丈夫で、これからオナーが歩かなければならない距離にも耐えられると女は断言した。

「いまはいている靴じゃ、ばれてしまうよ」女は根気強く説明した。「ここの女はそういう靴ははかない。さいわい、いままではだれにも見られていなかったようだ。そうでなきゃ気づかれていただろうね。だけど、こうしてべつの服を着て、地元の靴をはいていれば、日が沈むずっと前に出発するんだから、問題なく村から離れられるはずだよ。市から出た人たちは、どの方角に向かっても、足止めされて調べられたり、質問されたりはしていないようだ。みんなの話では、ヘビどもは草の中に隠れて、あんたが魔法のように目の前に現れるのを待っている。いまでは、あんたを見くびらないほうがいいって気づいているかもしれないけど、それよりも傲慢さのほうが勝《まさ》っているんだろうよ。いまはあんたの行動パターンがわかっているから、自分たちが有利だと思っている。だから罠をしかけて、あんたがうまく落ちてくれるのを待っているのさ」

「あなたのおかげで――あなたたちふたりのおかげで」オナーは夫にも言った。「罠に落ちずにすんだわ。警告してもらわなかったら――助けてもらわなかったら――きっとそうなってたはずだもの」

「さあ、いそいで」女はオナーが村を離れるときに着ていく服を出してきた。「あんたと一緒に出発するグループは売店で待っているよ。あんたが来るまで、商品を見ているふりをしている。でも、いそいだほうがいい。怪しまれないようにしないと」

オナーはいそいで準備に取りかかり、数分のうちにきちんと服を着た。バッグのストラップをかけ、新しいニカブとローブの下に慎重に腕をしまった。足早にドアに向かいながら、ひざの調子をたしかめてみる。いまはふつうに歩かなければならない。すばやく動いたり、脚に体重をかけすぎたりするとつらいが、以前よりははるかに我慢できた。女の手当てのおかげだろう。だけどもっとも重要なのは、怪我に気づかれることなくふつうのペースを保てそうだということだった。たしかに痛みはある。けれど、鈍いうずきにまで弱まっていたし、純然たる決意があればよろめいたりしないだろう。オナーはドアのところで立ち止まって振り返った。せめて、途方もない感謝の気持ちを言葉で伝えたかった。

「ありがとう」オナーは言った。「あなたたちは他人のために大きな危険をおかしてくれた。このご恩は返しきれないわ」

「道中、アラーのご加護がありますように」夫が厳粛な声で言う。「毎日あんたのために祈るよ」

「わたしもあなたたちのために祈るわ」オナーも誓った。「あなたたち家族につねにアラーのご加護がありますように。あなたたちのことはぜったいに忘れない。いつまでもあなたたちのために祈りをささげるわ」

「よい旅を」女が言う。オナーはドアを開け、日光のなかに出た。

どのグループにまぎれるか女に教わっていたので、購入した品物を持ってそちらに歩いていった。ところが、彼らのもとに着く前に、急に大きな男が現れて道をさえぎられた。脈が跳ねあがり、逃走反応が起きて、逃げたくなった。ありったけの自制心を働かせて従順に頭をさげ、この地域の方言で謝罪した。

「感心だな、オナー。予想外の行動に出るとは。だからこんなに長いあいだ、つかまらずにいられたんだな。しかも、きみのアクセントは完璧だ。教えてくれ。この地域の言語をいくつしゃべれるんだ？」

アメリカ英語だ。かすかに南部訛りがある。とてもわずかに間延びしているだけなので、ほとんど気づかない。だが、言語やアクセントに精通しているオナーの耳は、他人なら気づかないようなかすかなニュアンスを敏感に聞き取れる。とはいえ、男は明らかに言語の才能がある。少なくとも、オナーがいま使った言語に関しては。訛りがないとわかったのだから。つまり、訛りがないかと気にしていたのだ。

ふたたび脈が跳ねあがり、今度は竜巻のごとく血管の中で轟いていたが、さっきとはまったくちがう理由からだった。男はアメリカ人だ。そしてオナーの名前を知っていた。彼女を助けるためにここにいる？　オナーが生存していて、過激派集団が世界じゅうをひっくり返すくらいの勢いで彼女を捜しているというニュースが届いたのだろうか？　もしそうなら、男はなぜすぐに素性を明かして、目的を告げなかったのか？　オナーがほっとしたら、まわりに勘づかれてしまうと心配していたから？　オナーがヒステリックに興奮して、村じゅうの注意を引いてしまうと？　この状況は――この男は――なにかおかしい。

だれも信用しちゃいけない。

女の言葉が頭に染みわたり、興奮が薄れていく。無理やり無関心を装い、当惑するふりさえした。男の言葉がわからないというように。それから思いきって頭をあげ、なんとか困惑したまなざしを作り、男と目を合わせた。

首をかしげ、かすかに横に振り、眉をひそめながら地元の方言で言う。「ごめんなさい。わかりません。あなたの言葉はしゃべれません」

男はつかの間だけ愉快そうに目をきらめかせてから、すぐに険しいまなざしになった。表情も同じくらい険しく――重々しいくらい真剣になる。

男は地元の服を着ているが、本来の姿を隠そうとしていない。白人。不安そうでないのは、テロ組織のメンバーだからかもしれない。

「ゲームをしてる時間はないんだ。きみも時間を無駄にできない。きみを追ってる連中が夜まで待つつもりだという話を耳にしただろう。きみはいつも夜に移動してるからな。それから、連中は足を引きずりながらゆっくり歩く老婆を捜していて、村を出ていく者たちは調べられていないと聞いただろう。だが、それは事実じゃない。連中は村から離れたところで大きくぐるりと取り囲んでいる。だから、だれも調べられていないように見えるが、実際には、市が立ってからずっと、出ていく者をひとりずつ足止めしてる。暗くなってきみが手のなかに落ちてくるのをただ待ってるわけじゃない。賢く変装を変えて、予想外の行動に出たところで、なんの役にも立たない。連中はグループを呼び止めて、ひとりずつ徹底的に調べるだろう。これから出発しようとしているあのグループときみが一緒にいるのがばれたら、彼らはひとり残らず虐殺され、きみは——生きたまま——捕らわれて、最悪の悪夢を味わうことになる」

襲撃の日からオナーを生かして先へと進ませてきた鉄の意志が砕け、崩壊していく。彼女の目にはまぎれもない恐怖が光り、そのせいで完全に男に正体がばれてしまったにちがいない。男の意図はわからない。敵か味方かもわからない。けれど、明らかに彼女のことをいろいろと知っており、それはオナーにとってまちがいなく不利だった。男が何者なのか、オナーにはさっぱり見当がつかない。わかっているのは、彼がアメリカ人だということだけ。そのことにほっとしていたはずだが、岩のように険しい顔にはなにかがあった。目の奥には冷酷さがひそんでいる。いまは、どちらのほうが怖いかわからなかった。このアメリカ人か、彼女を待ち伏せしている過激派か。

「どうしてそんなことを話すの？」オナーは英語で単刀直入に聞き、男の目をまっすぐに見つめた。彼の意図を示すものが見つからないだろうか。

だが、男の顔にはやはり感情はなく、完全に表情が読めなかった。まったく胸の内がわからず、オナーはいら立った。だれだって、なにかしらおもてに出す。熟練した目なら必ずそれが見て取れる。ところが、この男はまるで読めなかった。何年も、だれにも見抜けない完璧なうわべを作りあげているかのようだ。

軍人かもしれない。彼がアメリカ軍に属していて、この厳格さは水よりも血が流れるのが当たり前である地域での経験と訓練のたまものであればいいと、心の底から願った。

「おれと一緒に来てもらうためだ。そうすれば、連中にはつかまらない。あいつらは獲物を捕らえるまであきらめないぞ」

オナーはまたしばらく男をまじまじと見つめた。「それじゃ、わたしを助けに来たの？　あなたは何者なの？　だれに言われて来たの？」

男は片方の眉をあげた。オナーの抵抗に驚いているようだ。彼女が腕の中に飛びこんできて、ヒステリックに泣きじゃくりながら、彼を救世主だと思うと期待していたのだろう。だけど、ここまで生きてこられたのは、なんでもかんでもやみくもに信じたからではない。あるいは、すべてを額面どおりに受け取ったからではない。それに、いまさらそうすることはできない。家に帰る方法を見つけるという最終目的にこれほど近づいているときには。

「それが重要か？」男は穏やかにたずねた。「おれと部下たちがきみをこの国から連れ出して、ニュー・エラの手が届かないところに連れていくということだけわかっていればいい。それとも、いちかばちか協力者のグループにかけて、やみくもに彼らを生命の危機にさらすほうがいいか？」

オナーは唇を噛み、深く葛藤した。この男に会えて、なぜもっと喜べないのだろう？　なぜ安堵と感謝を覚えながら彼の腕に飛びこまないのだろう？　助けてもらうために、国境を越えて、アメリカ軍が駐留している国に行こうと必死になっていたのではないのか？　そのアメリカ軍が目の前に現れて、安全な逃げ道を提供してくれているのに。あまりに簡単で、あまりに都合がよくて、偶然にも完璧なタイミングのせいかもしれない。偶然は信じない。命がかかっているときはとくに。

「連中が村を出ていった全員を調べていて、あなたが言うように、村を大きく取り囲んで、村から延びているあらゆる道を見張ってるのなら、あなたたちだって通り抜けられないんじゃないの？　わたしがほかのグループと一緒に村を出たらこうなると言っていたのと同じ目にあうんじゃないの？　あなたたちのグループと一緒に行っても同じでしょう？」

　男の白い歯がきらめく。それを見たオナーは、うなりながら獲物に迫る肉食獣の歯を連想した。不安で背筋が震え、厚い服の上から片方の腕をこすった。

「車で通り抜ける」

　オナーは恐怖で硬直した。彼女を待っているグループの人たちが明らかにそわそわした様子で、少しずつ離れていく。この場所から出ていきたいようだ。彼女を捨てて。オナーと一緒に旅をするのは危険だとわかっているのだ。そしていま、この不気味なよそ者が現れたことで、いっそう神経質になっている。彼らを責めることはできない。また、命の危機にさらすわけにもいかない。この男がまぎれもない真実を言っている可能性にかけよう。自分のせいであの人たちを死なせるわけにはいかない。

すぐに心を決め、手を振って彼らを行かせた。彼らはオナーが死を招くとわかっているにちがいない。このアメリカ人の言うとおりだ。逃げられるチャンスがまったくないのであれば、救済者になるはずだった人たちを単に虐殺へと導くことになる。いっぽう、この男はチャンスがあると言っている。傲慢な態度から、自分なら成功させられるとほんとうに思っている――わかっている――のがうかがえた。

ましなほうを選ぶのだ。わかっていることと、わからないこと。彼女を追っている野蛮人の手に落ちたらどんな運命が待っているかわかっている。このアメリカ人の意図はわからない。けれど、まちがいなく拷問され、終わりのない苦痛を与えられて死ぬという選択肢以外では、わからないほうを選ぶのが唯一論理的な選択だと思えた。

「決めたようだな。行くぞ」男が言う。その声にはやさしさのかけらもなかった。

なんとなく、想像していた救助とは少しちがう気がした。アメリカ兵なら、少なくとも彼女を姉妹のように考え、健康状態をたずねるだろう。脅して決心させたりしない。ついでに言うなら、アメリカ軍の一員だと名乗ったはずでは？　ええ、素性を明らかにしたはずだ。

オナーは眉をひそめた。軍は一般人に命令して言うことを聞かせたりしないのでは？　だがふと、捕虜や人質を救う際には日常的にやっていることなのだろうと思い至った。時間が重要であり、生き延びるには命令に従うことが不可欠なのだ。

「どの軍に所属してるの？　認識票は？」オナーは思わず口走りながら、自分よりはるかに大きな男の歩幅に合わせようとしてよろめいた。

慣れない激しい動きにひざが痛み、声をあげないように唇を噛んだ。ばかげているけれど、この戦士の前で弱さを見せたくなかった。彼はまちがいなく戦士だ。強さだけを見せたかった。非難されたくなかった。それに、ぜったいに自分のせいで男のペースを落としたくなかった。

ふたたび男の歯がきらめいたが、笑顔ではなかった。正直なところ、そうされるたびにオナーはおびえた。赤ずきんちゃんをむさぼろうとしている大きな悪いオオカミをどうしても連想してしまう。ただしオナーの場合、森ではなく砂漠をさまよっていて、ここにはオオカミはいない。だが、悪魔は大勢いる。サタン本人の申し子。ここでは悪がはびこり、罪のない人々の血で汚れている。

「いまごろIDを要求するなんて、少し遅いんじゃないか」男は穏やかに言った。

やがて軍用車両のような乗り物に着き、はじめてオナーの血が興奮で激しく脈打った。アメリカの車に見える。無知な一般人の愚かな考えに思えるかもしれないけれど、この地域で長く働いてきたオナーは、あらゆる軍装備品や車両を目にしてきた。そしてすぐに、ほかの人間は気づかないようなささいなちがいから、敵か味方か判別できるようになった。知識に命がかかっていて、思いこみのせいで流れ弾に当たるより先に殺されてしまうような戦闘地帯では、自分を殺す相手と救う相手のちがいをすぐに見分けるプロになるものだ。

男はオナーを後部座席に押しこむようにしてから、隣にすべりこみ、ドアを閉めた。頭を床に押しつけられているような格好になっているオナーは、必死で体を起こそうとした。体を包んでいる重い服がよじれていて、うまく動けない。すると車が急発進し、ふたたびオナーは床に倒れた。いまのところ〝救済者〟はまるで気遣いを見せていない。オナーはいら立ちと怒りを覚えながら、床に両手をつき、体を起こそうとした。布がもつれて思いきり脚にからみついているうえに、視界もさえぎられていた。

驚いたことに、男がオナーの背中の中央にしっかりと手を置き、いっそう床に押しつけた。軍用車の後部座席にはもうひとりべつの男が座っていて、オナーの頭を脚で押さえつけたが、ひとり目の男にはない気遣いが感じられた。

抗議しようとしたとき、ニカブの下のうなじに手が置かれ、警告するように細い首をつかまれた。村で彼女を引きとめた男とは数分話しただけだが、首をつかんでいるのは彼の手だとわかった。一緒にオナーを床に押しつけているふたり目の男ではない。

ふたたび手に力がこもる。容赦なく強くつかんでいるし、彼女を傷つけようがおびえさせようが気にしていないみたいだが、首をしっかりと押さえたまま、親指で耳の真下をなだめるようになでていた。

「動くな」男が命じる。

それから、救済センターに準備されている支援用ブランケットと似たような布がかけられ、明かりがさえぎられて暗闇に包まれた。だが、救済支援用に配られるブランケットにしては重すぎる。どちらかというと屋外用の多目的ブランケットのようだ。テントに使われるようなキャンバス地かもしれない。すでに自分の服にくるまれているので、感触や質感はわからなかった。

息がつまりそうなほど暑い。髪のつけ根と額に汗がにじむ。オーブンの中でゆっくりと焼かれているみたいだ。吸いこむ空気でさえ焼けるように熱く、重いブランケットに包まれて呼吸をするすき間がほとんどなく息苦しかった。

頭のなかがひどく混乱していた。ひとつの地獄からべつの地獄に換わっただけだろうか？命の取引をしたものの、どちらにしろ死ぬことになる？

車はあまりに速いスピードででこぼこの土地を走っていき、オナーには地面のこぶのひとつひとつが感じられた。まだアメリカ人にうなじをしっかりと押さえつけられているが、親指はなだめるようにのんびりと動き続けていた。そこで、その唯一の単純ななぐさめに意識を集中させた。長いあいだなぐさめを感じることはなかったし、あざができてつらい体の痛みを遮断してきたのだから。

車の速度が落ちたのに気づき、オナーは身をこわばらせ、息を止めた。そんなに遠くまで来ていない。連中に止められてしまうのだろうか？　男は車で通り抜けると横柄に言っていたし、その声には彼ならできると信じさせるものがあったのに。

本物の恐怖を覚え、感覚が麻痺する。体が震えはじめていることにも、まだ息を吸いこんでいないことにも気づいていなかった。彼女の首をつかんでいる手がゆるみ、何枚も重なった布の下の髪を指でなでる。

「しっかりしろ、オナー」

はじめて男の声に、手つきに、やさしさが感じられた。そのせいで泣きじゃくりたくなった。男には冷酷なろくでなしでいてもらうほうがいいのかもしれない。腹を立てているかぎり、集中していられるし、自制心を失う危険もない。

「落ち着いてくれ」男の声はさっきよりも威圧的で、やさしさは消え去っていた。「がたがた震えてるせいでブランケットが跳ねて、下で小犬が何匹ものたくってるみたいだ」

胸が燃えあがるのを感じながら、オナーは男の命令に必死で従おうとした。

「息をしろ」男が厳しい口調で言う。「ちくしょう、息をしろ。気絶するぞ。しっかりしろ。まだ窮地を脱していないし、いまは気を保っていてくれ」

べつの悪態も聞こえた。まちがいなくだれかが「ついてない《バッド・モジョ》」と言った。自分はとうとう正気を失いかけているのかもしれない。

アメリカ人がまた首をつかむ手に力をこめてオナーを揺すったが、痛いほどではなかった。注意を引く程度の強さで、それはうまくいった。

「大丈夫よ」オナーはささやいた。

甘い癒やしの空気が酸欠状態の肺に流れこむ。体の力が抜け、苦しさはやわらぎ、床の上でぐったりとなった。車は停止していた。

「助かった」アメリカ人がつぶやき、手の力をゆるめ、ブランケットの下から引き抜いた。ばかげているが、男のあたたかい手が肌から離れたとたん、喪失感と寒けを覚えた。歯をしっかりと食いしばる。あごが痛くなったが、歯がカタカタ鳴らないようにするにはそうするしかなかった。

男たちの前で取り乱して、救いようのないまぬけみたいにふるまってしまったのが恥ずかしかった。彼らが敵か味方かは関係ない。彼女を追っている暗殺者たちに、自分を殺して苦しみを終わらせてくれと懇願したりしないと思っているように、この男たちに対してもプライドから気を奮い立たせた。これではまるでドラマティックな小説に出てくる無力なヒロインみたいだ。役立たずのヒロインを何度も助けてくれる勇ましいオスとしてのヒーローを目立たせるだけの存在。

ここまで——何日も——自分自身と、生き延びるという決意だけを頼りに、ひとりでやってきたのだ。心のなかで自分を叱りつけ、この男たちが何者だろうと、彼らの前で二度とこんな弱さを見せたりしないという決意を固めた。

千もの質問が舌の先から出かかっていた。答えを知りたい。〝救済者〟を問いつめて、どんな計画を考えているのか、彼女をどうするつもりなのかと聞かずにいるには、ありったけの自制心を働かせなければならなかった。彼が悪者ではないとは言いきれない。彼女を追っている連中は悪者だとわかっているけれど。

車内に静寂が訪れ、窓がさげられる音が聞こえた。オナーは目を閉じ、体の力を抜いてぐったりとしたまま、意識を無の境地へと追いこんだ。命を救ってくれるのは冷静さだけだ。だからそうした。冷静さを身にまとう。かつて母が子どもたちのために作ってくれたやわらかいキルトをまとうように。

そういう幸せな思い出にひたり、両親と兄たちと姉の姿を思いうかべ、彼らの愛で包みこんでもらった。すると、濃い霧のように危険がたちこめている現在の状況から解放された。落ち着いてじっとしたまま、愛する人たちの笑顔以外は追い払った。

偽りの現実にどっぷりとひたっていたので、ふたたび車が動きだしたことに気づかなかった。アメリカ人がブランケットの下に手を入れて持ちあげ、指をオナーのあごにはわせて上を向かせる。男の顔が少し見えたときに、車がまた先に進んでいることに気がついた。

「オナー?」

そのひとことがすべてを伝えていた。大丈夫かと聞いている。精神的にまいっていないか、それとも正気を失って自分の殻の奥に閉じこもってしまったか。

「あなたは何者なの?」オナーはしゃがれ声で聞いた。

7

ハンコックは頑固で勇敢な女を冷静にちらりと見やった。顔には出していないが、いやいやながらも感心していた。どんな感情も抱きたくはない。この女は駒でしかない。目的達成のための手段。たいていの戦争よりも多くの犠牲者を生み出している男を倒すために、ほかの情報や道具と同じように利用する道具。良心の呵責など覚えたりしない。

彼はどんな相手も状況も過小評価したりしないが、たしかにオナー・ケンブリッジと彼女の機知は見くびっていた。最初は。しかし、もうちがう。

ブリストーのもとを離れたとき、あの意気地なし野郎は腹を立てた。ブリストーを守るためにひとりも部下を残さず、ハンコックが警備員と呼んでいるほかの召使だけに任せたからだ。だが、ハンコックはすぐに獲物を捕らえて戻るつもりでいた。ところが、何日も村々をくまなく捜索し、地元民に話を聞き、世間の動向をうかがうことになった。そんなとき、噂が風に乗って運ばれてきた。たったひとりの女が一週間以上も邪悪なテロリスト組織から逃げていると。

そのうち、それはひそひそと語られる噂話ではなくなり、伝説となった。希望の光。勇気の象徴。迫害され、絶望のなかで生きている弱者にとっての崇拝の対象。彼らはニュー・エラとその予測不能な残忍さにおびえている。連中の報復には道理などない。自分たちは安全だとか、過激派集団の手は届かないなどと考える愚か者はいない。連中は急増して怪物のような大食のヒルと化し、より多くの血を飲み、より大きな力を手に入れることを切望している。まさに生き地獄だ。毎日、連中の銃に狙われて、なんのためらいもなくあっさりと殺されるかもしれないと思いながら生きていくなんて。

女の生存と逃亡が何度も語られること、敬意と畏怖の念が――彼らが言うところの猛々しいアメリカ人女戦士に対する誇りが――すでに人々の心のなかに根づいていることから、ハンコックはほんとうのオナー・ケンブリッジを実際に知っているような気がしていた。もはや、与えられた情報には頼らなかった。彼女の人生や、彼女が受けてきた訓練、ふつうはわざわざ行こうとしない地域で、どれだけ長いあいだ助けを必要としている人々のために休むことなく身をささげてきたかということについての、無意味で役に立たない情報。彼女のほんとうの心や動機は、彼女の知り合い、あるいは彼女を知る者たちから教えてもらった。多くの人たちが、彼女はアラーが遣わした天使だと信じている。勇敢な復讐の天使。多くのまともな人間は避けるような場所におそれずに足を踏み入れる。たいていの人間は、生まれてからずっとそこで暮らしている人たちの受難など気にかけず、命をかけて思いやりを示したり、彼らの人生をもう少し楽にしたりしようとはしない。平穏を知らない人々に、一瞬でも安らぎを経験させてやろうとはしない。

くそ、アメリカ軍でさえ、ニュー・エラが進出している地域には近づかない。血なまぐさい戦争をはじめて、けっして勝ち目のない戦いで無数のアメリカ人兵士を犠牲にしたくないのだ。ますます増え続ける過激派軍を世界から排除できなければ、おしまいだ。テロリストたちを大勢消したとしても、彼らは殉教者として称えられ、ほかの者たちの復讐心をかり立てることになる。そうして連中は墓の中からでも勝利をおさめる。

もちろん、いつかは起こることだ。狂信グループが、自分たちにはアメリカに焦点を向けるだけの力があると思うようになれば——それは時間の問題だが——アメリカは報復をせざるをえなくなる。簡単に終わる戦いではない。何年も続き、どんなプロパガンダが流れても、明確な勝利宣言はできない戦いになるだろう。

オナーはおびえて苦しんでいる乙女だと、ハンコックは思っていた。ハンコックがアメリカ人で、この国から連れ出してくれるとわかれば、ヒステリックに彼の保護に身をゆだねてくると。たしかにオナーはおびえていた。正気の人間が彼女のような状況に置かれたら当然だろう。しかし、オナーは冷静さを保ち、とてつもないパニックと絶望を感じているはずなのに、それに屈したりしなかった。

傷つき、疲れ果てている。ハンコックは救済センターの残骸を見て、オナーが生き延びたばかりか、逃げ出して、何日ものあいだ彼女を追っている冷酷な殺人者たちよりつねに一歩先を行っていることに仰天した——相手は無限の資金と人材を持っていて、この国の国境を越えた先まで勢力を広げている組織だというのに。

タフな女だ。ファイター。大義のためにオナーのような女を犠牲にしなければならないことにハンコックは罪悪感を覚えたものの、マクシモフを倒すという最終目標から手を引こうと考えるほどではなかった。それに、ニュー・エラのすべての動きを追って、おそろしい死と恐怖の痕跡を目にしたいまでは、マクシモフを倒すだけでは終われないとわかっていた。以前はそのつもりだった。だが、ニュー・エラも消さなければならない。阻止できないくらい力を持つ前につぶさなければ。

内心で顔をしかめる。自分は嘘つきではない。オナーにもはっきりと嘘をついたわけではない。言葉であまり伝えていないだけだ。彼女を人間として見てはならない。罪のない人間。救うべき人間。彼女の人生には意味があるし、世界が善人をひとり失うことになる。そういう危険な感情を抱いてしまったら、何十万という人々のために働けなくなってしまう。彼らのためにはほかにだれも正義を果たしてくれない。言うまでもなく、これから苦しむことになる人々のためにも。マクシモフが日々売っている——もたらしている——暴力の被害にまだあっていない人たち。ハンコックは顔を知らない彼らには良心を抱き、永遠に根づかせていた。だが、ひとりの女のためにはだめだ——彼の目的のための殉教者。ほかの大勢が背を向けても——これからも背を向け続けても——自分は大衆に背を向けたりしない。

オナーには最終的に救うとは約束しなかった。無事に家に連れて帰るとも。ひとつの単純な真実を告げただけだ。ニュー・エラに捕らわれないようにすると。それ以上はなにも言っておらず、彼がオナーにしたただひとつの約束の解釈は彼女に任せた。その約束は必ず守る。ぜったいに。

そして、そのときが……裏切るときが……きても、それでも嘘はつかない。だれかを裏切るという考えに、顔をしかめそうになる。女だろうと男だろうと、ひとりの人間を犠牲にして多数を救うのは裏切りではない。こんなふうに裏切りだと考えてしまうせいで、前回もその前も、マクシモフを葬り去れるチャンスを台なしにしてしまった。そんなことは二度としない。自分はヒーローではない。正義の顔であり、執行者。ただそれだけ。

しかし、オナーには自分の運命は意味があったのだということをわかってもらおう。彼女の人生には意味があったと——大切な意味が。なぐさめになってもならなくても、ハンコックにはどうすることもできないが、彼女の死までも無意味でむなしい統計に埋もれると思わせたりしない。そして、彼女の勇気と犠牲に敬意を表して、自分が彼女の家族に訃報を届け、娘が、妹が、無駄死にしたのではないと伝えよう。ハンコックの計画が実行され、成功をおさめれば、オナーは数えきれないほど多くの罪のない人々の命を救うことになる。

オナーがまだこちらを見て返事を待っていた。ハンコックの長い沈黙に目を細めている。

ハンコックは彼女に何者かと聞かれたこと、というより、問いつめられたことを思い出した。少なくとも、オナーには知る権利があるだろう。それに、質問に答えてやれば、彼と部下たちがオナーを救出するために送られたという話に信憑性が出るだろう。とはいえ、こちらから進んでその嘘を発展させるつもりはない。どんな結論を導き出そうと、それはオナーの勝手だ。

「おれはハンコックだ」ハンコックはさらりと言った。「きみのまわりにいる男たちはおれのチームだ。非常に腕が立つ。最高に優秀だ。安全な場所に向かうあいだ、きみの身にどんな危害も加えさせない」

オナーは疑わしげに目を細め、ハンコックをじっと見つめた。曖昧な答えが気に入らないのだ。だがそれ以上に、彼がなにかを隠しているとわかっているみたいだ。気が強く、きわめて勇気があるだけでなく、鋭い知性を持っていて、人を見抜くことに長けている。

ハンコックは内心でため息をついた。この女に敬意も称賛も抱きたくない。なにも感じたくない。しかし、それは簡単ではなかった。ヒステリックで、頭がからっぽで、無能なまぬけ女なら、もっとよかっただろう。そういう人間に対してなら、軽蔑といら立ちを抱ける。けれど、闘争心がある人間は尊敬する。とてつもない恐怖の前でも勇敢な人間。乗り越えられない障害に直面しても引きさがらない。そういう性格は、称賛するだけでなく、積極的に部下たち全員に教えこんできた。ハンコックの中にも根づいている。最初は育ての両親が、そしてのちにタイタンの最初のリーダーが植えつけてくれた。リオだ。ハンコックを鍛え、究極の戦闘マシン――考えるマシン――になるために必要な才能を授けてくれた男。肉体的な力だけでは戦いに勝てない。戦略と、敵を正確に評価する能力が必要になる。邪魔な感情はわきに押しやり、なにも感じたりしない。人間というよりはマシンになる。

「〝安全な場所〟ってどこなの？」オナーがいぶかしげに聞いた。

「着いたら教える」

これも事実だ。明確な計画があるわけではないし、オナーがまたニュー・エラの手をすり抜けたことで、テロリストたちはいままで以上に激怒するだろう。彼女を追って村までたどり着き、包囲し、待ち伏せしながら、とうとう自分たちの勝利だと思っていたはずだ。

連中は予測不能だし、実際の勢力範囲や仲間の多くは謎に包まれ、まだ知られていない。オナーを無事に村から連れ出したからといって、簡単にこの地域を離れられると考えるほどハンコックは愚かではない。追っ手たちはオナーに協力者がいると気づき、そこから推測して、彼女を助けているのは必然的にハンコックと部下たちしかいないと悟るだろう。最小限の調査をするだけで、ハンコックと部下たちが見かけとはちがう——アメリカ人女性を捜しているニュー・エラのメンバーではなかった——とわかるはずだ。いまやオナーと同じく、ハンコックたちも標的になっている。

「着いたら教えてくれるっていうその場所までは、どのくらいかかるの?」

オナーの口調には一分ごとに怒りがつのり、言葉はとげとげしい皮肉を帯びていた。

ハンコックは手を伸ばして、オナーを自分とチームメンバーのモジョのあいだに座らせようとした。オナーは反対側にいる男をちゃんと見てはいなかったのだろう。見ていたら、ひどくおびえていたはずだ。

モジョは……まさにタイタンが求めるもの、最初に生み出したいと思っていたものの典型だ。すでに百戦錬磨で、精神科医が心的外傷後ストレス障害と呼ぶ症状に苦しんでいる、感情のない戦闘マシン。めったにしゃべらない。モジョという呼び名は、どんなことにもつねに「ついてる《グッド・モジョ》」か「ついてない《バッド・モジョ》」と言うことからつけられた。こういう仕事では、「ついてる《グッド・モジョ》」が聞けることはほとんどない。

大柄で、こわもて。髪は短く刈りあげていて、近づかなければ髪があるとはわからないくらいだ。顔には傷痕があり、鼻は何度も折れていた。目はうつろで冷たく、信心深い人間だったらそれを見て十字を切り、すばやく祈りを唱えるだろう。

だが、オナーはすでにモジョの姿を見ていたようだ。ハンコックが彼女を引きあげるとき、ちらりとモジョを見あげたものの、その顔には恐怖も嫌悪もなかった。

「やっと手を貸してくれるのね」オナーはつぶやいた。

驚いたことに、モジョが笑みをうかべそうになったが、そこまではいかなかった。それでも、いままででいちばん笑顔に近い表情だった。

歯がきらめく。「ついてる《グッド・モジョ》」

「あっそ」オナーは小声で言った。それから、ローブの下に手を入れたハンコックに「ちょっと！」と言い、その手を叩いた。それでもハンコックは脚にそって手をすべらせながら布を押しあげていった。「なにをしてるの？」

「傷を見るんだ」ハンコックは憤るオナーを無視して言った。

「わたしの質問をはぐらかすのね」オナーは非難した。

「なんの質問だ？」ハンコックは迷惑だとほのめかすように無関心な口調で聞いた。

「全部かしら？」オナーはぴしゃりと言った。「でもまずは、わたしを謎の場所に連れていくまでどれくらいかかるの？」

その口調は冷ややかだが、目はきらめいていた。先に渡されていた彼女の数枚の写真は、個人データと同じように、彼女のほんとうの性格を実際に表してはいなかったようだ。

写真では、感傷的で、純粋で、温厚で、柔和に見えた。世界を救うつもりでいるけれど、自分が置かれた現実の状況をわかっていない世間知らずの慈善家。

しかし実際には、感傷的でも柔和でもない。うぶな見た目の下では、煮えたぎる大釜のように炎がめらめらと燃えあがっている。それに、意志が強い。襲撃を生き延びたあとで逃げたことからも明らかだ。計画も情報もなくやみくもに逃げたわけではない。追いつめられた状況でも冷静で、瞬時に機転をきかせる。彼女の前では油断しないようにしよう。彼と彼の意図に不信感を抱かれたら――そうなっても不思議はないが――即座に逃げられてしまうだろう。また一週間近くをかけて彼女を捜しまわる時間はない。今度はニュー・エラより先に彼女を見つけられないかもしれない。

「数日だ。もっとかかるかもしれないし、もっと早く着くかもしれない」

ハンコックはどうでもいいというように肩をすくめた。どれだけ時間がかかろうと、オーナーを目的地まで連れていく自信があった。オーナーに信じてもらわなければ。彼を。とはいえ、彼を信用してくれと言ったりはしない。

オーナーは困惑して目を見開いた。確認を求めるかのようにモジョのほうを見さえした。それからうんざりした声をもらした。モジョの表情からなにかを読み取ろうとするなんてものすごくばかげていると気づいたかのように。

「ヘリコプターはないの？　戦闘ヘリとか？　軍隊が救助のために送りこまれたのに……」

オナーは染料がこびりついた髪をそわそわと手ですいた。「救助と言えば、わたしってなんなの？　人質ってわけじゃない。行方不明者？　でも、わたしがまだ生きてるってことを知ってる人がいるの？　襲撃を生き延びたって？」

オナーの目に苦しみがよぎる。身体的な苦しみではなく、感情的な苦しみ。家族のことを考えたのだろう。彼女が生きているか死んでいるのか、怪我をして、おびえて、だれも見つけられないところで監禁されているのかもわからず、悲しませてしまっていると。

オナーは見せたときと同じようにすぐに目から苦しみを追い払い、ふたたび鋭いまなざしでハンコックを見つめた。彼女は意外に……強い。ハンコックがなにかに驚くことはあまりない。だが、オナーには驚かされる。完全に予想外で、それでいて斬新だ。

「ヘリコプターがないなんて、どんな軍隊なの？　あなたたちはどうやってこの国から出るつもりだったの？　ましてわたしを連れ出すなんて」オナーは明らかに疑わしげに問いつめた。「ここから車で出るの？」

ふと、ほかのことに気づいたかのようにオナーは眉をひそめた。この女はいまいましい質問ばかりして、追っ手から救ってもらったことに感謝もしない。ハンコックは怒りを覚えはじめていた。あのときハンコックが見つけなければ、オナーはいまでもひどく苦しんでいただろう。何日も、何週間も、果てしない痛みと苦悩を味わっていたはずだ。意識から切り離しておいた良心が、自分だって彼女を同じ運命にさらそうとしているではないかとささやいていた。避けられないことを引き延ばしているにすぎない。もっと悪いことに、苦難は終わったという偽りの希望を与えている。そのことに余計に腹が立った。わざわざそれを隠したりしなかった。

ハンコックが自分の怒りを口にする前に、オナーが口走った。彼の怒りをかり立てるのが危険だとも知らずに。

「数日って言った？　あと一日か、長くても二日あれば、わたしは国境を越えてたわ。わたしは歩きだったのよ。いまは車なんだから、数時間しかかからないはずでしょう！」

ハンコックはいまにも爆発しそうな怒りを――かろうじて――抑えたが、口を開いたときはいら立ちの口調になっていた。「きみはやたらと意味のない質問をして、贈り物にけちをつけてばかりだな」

オナーが厳しく非難しているあいだに、ハンコックは彼女のひざの包帯をほどいていた。いらいらしながら、たっぷり塗られたどろどろの薬でひざのまわりの皮膚にくっついている最後の包帯を少し乱暴に引きはがす。するとそれと一緒に薄いかさぶたもはがれた。たちまち血がにじみ、ハンコックは小声で悪態をついた。ちくしょう、傷つけるつもりはなかったのに。必要以上に事情を説明せずに信用を得なければならないのだから、彼女を追っているテロリストのようなまねはしないほうがいい。

オナーはたじろいだが、すぐに唇を噛んだ。白い歯の先端がかすかに見える。顔から血の気が引いて青白くなったせいで、肌に塗っている染料がいっそう黒く、不自然に見えた。

ハンコックはまた小声で悪態をつき、モジョが差し出している布に手を伸ばした。にじんだ血を拭いてから、モジョが次に用意した消毒薬のボトルを受け取り、視線をあげてオナーと目を合わせた。

「痛むぞ」すでにうっかり傷つけてしまったことへの謝罪をこめて言う。

「耐えられるわ」オナーのまなざしが石のようになる。

それでもオナーは目を閉じ、ハンコックがひざ全体に液体を垂らして布で拭くと、体がふらついた。横に倒れそうだ。モジョもそう思ったらしく、オナーの上腕をつかんだ。彼女の繊細な骨格に比べると、モジョの大きな手は巨人のようだ。そしてそのままオナーが倒れないように支えていた。

「ありがとう」オナーは目を開けずにつぶやいた。

「ついてない《バッド・モジョ》」モジョは頭を左右に振りながら、腫れたひざを見つめた。ハンコックはさっきよりも注意して手当てをしていた。

「ニュー・エラはここの領空を支配してる」気がつくとハンコックは説明していた。オナーの質問に答えるのが当然だというように。くそ。実際には謝っていないが、まるで謝罪ではないか。ハンコックは先を続けたが、その声はまだ怒りでこわばっていた。だが、もはやオナーに対する怒りではない。自分の立場を説明しなければならないと感じている自分に対する怒り。それと、オナーに怒りといら立ちをぶつけてしまったこと。意図せず傷つけてしまったことへの怒り。「連中は戦闘機を撃ち落とせる武器を持ってる。ヘリを狙うなんて朝飯前だろう。やつらの支配地域を迂回しなきゃならない。広大な地域だ。日々拡大してる。そのあとで、思いきって空路で移動する。だから、安全な場所に行くまでは、地上を移動する」「でも、どうして国境から離れるの？」今回、オナーの声には非難はなかった。ただ本気で困惑している。

彼女の相手をするのはやめて、部下のコンラッドにベビーシッター役を引き継いでもらうべきかもしれない。オナーはハンコックに畏縮していない。認めたくはないが、それが腹立たしく、男としての自尊心が傷つけられた。だが、コンラッドは人間嫌いで、そうでないふりをしたりしない。チームに忠誠と敬意をささげているが、ほかの人間にはちがう。そして、コンラッドが命令を受けて従うのは、世界でハンコックだけだった。さらに、ハンコックと同じくらい、女をつかまえるために使い走りの少年のように送られたことを不満に思っていた。その女のために、けっきょく、あまりに多くの時間と労力を費やすことになってしまったのだ。

「きみの運がよくて、村を囲んで待ち伏せしていた男たちをやりすごせたと考えてみよう——そんなことはできなかったはずだがな。連中につかまらずに国境に行けて、予想どおり越えられたとする。だが、隣の国に入って一キロも行かないうちに、つかまっていただろう。子どもだってきみの行き先を予測できたはずだ。襲撃現場と、自由が手に入るときみが思っていたいちばん近いアメリカ軍の駐留所、その二地点を結ぶ最短距離は直線だ。国境を越えたらもう問題はないと思ってただろうが、実際には、ニュー・エラの手下がいたるところにいるし、それをべつにしても、きみの首には莫大な懸賞金がかけられてる。しかも、きみが国境に向かっているという情報は広く伝わってた。大勢の人間が、きみを敵に渡そうと躍起になって、列を作って待ち伏せしてただろう」

オナーの目に怒りが燃え、表情がこわばる。腿の上で手がこぶしになり、一瞬、彼を殴るつもりかとハンコックは思った。思わず笑いそうになる。

「わたしがここまで生き延びてこられたのは、ばかだったからだと思う？」オナーは怒りの口調で言った。「わたしが幼稚なまぬけで、ただ国境を越えれば、なぜかつかまらないし、危害も加えられないと考えてたと思う？　わたしは女で、ひとりで旅をしてる。たとえまぬけ集団につかまらなくても、ほかにもいくつも危険があったはずよ。家に帰る飛行機に乗るまでは、ぜったいに油断したりしなかった――いまでもしてないわ」

オナーはあごをあげた。反抗的で、挑戦的で、ハンコックのことも彼の動機も信用していないと警告している。ああ、彼女はばかじゃない。そんなふうに思ったことは一度もない。ばかだったら、彼の腕に飛びこんできて、言いなりになって、けっして疑問を抱かず、彼が救いに来てくれたと信じこんでいただろう。ばかだったら、逃げ出して数時間のうちにつかまっていただろう。ばかだったら、暑くなじみのない荒れ地で、自分でなんとかする以外にはだれも助けてくれる人がいない状況で、一週間以上も生き延びていない。

「意味がなく、幼稚な議論だ」ハンコックはわざとオナーが使った言葉で言い返した。「国境は見張られてるし、厳重にパトロールされてる。国境を越えても、きみの力になってくれそうな者たちのところへ行く道はバリケードで封鎖されているだろう。それに、ヘリでここから飛び立とうとしたら、撃ち落とされる。さて、ばかげた好奇心は満たされたか？　もう時間を無駄にするのはやめていいか？」

「わたしの身の安全にかかわることだし、殺されるかもしれないっていうのに、わたしに知る権利はないっていうのね？　ええ、たしかに幼稚よ。わかってるわよ、まったくもう。教えてちょうだい。あなたは自分がなにをしてるかわかってるのよね。いまのところ、あなたの話は不十分よ。いろいろな話を耳にしてきたけど、あなたが言ってることが事実だという証拠はないわ」

8

体じゅうが痛い。頭とひざがひどくズキズキする。車は道路がない土地をガタガタと揺れながら進み、何キロにもわたって砂ぼこりを立てている。男たちは人目を引くことをあまり気にしていないようだ。なぜオナーがしたように闇にまぎれて移動することを選ばなかったのだろうか。そうしたおかげで、まちがいなくオナーはここまで生きてこられたのだ。

これほどつらい痛みははじめてだが、その存在を追い払って否定するのがうまくなっていた。ほかに選択肢はなかった。立ち止まったり、ぐずぐずしたりしていたら、つかまってしまっただろう。だが、すぐにでも見つかる心配がいくらかなくなったいま、意識がもはや体の悲鳴を遮断できなくなってしまったかのようだった。

何度か、ハンコックと、反対側にいるおそろしげで無口な男が、とくにひどく揺れるときに自分たちの体でオナーの体を支えてくれている気がした。だけど、それは彼女の想像だろう。ふたりもオナーと同じくらい車の揺れに翻弄されている。やさしさはない。それに、自分は彼らにとってただの厄介者だとしか思えなかった。おそらく気が進まない任務で、厳しく命令されて実行しているだけなのだ。

でも、だれから？　彼女が生きているという噂が広まっているのだろうか？　アメリカ政府が、ひとりの平凡な救済ワーカーを気にかけて、最高に優秀な部下たちを危険にさらすリスクを、もっと悪ければ、ニュー・エラと非公式に戦いをはじめるリスクをおかすだろうか？　それとも、彼女の話がメディアに伝わって、世界じゅうにセンセーショナルな形で広がっていて、アメリカに行動を起こさせた？　それに、ああ、家族はどんな気持ちでいるだろう？　家族と連絡を取る方法があるか、ハンコックに聞きたかった。彼女が生きていることを知らせるために。けれど、それは残酷だろう。まだ窮地を脱したわけではない。つかの間の希望を与えて、けっきょく死ぬことになったら、家族にとってひどい仕打ちになってしまう。

答えを知りたいが、この男たちはとんでもなく口が堅い。もっと当たりさわりのない質問でも、ハンコックは連邦命令であるかのように答えてくれない。オナーには自分の運命を知る権利はないとばかりに。

ハンコックの横暴でいまいましい態度に、ふたたび血管の中で怒りが燃えあがる。だけど、自分はさっきハンコックがほのめかしていたようなことをしている？　いいえ、彼はなにもほのめかしていない。オナーが贈り物にけちをつけていると、はっきりと言った。もっとも、彼女に愛想よくするかどうかは本人が決めることだ。この国から連れ出して家に帰らせてくれるなら、とんでもないろくでなしでもかまわない。

「どれだけ痛むんだ？」

ハンコックのやさしい質問が、オフロード車の中に訪れていた沈黙を破り、オナーはびくっとした。驚いて思わずハンコックのほうを向く。いまの質問は彼女の空想だったのではないだろうか。ハンコックの声は……実際に……心配しているようだった。少なくとも、それは空想だったにちがいない。

あまりにすばやく動いてしまい、たちまち後悔した。痛みが頭を貫き、にわかに目の前に黒い点がうかび、まわりの光景がかすんで真っ暗になっていく。

ハンコックが悪態をつき、次の瞬間、気がつくとオナーは横たえられて、頭が彼のひざの上にやさしくのせられていた。もうひとりの男がオナーの脚を持ちあげ、自分のひざの上にのせる。オナーはふたりの男のあいだで横たわっていた。

「頭を怪我してるとは言ってなかったじゃないか。ひざを怪我したと聞いただけだ」ハンコックが厳しく言う。

すでにハンコックの指がオナーの髪の中に入っていた。乱暴にされると思い、オナーは身がまえた。ところが、ハンコックはきわめてやさしく頭皮を探っていた。

「知らなかったの」オナーはなんとか言ったが、ろれつがまわっていなかった。「気づくはずないでしょう？　襲撃のあとはショック状態で、そのあとは逃げるために――生き延びるために――計画を立てるのに必死だった。わかったのはひざを怪我してるってことだけ。そのせいで歩くのが……つらかったから」

「想像はつく」ハンコックはそっけなく言った。「まだかなり腫れてるし、歩いたせいで明らかに悪化してる」

彼の指が頭のある部分をかすめると、オナーはとたんに叫び声をあげた。暗闇と吐き気に

「こぶができてる」ハンコックが動じることなく冷静な口調で言った。「ひどい怪我だったら、いまごろ気絶してるのみこまれる。

「まだ死んでないわ」オナーは不機嫌に言った。「ひどい怪我だったら、いまごろ気絶してるはずよ」

笑い声のようなものが聞こえたが、ハンコックは笑みをうかべても、笑い声をあげてもいない。つまり、オナーの精神が錯乱しかけているということだ。

「いや、死にはしない。だが、休んだほうがいい。そうすればよくなる」

オナーは鼻を鳴らしかけたが、そんなことをしても痛むだけだと気がついた。「命からがら逃げてるときに、休んでリラックスするなんて無理な話よ」

ひざの上にオナーの脚をのせている男が、ハンコックになにかを差し出した。どうやら注射器のようだ。それも三本。いつ、どこから出してきたのだろう？　動きに気づかなかった。とはいえ、いまは意識がはっきりしていないからしかたない。

恐怖に襲われ、男の手を押さえようとしたが、それと同時にハンコックの手が注射器をつかんだ。

「それはなんなの？　どうするつもり？」オナーはおびえて聞いた。

「落ち着いたほうがいい、オナー。もう十分にストレスを感じてるし、そのうえ必要のない心配をしなくてもいい。抗生物質と鎮痛剤を打つだけだ。そうすれば、痛みがやわらいで、しっかり休める」

「救済センターから逃げる前に、自分で抗生物質を打ったわ」オナーは言った。「それに、錠剤も持ってきた。逃げてから毎日三回のんでるわ」

「賢い女だ。よく考えてるじゃないか」

ほめ言葉？　感情がなくて傲慢なろくでなしのハンコックから？　最初に思った以上に頭がおかしくなっているのかもしれない。いまや、ありもしないことを想像しているのだから。

「だが、あちこちに切り傷やすり傷がある。そのせいで重い感染症になるぞ——いまはそんな面倒を起こしたくはない。それに、そのひざはかなりひどい状態だ。まだ通常の二倍は腫れている。だから、抗生物質と鎮痛剤に加えて、炎症を抑えるためにステロイドも打つ。メドロールの錠剤もあるから、今夜から五日間それをのみ続けろ。明日には楽になっているはずだ」

「五日経っても目的地に着かないわけ？」オナーは驚いて聞いた。

背筋にパニックが走る。五日は永遠に思えた。彼女のすべての行動を追っている殺人者たちから逃げる日々は終わりが見えなかった。助けが来たいま、すぐに安全な場所に行くものと期待していた……思いこんでいた。それなのに、そんなに長いあいだ外をうろつくのだと思うと怖くなった。彼女をふくめて全部で七人。銃撃戦ではオナーはハンコックや彼の部下たちの役に立たない。それに、相手は何人ものイカれた過激派だ。目的を達成するまではけっしてあきらめないだろう。オナーを捕らえるという目的を。

いままでは目を閉じていたが、ハンコックが肩をすくめるのがわかった。そんなことは彼にとって悩みの種ではないと思っているようだ。ほんとうに自分の能力にそれほど自信があるのだろうか？　部下たちの能力に？　こういう傲慢さとうぬぼれには、安心感を抱くべきだろう。けれど、絶望的な恐怖しか感じられず、それを抑えられなかった。

「着くまではわからない」ハンコックは曖昧に言った。「ほら、注射を打つからじっとしてろ。最初は痛みがあるかもしれないが、すぐにやわらぐ」

「いま以上に痛んだりしないわ」オナーは唇をきつく結んで言った。

ハンコックはまず鎮痛剤を打ったらしく、オナーはそのことに感謝した。痛みを自覚したことで、いまやそれが絶え間ない波となって全身で悲鳴をあげていた。かすかな安堵を覚えたとき、ハンコックがオナーの服を引きあげ、ヒップをあらわにした。オナーはうわべだけ慎み深いふりをして抵抗したりしなかった。本来なら気に入らないはずだが、現時点では、ハンコックに体の一部をあらわにされることより、安らぎを与えてもらうほうが重要だった。足もとにいる男がオナーの体を横に向け、ハンコックがヒップをアルコールで丁寧に消毒してから、手際よく残りの二本の注射を打った。

数秒で終わり、ハンコックが服をもとどおりにすると、オナーはぐったりした。すでにあたたかくぼんやりした光に包まれていた。体が心地よい重さに襲われ、つねに存在していた痛みが小さくなっていく。

それでも、重い無意識の層にあらがい、なんとか意識を保って目を開け、気になっていることをハンコックに聞いた。

「トラブルが起こったら？　いまのわたしは戦えない状態よ」そう白状する。

ハンコックはかすかに愉快そうな口調で言った。「戦いはおれたちに任せておけ。トラブルは起こりそうにない――いまはまだ。だから、いまのうちに休んで体を治せ」

やはり彼は人間なのかもしれない。あるいは、オナーが誤解していたのかもしれない。いずれにしろ、ハンコックは任務を遂行している。兵士のように。特殊作戦部隊だろうか。なんでもいいけれど。ひょっとして、秘密工作部隊？　まちがいなく秘密主義だし、どの軍に所属しているか教えてくれなかった。おそらく公式には存在していない部隊で、情報を与えることができないのだろう。オナーが後日うっかり口をすべらせてしまうかもしれないから。

かまわない。妖精に助けてもらったと言い張ろう。家に帰れるのであれば。無事に。生きて。

「ありがとう」オナーはまだかろうじて意識を保ちながら、ささやいた。

今回、ハンコックの声は本気で当惑しているようだった。

「なにが？」

「わたしを救ってくれたこと」オナーの言葉はほとんど聞き取れなかった。「助けてくれたこと。それと、家に連れ帰ると約束してくれたこと」

オナーの下でハンコックの体がこわばる。脚の筋肉が硬直し、ぼんやりと彼女の手をなでていた手が止まる。それからハンコックは手を引っこめた。

「そんな約束はしてないぞ、オナー」とこわばった声で言う。

礼を言われるのが気まずいのかもしれない。非公式の部隊で、存在していないことになっているのなら、感謝されることに慣れていないのだ。ハンコックと部下たちは幽霊なのだ。なんてひどい人生だろう。他人のために命をかけているのに、けっして感謝されないなんて。

「努力してくれるだけで十分よ」オナーはつぶやいた。「あなたたちはわたしの最後で唯一の希望なの。だから、ありがとう」

「眠れ、オナー」ハンコックの口調から、彼女の言葉が気に入らないのだとうかがえた。

「休めるときに休んでおけ」

その命令にオナーはおとなしく従った。すでにほとんど眠りかけていた。あとは重いまぶたを閉じるだけでよかった。まつ毛が頬にかかり、忘却の甘い誘惑にいざなわれていく。

9

何時間も経ってから、ハンコックたちは秘密の地下壕に着き、車を止めた。今夜の避難場所だ。だいぶ前に暗くなっており、道路のない砂漠を進んでいく速度が落ちていた。

時間がかかっているのがハンコックは気に入らなかったが、身を守れない開けた場所で止まって部下たちを危険にさらすつもりはない。少なくともここなら、耐爆性の建物の中で身をひそめていられる。順番で見張りをすれば、わざわざ危険をおかして近づいてくる人間がいても気づけるだろう。

部下たちは、ほとんど、あるいはまったく眠らずに活動することに慣れている。何日も起きていても、油断なく警戒して戦うことができる。数時間くらい見張りをしても、この先の行動にほとんど影響はないだろう。

ハンコックは外におりてから、車の中に手を伸ばし、オナーの小さな体を腕にかかえて胸にしっかりと抱き、入口へと大またで歩いていった。すでにコンラッドがすばやく移動してドアを開けておいてくれた。

「車を隠しておけ」ハンコックは戸口で立ち止まり、部下たちに命じた。「モジョ、おまえとコンラッドが最初に見張れ。二時間だ。そのあとでヘンダーソンとヴァイパーと交代しろ」それからコープランド――通称コープ――に視線を向ける。どんな状況でも冷静に対処《コープ》できることからそう呼ばれていた。「コープ、おまえとおれが最後に見張る。また移動する時間になったら、おれが全員を起こす」

「なんでいま止まるんだ、ボス？」コンラッドがけげんそうな目でたずねた。

珍しく途中で止まることを部下たちがいぶかしむ理由はよくわかる。いつもは無理をしてでも何日も眠らずに前に進む。できるかぎり早く目的を達成するために。

「女を休ませて体を治してもらわなければ、意味がない」

「ついてない《バッド・モジョ》」モジョがつぶやく。

「あえて言うが、この任務は気に入らない」コープが率直に言った。

ハンコックは驚いて部下を見つめた。善とも悪とも判断しがたい漠然とした任務はいくつもあったが、いまだかつて部下たちが反論したことがあっただろうか。なかには魂を吸い取られ、少しずつ人格を奪われていき、ほとんど人間性が残らなくなる任務もある。ハンコックも例外ではない。この任務が最悪だとはいえない。〝善〟のためという名目で、もっとひどいことをしてきた。ほかの者たちを守るために。自分で戦うことができない罪のない人々のために。それがタイタンの仕事だ。彼らのために戦うこと。どれだけ死が迫っているか知らずに彼らが眠っているあいだに、守ること。

「こんな運命はまちがってる」コープが説明するように言う。表情は険しく、いつもは感情のない冷たい目に本物の怒りがあふれていた。「それに、彼女をだましてるのが気に入らない。彼女は……勇敢だ」オナーのことを言い表す正しい言葉をなんとか見つけようとするかのような口調だった。「生き延びるべきだ。一週間以上あのくそ野郎どもをよせつけず、つかまらなかった。同じことができる人間をおれは知らない。ましてやそれが女だなんて。彼女は英雄だ」

「ついてない《バッド・モジョ》」またモジョが言う。コープと同じ気持ちなのだ。だからさっきも最初に「ついてない《バッド・モジョ》」と言ったのだ。

知るか。チームでこんな悶着が起きたことはない。一度も。

ケリー《K》・グループ《G》・インターナショナル《I》から力ずくでグレースをさらい、その過程でKGIのメンバーを撃ったときでさえも。あのあと、リオを殺しかけた。グレースも。それから、妊娠していて無防備だったマレンをコールドウェルにさらわせたときも、チーム内で問題は起こらなかった。だが、そのあとで、ハンコックが——新たに生じたいまいましい良心のせいで——しかたなくあいだに入って、マレンを逃がすために任務を台なしにしたのだった。

「ひとりの英雄か？　それとも、マクシモフを永久に葬り去らなければ犠牲になる何十万人もの罪のない人々か？」ハンコックは挑戦的な口調で聞き、この世界での自分たちの役目を部下たちに思い出させた。自分たちの目的を。唯一の目的。彼らの任務は、だれに救う価値があってだれにないかを判断したり、決めたりすることではない。唯一の仕事は、罪のない人々を餌食にしている捕食者たちを世界から排除することであり、すなわち、ときにはその目標を達成するために自分たちが罪のない者を餌食にすることもあるのだ。

チーム内での意見の相違は、ハンコックの考えをとてもよく反映していた——しっかりと追い払ってきた考え。罪悪感を抱いたりしない。あるいは後悔を。まったく気に入らない。手に負えなくなって反乱が起こる前に、蕾のうちに摘み取らなければならない——こんなことはいままで一度も考えたことがなかった。部下たちはとても堅実で、とても現実的で、とても目的意識が強い。ハンコックと同じだ。彼らはハンコックの指示に従い、けっして疑問を抱かなかった。

いままでは。

「わかってる」コープが言う。「だが、納得しなきゃならないってわけじゃない」

「納得しなきゃならないわけじゃない」ハンコックはきっぱりと言った。「だが、仕事をしなきゃならない。ひとりの罪のない人間を犠牲にしても。多数にとっての利益を——」

「ああ、わかってる」コープがいらいらとリーダーの言葉をさえぎった。これもまた、ハンコックの部下たちがあえてしようとしなかったことだ。「多数にとっての利益をひとりの利益より優先する。チームのモットーだったたっけな。だけど、かなり古くさくなってる。だから、マクシモフが片づいたら、おれは辞める」

「ニュー・エラを追わなきゃならないんだぞ」ハンコックはオナーを胸にしっかりと抱いたまま、静かに言った。

チームメンバーたちのあいだでさまざまな視線が交わされる。理解のまなざし。観念と容認のまなざし。迷っているまなざし。

「ついてない《バッド・モジョ》」モジョが不機嫌な声で言う。そこには明らかに彼自身の意見が反映されていた。任務や〝大義〟とは関係ない。

「そのあとは?」コンラッドが口を開いた。「おれはやるさ。あんたと一緒にな。わかってるだろう。だが、いつになったら善のために戦うのをやめて、ほかのやつらに戦いを任せる? 消さなきゃならないろくでなしはつねに存在する。マクシモフのあと、ニュー・エラのあと、またべつの悪が出てくる。いつ、つねにべつの悪が存在する。いつ終わるんだ?」

ハンコックの背筋を舐めるようにいら立ちが走った。部下たちのあいだで起きている対立の原因が、腕の中で守られるように丸まっている。ひとりの小柄な女。心の片隅では、ほかの救済ワーカーたちと死んでいてくれればよかったのにとハンコックは思っていた。そうすれば、この国の半分を移動して彼女を追うこともなく、ここにはいなかっただろう。部下たちとこんなばかげた会話もしていないだろう。ずっとハンコックの下で働いてきて、彼らの優先事項が揺らいだことは一度もなかった。それなのに、ひとりの小さな女が彼らの団結力に大きなダメージを与えた。それが腹立たしかった。

彼女が生き延びていなければ、ことははるかに簡単だっただろう。

「それはおまえが決めることだ」ハンコックは正直に言った。「いつでも歩き去っていい。だれかがおまえを引きとめてるわけじゃない。おまえが必要か? ああ、もちろんだ。おまえたち五人以外には、おれはだれにも援護してもらいたくはない。だが、おまえがいつ歩き去っても、ここにいる全員が理解するだろう。マクシモフを片づけたあとで、おまえが——おまえたちのだれかが——辞めるつもりでも、『よい旅を』以外の言葉を口にする者はひとりもいないはずだ。おれはいつまでもおまえたちの働きに感謝する。おれが必要なときは、電話をするだけでいい。おれたちはいつでもおまえの味方だ。これまでも、これからも、ずっとおれたちのだれかがついてる。おまえが引退しても、なにも変わらない」

部下たちが黙ったままなので、ハンコックはいらいらと視線を向けた。伝わったはずだ。

車を隠して、今夜は寝ろ。すでにだいぶ時間を無駄にしてしまった。余分な時間はない。

それからハンコックは間に合わせのステップをおりて地下壕に入り、狭い屋内の奥まで移動して、オナーを簡易ベッドにおろした。ハンコックと部下たちが彼女と入口のあいだで眠れば、ここはオナーにとってこの小さな家でいちばん安全な場所になる。

それに、強化された壁と天井に囲まれているから、ここなら安全だ。外で赤外線装置を使われても、熱を感知されて気づかれることはない。また、核爆弾を落とされないかぎり、爆破されることもない。連続して激しい爆撃を受けないかぎりは大丈夫だ。

ここは、タイタンがアメリカ政府の下で働いていたときから残っている施設だ。当時は、必要ならどんな手段を講じてでも任務を遂行する許可が与えられていた。金で買える最高の装備を支給されていた。ここに戻ってくるのは危険があったが、タイタンは大昔に解散したことになっている。ハンコックと部下たちがまだ生きていて、邪魔をする者には容赦しないということを確実に知っているのは、ＫＧＩと、ＣＩＡエージェントのレズニックと、レズニックのみに従う秘密作戦チームだけだ。ほかにも疑惑を抱いている者はいる。とくに、タイタンの創設にかかわった上層部の連中だ。タイタンがまだ活動しているのではと疑っている。というより、勝手に働いているのではと。だが、ハンコックたちがほんとうに生きているると——そして以前にも増して危険だと——いうことを知っているのは、ほんの数人だけである。

KGIがばらすとは思っていないが、味方というわけではない。では敵か？　それに答えられるのはKGIだけだろう。けれど連中はハンコックに借りがある。ハンコックはグレースを守るために力を尽くした——それとエリザベスを。あの無垢な子どもの過ちは、まぎれもない悪人である父親のもとに生まれてしまったことだけだ。ハンコックがエリザベスを救ったことを、KGIは知らなかったはずだ。いまでもまだ知らないかもしれない。

それから、マレン・スコフィールド——いまはマレン・スティールか——のために任務を犠牲にした。マクシモフを倒すためにあれほど近づけたことはなかった。いままでは。

そういうわけで、KGIがハンコックや彼の存在を口外することはないだろう。たとえハンコックのせいでふたりのメンバーが負傷したことがあるとしても。連中はあまりに……高潔すぎる。正真正銘のキャプテン・アメリカ。ハンコックとはまるでちがうし、彼らのようになりたいとも思わなかった。

CIAのエージェントはまたべつの問題だが、政府はタイタンにしたように、彼にも背を向けた。タイタンはアダム・レズニックを殺しかけて、彼の機密ファイルにアクセスしたが、レズニックにはもはや組織内に彼のために報復をしてくれる仲間はいない。ひとりでハンコックを追うなんて愚かだし、あの男は愚かではない。用心深く、賢く、軍の長官からホワイトハウスにいたるまで、あらゆる組織のあらゆる人物の弱みを握っている。大勢からおそれられ、憎まれている。長生きはできないだろう。彼の死を喜ぶ者たちから逃げて生きるだけで手いっぱいになっているにちがいない。ハンコックがそこに加わる必要はない。

いまタイタンを追っているやつらは、ただの傭兵だ。組織化された秘密作戦部隊ではない。そもそも、政府のなかでタイタンの存在を知っているのは数人だけだ。つまり、ここでタイタンを捜している者がいるとはまず考えられない。それにもちろん、ニュー・エラがこの地域の広範囲を支配していることもある。タイタンを倒して莫大な懸賞金を得られるとしても、その過程で殺されるリスクをおかすほどの価値はないし、傭兵たちは無償の犠牲という概念を持たない。彼らの任務は、栄誉でもなく、大義のためでもない。唯一の目的は、私腹を肥やし、自分たちの評判を高めることだけだ。

「鍵は全部かけた」ヴァイパーがそう言いながら狭い部屋に入ってきた。「コンラッドとモジョが見張りに就いてる。ここから一キロ以内でアリが屁《へ》をこいても、気づくはずだ」

「それじゃ、おまえとほかのやつらは横になって、見張りの順番が来るまで少し寝ておけ」ハンコックは命じた。「女をブリストーに届けるまで、眠れるのはこれが最後の夜かもしれない」

わざとオナーの名前は出さなかった。部下たちはすでに、彼女を目的達成のための手段、ただの駒としてではなく、英雄的な人間として見ている。ハンコックたちが実際に与えているような偽りの希望を与えられるべきではない、罪のない女。ハンコックたちははっきりと嘘をついているわけではない。省略しているだけだ。ほかの多くの罪と比べたらたいしたことではない。自分たちのような人間に救いはない。永遠の地獄に落ちるとわかっている。魂はあまりに汚れ、二度と光を見ることはない。古いけれど適切なことわざがある。〝地獄への道は善意で舗装されている〟たとえ善意でしたことでも、それが正しいとはかぎらず、地獄行きになる場合があるのだ。

ヴァイパーが明かりを消し、室内が暗闇に包まれた。男たちは運んできた数台の簡易ベッドと寝袋にもなる携帯用のマットで眠りについた。命令でいつでも眠れるように教えこまれているし、チャンスがあるときに眠り、目覚めたら油断せずにすぐに行動することに体が慣れている。

それでも、気がつくとハンコックは眠れずにいた。部下たちがすでに眠りについたあとも、オナーのベッドから数センチ離れたマットの上で、目を覚ましたまましばらくその場に横たわっていた。頭のなかは、ブリストーの足もとに――最終的にはマクシモフの足もとに――ささげる犠牲のことでいっぱいだった。

どれだけ時間が経ったかわからないが、ふと物音が聞こえた。たいていの人間は気づかないだろう。だが、ハンコックの耳はほんのささいな変化も聞き逃さなかった。音がするほうに顔を向ける。オナーが眠っているベッドから聞こえる。少なくとも、眠っているとハンコックは思いこんでいた。

とてもかすかな音なので、最初は気のせいか、あるいはオナーの寝言だろうと思った。しかし、ちがう。また聞こえた。まるで……。

泣いている。

静かに、ほとんど音を立てずに、泣いている。

くそ。

すでにこの女に対して心を鬼にしていたはずだが、胸が締めつけられた。オナーは大きな声でむせび泣いているのでも、苦難を嘆いて泣きわめいているのでもない。それどころか、自分が泣いていることに気づいているのかもわからなかった。

考え直す前に、ハンコックは体を起こし、オナーと目線の高さを合わせ、どれだけ意識があるか確認するべく、暗闇のなかでさらにじっと見つめた。そっと手を伸ばして頬に触れ、自分の推測が正しいかたしかめてみる。指が涙で濡れ、いっそう胸が締めつけられた。オナーは眠りながら泣いている。どんな悪夢に苦しめられているのだろうか。一週間以上、地獄を見て、経験してきたのだ。気が進まないながらも、彼女の前向きなエネルギーに対する称賛の気持ちがわきあがってくる。おそらく、ハンコックがいままで出会ったなかでいちばん強い女。といっても、ＫＧＩで働いているような、自分の二倍の大きさの男も倒せる女戦士ではない。

戦闘能力も、身を守るための知識もないけれど、強い。機知に富み、絶望的な状況に直面しても決然としていて、あきらめるという言葉の意味を知らない。多くの人たちがあきらめて自分の運命を受け入れたり、避けられない拷問や辱めをまぬかれるためにみずから命を絶ったりするような状況でも、オナーは頑なに自分の命にしがみつき、闘った。

ハンコックはオナーを起こさないように慎重に細い体の下に腕をすべりこませた。さっき投与した鎮痛剤でまだ意識をなくしていてくれればいいのだが。わざと大量に投与したのだ。死んだように眠って、どうしても必要な休息を得て体力を回復できるように。

ハンコックは自分のマットの上にオナーをおろした。ただ彼女のせいで部下たちの眠りを妨げたくないだけだと自分に言い聞かせる。オナーがまだ眠っていることを確認してから、隣に横たわり、自分のあたたかい体に抱きよせ、両腕で包みこみ、抱きしめてなぐさめるという単純な贈り物を与えた。想像しうるかぎり最悪の方法で彼女を裏切ろうとしているときに、彼にできるのはそれくらいしかなかった。

自分にはないと思っていたやさしさをこめて、オナーの顔にかかっている巻き毛を払い、夢のせいで顔にできているしわをなでて伸ばしてやった。オナーからは恐怖が波のようにはっきりと伝わってくる。全身が無言のむせび泣きで震えているのに気づき、ハンコックの奥深くにあるなにかが不快なほどよじれてひっくり返った。

オナーの耳に触れそうなくらい唇を近づけ、部下たちに聞こえないようにささやく。

「きみは安全だ、オナー。おれがついてる。今夜はどんなものもきみを傷つけはしない」

ハンコックが彼女に与えられるのは今夜だけ。明日がどうなるかはわからないが、任務が成功したら、近い将来にどうなるかはわかっている。目を閉じ、その光景を追い払う。オナーは痛めつけられる。傷つけられる。

そして死ぬ。

無傷でマクシモフから逃げられはしないだろう。もしそのありそうもないことが起きたとしても、それはあの連中に引き渡されるときだ。いまハンコックたちはその連中から必死でオナーを守ろうとしているというのに。とんでもない皮肉だ。そして、オナーはぜったいに無傷で逃げられない——というより、逃げること自体が不可能だろう。マクシモフがオナーになにをしようと、それはニュー・エラが彼女にすると思われることのごく一部にすぎない。

ハンコックは自分の命を、部下たちの命をかけている。すべてはオナーをニュー・エラから引きはなすために。そうすることで、マクシモフが彼女を取引材料として利用し、オナーを……ニュー・エラに渡す。

オナーの運命は変えられない。彼女をマクシモフに渡すのが正しいことなのだ。そうすれば、ハンコックは唯一の任務の標的である男に自由に近づけるようになり、倒すことができる。だが、正しいことをするのがつねに正しいとは思えない。

ときには、正しいことをするのは、十種類のいやな気分を合わせたような気持ちになる。

10

オナーは目を覚まし、伸びをした。無理やり筋肉を動かしたとたん、体が抗議した。まばたきをして目の焦点を合わせ、部屋を見まわすと、ハンコックの部下たちがまだ眠っていた。ハンコックともうひとりの男の姿がなく、四人しかいないが、ひと晩じゅう交代で見張りをしていたのだろう。

ついでに言えば、ここがどこなのか、どこに避難したのか、見当もつかなかった。洞窟みたいだ。息苦しくて、閉所恐怖症になりそうだ。明かりはわずかしかなく、換気ができないので空気がむっとしている。

オナーはこの静かなひとりの時間をこっそりと利用して、ハンコックがあの多くを見抜く目でじろじろ見ていないときに、体の状態を調べてみた。ひざを曲げ、それほどこわばっても腫れてもいないとわかるとほっとしたものの、まだ痛みがあるし、動かしづらかった。頭は前日ほどひどくは痛まないが、鎮痛剤の名残かもしれない。薬のせいで、ほかのこともなにもわからなくなっていた。

しばらく時間をかけて、さらに体を調べてみた。以前は先に進み続けるのに必死で、贅沢に時間をかけていられなかった。まちがいなくあざができているし、ぼろぼろの体には何カ所も切り傷や裂傷があるけれど、なかでもひどい傷はふたつだけだった。頭の怪我と、ひざの怪我。ほかはどれもたいした怪我ではない。ついでに言うなら、怪我のせいでいちばんの望みを妨げたりしない。

最終的に逃げること。自由。

そのためなら、どんなことでも耐えられる。一週間以上、すべてに耐えてきた。限界を超えるまで体を酷使して、死にもの狂いで生き延びようとしてきた。

だけどいまは、助けてくれる人がいる。ハンコックには贈り物にけちをつけていると愚弄されたが、全面的に協力せずに事態をより困難にするつもりはない。あの男のことは気に入らないし、いら立ちで歯ぎしりしてしまうけれど、この苦境から連れ出してくれるのであれば、口を閉じていよう。彼女を助けたことを後悔させたりはしない。彼を好きになるかどうかは自分の勝手だが、無事に連れ出してくれるのなら、不愛想な性格に不満を抱くなんて、心が狭くてすねた子どもみたいではないか。

そこで、生意気なまぬけみたいにふるまうのはやめて、今後は口を閉じていようと決めた。なにがなんでも、反論や不満はいっさい口にしない。

動こうとしたとき、物音が聞こえ、さっとそちらに目を向けると、ハンコックともうひとりの男がステップをおりて、ほかの男たちが眠っている小さな部屋に入ってきた。

一瞬、ハンコックと目が合い、ほのかな明かりのなかでも、なにかが……オナーは頭を横に振った。記憶がちらりと脳裏をよぎったが、とらえる前にそのまま通りすぎてしまった。オナーは眉をひそめた。なにかを見逃している。なにかが引っかかっている。

「出発する時間だ」

ハンコックの声は大きくなかったが、その必要はなかった。部下たちはいつでも起きられるように警戒し、命令で目を覚ますように教えこまれているらしい。たちまち全員が動きだした。オナーは簡易ベッドの上で体を起こしたが、腹の奥で吐き気がしてたじろいだ。それでもすぐに気を取り直した――少なくともそう思った。男たちを心配させて動きを止めさせたくはない。ぜったいに足手まといになったりしない。彼ら以上にこの国から出ていきたかった。

いまいましいことに、どんな細かいことも見逃さないハンコックがすぐにこちらに歩いてきて、オナーの簡易ベッドの横にしゃがんだ。

「気分が悪いのか？」部下たちには聞こえないくらい低い声でたずねる。

ほかの男たちの前で彼女にばつの悪い思いをさせたり、弱いと思わせたりしないことが、ばかばかしいくらいありがたかった。オナーにとってプライドは重要だった。それしか残っていない。それと、希望。そのふたつがあれば、この先何日か乗り越えられるだろう。

「いいえ。急に動いちゃっただけ。大丈夫よ。ほんとうに」

「最後になにか食べたのはいつだ？」ハンコックはいつもの突き刺すようなまなざしでオナーの全身をまじまじと眺めた。すべてお見通しだというように。

「おとといよ」オナーは顔をしかめて言った。味のないまずいプロテインバーをなにも考えずに食べ、わずかな水で流しこんだのだった。

ハンコックはうしろを向いて部下のひとりに呼びかけた。男はすぐに小さなパックをひとつ取り出し、ハンコックのほうに投げた。さらに、真空包装されたパックと、水筒も飛んできた。ハンコックは両方のパックを開け、オナーがいるベッドに置いた。

さまざまなドライフード。フルーツもあれば、肉のようなものもある。飢えたオオカミみたいにかぶりつかずにいるので精一杯だった。

ハンコックがオナーの腿に水筒をもたせかけてから、また立ちあがった。

「おれたちが車を用意して荷物をまとめるあいだに、できるだけ食っておけ。ひとつはビタミンがベースで、もうひとつはプロテインだ。気分が悪くならない程度に、どちらもできるだけ食べろ」

オナーはすでに食べ物に手を伸ばしながらうなずいた。驚いたことに、おいしかった。食欲をそそるような見た目ではないし、においもないが、舌にのせた瞬間に味が広がった。

最初のひと口をじっくりと楽しみながら味わった。いつまでも味わっていたかった。だがそこでふと、できるだけ食べておけと言われたことを思い出した。男たちは出発の準備をしている。つまり、ペースをあげなければ、あまり食べられないということだ。

口いっぱいにほおばり、自動人形のように水筒の水を飲みながら、まわりで準備をしているチームを好奇心にかられつつ観察した。驚くほど優雅に、流れるように動いている。コミュニケーションは必要ではなく、無言で一体となっている。ただなにをすべきかわかっていて、そのためにもっとも適した方法を心得ている。きちんと油を差した機械を見ているようだった。

しばらくしてから、ハンコックが近づいてきた。腕に黒い布のようなものを持っている。すぐに彼女に持ってきたものだと気づき、オナーは顔をしかめた。

「運よく、これから行く地域では、ブルカ（全身をおおう女性用の服。目もとは網状になっている）が女のもっとも一般的な服装だ。これまでブルカを着ていたら、望まない注意を引いていただろう。完全に体を隠そうとしなかったのはいいことだ」

ほめられているらしく、オナーの首から頬にかけてほてっていく。

「これで完全に全身が隠れるし、この先二日間移動する地域では、女がこういう服を着ていても怪しまれない」

ブルカは暑苦しいし、最高に着心地がよくないものの、頭からつま先まで隠せるのがとてつもなくありがたかった。目さえも見られることはない。どうしても公の場に出なければならなくなっても、ほかの女たちに完全にまぎれられる。

となると、ハンコックのグループの男たちが問題だった。ひとりの女が六人のたくましい西洋人戦士に付き添われて歩きまわることはない。男が未婚の――それに既婚の――家族に付き添うことはよくあるが、このグループでは、まわりに溶けこんだり、地元民だと思われたりすることはないだろう。

オナーはブルカを身につけてから、下に着ている何枚もの服をできるだけ脱いでしまいたかったので、最低限必要なもの以外はすばやく脱いだ。まわりに体を見られないように気をつけたが、男たちはだれもこちらを見ていなかった。

脱いだ服をバッグにしまってから、残りの食料を口につめこみ、水をごくごく飲んで流しこんだ。

男たちが出発にそなえてふたたび室内に集まったとき、ハンコックが手短に部下を紹介してくれ、オナーはひとりひとりの名前を頭に入れた。モジョの番になると、心のなかであきれて目を上に向けた。ぴったりだ。いままでこの男の口からは「ついてる《グッド・モジョ》」か「ついてない《バッド・モジョ》」という言葉しか聞いたことがなかった。

数分後には、待機中の車の中に押しこまれた。高さのある後部座席に乗るとき、ハンコックがすぐそばでうろついていたが、邪魔をしたりはしなかった。オナーがどれだけ動けるか確認しているのかもしれない。だが、オナーはすでに誓っていた。どれだけ体が悲鳴をあげても、男たちに無理だと思わせたりしない。文字どおり、彼女が自分の体を支えられないなどとは。

オナーはきつく歯を食いしばっただけで、コンラッドの隣に乗りこんだ。まちがいなくグループのなかでハンコックの次に怖い男。ばかげているけれど、モジョのほうがいい。モジョは意地が悪そうな見た目だが、いままで彼女にやさしさと辛抱強さしか見せていない。コンラッドの表情は……冷たい。目はうつろで、魂がこもってない。大昔に生命力が吸い取られたかのようで、人間というよりは機械みたいだ。命令に従って行動するロボット。

オナーは無意識に身震いし、彼女の救済者は悪党たちよりおそろしいのではないかとまた考えた。ふつうなら、死と破壊をよく知っていそうなふたりの男にはさまれていれば、すり切れた神経が安らぎ、永遠に血管に注入されているかのような身のすくむ恐怖がいくらかやわらぐはずだろう。彼らはまちがいなくどんな人間とも物とも対戦できる——そして打ち負かせる——ように見えた。なんとしても彼女を捕らえたがっているニュー・エラから逃げたいなら、まさにこういう男たちが必要だ。それでも、不安だった。この一週間以上、つねに恐怖がつきまとっていた。それは執拗に彼女にしがみつき、心の奥に住みついて、首を絞めつけてくる力を弱めようとしなかった。

二度と安心できないのかもしれない。万が一家に帰れたとしても——家に帰れたらとは言わない。帰れると信じ、ハンコックが連れ帰ってくれると本気で信じられるまでは。彼らが現れる前、オナーの運命は決まっていた。襲撃の悪夢を見るし、友人や同僚たちがあれほど残虐に殺され、手足がばらばらになった光景が、意識からも潜在意識からも消えなかった。

こんなふうに簡単に〝乗り越えられる〟わけがない。いまでは、軍の下士官たちの恐怖がはるかによく理解できた。何度も感じる恐怖。多くの兵士たちが、とてもひどい苦しみを経験して家に帰る。多くが、心的外傷後ストレス障害と診断されている。完全に苦しみから解放されて、ふつうの生活を送れるはずがない。頭の奥に、つねに地獄が存在しているのだから。

オナーは無意識にハンコックのほうにずれた。彼の体のぬくもりが欲しかった。ハンコックの体温が肌に染みこんでくると、胃の中で急速に渦を巻いている緊張感がいくらかやわらいだ。

ふと、ぼんやりした記憶が彼女をあざけるように意識の外縁をかすめ、オナーは身をこわばらせてまばたきをした。なんとか思い出そうと眉間にしわをよせる。自分はハンコックの腕の中にいた。頬は濡れて、悲しみと恐怖で胸が締めつけられていた。ハンコックが彼女を抱きしめていた。いつ？

昨夜。

眠りながら泣いていたにちがいない。ハンコックが彼女を簡易ベッドから抱きあげ、自分のマットの上におろし、両腕をまわしてしっかりと抱きしめ、そっと揺すってなだめながら、ずっとやさしい言葉をささやいていた。

さっと横を向いてハンコックを見つめずにいるには、ありったけの自制心が必要だった。ハンコックの目を見れば、なぜかパズルが解けるとでも思っているのだろうか。

あれは自分の想像ではない。夢ではなかった。ハンコックの腕の中に横たわっていた。そして、彼女がしっかりと眠りにつくと、ハンコックはまた彼女を簡易ベッドに戻したのだろう。それで覚えていなかったのだ。いままでは。

いっそう眉をよせたら困惑していることがばれてしまうので、そうならないように下唇を噛んだ。なぜ大げさに考えているのだろうか。疑わしくはあるものの、やはりハンコックだって人間なのだ。昨夜のことで、彼が救いようのないろくでなしではなく、思いやりがあるということが証明されただけだ。ハンコックはなぜかそれを隠しているようだが、いつもこんなふうに自分をかえりみずに他人のために命を危険にさらしていることを考えると、いくらかでも私情をはさんでしまったらいい結果にはならないのだろう。

オナーには理解できた。なぜハンコックが彼女や、これまで助けてきた無数の人たちを……物とみなしているか。感情や気持ちを持った人間としてではなく。そうでなければ、状況が悪化したときに、ひどく心が乱されてしまうからだろう。そうやって正気を保っているのかもしれない。どんな概念であれ、オナーはありがたかった。いまのところうまくいっているのだから。それに、この地獄から連れ出して、アメリカに帰してくれるのであれば、一〇〇パーセント支持しよう。

それでも、ハンコックが見ていないときにちらりと目を向けずにはいられなかった。はっきりしたあごの輪郭、石に刻まれているような彫りの深い顔。どんな経歴があるのだろうか。彼と部下たちは正式になにをしたのか、正式に存在しているのか。

もし生きているのに、世界にとっても、だれにとっても存在していないのだとしたら、ひどい半生にちがいない。知り合いではなく、二度と会わないであろう人たちのためにしょっちゅう命をかけているのなら。だれかに感謝されることがあるのだろうか？　心からの感謝を？　オナーは心のなかで誓った。どこかわからないが目的地に着いたときには、ひとりずつ名前を呼んで礼を言おう。生きるチャンスを与えてもらったことをけっして忘れないと伝えるのだ。避けられない拷問と死から救ってもらったことを。

それと同時に、矛盾しているかもしれないけれど、また救済活動に身をささげようとあらためて心に決めた。もしオナーが二度と救済活動を引き受けなかったとしても、だれも責めたりしないだろう。アメリカ国内にぬくぬくととどまって、安全かつ自由な生活を楽しむ。多くのアメリカ人と同じく、無知ゆえの幸せを楽しみながら――受け入れながら――生きる。たいていの人は、こんな想像を絶するような目にあいかけたあとで、また戦乱の地に戻るなんて正気の沙汰ではないと思うにちがいない。

けれど、助けを必要としている人々がいる。ほかの人たちは彼らのために戦ってくれない。アメリカ人にとっては当たり前のことができるように力になったりしない。生存。自由。ハンコックと彼の部下たちは、その戦いを引き受けている。オナーは人を救うという信念に人生をささげてきた。逆境に直面したからといって――それに打ち勝ったからといって――あっさりと身を引いて辞めることの言いわけにはならない。自分の代わりにほかの人にリスクを負ってもらうわけにはいかない。

むしろ、あのろくでなしどものせいで努力を無駄にさせたりしないという決意がいっそう固くなっただけだった。家族はよく思わないだろう。オナーが最初に戦乱地域に来たときのように、ひと悶着起こしてからではないと引きさがらないだろう。家族には彼女と過ごす時間――オナーは喜んでささげるつもりだが――が必要なのだ。彼女が元気で、ほんとうに無事であることをたしかめるために。生きていると。大きな怪我をしていないと。

だがそのあとで、ふたたび信念をかかげよう。どんなものも彼女の天職を妨げられない。それを無視して、安全な九時五時の仕事を選ぶことはできない。それがオナーという人間であり、歩き去ったりしたら、どうしても助けを必要としている人々を裏切るだけでなく、自分自身を、理想を、信念を裏切ることになる。

「なにを深く考えこんでるのか知らないが、こっそりとよからぬ計画を立てないほうがいいぞ」

間延びした声に考えが中断され、はっと視線をあげると、ハンコックがこちらをじっと見ていた。なに？　オナーが彼の手をすり抜けてひとりで逃げるつもりだと思っている？　とんでもない。ハンコックは、彼女が生きて家に帰るための最善かつ唯一の希望だ。それはわかっている。

あまりに熱心にもの思いにふけっていたため、よく考える前に言葉がこぼれた。

「あのろくでなしどものせいで仕事を辞めたりしないって誓ってただけよ」と衝動的に口走る。

思わず興奮してしまったことが気まずくなり、オナーは首をすくめた。つぶやき声でぼそぼそと続ける。

「たいていの人は、家に逃げ帰って、二度と国を離れないでしょうね」と静かに言う。「わたしはそういう人とはちがう。ここで必要とされてるの。ほかの場所でも。ほとんどの人が行かないような場所。でも、そういう場所こそ、もっとも助けを必要としてる。あなたたちがわたしを――ひとりの人間を――救うために命をかけてくれたように、わたしも数えきれない人たちを助けるために命をかけるわ。あなたたちが危険をおかしてくれたことは無駄にはならない。わたしの人生には意味がある。目的がある。身を引いたりしないし、あの連中におびえて、現実から目をそむけて、臆病者みたいにパパとママと家にこもったりしないわ」しゃべるうちに口調が荒々しくなっていき、強烈な感情と同じくらい言葉も熱く燃えていた。

男たちは黙りこみ、静寂が広がって車内を包みこんだ。何人かは下を向いている。ほかの男たちは目をそむけ、ぼんやりと窓の外を見るか、ただ宙を見つめた。明らかに不快感がただよっており、オナーはわけがわからず眉をひそめた。命をかけて救おうとしている相手が、またみずから自分の身を危険にさらすつもりでいることに腹を立てている?　たしかに、恩知らずで、彼らの犠牲を気にもかけていないように思えるだろう。自分たちの努力に感謝しない女のために、なぜ危険をおかしてこんな砂漠のど真ん中にいるのかと考えているにちがいない。彼女を捨てればいい、自力で逃げればいいのにと。

「理解してもらえるとは思わない」オナーは低い声で言った。「でも、困ってる人たちを見捨てることはできない。だれも彼らのために戦ってくれない。だれも助けてくれない。それに、テロリストたちのせいで目的を見失ったら、連中が勝つことになる。わたしが逃げようが逃げまいが、生きていようが死のうが」

オナーは男たちが反応する前に先を続けた。すぐには反応はなさそうだった。男たちは口数が多いわけではない。せいぜい最低限のことしかしゃべらないハンコックがふつうの話し好きに思えるくらいだ。いっぽうの部下たちは?　もっとしゃべらない。だが、ハンコックがリーダーだから、自分たちが行動しているときはハンコックに話を任せているのかもしれない。

「あなたたちがしてくれたこと――してくれてること――に感謝してないと思われたくないわ。わたしを救って連れ出すために、あなたたちが命をかけてくれていることを気にかけてないわけじゃない。そう見えるかもしれないけど、どうしても説明はできない。わたしにとって、恐怖や脅威に操られず、支配されないというのが、どれだけ大切か」

隣でコンラッドが聞き取れない声で悪態をつぶやき、顔をそむけて窓のほうを向いた。オナーには彼の目も表情も見えなかった。彼女の言葉で明らかに全員が……気まずく……なっているが、オナーがいま言った理由からではない。コープランド、通称コープは、うしろめたそうに見える。

オナーは当惑しつつハンコックのほうに視線を向けた。今回ばかりは、ハンコックの顔が無表情のマスクをつけていること、感情も意見も判断も見られないことにほっとしていた。その目には同意も非難もない。ただいつものごとく読み取れない表情で、まっすぐオナーを見つめている。

どうやら想像力が暴走して、ありもしないものを見ていたらしい。しかも、謝罪のような言葉を口にしてしまった……いや、あれは謝罪だった。理解を求める懇願。あるいは同意さえ求めていたかもしれない。いままでは腹立たしかった。天職だと思っていることを実行するのに、彼らの許可は必要ない。彼らだってオナーの同意を必要としていないし、求めてもいない。彼女にどう思われようが気にしていない。それなら、なぜ彼らに義理を感じなければならない？　命を救ってくれたからといって、人生の決定権を彼らに渡す？　彼女の選択肢を。決断を。

　オナーも、彼女の心も、彼らのものではない。もちろん選択肢も。彼らにはまちがいなく感謝している。尊敬しているし、守ってもらえるかぎり、全面的に協力する。だけど、それ以上の義務はない。自分の人生でしたいこと――しなければならないこと――をするのに、彼らの許可は必要ない。彼らがオナーの許可を必要としていない――求めていない――ように。

　ハンコックがただ肩をすくめた。「家に帰れたとして、その後なにをするかはきみの勝手だ。きみは大人の女だ。自分の選択をだれかに説明する義務はない」

　なぜか、家に帰れたとしてと言われたのが気になった。帰ったらではない。それがとても気になった。ハンコックはこのうえなく冷静で自信にあふれている。自分とチームの能力に絶対的な信頼と自信を持っている。そのハンコックが、オナーは必ずこの苦境から抜け出せるわけではないとほのめかしたのははじめてだった。抜け出せない可能性がわずかにでもあるというのだろうか。鼓動が速くなり、こめかみが脈打ち、ふたたび頭の痛みがよみがえってきた。それまではやわらいでいたのに。

　またハンコックの腕の中にもぐりこんで、昨夜のようにすりよりたかった。実際には気づいていなかったけれど。しかしいまでは、絶対的な安心感と安らぎの記憶がふわふわと戻ってきて、昨夜の出来事が意識の最前部によりはっきりとよみがえっていた。あの感覚を取り戻したい。たとえ短いあいだでも。急に血管で暴れだした落ち着かない不安を追い払ってくれるあいだだけでいい。

そんなことをしたらハンコックがどんな反応を見せるか、想像するしかない。昨夜オナーを抱きしめてなぐさめたことを知られたくないと思っているのは明らかだ。そういうことがあったというそぶりはまったく見られないし、昨夜の出来事を口にしてもいない。そんなことは起こらなかったかのようにふるまっている。もしオナーがその話を持ち出したら、否定して、ただの夢だと言うにちがいない。けれど、あれは現実だと——現実だったと——はっきりとわかっている。ハンコックの腕の中にいた感触、あの数時間に感じた安らぎと力強さは、けっして忘れないだろう。思い出すのに時間はかかったけれど。

ハンコックのことを最低だと思いこんでいたときに、彼はやさしさを示してくれた。とはいえ、彼が多くの面を持ち、いくつもの層でおおわれているということは、すぐに気づいていた。それを永遠に掘りさげて、はぎ取っていっても、彼についてすべてを知ることはできないだろう。せいぜい、自分の行動を知られたくないという彼の明白な望みを尊重することしかできない。

ハンコックにとって、やさしさなどというものは弱さなのかもしれない。だがオナーにとっては、どうしても必要なものだった。もっとも弱気になっているときに支えてくれた。悪夢に翻弄され、魂のいちばん奥深くから絶望がこみあげていたときに。

彼にとっての弱さは、オナーにとってはどうしても必要な強さの注入だった。彼の強さ。オナーはハンコックの疑わしげな言葉には反応しなかった。ハンコックが一度自信のなさを見せたことで体の芯まで震えたのを気づかれたくない。単なる言いまちがい、軽率な発言だったのかもしれないけれど、ハンコックはうっかり口をすべらせる人間だとは思えなかった。

ふたたび沈黙が訪れ、オナーは窓の外を流れていく荒地に意識を集中させた。うとうとしかけたとき、ハンコックの声がしてはっと我に返った。

「ここからさらに数キロ進んだところで給油しなければならない。農村がある。このあたりで燃料の補給ができる中心地だから、あちこちから車が行き来してるが、ほかに選択肢はない。次の給油所までは持たないだろう。村に着いたら、おれがおりて給油する。きみはトイレに行くといい。コンラッドが同行するが、つねに下を向いて、一歩さがって彼についていけ。早くすませろ」

「ここの文化と習慣はよくわかってるわ」オナーは言った。

「ああ、そうだろうな」ハンコックはしばしオナーを見つめてから考えこむように言った。「だが、生死がかかってるときに、すでに知ってる情報をわざわざおれに説明する必要はないだろう」

たしかに。

「この地域の言語をいくつ話せるんだ?」ハンコックがたずねる。彼女に興味があるらしく、オナーは驚いた。

「アラビア語と、中東の三つの国のあまり使われていない十七の言語を流暢に話せるわ。ほかに、十以上の言語をそこそこしゃべれる。まねをするのが得意なの。訛りはすぐにわかるわ」

ハンコックは片方の眉をあげた。「いつから中東の言語を勉強してるんだ？」

「高校で独学で覚えたの」オナーは正直に言った。「その前に中学でも勉強したけど、本格的に学んだのは高校よ。国内でアラビア語の授業がある高校は多くないの。もちろん、あまり話されていない地方言語はなおさらね」

「十年以内で身につけたなんて、優秀な生徒だな」

オナーは肩をすくめた。ほめられて気まずかったものの、それはほめ言葉というわけではなかった。どちらかというと事実を述べただけ。

「言語が好きなの。中東の言葉のほかにも、フランス語とスペイン語も流暢に話せるし、ドイツ語とイタリア語も日常会話ならできるわ。昔から興味があって、すぐに覚えられるの。大学は三学期余計に通ったわ。学位の取得にはそんなに通う必要はなかったけどね。それで、大学でやっている中東の言語の授業をすべて受けながら、並行してオンラインで十以上の授業を取った。大学卒業後に自分がなにをしたいかわかってたから。学位は、わたしが熱中することになる文化をもっと理解するための単なる訓練手段だった」

「最近だと、慈悲の天使はいくらもらえるんだ？」ヴァイパーが間延びした口調で聞く。

たちまち怒りがこみあげてきたが、驚いたことに、ハンコックがまぎれもない非難の目を向け、ヴァイパーは咳払いをした。

「侮辱するつもりじゃなかったんだ」そう言ってから、ヴァイパーはまたフロントガラスにじっと視線を向けた。

「非課税でお給料をもらってる」オナーは口もとをこわばらせて言った。なぜか、彼女がしていることについて聞かれ、金目当ての仕事だと見下されたことで、神経を逆なでされた。「ささいな額よ。アメリカじゃ生活できないでしょうね。住居は提供されてるけど、ルームシェアしてる――してた」いそいで言い直す。「三人の救済ワーカーの女性たちと同居してたの。食べ物はたいてい村の人たちが持ってきてくれる。余分な食料はほとんどないのに。資格を持った医療スタッフはたしかにもっと稼いでる――こういう仕事を引き受けてもらうには給料をはずまないといけないから――けど、わたしのような人たちは、基本的にはボランティアみたいなものよ」

そこでオナーは黙りこんだ。これ以上はしゃべらない――これ以上自己弁護はしない。この男たちに自分の人生の正当性を説明する義務はない。たとえ彼らに人生を救ってもらっているとしても。

「おれたちが地元民じゃないことは明白だ。しゃべらなきゃならない場合だけ、共通言語のアラビア語で話せ」ハンコックが不必要な指示を出した。

だが今回は、オナーは自分に広い知識があることをハンコックに説明しなかった。さっき言われたように、最終的に重要なのは生きるか死ぬかなのだから、うぬぼれはなんの役にも立たない。

11

村はこの地方の中心だとハンコックがオナーに——全員に——忠告していたにもかかわらず、この辺鄙な場所にある村にこれほど多くの車が立ちよってまた先を進んでいくとは、オナーには予想外だった。国の拠点となる基地のようだ。この地域を移動するときはだれもがこの場所を通り抜ける。

車が集落に入っていく前に、ハンコックが全員にそばを離れるなと警告し、コンラッドにはオナーをトイレに連れていってすぐに戻ってこいと命じた。村は遠方やべつの土地に向かう人々にとっての中心であるばかりか、ここでは……なんでも手に入りそうだった。

地域の経済は、安定した燃料の蓄えと、それを昼夜守る軍隊によって支えられているだけでなく、あちこちの売店で武器商人がおおっぴらに商品を陳列していた。合法ではないが、政府は見て見ぬふりをして、小さな集落の状況に目をつぶっていた。

何キロにもわたって四方には文字どおりなにもなく、こんな場所ににぎやかな市場があるとは想像しづらかった。銃や爆薬や防衛装備品を売っているテントのあいだでは、ちらほらと女たちが料理を作って売っている。服。物資。新鮮な水。どれも金を払えば手に入る。

陽気な雰囲気はどこか嘘っぽかった。害がなさそうな感じだが、商品を売買している人々の顔や物腰をじっくり見て、その裏側をのぞいてみたら、すぐに見た目とはちがうとわかる。

車が村を通り抜けて反対側にある燃料タンクへと向かうあいだ、オナーは通りすぎる人たち全員を観察した。ものものしい感じだった。予測、警戒、慎重。銃で――アサルトライフルで――撃たれるのをおそれ、みな絶えず用心しながらも、身を隠そうとはせず、つねにありふれた光景に溶けこんでいた。

ここの人たちの現実の人生を想像し、オナーは身震いした。彼女もたしかに不安定な地域の村で生活して仕事をしていたけれど、侵略してくるよそ者はべつにして、平和だった。オナーがいた村は、この地を支配している無意味な暴力からの避難場所を求めているだけの人々、目覚めたときに生きるための戦いが待っていない日々を望んでいる人々であふれていた。ニュー・エラの襲撃まで、救済センターに西洋人たちがいても、村はほとんど注目されていなかった。村人の多くはオナーの――ほかの人たちの――存在を快く受け入れていたわけではなかったが、彼らは孤立していた。そこでオナーたちは、シェルターや食べ物、生きるための必需品を提供した。すると、オナーたちが象徴するあらゆるものを軽蔑している人たちでも、文句を言わずに受け取った。

いっぽう、この遠く離れた集落の人々は、日々死と戦闘と向き合っている。強い警戒心を抱きながら生きている。どんな脅威にもただちに反応する。想像でも現実でも。

厚いブルカで頭からつま先までおおわれているにもかかわらず、オナーは実際に骨まで寒くなった。

「準備しろ」ハンコックが警告する。低く、いかにも厳粛な口調だった。

ハンコックはすでに視線をあげて、冷たい目であたりを詳細に見まわしていた。ほとんどわからないくらい、かすかにあごを引きつらせている。それだけが、ものすごく用心していて不安だということを示していた。

「ほんとうにここで彼女を外に出していいのか？」コンラッドがチームリーダーに視線を向けてたずねた。「砂漠ならいつでも場所を見つけて、だれもいないところで小便をさせられるじゃないか」

ハンコックはかぶりを振った。「まわりに勘づかれないかどうかたしかめたい。おまえとオナーが行くあいだ、おれとほかのやつらで厳しく監視して、おまえたちがどんな注意を引くか確認する。情報が流れていて、オナーの正体が知られているのかどうかをたしかめる」

「知られていたら？」オナーは喉をつまらせたような声で聞いた。「要するにわたしをおとりにするってことでしょう？　目隠しした牛を食肉処理に連れていくみたいに」

「そうだ」ハンコックはそっけなく答えた。その声に謝罪の気持ちはこもっていなかった。「だが、簡単に死ぬことはない。おれとチームがきみを守る。だれが敵で、だれがきみの正体に、もっとも重要なのは、きみの居場所に気づいていないかを知りたいんだ」

「わたしにもあなたみたいに自信があればいいのに」オナーはつぶやいた。「あなたは生贄の子ヒツジじゃないんだから、言うのは簡単よね」

「そこがまちがってるんだ」ハンコックは指摘した。「連中はきみに生きていてもらいたいと思ってる。おれと部下たちのことは？　そうでもない。連中にとっては完全にどうでもいい存在だ。そして、きみが連中につかまらないように立ちはだかってるのは、おれたちだけだ。だから、そう、ここではおれたちのほうがまちがいなく大きなリスクを負ってる」

たちまちオナーは自分の身勝手な考えが恥ずかしくなった。冷静に話してもらったおかげで、完璧に納得できた。それまでハンコックの視点から考えてみたことはなかった。なんだか、なにがなんでも他人のことより自分の要求を優先させている甘やかされたお姫さまみたいではないか。オナーは冷静になると同時に、ブルカの網状の目もと越しにハンコックに謝罪のまなざしを向けた。伝わっているにちがいない。けれど、ハンコックの目には気づいた様子はなかった――ついでに言うなら非難の色もない。とはいえ、自分たちがオナーよりリスクを負っていると指摘したのは、彼女をいさめるためではない。ただ完璧に落ち着いて事実を述べただけだ。

車は村の外れにあるタンクの近くで止まった。問題が起きても、ここならもっとも確実に逃げられる。すぐにオナーはコンラッドにうながされて車からおりた。従順な態度で下を向きながら、コンラッドの横を一歩さがってついていくように気をつけた。コンラッドはトイレとして使われているみすぼらしい小屋まで足早に彼女を連れていった。

先にコンラッドが中に入り、ほかに人がいないかたしかめた。だれもいないとわかると、オナーにできるだけ早く用を足してこいと厳しく命じた。コンラッドはだれも中に入らないように入口を見張ることになっていた。

オナーはすぐに厚いブルカと格闘しながら、慎重にしゃがみこんだ。地面に開いた穴にはすでに汚物があふれていて、胸が悪くなった。悪臭が鼻に満ちないように口で息をした。胃がむかついたら、嘔吐で貴重な時間を無駄にしてしまう。

おかしな角度でしゃがみ、汚れないように服を押さえているので、とんでもなくつらい体勢だった。用を足すあいだ、痛むひざでなるべくしっかりと体を支えた。

十リットルは出たような気がした。そのころには両脚が震え、負傷したひざが絶えずがくがくしており、怪我をしていないほうの足で不安定にバランスを取っていた。それから、壁際の洗面台の中の変色した水で、できるだけきれいに手を洗った。清潔かどうかは考えなかった。そんなことを考えたら、いま以上に取り乱してしまうだけだろう。

外に出ると、コンラッドがいらいらした様子で、つねにあたり一帯に用心深く目を光らせていた。一度見渡してから、また同じことをくり返し、まわりで起きている出来事からけっして目をはなさなかった。

こちらに視線を向け、オナーに気づくと、コンラッドは軍用車のほうにうなずいた。ハンコックが給油を終えようとしている。オナーはコンラッドのうしろに立ち、彼がずっとそうしているように、視界に入る全員に注意深く目を走らせた。

屋外トイレの角を過ぎたとき、オナーは凍りつきそうになった。反応を抑えられたのは、ひとえに厳しい自制心のおかげだった。戦闘服姿の武装した男がアサルトライフルをかまえ……コンラッドに向けている。

まずい！

見なかったふりはできず、すばやく行動しなければならなかった。ハンコックからは――そしてコンラッドからも――不必要な注意を引くなと車をおりる際に厳しく命令されていたが、それを完全に無視して、倒れこむようにコンラッドのほうに身を投げ出した。

そのままなにも気づいていないコンラッドに飛びかかる。アドレナリンが勢いよく血管を流れ、思っていた以上の力が出た。コンラッドが倒れると同時に、ほんの一瞬前まで彼が立っていたところに弾丸が雨のように撃ちこまれた。

まちがいなく弾が当たって痛みがあるはずだと思ったオナーは身をこわばらせ、体を丸めて岩のようにドサリと地面に倒れた。そんなのはばかげている。オナーもコンラッドも、逃げるには立っていなければならない。だが、自衛本能が先立ち、殺されないように直感的に動いていた。たとえ彼女がターゲットでなかったとしても。

複数の方角から荒々しい悪態が響きわたったかと思うと、オナーはいきなり乱暴に足を引っ張られた。そのままハンコックの肩にかつがれ、水から出た魚のように体をばたつかせているうちに、ハンコックは待機中の車に向かって全力疾走した。

コンラッドはすでに立ちあがって、ハンコックとオナーの二歩先を走っていた。ハンコックは無理やりオナーを後部座席に放りこむと、コンラッドと中に飛びこんだ。ドアが閉まらないうちに車は発進した。運転手が思いきりアクセルを踏み、タイヤが一瞬だけスピンした。

「ちくしょう。ちくしょう！」ハンコックがどなる。

だが、オナーの心臓が喉までせりあがったのは、コンラッドの表情のせいだった。冷静に激怒している。全身で怒りが爆発しそうだ。顔と目がとんでもなく暗く、オナーは身震いした。コンラッドはあごが盛りあがるほどきつく歯を食いしばっていた。

全員が腹を立てている。彼女に。まったくわけがわからない。オナーは本気で戸惑っていた。彼女はコンラッドの命を救った。それで〝不必要な注意を引いて〟しまったことは帳消しになるのでは？

「いったいなにを考えてたんだ？」コンラッドがどなる。「『自分に注目を集めるな』って意味を理解してなかったのか？　ここの女たちはあんなことをしない。神にかけてもいいが、きみには自殺願望があるんだな」

「ばか言わないで」オナーはぴしゃりと言った。この男は彼女にまるで感謝していない。それが腹立たしかった。彼女のおかげで、だれかさんはスイスチーズみたいに穴だらけにならずにすんだというのに。「忘れてるみたいだけど、わたしはこの国のこういう村で働いてたのよ。母親は子どもを守ってる。愛する人たちを。男と同じくらい勇猛にね」

ハンコックがため息をついた。かろうじて辛抱している――怒りを抑えている――ようだ。

「この村ではちがう」ハンコックは歯を食いしばって言った。「ここの女たちはほとんど姿を見せないし、しゃべらない。邪魔をしない。もっと悪いことに、きみは暗殺者に恥をかかせたんだ。きみが、平凡な女が、やつの目的を妨げ、村じゅうがそれを目撃した。ここは無法地帯で、ルールを作る力を持つ人間が決めたことが唯一のルールだ」

「よかった」オナーはとげとげしく言った。「屈辱のあまり死んでしまえばいいのよ。世界からろくでなしがひとりいなくなるわ。でも、わたしが邪魔をしなかったら、世界からろくでなしがふたりいなくなることになったけどね」

オナーは冷たい表情であからさまにコンラッドを見つめた。

「それどころか、あいつはきみを殺すぞ」ハンコックが厳しい口調で言う。「きみがおたずね者だということを知ってるかどうか、あいつがきみの敵の仲間かどうかは関係ない。きみに侮辱されたという理由だけで、きみを殺そうとするはずだ」

「命を救ってもらったら、ふつうは感謝するものよ」オナーは噛みつくように言った。「簡単な指示にも従えない大ばか野郎だと言ってなじるんじゃなくてね」

「身に覚えがないな」コンラッドがつぶやく。

「そんなに死にたいのなら、わたしが喜んで願いを叶えてあげるわ」オナーは怒りをほとばしらせて言った。「この手で撃ち殺してあげる。でも、独創的な撃ち方でね」

「ついてない《バッド・モジョ》」モジョがつぶやき、肩ごしにオナーをちらりと見た。その目には敬意のようなものがちらついていた。

「終わったことだ」ハンコックが堂々めぐりをやめさせようとして言った。「さっさとここから離れるぞ、ヴァイパー。アクセルをゆるめるな。それと、追っ手や対戦車ロケット弾《RPG》の攻撃がないか目を光らせてろ」

オナーは座席にもたれた。わき腹に痛みがあり、猛烈に熱かった。勢いよく地面に倒れたときに、なにかにぶつけたのだろう。だけど、恩知らずのチームメイトを救ったときにまた怪我をしたなんて、このろくでなしたちにぜったいに気づかれたくない。自分にかまわないでもらいたい。ハンコックと部下たちを誤解していた、彼らはほんとうはとんでもないろくでなしではないのだと自分に言い聞かせはじめたとたんに、やはりまぬけだということが証明されたのだ。

オナーのなかの悪魔、激怒している悪魔は、ハンコックの命令には従わず、これで終わりにはしなかった。コンラッドのほうを向き、ひるまずに見つめる。彼がたった二本の指でオナーを小枝みたいに折れるとしてもかまわない。

「じゃあ、わたしがただ哀れなまぬけみたいに突っ立って、あなたを殺させておいたほうがよかったの？　ほんとうに？　あなたにとって命はそんなに価値がないものなの？」

愚弄と嘲笑を声ににじませずにはいられなかった。

コンラッドはますます顔をしかめ、表情がいっそう暗くなった。そんなことが可能ならだが。まるで春の竜巻シーズンの激しい嵐雲のようだ。あまりに深く眉間にしわをよせているせいで、眉がくっついて目の上で一本の毛のラインになっていた。そして、その目は怒りでぎらぎら輝いていた。

「恩知らず」オナーはつぶやき、それ以上コンラッドを見ないようにした。

代わりにまた座席によりかかり、頭をもたせかけた。でこぼこの地面のせいで、穴やこぶを通るたびに頭が座席にぶつかった。

目を閉じ、男たちを心から締め出す。運がよければ、眠れるかもしれない。次の停車場所に着いたら起こしてもらえるだろう。自分は不運な心やさしい乙女として、なにもせずにいよう。そのあいだに、悪いオスたちはタマを撃ち落とされる。

もっと感じがいい男たちのグループには、そんなことは起こらない。

12

オナーがハンコックたちは恩知らずだと痛烈に非難したあと、ハンコックは――ついでに言うなら、チームのほかのメンバーたちも――黙りこんだ。オナーは彼らを完全に思いやりのないろくでなしだと思っていて、それをはっきりと口にした。

まちがってはいない。

だれにどう思われようが、部下たちは気にしない。どんな犠牲を払っても仕事を遂行する。いまはニュー・エラの手からオナーを守っているが、最終的には連中にオナーを渡すことになる。あらゆる意味で最悪だ。たしかに、自分たちが聖人だろうがサタン本人だろうがどうでもいい。だが、全員の目に、表情に、態度に表れていた……オナーを気にかけていると。

チームリーダーと互いのこと以外は尊敬していないのに、オナーを尊敬している。それが彼らの計画に深刻な支障をもたらさないわけがない。最後の最後で本格的な反乱が起きたら？　この何年かでハンコックがそうだったように――とはいえ、任務では二度と良心に邪魔をさせないと誓ったが――部下たちが良心に目覚め、オナーをブリストーに、それからマクシモフに、そして最終的にニュー・エラに渡すのを拒んだら？　この任務が失敗する可能性はいくつも考えられる。マクシモフがニュー・エラに〝くたばれ〟と言ったら？　マクシモフは連中の手が届かないところにいるし、ニュー・エラに匹敵するのはおそらくやつの非公式組織だけだろう。ひょっとすると、ニュー・エラより上かもしれない。マクシモフには信念も感情もないからだ。ニュー・エラのメンバーは、感情、怒り、正義感が先立つ。大義のためならみずからを犠牲にすることもいとわない。彼らの大義のためなら。

　オナーに与えられている選択肢はどれもいいものではない。ブリストーは女を傷つけて興奮する、悪魔のような野郎だ。マクシモフは女に容赦なく、倒錯したフェティシズムで殺すこともある。彼の世界では、女には価値がなく、消耗品でしかない。

　また、ブリストーとマクシモフが実際にオナーをニュー・エラに渡したとしたら、オナーは言葉では表せない拷問と辱めを受けることになる。どれだけ強く勇猛でも、死を願うだろう。どんな男も女も、ニュー・エラの仕打ちには耐えられない。彼らは毎日、何週間にもわたって苦しめてから、最後に殺す。それもためらうことなく、情けもかけず。

　ほかの過激派テロリスト集団は、残虐で冷酷ではあるが、いくらか慈悲をかけて捕虜を殺す。たいていは後頭部を撃つ。処刑スタイルだ。あるいは、公の場でただ首を切り落とす。ほかの者たちが彼らをおそれ、真剣にとらえるように。

ハンコックは横目でちらりとオナーを見た。目は閉じていて、まつ毛がきれいに頬にかかっているのが、ブルカの網状になった目もとから見える。彼女にはなんの罪もない。何十万という人々を生かすために生贄の乙女となる、罪のない人間。公平ではない。まったく。だが、ハンコックはずっと昔に、すべてが思いどおりになるわけではないと理解するようになっていた。どれだけ大きな代償であろうと、犠牲は必要だ。そのことをつねに納得しなければならないわけではなく、単にそれが事実だと知っていた。犠牲を払うことが、ブリストーやマクシモフ、そしてゆくゆくはニュー・エラのような連中を倒すための唯一の方法なのだ。

静かなオナーは眠っているのか、ただ目をつぶって男たちを締め出しているのか、ハンコックにはわからなかった。彼女を責めることはできない。オナーは怒っていた――当然だ。それに、彼女は正しい。だれも感謝を示さなかった。彼女が命令に従わなかったことに腹を立てただけだ。それと、口に出してはいないが、彼女がよく知りもしない――好きでもない――男のために殺されかけたことに感傷的になった。

なぜオナーはあんなことをした?

事件が起きてから、そのことがハンコックの頭を悩ませていた。まともな理由は思いつかない。これまでオナーはニュー・エラにつかまらないように果敢に賢明に闘ってきたのに、あっさりと弾の前に飛び出し、ハンコックのチームメイトを押し倒して救ったなんて。

オナーのような女には慣れていない。どんな男よりも立派な鋼のような気骨と決意を持ち、それでいてとてつもなくはかない。そういう女は、ケリー家の女とKGIのメンバーの妻たちしか知らない。彼女たちはオナーとよく似ている。そっくりだ。だから、しぶしぶながらもオナーに敬意を抱いているのかもしれない。ものすごく勇猛なKGIの女たちとまったく同じような戦士だから。

「もうすぐだ」ヘンダーソンが前の座席から言った。「女を起こして、意識をはっきりさせておいたほうがいい。すぐにこの車を隠して、べつの車に乗り換える。それとも、今夜はまた雑魚寝か？」

ハンコックは首を横に振った。「いや。先に進まないと。交代で運転して、残りは眠る。運転手のほかに少なくともひとりは起きていて、注意深く目を光らせていろ。つけられていないか、罠にはまったりしないか、確認するんだ」

命令を出してから、ハンコックはオナーに注意を向けた。まだ目は閉じている。まじまじと見ると、額には緊張でしわがより、眠っているのに歯を食いしばっているみたいで、苦しんでいるかのようだ。

しかし、これまで経験してきたことを考えると、苦しんでいるというよりも悪夢を見ているのだろう。

ハンコックはやさしくオナーの肩に触れ、軽く押した。

「オナー。オナー、起きてくれ。車を乗り換える。時間がないんだ」

オナーのまぶたがのろのろと震える。まるで無意識の海から遠ざかろうとしているかのようだ。ハンコックは眉をひそめた。オナーはつねに不満を見せず、いつでも行動できる状態だった。たとえ大きな痛みをかかえていても。けっして不平はもらさず、ハンコックと部下たちと同じペースを保っていた。やはり、感心せずにはいられない。

オナーは顔をしかめた。なかなか完全に目が覚めないことに当惑しているかのようだ。だが、決心したように胸を張り、それまで存在していた霧を追い払うのがわかった。目を決意で輝かせ、すばやくまわりに視線を走らせている。

「どのくらいで着くの？」オナーは聞いた。

「三分だ」コープランドが前の座席から答えた。

オナーはうなずき、背筋を伸ばした。

数分後、車が急停止したときにオナーの体が前のめりになり、シートベルトが腹に食いこんだ。驚いたことに、ハンコックより先にコンラッドが彼女を支えていた。それからオナーをそっと座席に戻した。

コンラッドが最初に車をおり、そのあとで残りのメンバーがぞろぞろと外に出た。ヴァイパーだけが運転席に残った。ハンコックはオナーのシートベルトを外すために手を伸ばした。ブルカの下に埋もれているバックルを探そうとしたとき、腕がオナーのわき腹に押しつけられる形になった。

するとオナーはたじろぎ、顔が青白くなった。なんだ？

すばやくシートベルトを外し、オナーに手を貸して車からおろそうとした。ところが、オナーのわき腹に強く押しつけていた腕を引いたとき、そこに鮮やかな血がついているのに気づいてハンコックは唖然とした。

背筋に恐怖が走る。

オナーの頬に手を当て、じっと目を見つめた。

「怪我をしてるのか？」やさしい口調で聞く。

オナーはおびえて目を見開いた。ハンコックの腕についている血に気づいたのだ。青白い顔で震えながら、ハンコックの質問に答えた。

「わからない。してないと思ってた。わき腹がズキズキ痛んだけど、転んだせいだと思ってた。でも、いまは痛い」歯を食いしばりながら言う。

ハンコックは荒々しく悪態をついた。まったくなじみのない罪悪感という感情が万力《まんりき》のように胸を締めつける。

「おれが車まで運ぶ。止まるわけにはいかない。だが、あとで傷を見てみよう。重傷なら、リスクはあるが病院に連れていかないと」

とたんにオナーは目に恐怖をうかべ、かぶりを振った。

「生きてるわ。死にはしない。痛いだけ。一週間以上、痛みをこらえてきたのよ。いまだって我慢できるわ」と静かに言う。

またしてもハンコックは誇らしい気持ちが押しよせるのを感じた。オナーはあきらめるという言葉の意味を知らない。彼女を裏切らなければならないとは。大義のために犠牲にしなければならないとは。世界にはオナーのような人間が必要だ。いつだって善良な者たちが生贄の子ヒツジになるなんて最悪だ。

「手を貸す。どんな怪我かわからないし、悪化させたくない」ハンコックは低い声で言った。

オナーはうなずいた。

ハンコックは体をよせて片方の腕をオナーのひざの下に、もういっぽうを背中と座席のあいだに入れ、やさしく抱きあげながら、オナーの目に痛みや不快感がうかんでいないか確認した。オナーがどれだけ苦しんでいたとしても、ハンコックにはわからないと気づくべきだった。オナーはプライドと決意があまりに大きすぎて、負けを認めたり、ハンコックや部下たちの前で弱さを見せたりしない。

ハンコックは車内から体を引くと、オナーの顔を自分の首のほうに向け、吹きすさぶ熱い砂から彼女の目を守った。

「後部座席のドアを開けろ」大またで待機中の車へと向かいながら言う。「しばらくおれとオナーは後部座席に乗る。怪我を確認するから、平らな道を走ってくれ」

「怪我?」コンラッドが強い口調でたずねる。「どんな怪我だ?」

「まだわからない」ハンコックは落ち着いて答えた。

コンラッドは何度ものののしりの言葉を吐き、さらにぶつぶつと悪態をつきながら、車のドアを開け、オナーが楽に横たわれるようにいそいで準備した。コンラッドがうしろにさがると、ハンコックは彼が敷いたブランケットの上にオナーを慎重に横たえた。コンラッドはその場を離れようとしなかった。実際、険しい表情で、ハンコックのひじに触れるくらい近くからオナーの様子をのぞきこんでいた。

ハンコックは彼を叱りつけたりしなかった。コンラッドは怒りの裏で……心配している。そして罪悪感を抱いている。自分の代わりにオナーは撃たれたと考えているのだ。つらいだろう。ハンコックと部下たちは、ひとり残らず、守護者なのだ。たしかに、いつも罪のない善良な人々を守っているわけではない。ときには、世界から悪を消すために休みなく追っている連中とまったく同じことをしなければならない。罪のない人々を救うために。

ただし、この罪のない女を救うことはできない。彼女の人生はすでに決定している。変えることはできない。救済センターの襲撃で死んでいたほうが、彼女にとってははるかに幸運だっただろう。近い将来、オナーはゆっくりと苦しめられることになる。慈悲もない。むしろ、魂まで傷つけられ、最終的にはそれも衰えていき、かつては勇猛だった女のうつろな抜け殻だけが残る。死を歓迎するだろう。死を願うだろう。そうなったら、かえって連中は一時間、また一時間と、ますます苦痛を引き延ばそうとする。

それは彼のせいなのだ。彼がオナーをそんな目にあわせる。動物よりひどい扱いを受けさせる。なんのために？　大義？　それはタイタンがつねに信条としてかかげていた方針だった。リオがタイタンを率いていたときでさえもそうだった。ハンコックに自分が知っているすべてを教えてくれた男。

ハンコックはずっとそのモットーを信じてきた。理解している。そのために生き、それを守るために命をかけている。だが、はじめて、オナーを犠牲にしてマクシモフやブリストーやニュー・エラを倒し、その過程で何十万もの罪のない人々を救うという考えが……むかついた。うんざりする。

もしかしたら、そろそろ潮時かもしれない。どこかに姿を消して、新しい人生をはじめるのだ。だれにも正体を知られず、執拗に追われることもない。ひとりになれて、無知な人間とかかわらずにすむ生活を送る。そういう人たちがなにも知らずに幸せな人生を送っていけるようにするために、彼は魂を失ったのだ。

いや、だめだ。家族がいる。血はつながっていないが、愛でつながっている。世界じゅうで彼らにだけは……感情を……抱いている。好意。愛情。揺るぎない忠誠心。彼らのためならなんだってしよう。

ただ彼らの人生から歩き去って、二度と戻らないというわけにはいかない。彼らがしてくれたことに対して、もっと報いなければならない。彼らはハンコックを救ってくれた。目的と、世界での居場所を与えてくれた。たとえ闇と罪に染まって、二度と光を見ることがない場所だとしても。

ずっと前に、自分は善良な人間ではないという事実に折り合いをつけていた。けっして善良な人間にはなれない。けれど、家族のためなら、そういう人間になれる。なってみせる。たとえ嘘でも。育ての父親のビッグ・エディ。兄弟たち——警察官のレイドと、元軍人で除隊後は個人警護の仕事に就いたライカー。KGIがライカーを雇うことを検討していると、イーデンから聞いていた。だが、最後にイーデンと話したのは何カ月も前で、そのときに、期間はわからないがしばらく連絡が取れなくなると伝えたのだった。

イーデン。妹はかけがえのない存在だ。まさに善良。ハンコックが持っていないものを持っている。彼は簡単におびえるような男ではない。それを言うなら、まったくおびえたりしない。逆境に直面しても冷静で、つねにコンピューターのごとく選択肢と可能性を計算する。そして、すべての任務に私情をはさまない。だれにも愛着やつながりを覚えない。

しかし、イーデンを失いそうになったとき――彼女がひどく痛めつけられているあいだ、居場所がわからなかったとき――取り乱した。怖かった。たがが外れた。震えていた。感情的になっていた。どれも仕事において彼が弱さと考えていることだった。

家族がいなければ、こういう非常に不愉快な感情や反応を経験することはないだろう。だが、ほかの人間のことは愛していなくても、シンクレア家のことは愛している。日に日に抜けられなくなっていく暗い世界での、唯一の碇《いかり》。

ハンコックは我に返って目の前の問題に注意を戻し、オナーを見て様子をうかがった。まだ意識を保っているが、目は痛みでぼうっとしている。それでもしっかりと閉じた唇からはひとことももらさなかった。体も震えていない。体の横で強く握ったこぶしだけが、つらさを示していた。

「乱暴にはしない」ハンコックはオナーを安心させるために言った。

なぜそんなことを言う必要があったのだろうか。オナーが銃の前に身を投げ出さなかったら、怪我も出血もしなかったはずだ。まだ彼女に腹を立てていて当然だが、自分に嘘をついても意味はない。ハンコックはオナーが命令に従わなかったから腹を立てたのではない。腹が立ったのは、オナーがしたことを見て、心臓が胃に落ちる気がしたからだった。彼女が殺されると思い、とてつもない……恐怖に……襲われた。オナーが死んだら任務が台なしになることとはなんの関係もなかった。

やめろ。遮断するんだ。愚かな考えも感情も。ハンコックは厚いブルカをオナーの脚にそって丸めながらあげていった。運動用ショートパンツとスポーツブラをつけたゴージャスな体を妄想しはじめたくはない。対処しなければならない問題がいくつもあるというのに、そこにまったく不適切で好色な考えを加えている場合ではない。最近になって、すでにあまりに多くの弱点が露呈していた。そのリストを増やしたくはない。くそ、最後に欲情したり、性的衝動を感じたりしたのはいつだったか。彼にとっては任務が恋人であり、それだけに揺るぎない忠誠をささげていた。多くの命が自分にかかっているときに、女と楽しんだりする時間も願望もない。

オナーの右のわき腹から腰の下まで血で汚れていたが、まだ出血箇所はわからなかった。とうとうブルカを頭から脱がせて、わきに投げ捨てた。視線を戻し、はっと息を吸う。隣でコンラッドがまた荒々しく悪態をついた。

オナーのあばらと腰のあいだに、長さ十五センチ以上の銃傷があり、まだ出血していた。

「弾が当たったんだ。だが、かすっただけだ」コンラッドがつぶやいたが、その声にはいまだに怒りの響きがあった。

ハンコックは慎重にさわって調べてみた。オナーがたじろいでも、さっと手をはなさないようにこらえた。

「筋肉も組織も傷ついてはいないようだ。大量に出血してるが、重傷じゃない」

オナーをちらりと見あげ、彼の意見に対する反応をうかがった。濃い茶色の目には安堵があふれていた。

「縫合しないと」コンラッドが顔をしかめて言う。

ハンコックは笑みをこらえた。コンラッドはオナーのことをひどく心配している。自分は腹を立てた恩知らずのろくでなしだと、オナーには思わせているはずなのだが。

「ああ、そうだな。おれがやってもいいが、おまえほどうまくはない。おまえのほうがずっと医療訓練の経験がある」

「おれがやる」コンラッドは医療キットを持ってハンコックを押しのけた。

たちまちオナーの目に警戒がうかんだ。このとんでもない旅がはじまって以来、はじめて恐怖を見せていた。コンラッドがはうように後部座席に移動してくると、オナーはさっと彼に視線を向けた。彼女からは不安が波のようにはっきりと伝わってきた。

「おれがそばにいる」ハンコックはなだめるように言った。

オナーは少しも安心していなかった。一度もコンラッドから目をはなさず、彼が医療キットからなにかを取り出して彼女の横に置くたびにパニックが高まっていくようだった。くそ。コンラッドにどなられ、痛烈に叱責されたせいで、オナーはこの男を死ぬほど怖がり、いっそう警戒している。

「あなたかモジョがやってくれない？」オナーは唇を震わせながらハンコックに聞いた。

13

オナーが驚いたことに、コンラッドが顔をしかめ、目には実際に後悔がよぎった。さらに、ごつごつした手ではるかに小さなオナーの手をつかみ、やさしく握りしめた。そのせいでオナーはいっそう驚いた。

「おれに対するきみの考えは正しい」コンラッドは言った。「おれは感情のないろくでなしだ。きみがおれの命を救ってくれたときのおれたちの態度はまちがってた。おれはたしかに怒ってた。だけど、きみが思ってるような理由じゃない。おれが腹を立てたのは、きみを守るのがおれの仕事だったからだ。その逆じゃない。おれが自分の仕事をきちんとこなしていれば、きみはおれの代わりに撃たれることもなかった」

オナーは口を開けて反論しようとしたが、コンラッドが暗いまなざしで黙らせた。

「それと、きみがおれに縫合してもらいたくない理由も理解できる。ハンコックやモジョほど、おれのことを信用してないんだろう。信用すべきじゃない。おれは善人じゃない。だが、少なくともひとつ約束できる。おれがきちんと縫合してやる。痛みを最小限に抑えるようにベストを尽くす」

「わ、わかったわ」オナーは震える声で言った。「終わらせて、それから出発しましょう」

ハンコックが残念そうな視線を向ける。「いますぐ出発する。車を走らせながら、コンラッドが縫合する。逃げるチャンスはいましかないんだ。長い時間、外にいるわけにはいかない」

「痛まないようにする」コンラッドがいままで聞いたことのないやさしい声で言う。「縫合する前に鎮痛剤を打つ。痛みは感じないはずだ。約束する」

「ありがとう」オナーはささやき、とうとう力を抜いて、コンラッドの誠意を受け入れた。可能なかぎり痛みを感じないようにしてくれるだろう。

コンラッドの表情がふたたび嵐雲のようになるのを見て、オナーはブランケットの上で縮こまり、彼に傷の縫合を任せたことをいそいで考え直した。

「おれに礼を言わなくていい」コンラッドは荒々しく言った。「礼を言わなきゃならないのはおれのほうだ。この恩はぜったいに返しきれないだろう。ハンコックと仲間たちも、同じくらいきみに感謝してる。腹を立てたろくでなしみたいな態度を見せていてもな。きみの行動にはみんなびっくりした」

オナーは驚いて目を見開いた。

「きみは勇敢な女だ、オナー。おれは仲間とともに敵と戦ってきた。だが、だれもおれが撃ち殺されないように身を投げ出してはくれなかった。だから、そう、正直に言うなら、おれたちはまちがいなく腹を立ててる。だけどそれは、きみが撃ち殺されてたかもしれないからだ。そして、おれたちはきみをニュー・エラの手の届かないところに連れていくという約束を守れなくなるところだったかもしれないからだ」

頬がほてり、オナーは無理やり目をそらした。涙で視界がぼやけそうになっていることに気づかれたくなかった。

「きみを傷つけはしない、オナー」コンラッドがやさしい口調で言う。彼の口からこんな声を聞くとは想像していなかった。やはり、この男たちは感情も良心もないろくでなしではないのだと思わずにはいられなかった。

オナーは視線をあげ、はじめてコンラッドと目を合わせて、この男がこれまでなにを経験してきたのか探ろうとした。コンラッドはひるまずにオナーの視線を受け止めたが、その目にはまだ後悔と罪悪感の名残があった。

オナーは弱々しく手をあげ、コンラッドの手の上にすべらせた。コンラッドは撃たれたかのようにぱっと手を引っこめようとしたが、途中で止め、オナーが指をからませるのに任せた。

「自分を悪者だと思ってるのね。どうして？　あなたがしてるのは特別なことよ。わたしの目に映ってるのは、ニュー・エラに見つかってわたしをさらわれるくらいなら死ぬと思ってる男たちよ。善人にしか見えないわ、コンラッド」オナーはやさしい声で言った。「あなたがまわりの人たちにそれをわかってもらいたくないのだとしてもね。でも、わたしにはわかる。あなたたちが見える。だから、反抗的な態度はやめて、わたしの前でまぬけなまねはしないで。あなたたちは命をかけて人々を救ってる。だれがそんなことをする？」

「それがおれたちの仕事だ」ハンコックが言う。「これがおれたちの天職だと言ってもいい。

だが、おれは——おれたちは——昔からそうだった。罪のない人々がそれ以上苦しまないように、この世から悪を排除する。世界じゅうで活動してる。アメリカ政府にはなんの義理もない」

ハンコックの口調は急にものすごく冷たくなり、オナーは身震いした。

「政府はおれたちを見捨て、それからおれたちを捕らえてチームの全員を消そうとした。おれはアメリカの利益や脅威のためだけに活動してるんじゃない。悪は世界じゅうに存在してる。おれたちはそれを阻止したいんだ」

「それでも、あなたたちは自分を悪人だと思ってる。そんなのふざけてるわ。罪のない人々の命を救うのは、善と勇気の証しよ。この世から悪を排除するために命をささげる人はそんなに多くない」

ハンコックの唇にかすかに笑みがうかび、オナーは口をぽかんと開けた。彼の部下たちは一度も笑顔を見せていない。いい感情も悪い感情も、持っているのかどうかわからない。彼らの人生は決まっており、こういう仕事では感情を持つわけにはいかないのだろう。

「ハンコック、鎮痛剤入りの注射器を取ってくれ。先にそれを打つ。そうすればリラックスできて、おれが傷を縫うあいだ、痛みはないだろう」

鎮痛剤を打ってもらうと楽になったが、まだ痛みはあった。それでもオナーは気を引き締めた。おじけづいているところをだれにも見せたりしない。深い虚無のなかに閉じこもり、まわりから意識を切り離してただよった。

けれど、傷の中央のより痛む部分にさしかかったとき、どうしてもたじろいでしまった。コンラッドが悪態をつき、小声で謝罪した。

「いいのよ」オナーは言った。「続けて。終わらせちゃって。我慢できるわ」

コンラッドは目に敬意をよぎらせながら、頭を左右に振った。それでも言われたとおり慎重に縫い続けることにしたが、その前にハンコックに鎮痛剤をもう一本打つように指示した。

二本目を打ってもらうと、オナーはもはや深く暗い穴のなかに無理やり自分を閉じこめずにすんだ。まわりがぼやけ、風に流されているみたいで、痛みも不安もなかった。気づかないうちにコンラッドが縫合を終え、傷口全体をきれいにしてから、手際よく包帯を巻いた。

「長いドライブになる。眠っておけ」コンラッドはぶっきらぼうに言った。「鎮痛剤を打ってあるから、ガタガタ揺れても気にならないだろうし、そんなに痛みもないはずだ」

オナーはゆっくりとうなずいた。反応が鈍くなっていた。意識を失いかけたとき、ふと恐怖に襲われ、目をぱっと開けた。

「こんなんじゃ、わたしは役に立たないわ」うろたえた口調で言う。「トラブルが起きたら？わたしは完全に役立たずよ。わたしのせいで全員殺されちゃう」

以前大量に薬を打たれたときにも同じ反論をしたが、今回はハンコックの目に愉快そうな輝きはなかった。むしろ、彼の顔には真剣そのものの表情が刻まれていた。目には厳粛さと約束が明るくきらめいている。オナーは彼と無言で視線を交わすことで安心した。ひとつのまなざしが千もの言葉を伝えることもあるのだ。

ハンコックはオナーの額に手を当て、髪を払った。

「心配しなくていい。休んで体を治さなければ、おれたちの役には立てない。おれたちがきみを守る。さあ、もう眠れ、オナー。時間になったら起こす」

オナーは顔をしかめたが、薬の影響でぼうっとなり、もはやあらがえなかった。

意識を失う直前、コンラッドの手を握った。ハンコックよりは彼女の要求に耳を傾けてくれるだろう。

「約束して」驚いたことに、しゃべるのがとんでもなく難しかった。「どんな形であれ、わたしが足手まといになったら、わたしを置いて、自分たちの命を救って。わたしはもう何度も死をまぬかれてきた。死が勝利をおさめるのは時間の問題だわ。避けられないことを防ごうとしても、みんな死んでしまうだけよ。そんなことはさせない」

コンラッドは怒りを爆発させた。「頭がイカれたのか？」

だが、オナーはすでに薬の影響で意識が薄れ、眠りに落ちていった。

コンラッドは怒りの視線をチームリーダーに向けた。ハンコックもオナーの要求に不満げだった。

「ちくしょう」コンラッドはつぶやいた。「マジなのか？」

「ああ、そうらしい」ハンコックは小声で言った。「そのせいで、彼女を裏切ることにますます非難が集まるな」

コンラッドは白くなるくらいきつく唇を結んだ。目には怒りが、抑えきれない憤怒がきらめいている。

「ほかに方法があるはずだ、ハンコック。罪のない女をひどい目にあわさずにすむ方法が」

「おれがあらゆる選択肢を検討しなかったと思うか？」ハンコックは噛みつくように言った。慎重に築いた自制心が崩壊寸前だった。柄にもなく感情をあらわにしている。とはいえ、それは部下たちも同じだった。「マクシモフを倒す方法がほかにあったら、そっちを選ぶと思わないか？　オナーは、マクシモフに近づいて永久に葬り去るための唯一の手段だ。ほかに方法があるなら、どんな方法でも、それに飛びついて、すぐにオナーを家に送り帰してやる。だが、ちくしょう、彼女が唯一の方法なんだ。納得しなくていい。みな納得していない。それでも、やるべきことは変わらない」

ハンコックの言葉は辛辣さを帯びていた。怒り、自己嫌悪。後悔。罪悪感。けっして抱くのを許さなかった感情――抱けるとは思っていなかった感情。そんなことをしたら失敗を招いてしまう。三度目の失敗はない。あまりに多くの命がかかっている。マクシモフを永久に葬り去るための最後の――唯一の――チャンス。

「彼女をこんな目にあわせるのはまちがってる」コンラッドが苦々しく言う。

ハンコックはため息をついた。ちくしょう、こんなことは起こってほしくない。部下たちはオナーを尊敬し、彼女の勇気と前向きさに感心している。以前は仕事を遂行することに良心の呵責を覚えたりしなかったが、いまはオナーを言葉では表せない苦しみと最終的な死に引き渡すことに頑として反対している。くそ、ただ彼女を撃ち殺して終わりにできれば、まだ情けがあるというものだ。だがそうしたら、マクシモフをふたたび逃がしてしまう。いつもそうやってふりだしに戻ってきた。マクシモフを、世界がけっして知らなかったようなモンスターを、また執拗に追わなければならない。どんな犠牲でも払う。ちくしょう。どんな犠牲でも。オナー。彼女を犠牲にして任務を成功させる。ハンコック自身、ほかに方法がないことが気に入らなかった。ほかに選択肢はない。死ぬまでずっと、いまいましい良心の呵責をかかえて生きていかなければならないだろう。

「ああ、こんな目にあわせるのはまちがってる」ハンコックは認めた。「だが、選択肢はないんだ、コンラッド。わかってるはずだ。だからこそ、おまえは腹を立ててる。マクシモフのせいで無数の命が奪われ、不幸と苦しみが延々と続いてる。どんな手段を使っても、やつを消さなければならない。おれだって納得してないが、任務が最優先だ。それと大義が」

「『大義のため』なんて言葉は二度と聞きたくない」コンラッドは吐き出すように言った。

ハンコックも、そのモットーをかかげて固執するのにうんざりしていたが、コンラッドにはそれを認めたりしなかった。弱さを見せたら、自分たちが遂行すべき任務に気乗りしていないことを知られたら、部下たちは反乱を起こすだろう。そんなわけにはいかない。あと少しなのだ。勝利の味が感じられる。においも。マクシモフの死と、世界でほかに類を見ない恐怖時代の終わりが想像できる。

コンラッドは顔をゆがめてしかめ面を作ると、医療キットに道具を片づけ、ハンコックと意識のないオナーを残して後部座席からまたはうようにして離れた。

ハンコックはしばらく動かなかった。ただその場でひざをついて、勇敢な女を見おろしていた。いままで出会ったなかでもっとも勇敢な女。もっとも私利私欲のない女。自分がすべきことを考えると、ハンコックは自己嫌悪におちいった。

やがて、オナーの隣に横たわり、体を触れ合わせて並んだ。怪我をしているわき腹に注意しながら、オナーの頭の下に腕を入れて枕代わりにし、車が走るあいだ、激しい揺れが伝わらないようにした。

それからもういっぽうの腕をオナーの体の上にすべらせ、やさしく抱きよせて、彼女の隣に頭を横たえた。オナーは眠っているが、そうして安らぎを与えてやった。

14

「鎮静剤を打ってやれ」ハンコックは厳しい口調でコンラッドに言った。「飛行機に乗りこむところをオナーに見られたくない。偽りの希望を与えてしまうし、嘘はつきたくない。彼女には、なにが起きてるか気づかれないほうがいい」

「ついてない《バッド・モジョ》」モジョが傷だらけの顔をしかめてつぶやく。

ヴァイパーとヘンダーソンとコープランドも腹を立てているようだった。

「オオカミの群れに子ヒツジを放つのとはわけがちがう」コープランドが嫌悪のこもった声で言う。

「いいか」ハンコックはいら立ちで爆発しそうだった。「おれだって気に入らないんだ。おれは救いようのない薄情男じゃない」少し前までなら、そんな男ではないと言われていたら徹底的に反論していただろう。自分は感情のないろくでなしで、魂は黒く、心は大昔になくした。純粋な十二歳のエリザベスを救ったことは後悔していない。リオの妻のグレースを救ったことも後悔していない。そしてもちろん、とにかく善良で、中国並みに大きな心を持っているマレンを救うために、ふたたびマクシモフを逃がしたことも。しかし今回は、罪悪感や良心など、任務を妨げるような感情を抱くわけにはいかない。「だが、マクシモフを倒さなければならない。あと少しでマクシモフを倒せるというときに、おれは一度ならず二度も感情で判断を曇らせてしまった。今回を逃せば、もうチャンスはないだろう。これがおれたちの最後で唯一のチャンスだ。やらなければならない。もちろん納得なんてしていない。だけど、何十万人を犠牲にしてひとりの女を救ったとして、良心に恥じないで生きられるか？マクシモフは日ごとに大胆になり、権力を増してる。やつを止めなければ、大勢が苦しむ。おれたちが止めれば、苦しむのはひとりだけですむ。オナーだけ」

「それでおれたちの気が軽くなると思うか？」ヘンダーソンがつぶやく。彼が感情をあらわにしているのが驚きだった。ついでに言うなら、部下たちは全員、もはやハンコックの知らない男になっていた。みな、感情のない野郎どものはずだ。だからこそ有能な殺人者なのだ。

「べつの方法があるはずだ」コンラッドがしつこく言う。「だませないか？　オナーの写真を送って、彼女を引き渡すと言ってマクシモフを呼び出すんだ。そして、オナーを危険にさらさずにあいつを殺す」

「無理だとわかってるだろう」ハンコックは低い声で言った。「ブリストーを忘れてる。ブリストーのところにオナーを連れてくんだぞ。ブリストーにとってオナーはマクシモフに取り入るための手段であり、マクシモフにとってはニュー・エラとの究極の交渉材料なんだ。マクシモフはどんなことも額面どおりに受け取ったりしない。罠にはまるほど愚かじゃない。おれたちがだまそうとしたら気づくはずだ」

ひとしきり荒々しい悪態が響きわたる。ハンコックもそのひとつひとつを頭のなかでくり返した。だが、ちくしょう、選択肢はない。ときに大義は最悪だ。大義がなんなのか判断するのにはうんざりだ。自分は裁判官でも死刑執行人でもない。この十年、まさにそのとおりのことをしてきたが。それでも、何年も裁判官となり、裁判員となり、正義の手下になってきたことが重くのしかかり、疲弊していた。欺くこと、敵に忠誠をささげて自分がなにより軽蔑する人間になることにうんざりしていた。ただ……平穏が欲しい。夜は、過去がくり返される悪夢に苦しめられることなく眠りたい。そんなことが可能だと考えるなんて、とんでもない愚か者だ。以前は自分自身に嘘をつき、引退したら平穏に暮らせると思うことができたが、いまならわかる。オナーが夢に出てきて彼を苦しめるだけでなく、起きているあいだもつねに悩まされることになるだろう。平穏はけっして得られない。自分にはそんな権利はない。

コンラッドが無言で後部座席に移動してきた。ハンコックはまだオナーを腕に抱いて横たわっていた。ほかのときだったら、やさしさを示しているのを部下たちに見られるくらいなら腕を切り落としたほうがましだっただろう。もはや第二の人格になっている冷酷なロボットのような側面以外を見せるくらいなら。だけどいまは？　かまわない。部下たちはみな、オナーに好感を抱いている。ハンコックがオナーに安らぎを与えていても、なんとも思わないだろう。彼女をモンスターに渡すことになっており、彼にできることはこれくらいしかないのだから。

コンラッドが医療キットの中を探り、鎮静剤を準備した。それからハンコックをちらりと見た。

「どのくらい眠らせておきたいんだ？」

「ブリストーのところに連れていくまでだ。ベッドで目を覚ましてもらったほうがいい。そうすれば、すぐには気づかないだろう……自分の運命を」

避けられないことを引き延ばすだけだが、それまでは最後の時間を与えてやりたかった。彼が与えてやれるかぎりは。さらに期待を持たせるのは残酷かもしれない。事実を知った瞬間、裏切られたと感じるにちがいない。けれど、数時間でもそのひどい裏切りと恐怖を感じずにすむのであれば、その時間を与えてやろう。

コンラッドがまた顔をしかめたが、注射器の中に薬を吸いあげた。

「しばらくは意識を失ってるだろう」そう言いながら、オナーのヒップにやさしく針を刺す。それがすむと、道具を片づけ、それ以上なにも言わずに前の座席に戻った。

車内の空気は張りつめていた。だれもしゃべらなかったが、珍しいことではない。どう見てもおしゃべりな集団ではない。そもそも、言葉ではほとんどコミュニケーションを取らない。ハンコックたちは何年もともに働いてきた。言葉を使わなくても互いの動きが予測できる。また、彼らだけのハンドサインもあった。

だが、この沈黙はいつもとはちがう。チームのために生きている男たちが身にまとっている沈黙ではない。腹を立て、むっつりとした、どうしようもない沈黙。そして全員がそれを不満に思っている。気にかけていることに腹を立てている。たとえ一瞬でも、ひとりの勇敢な女を救うために任務を中断するのを考えたことに。

ハンコックが意図したとおり、砂漠から飛行場に向かう危険な道中、オナーはずっと眠っていた。飛行場ではブリストーのもとに向かう飛行機が待機している。ハンコックはオナーの横から離れなかった。オナーは眠ったまま彼の体温を求め、たくましい体にすりより、やわらかい体をぴったりと重ね合わせてきた。まるでひとつになっているようだ。ばかげたくだらない考えだが、どうしても頭をちらついて離れなかった。オナーのそばにいると安らぎを覚えるという事実を否定できないのと同じだった。自分には安らぐ権利などないというのに。

本能的に、これがオナーの求めていることだとわかった。人との触れ合い。安らぎ。オナーはひどい苦難を乗り越えてきた。その彼女をハンコックはさらにひどい状況におとしいれようとしている。彼女の運命は自分にはどうすることもできないが、せめて少しの平穏と、避けられない嵐にのみこまれるまでの猶予を与えてやれる。それはまったく不愉快ではなかった。以前なら、そうは感じなかっただろう。だれかに、それも女に、いくらかの安らぎを与えてやれるなんて、ありえないばかりか、少しも……楽しくはないと思っただろう。まさか自分が気に入るはずがないと。

この小柄で勇猛な女には心を動かされる。それが腹立たしかった。彼はどんなものにも心を動かされない。任務に関するときや、大義に関するときは。いまさら人間らしく感情を抱くわけにはいかない。感情のせいで殺されるかもしれない。部下たちが殺されるかもしれない。それ以上に、部下たちには借りがある。部下たちはハンコックにきわめて忠実だった。ほかのだれでもない。ハンコックが彼らのために命を危険にさらしたように、彼らもハンコックのために何度も命をかけてくれた。腕の中で横たわっている女に心を惑わされていたら……大惨事になる。

オナーがくっついていては眠ることなどできず、ハンコックはただその場で横たわっていた。ふと、オナーが彼を信用しているということに余計に腹が立っているのだとわかった。自分でも気づいていないかもしれないが、オナーは彼を信用するか決めかねているにもかかわらず、反対の行動を取っていた。無防備で、傷つき、おびえ、孤独な状況で、ハンコックのそばでリラックスしている。ほかに頼れるものはなにもなく、本能的に彼のなぐさめと強さを求め、それにしがみついている。ハンコックは彼女の碇になっていた。オナーにとって、ハンコックは救済者なのだ。実際には最低の野郎だというのに。

彼女を追っているけだものどもよりたちが悪い。ブリストーやマクシモフよりも。彼らはオナーに嘘をつこうともしないだろう。彼女の信頼を得ようとはしない。正体を偽って、それを彼女に信じこませようとはしない。ハンコックはそういうことをした――している。そう思うと血管が酸で激しく溶かされるようだった。

オナーに事実を伝える義務がある。自分は救済者ではないと。彼のせいで言葉では表せないほどの拷問を受け、最終的に死を迎えることになると。そう打ち明ければ、オナーは彼を憎むだろう。彼という人間に幻想を抱かなくなる。そして、彼についてひどい思いちがいをしていたと気づいたときに、裏切られたという目をすることもなく、ハンコックはそれを見ずにすむ。けれど、オナーがファイターであることは証明されている。抵抗されるわけにはいかない。逃げられてしまうかもしれない——オナーは逃げようとするだろう。何度も。そうなったらペースが落ちて、彼女をこの国から連れ出せなくなるかもしれない。たとえここに戻ってくることが決まっているとしても。

だから嘘をついた。言葉ではなく、行動で。詳細を省くことで。オナーはハンコックが彼女を家に連れ帰るためにここにいると思いこんでいるが、それを訂正しなかった。勝手に結論を導き出させておいて、オナーがまちがった結論を出しても自分の責任ではないと正当化した。最悪の欺瞞だ。あからさまに嘘をつくよりもひどい。

たしかに事実を伝える義務はあるが。

車が急停止すると、ハンコックは反射的にオナーをしっかりと支え、衝撃が伝わらないようにした。ドアが開いたときにようやく腕の力をゆるめ、顔をあげると、コンラッドが険しい顔であきらめたようにこちらを見つめていた。

「ジェット機はもうエンジンがかかってる。乗りこんで出発するぞ。飛行禁止区域から完全に出たわけじゃない。連中は赤外線誘導ミサイルでおれたちを撃ち落とせる」

ハンコックはうなずいてわかったと伝え、オナーからそっと離れはじめた。薬で眠っているオナーを起こさないように、ゆっくりと動く。

「注射をもう一本準備しておけ」ハンコックは自分の右腕である男に命じた。「飛行中に目覚めてしまうかもしれないからな。目的地に着いてベッドに運ぶまで眠っていてもらいたい。飛行機で目を覚まして、危険が迫っていると思われたくない」

それはすでに言ってあることだった。自分の言動を弁明する必要もない。いつもはそんなことはしない。したこともない。いままでは。まるで自分の行動を、決断を、正当化して弁護しているみたいではないか。それがほんとうに腹立たしかった。

コンラッドのまなざしが揺らぐ。任務を嫌悪していることがわかる兆候はそれだけだった。だが、反論はしなかった。ただうなずき、後部座席から医療キットを取り出す。そのあいだにハンコックは外に出た。

コープランドがオナーを車からおろすのを手伝うと申し出たが、ハンコックは手を振って拒んだ。オナーについては自分が責任を負う。彼だけが。部下たちはすでに平常心を乱されており、いつもの非の打ち所のない決意が揺らいでいた。これ以上、自分たちのせいでオナーに過酷な運命が待っていると部下たちに思わせたくない。その罪はつねに彼が、彼だけが背負う。

償いようはない。彼のような人間には神の恩寵はない。今回――オナーの件――だけでなく、ずっと前から自分が救われることはないとわかっていたが、たとえ贖罪のチャンスがあったとしても、今回で永遠の地獄行きが決定しただろう。彼のように他人の血を流し、いまいましい大義のために罪のない人々を犠牲にする人生を送ってきた人間には、地獄はあまりにいいところすぎる。

今回の件が終わったあとで、どうして家族と顔を合わせたりできるだろう？　父親と思っている男と目を合わせられる？　兄弟たちと。そしてイーデンと。思いやりとやさしさにあふれた魂を持つ天使。そんな人間はほかに知らなかった。ただしいまは……オナーと出会った。どういうわけか、イーデンを犠牲にするのと同じくらい、オナーを裏切ることも許されないように思えた。罪のない人間を救うために、自分は一度ならず二度も、正義という仮面を捨て、マクシモフを追うのをあきらめた。オナーにも同じことをしてもいいのでは？

心から正直に言えば、これが最後のチャンスだなんて大嘘だと、自分に、部下たちに認めてもいい。時間と忍耐力があれば、つねにべつのチャンスがある。しかし、ハンコックの忍耐力はみるみるなくなりかけていた。いまこそ終わらせるという決意は、これが唯一のチャンスだからということより、自分が疲れ果てているから終わらせたいということにおおいに関係していた。

自分の身勝手さのせいで、オナーが……すべてが犠牲になる。ハンコックは大昔に感じなくなったと思っていた罪悪感にかられていた。もはやこのむなしく無情な生活を続けていられない。選択の問題だ。迅速にマクシモフに裁きを受けさせるかどうかではなく、自分とオナーのどちらを選ぶかの選択。オナーの命を犠牲にすれば、この最後の任務を終えて、引退し、意味も色彩も目的もない半生を送れる。

ただ存在する。それ以上でも以下でもない。

みずから命を絶ってすべてを終わらせることもできるが、簡単すぎる。自分には最終的な平穏を得る権利はない。毎朝起きて、鏡に映る男を見るべきだ。自分が引退するため、邪悪な染みのように絶えず魂に侵入して広がる暗闇に人間性の最後の痕跡を消されないために、私利私欲のない美しい女を裏切った男。

ハンコックは貴重な宝物を運ぶかのようにうやうやしくオナーを腕に抱き、小型ジェット機に乗りこんだ。飛行機の前部にある三列の座席を通りすぎて後部に向かう。そこはラウンジになっていて、小さなソファと二脚の革製のアームチェアがあった。

さらに奥にあるドアに着くと、ハンコックは肩で押し開け、狭い寝室に入っていった。ダブルベッドが壁とほとんどすき間がない状態で置かれ、そのあいだに体を押しこむようにして進まなければならなかった。

片方の手で軽いオナーの体を抱きながら、もういっぽうの手でベッドカバーをはがし、オナーを楽な姿勢で寝かせられるように枕をひとつ置いた。

マットレスの上にオナーをそっと横たえ、やさしく頭をおろして枕の上にのせた。一瞬、オナーが身じろぎ、ハンコックは緊張した。だが、オナーはただため息をついて枕にすりよっただけで、ハンコックはほっと息を吐いた。

カバーをかけてやろうとして、ためらった。まだ鎮静剤が効いているあいだに怪我を調べて、傷口が開いていないか、出血していないか確認しなければ。飛び立ってからにしよう。いまは、ベッドの端に大きな体をのせた。ブーツを脱ぐときに頭を壁にぶつけてしまい、悪態をついた。寝室はとても狭いため、慎重に動かなければならない。

にわかにハンコックは鋭い目つきになって顔をあげた。ノックはなく、ドアが開く音さえしなかったが、コンラッドが開けたときにすぐに気づいていた。

コンラッドはなにも言わなかった。オナーのほうを見もしなかった。というより、全力を尽くしてオナーを視界に入れまいとしているようだった。顔は冷たく無表情で、暗い目は殺人者のようだった。まさに彼らのことだ。コンラッドはハンコックに頼まれていた注射器を差し出した。

ハンコックがそれを受け取ると、コンラッドはただ背中を向けて出ていった。その視線がオナーのほうに向けられることはなかった。

ハンコックは注射器を握りしめた。少しずつ自分が嫌いになっていく。好きだったことはないが、自分を嫌いになるとは思いもしなかった……いままでは。残忍な仕事をしているのはわかっている。ほかの人たちにとって、彼は無情なモンスターだということも。人間ではなくマシン。いままで自分を嫌いになったことはなかった。自分は必要なことをしているとわかっていた。正しいことを。

だがいまは？

心拍に合わせて自己嫌悪が広がっていく。罪のない女を地獄に送るのは正しいことなどではない。たとえそれでどれだけ多くの命が救われるとしても。

15

ハンコックはうとうとまどろむだけで、完全には眠らなかった。どういうわけか、オナーがまた彼にすりより、子ネコみたいに丸まっていた。眠りながら彼のシャツを両手でしっかりと握っている様子は、人生で唯一たしかなものにしがみついているかのようだった。脚さえハンコックの脚とからませている。怪我をしていない側を下にして横になり、枕の上に寝かせたはずの頭はハンコックの肩に乗っていた。軽い吐息があたたかく首にかかり、ハンコックは驚愕していた。これほどの純粋さや穏やかさというのがこんなにも……心地いいなんて。

ただ彼女を抱いているのが心地よかった。正しいと感じる。ここが彼女の居場所であるかのようだ。彼の保護の下にいるのが。

ハンコックはその考えを追い払った。自分のあまりのあわてぶりに、たじろぎそうになる。彼はオナーの守護者ではない。しかし、一瞬よぎった考えに、短いけれど獰猛な満足感を覚えた。これほど心地いいと感じたことがあっただろうか。いいことはあまり経験したことがない。悪いことは対処できる。受け入れ、心のすみにしまっておける。だが、いいことは？あまりない。自分がいい人間であると考えた瞬間、つかの間だけ光がきらめき、恍惚となりそうだった。オナーが思っているような、輝く鎧を身につけた騎士。そんな考えは危険だ。

いや、危険どころではない。致命的だ。数秒前まで拒んでいた感情に、いとも簡単に病みつきになってしまう。

あと少し辛抱して集中していればいい。じきに……。

ハンコックは目を閉じた。これから起こることを考えると心が激しく痛み、驚いた。なにか……悲しみのようなものが……血管をのろのろと流れて心のなかに入りこみ、なじみのない苦しみで満たされていく。

さいわい、オナーがもぞもぞと身じろぎ、その考えから、それがもたらす危険から、気をそらしてくれた。彼女のすべての動きが感じられる。少しずつ鎮静剤の霧からはい出し、意識を取り戻そうとしている。

まだだめだ。ちくしょう、いまはよせ。ハンコックは背後に準備してある注射器を手で探った。彼が望むより早くオナーが目を覚ましたときに、いまみたいに抱いたままでも注射を打てるように、手の届くところに置いておいたのだった。

しかし、そうしておいた大きな理由は、自分が臆病者だからだ。オナーが彼のことをもはやヒーローとして見なくなる瞬間を引き延ばしたかった。裏切りを知ったときに、失望のまなざしを向けられるのを。非難の目を実際に見る必要はない。想像力だけで思い描ける。それだけで……つらくなった。

「ハンコック？」オナーが彼の首もとでささやいた。

片方の手で注射器のキャップを取ろうとしていたハンコックは凍りついたが、オナーを驚かせたり怖がらせたりしないように、その腕をそっと前に戻し、彼女の腰に手のひらを当てた。注射器は指のあいだにはさんでいるので、オナーは彼の手のひらのぬくもりしか感じないはずだ。何日も、敵に見つからないかと絶えずおびえながら過ごしてきたにもかかわらず、また、薬で感覚が鈍くなっているにもかかわらず、オナーはだれと一緒にいるかすぐに気づいていた。パニックはない。追っ手につかまったのではという恐怖もない。完全にリラックスして、安全だと信じきっている。

「これは夢?」オナーは困惑したような口調で眠そうに言った。

ハンコックは強い衝動にかられた。たとえ命がかかっていたとしても、あらがえなかった。オナーの額に、ちょうど髪の生え際に、そっと口づけをする。

「そうだ、ハニー。ただの夢だ。眠って、いい夢を見てろ」

オナーは眉間にしわをよせた。彼の言葉を整理して、事実かどうかたしかめているかのようだ。そして次の瞬間、ハンコックは仰天した。どんなものにも驚かされたりしないのに。

「じゃあ、これが夢なら、キスしてくれる?」オナーはやさしく聞いた。「夢なら、現実じゃないなら、かまわないでしょう。わたしにキスしたってことを、あなたは知ることはない。これはわたしの夢で、あなたの夢じゃないんだから」

自分でも気づかないうちに、その考えがハンコックの頭をかけめぐった。ちがう。きみの夢であるだけじゃない。おれの夢でもある。くそ、この任務はなにもかもがめちゃくちゃだ。

ハンコックは息を止めた。ただその場で固まって横たわっていることしかできなかった。

オナーの体が手にはりつく手袋のように彼の体にぴったりと重なっている。完璧にひとつになっている。どうすればいい?

ふたたびなじみのない感情で喉が締めつけられる。

パニック。

オナーにキスをしたら、裏切るのがさらに厄介になる。キスをしなければ、オナーがこれほどあからさまに求めている——必要としている——安らぎを与えないことになる。彼女を敵に渡すときが来るまでは、いいことだけを与えるとハンコックは誓っていた。

ちくしょう。

くそ! 自分はすでに地獄行きが決まっている。永遠の苦悩と、果てしない痛みと苦しみ。山ほど罪を犯してきた。ほかにまだ罪があるか? どういうわけか、彼が流してきた血に比べたら、美しい女にキスをするのはたいしたことではない気がした。

「夢のなかでおれにキスしてほしいのか?」ハンコックは小声で聞いた。これ以上オナーに意識を取り戻してもらいたくなかった。

注射器がオナーの皮膚のすぐ近くにある。これ以上目を覚ましてもらいたくない。くそ、このことを覚えていてほしくない。事態がいっそう悪くなるだけだ。裏切るときに……。

その考えをふたたび追い払うと同時に、オナーが彼の首に鼻をすりよせてささやいた。

「ええ。あなたはみんなに悪者だと思われたがってるけど、そんな男じゃない。わたしにはあなたが見えるわ、ハンコック。ほかの人は見えていないかもしれないけど、わたしには見える」

ハンコックはショックと驚きで小さく息をもらした。罪悪感に襲われてのみこまれ、実際に震えはじめた。それで、踏みこむべきではない領域に思いきって飛びこむ前に、すばやく針を刺し、オナーの体に薬を注入した。

オナーはたじろぎ、ハンコックの首もとで口を開けた。ハンコックはベッドから注射器を放り投げると、もういっぽうの手をさっとオナーのあごにそえて上を向かせた。そして唇を重ね、オナーが口にしていたかもしれない抗議や疑問をのみこんだ。

雷に打たれたかのように、ハンコックの全身に衝撃が走る。はじめてのキスで感じる現象や相性についてのあらゆる陳腐な表現が、急にまぎれもない現実となった。飛行機の中なのに、足の下で地面全体が揺れているみたいだった。空中で地震が起きていた。

ハンコックはさらに激しくキスをした。ほかのことはできなかった。オナーの唇はとびきり強力な磁石のようだった。ハンコックには引きはなせない。軍隊でもふたりの唇をはなせなかっただろう。

液状の日光を飲んでいるかのようだった。唇が触れ合ったとたんにオナーは口を開けて吐息をもらし、ハンコックはそれを吸いこんだ。彼女をのみつくした。彼が知っているどんなものよりも甘かった。

ただ軽くキスをするだけのつもりでいた。オナーの願望を満たすだけ。つかの間の親密さ。触れ合い。彼女が何日も経験してきた苦痛と暴力ではなく、やさしさを与えるだけ。ところが、彼女を味わい、つま先まで電撃が走ったとたん、控えめにキスをしてオナーがまた眠るまで抱いているという考えは消え去った。

オナーが喉の奥から声をもらし、その響きが舌に伝わってくる。ハンコックは彼女の口の内側を舐めた。甘美な天国をあますところなく味わう。サテンやシルクやビロードのようにやわらかい。ふたりのあいだには、これまで旅してきた灼熱の砂漠にも負けないくらいの熱が生じていた。胸に置かれたオナーの指先が丸まり、数本の爪を、下の皮膚まで割れていない爪を、肌に食いこませてくる。

爪の痕が残って、しばらくのあいだ、それを見ては彼女がつけたのだと思い出すことになるだろう。彼女の印。タトゥーのように永遠に刻んでおきたい。最高の思い出の証しとして残るだろう――また、自分が無情に破壊したものを思い出させるものとして。

オナーのあごをつかむ手に力をこめ、またゆるめてから、指を広げてあごをしっかりと支え、甘い純真さをむさぼった。自分はすでに地獄行きが決まっている。この……この思い出が、来る《きた》暗闇で支えとなってくれるだろう。いつか立ち止まってこの一瞬を何度も思い出そう。そうすれば、オナーのひどい姿の代わりに、それを記憶にとどめておける。

「こんなにすてきな夢ははじめて」オナーがろれつのまわらない声で言う。薬がさらに効いてきて、目はすでに半開きになっていた。「悪夢ばかり。けっして終わらないの。はじめて……いい夢を見たわ。ありがとう……」

声が小さくなっていくと、ハンコックはもう一度キスをした。オナーの手足から力が抜けて完全にぐったりとなっても、唇をはなさなかった。そのまま口を上にずらしていき、頬をそっとかすめたとき、涙の味がして内臓が締めつけられた。

目を閉じ、オナーに腕をまわして、傷のあるわき腹に気をつけながら、よりしっかりと抱きよせる。

オナーは彼に礼を言った。なんてこった。しかも、たった一度、恐怖と死に満ちていない夢を見られたからという理由で、涙まで流している。ハンコックはこぶしから血が出るまで壁を殴りたかった。だれかを殺したい。ブリストー、マクシモフ、ニュー・エラ。あいつら全員。オナーに手をかけ、傷つけ、おびえさせる人間に、ひとり残らず血を流させたい。だがなにより、自分の血を流したかった。だれよりも最低なモンスター。彼がいなければ、連中はけっしてオナーに手を出せないはずなのだから。

16

オナーは濃い霧に包まれていた。その厚いベールと格闘する。反応が鈍く、口の中で舌が重く感じられた。半分覚醒していたが、まぶたを開ける力が出なかった。

頭にズキズキと鈍い痛みがある。口は綿みたいで、目は閉じていても乾燥してざらついているのがわかった。まぶたではなく紙やすりでおおわれているみたいだ。

ゆっくりと覚醒に向かいながら、気がついた……心地がいい。体のあらゆる部分がやわらかいものにぴったりと包まれている。頭がフラシ天の枕で支えられているのに気づき、頭の痛みさえいくらかやわらいだ。

静かに吐息をつく。これも、ものすごくすてきな夢にちがいない。ハンコックがキスをしてくれた夢ほどではないけれど、それでもすてきだ。

動きの鈍い頭が覚えているその最後の記憶を思い出し、オナーは口をへの字にして顔をしかめた。あれほど現実的なことが夢のはずがない。口の乾きを無視すれば、まだ彼の味がする。燃えるように熱く、とんでもなくセクシーなキスの名残。気持ちよかった。記憶がはっきりしてきて、ハンコックがどれだけ徹底的にキスをしてくれたかを思い出すと、うめきそうになった。

なんて聞かれた？　夢のなかでおれにキスしてほしいのか？

あれは夢ではない。ハンコックは彼女が夢を見ているかのように話しかけ、ほんとうにキスをしてほしいか確認していた。オナーは疑問を覚えた。では、なぜしたのだろう？　彼女にキスをしたかったのか、それとも、ただ頼まれたことをしただけなのか。ハンコックは自分がしたくないことをするような男には思えない。それにもちろん、だれかに無理強いさせられたりすることもない。

あの退廃的な夢――現実――がさらによみがえってくるにつれ、ハンコックのキスは気乗りしない男のキスではなかったと気がついた。彼女の要求を満たすためにただキスをしたのでもない。彼女の口をむさぼった。そのあと、またすべてが曖昧になった。

オナーはふたたび顔をしかめ、のろのろと手を下に移動してヒップをさすった。ハンコックになにかを打たれた。鎮静剤。キスをする直前に。つまり、キスのあとで彼女に長く意識を保っていてもらいたくなかったのだ。

覚えていてほしくなかったのかもしれない……。

それはおおいに考えられる。ハンコックがそう思っていてくれて、かえってよかった。これでオナーはなにも知らないふりができる。ハンコックが彼女を見るたびに、あるいは、オナーが彼を見るたびに、恥ずかしい思いをせずにすむ。まったく覚えていないかのようにふるまおう。

けれど、だからといって、あの記憶をしっかりと心に刻んで、堪能しないというわけではない。好きなときに引き出して何度も思い出せるように、しまっておこう。

いまは、あのひそかな楽しい瞬間を追い払って、目の前の作業に無理やり意識を集中させた。目を開けて、自分がどこにいるのかたしかめないと。安全なのかどうか。

目を開けるのは思った以上に大変だった。顔全体をゆがめ、鉛のようなまぶたを開けようとする。うっすらと目が開いてほのかな光が見え、うまくいっていることに元気づけられた。何度か呼吸をして息を整え、吐き気がしないことをたしかめてから、無理やり目を開けた。

最初は方向感覚がなかった。一度にすべてを理解するのは無理だった。まわりには見覚えがあるものはなにもない。最初に気づいたのは、とても寝心地のいいベッドにいることだった。簡易ベッドでも、マットでも、間に合わせの寝床でもない。まぎれもなく本物のベッドで、マットレスととても上質なリネンがそろっている。五つ星ホテル並みの品質だ。とはいえ、五つ星のサービスを受けたことはあまりないけれど。これは天国だ。

頭のなかに残る最後のもやを追い払いながら、すばやくあたりに目を走らせ、危険を示すものがないか確認した。

壁はやさしいラベンダー色に塗られ、花の模様がいくつか描かれているおかげで、開放的で風通しのよい部屋という印象を与えていた。高価な家具はオーダーメイドらしく、手彫りだった。室内の木の部分は深い茶色で、それよりも濃い色の家具と、きれいで女らしい壁とのあいだでコントラストを作っていた。

なんだか……安心できる。恐怖でうなじがちくちくしたり、腕の毛が逆立ったりしない。でも、ここはどこなのだろう?

フラシ天のベッドの上で向きを変え、体を起こそうとした。ベッドから出て……どうする？

そう思ったとき、動いたせいで体が抗議の悲鳴をあげた。頬から血の気が引き、わき腹に痛みが走り、呼吸ができなくなった。肺が凍りつき、息を吸うことも吐き出すこともできなかった。パニックになり、またベッドに横たわるべきか、このまま体を起こすべきかわからなかった。どちらにしても、とんでもなく苦しいだろう。

ドアが開く音が聞こえ、オナーはどきっとした。体が無意識にびくっとなり、ふたたびわき腹に焼けつくような痛みが炸裂した。

ハンコックがドアのところに立っていた。オナーを一瞥すると、小声で荒々しい悪態をつき、大またですばやくベッドまで歩いてきて、オナーを腕に抱きあげた。しっかりと抱かれたが、痛くはなかった。そして慎重にマットレスの上に戻してくれたが、明らかに気遣いながら対処してくれているにもかかわらず、痛みが押しよせ、また呼吸ができるようになったと思った瞬間に息が止まった。

目に涙があふれ、ハンコックの心配そうな険しい顔がぼやけた。

「ちくしょう、オナー。なんで起きあがろうとしたりしたんだ」

オナーはしばらくなにも言わなかった。猛烈な痛みが残るなか、鼻孔を広げ、がむしゃらに酸素を吸いこんで呼吸をしようとした。

「ここはどこ？」オナーは弱々しく聞いた。「安全なの？」

ハンコックの顔がいっそう険しくなり、目によそよそしさがよぎったが、すぐに顔をそむけてオナーの視線をうまく避けた。

「ああ」しばらくしてからハンコックは言った。「ここは安全だ」

オナーは目を閉じた。「よかった。でも、ここはどこなの？　アメリカに戻ったの？　家族に電話できる？」涙がぽろぽろと頬を伝い落ちる。「きっと、わたしが死んだと思ってるわ」

ハンコックはまた悪態をついた。ほとんどささやき声だったが、辛辣さがあった。それからハンコックはベッドわきにひざをつき、オナーの額に手を当てた。やさしさしか感じられず、オナーは困惑してぱっとハンコックに目を向けた。ハンコックが彼女にやさしさを見せたことは一度もない。彼女が気づいていないと思っているときはべつだけれど。

「いまは、体を治すことだけに集中しろ」ハンコックはいつもの厳しい声で言った。だが、その口調にはほかのものも聞き取れた。なにかわからないけれど、気になった。なんだか……不安そうだ。いつものハンコックは、とにかく自信にあふれていて感情が読み取れないのに。

「いつまで？」そう聞いてから、しゃべったことを後悔した。こんなに力が奪われるなんて。話すのがこれほど疲れることだなんて知らなかった。

相変わらず痛みがあった。ズキズキと脈打っている。天国の雲のようなベッドに包みこまれ、最初はほっとしたものの、そのあとでふたたび痛みがよみがえってきた。

「よくなるまで」ハンコックは曖昧に答えた。

探るように目を見つめられ、オナーはまじまじと見られていることに気まずくなった。彼女の内側がすべて見えているかのようだ。彼女の体から痛みが発されているのを感じているかのようだ。ハンコックの目つきが冷たくなり、唇が結ばれる。怒っているみたいだ。

「きみは怪我をしてるんだぞ。それとも、おれの部下を守ったときに撃たれたのを忘れたのか?」

ハンコックは怒っていて、それを彼女にわからせている。声を荒らげてはいない。その必要はなかった。むしろ、どなられていたら、これほど緊張しないだろう。低い声が権威というムチとなって、非難を打ちつけられているかのようだった。

オナーは唇を舐め、口を開いて弁明しようとしたが、いきなり二本の指を口に当てられた。しゃべるなという無言の指示。逆らえるものなら逆らってみろと、彼の目は言っていた。

「危機を脱するまでは、きみを動かせない」ハンコックは言った。「大量に出血したから、点滴をして抗生物質を打ってる。きみが目を覚まして苦しんでるんじゃないかと思って、見に来たんだ。思ったとおりだった。休んで体を治せるように、鎮痛剤を投与してやる」

オナーは身じろいだ。舌の先まで反論が出かかっている。どれだけ苦しくてもかまわない。自由と家がすぐ近くにある。その味が感じられそうなほどに。もう一日も無駄にしたくない。家族と離れているかぎり、彼らは最悪の事態を信じてしまう。

「議論の余地はない、オナー」ハンコックがいつもの冷たい声で言う。その声にオナーは身震いし、弱い意気地なしになってしまった。それがむかついた。彼女を動物みたいに狩ろうとしているテロリスト集団には立ち向かって、抵抗できるのに、たったひとりの男のせいで凍りついて、言葉だけで反射的に引きさがってしまうなんて、そんなのおかしい。けれど、自分は愚か者ではない。この男は口先だけではない。分別がある人間なら、この男の目から読み取れる。無情で、冷血な殺人者。とんでもない愚か者なら彼に抵抗するだろうが、自分は愚かな女ではない。

ハンコックはキャップつきの注射器を取り出し、点滴のチューブについている薬の注入口を消毒した。点滴をして薬を打っていると言われたが、チューブが右手首につながっていることにオナーは気づいてもいなかった。なんとか起きあがっていたとしても、点滴のポールを引きずらなければならなかっただろう。

「すぐにすむ。リラックスして、身をゆだねろ」ハンコックが言う。さっきまでの辛辣さはなくなり、なだめるような口調に変わっていた。

薬が血管に入ると痛みを覚え、オナーは顔をしかめてたじろいだ。ハンコックが反射的に手を伸ばし、もっとも痛む前腕を手のひらでさすってくれたが、意識してやっているのかはわからなかった。この男にはやさしさなどなさそうだ。けれど、それはちがうとわかっていた。オナーが悪夢に苦しみながら断続的な眠りについていたときに、抱いていてくれた。じつは目が覚めていて、おびえて混乱していたときには、キスをしてなぐさめてくれた。

この男のことは理解できないけれど、本能的な深いレベルで、悪人ではないとわかっていた。彼が自分で思っているような人間ではない。ハンコックは自分にはやさしさのかけらもないと、とことん否定するだろうが。

いつ彼を信用しようと決めたのか、正確にはわからない。ある意味、最初から信用していたのかもしれない。彼の意図を、動機を、いぶかしんでいたけれど。それでも、ハンコックはニュー・エラに手出しさせないという約束を守ってくれているし、この寝室の家具から判断するかぎり、ここは彼に救出してもらった戦乱地域の近くではなさそうだ。

すでに薬でぼうっとなり、オナーは半分意識を失いかけていた。ハンコックが立ちあがろうとしたが、オナーは衰えつつある最後の力を振りしぼって、点滴のつながった腕をあげ、彼の手をしっかりとつかんだ。手を振りほどかれないように。

ハンコックは驚いてオナーを見おろしたが、手を引っこめようとはしなかった。なにも言わない。ただオナーが言いたいことを口にするのを待っている。

「ありがとう」オナーはささやいた。

ハンコックは顔をしかめた。彼女に感謝されるのが好きではないのだ。はじめて礼を言ったときも同じ反応だった。

「約束を守ってくれたこと」オナーはもつれる舌でなんとか言った。

そしてとうとう薬に屈したとき、最後に見えたのは、ハンコックの目にうかんだ暗く獰猛な怒りだった。それと、もっと驚くもの。

罪悪感。

「傷はよくなってる」ハンコックが淡々と言った。

オナーの縫合をきびきびと機械的に調べている様子から、ほんとうにあのときのやさしく無防備な瞬間を彼女に思い出してもらいたくないのだとうかがえた。ハンコックは彼女が知らないと思っている。

「ひざの腫れはほとんど引いてる。あと一日もすれば、痛みを感じずに歩けるはずだ」

「つまり、すぐに家に帰れるってこと？　明日？」オナーは聞いた。興奮を隠すことなく、最後の言葉にしがみついた。

ハンコックが顔をそむける直前に、そのまなざしが揺らいだのにかろうじて気がついた。ハンコックはほかの軽い傷を気にするふりをしている。なにかある。彼女に気づかれたくないこと。そのせいで不安になってもおかしくなかったが、彼のことは怖くなかった。信用している。ニュー・エラの手が届かない場所まで無事に連れていくと言って、そのとおり実行してくれた。

やがてハンコックは肩をすくめた。「きみが考えてるほど簡単じゃない。つまり……状況を――計画を――整えなければならない。あわてて行動しても役には立たない。おれたちはまだ危機を脱していない」

曖昧な言葉だが、オナーは思い出した。ハンコックといれば安心できるとはいえ、自分たちは安全ではないし、攻撃されるおそれがある。オナーは顔をしかめた。ここがどこなのか知りたかった。

何日も、ハンコックの部下たちの姿をひとりも見ていない。オナーはこの隔離された寝室で、このベッドで休み、体を治していた。ハンコックが食事を持ってきてくれた。ハンコックが傷の手当てをして包帯を巻いてくれた。入浴まで手伝ってくれ、ものすごく恥ずかしかった。けれど、ハンコックはシャワー室で手際よくきびきびと手を貸してくれた。世界じゅうでもっともありふれた作業だというように。辛抱強くオナーの髪を洗ってくれた。シャワーを浴びるたびに、髪から染料を落とすために何度もシャンプーをした。それから、体じゅうをごしごしとこすられた。顔が赤くなり、ひどく日に焼けたみたいになった。だが、それもやはり、肌から徹底的にヘナを落として、もとの日焼けした状態に戻していたのだ。自分だけに頼らせるつもりでオナーにそうしていたのなら、うまくいっている。彼女の部屋——この部屋——にハンコック以外の人間がいると思っただけで、不安になってしまう。

ここは彼女の部屋ではない。この数日、彼女の部屋になっているとしても。自分の部屋は家にある。実家に。アメリカでは自分の住居は持っていない。意味がないからだ。家にいるより留守にしていることが多い。仕事の合間や、日々直面する苦しみや絶望に耐えきれなくなって使命を見失ったときにただ休みが必要な場合は、実家に避難した。子どものころに使っていた寝室が残っているので、そこで眠った。まだ十代の高校生だったときから、あえてそのままになっている。

そこに成長の証しがすべてそろっている。お気に入りの動物のぬいぐるみ。大好きな本。言語の教科書に、中東や文化、地域ごとに異なる個々の方言のちがいやニュアンスに関する研究書。

スポーツのトロフィーさえあるが、両親がただの参加賞のトロフィーを残していることがオナーにはおかしかった。一位になったことはないし、きょうだいとちがって傑出したアスリートではなかった。オナーは家族のなかで変わり者だった。

両親は彼女を養子にしたか、キャベツ畑で見つけたにちがいない。きょうだいたちとぜんぜんちがうのだ。ものすごく情にもろい。感情移入してしまう。兄たちや姉のようにやることすべてを成功させたいという衝動はない。家族からはお人よしと呼ばれている。思いやりがありすぎて、やさしすぎるため、彼らが言うところの〝現実世界〟では生きていけないと。だが、オナーはサバイバルの典型のような世界で暮らしている。家族が持っているような安全な仕事や、安全な家、安全な生活とはまるでちがう。

父はかつて、オールスターチームの選手だった。いくつものスポーツをしていたが、大学にはフットボールの奨学生として入学し、プロチームから指名もされた。しかし、そのころには母と出会って恋に落ちていた。父は子どもたちにしょっちゅう語っていた。彼女と暮らすことだけが望みだったと。そして子どもを産んでもらうこと。子どもでいっぱいの家庭を作ること。

ほとんどの人は父の誠意を疑い、母でさえ最初は懐疑的だったと言っていた。スポットライトを浴びて大金を稼げる仕事をあきらめて、夫が満足できるとは思っていなかった。だが、父は後悔している様子をまったく見せず、結婚して一年後には最初の子どもが生まれた。

プロチームでプレーしていたら、一年の大半を家で過ごせなかっただろう。春のトレーニングキャンプ。レギュラーシーズン。チームが勝ち進んだら、プレーオフがある。父はまちがいなく優秀な選手になれたはずだが、代わりにケンタッキーで高校のコーチの仕事に就き、そこで母と暮らして子どもを育てることにした。

ケンタッキーの小さな町だ。北のほうではなく、北部と南部の中間あたり。いかにも南部の町といった風情だ。オープンで、フレンドリーで、住みやすい。小さな町なので、みんながみんなを知っていて、結果として、全員の仕事も知られている。

オナーときょうだいたちは両親の愛情を受けてすくすくと育った。兄たちはみな、なにかしらのスポーツが得意だった。姉も同じだ。いちばん上の兄も大学でフットボールをやり、プロにスカウトされる見込みがあった。けれど、父と同じく、プロの道には進まず、だれもその決断に疑問をはさまなかった。父はよくわかっていた。あまりに個人的な場合は相談せずに決断すべきこともあるのだ。この場合がそうだった。

しかし、父が大好きなスポーツをプレーする道に進まなくとも、それにかかわるコーチの仕事に就いたのとは異なり、兄は法執行機関を選び、郡の保安官になった。二番目の兄は、スポーツでプロになる道を選んだ。父や長兄とちがって、フットボールの熱狂的ファンではない。子ども時代はずっと野球に打ちこみ、生まれつきの才能もあった。いまでも、プロのチームでプレーしていて、今回オナーが旅立つ前にちょうどまた大口の長期契約を結んだ。

下のふたりの兄たちはビジネスマンで、いくつかの事業を共同経営している。だが、だからといって、スポーツに不変の愛情を――才能を――持っていないというわけではない。男兄弟ばかりで、娘はオナーとすぐ上の姉だけだが、姉も運動神経がよく、ガゼルのように動きが優雅で速い。ケンタッキー州立大学にソフトボールの奨学生として入学し、卒業後はイタリアで短期間プロ選手としてプレーしてから、父と同じくコーチの仕事に就いた。オナーは姉がとても誇らしかった。小さな大学のソフトボールチームの史上最年少ヘッドコーチなのだ。

愛情をこめてマンディという愛称で呼ばれている姉のミランダは、コーチを引き受けて二年で、チームを史上はじめてプレーオフに導いた。姉が仕事を失うことはない。大学が保証してくれたのだ。姉はとても喜んでいた。すでにもっと大きなチームがある、大学スポーツにおいて長い歴史を持つ一流の大学からいくつも勧誘が来ている。けれど、マンディは故郷が大好きで離れたがらなかった。オナーとは正反対だ。マンディはいまの仕事を気に入っている。みずから汗を流して、チームを一から作り直すのが好きなのだ。すでに確立されているチームに加わって、正真正銘のお飾りのリーダーになりたいとは思っていない。

オナーは一瞬だけ目を閉じた。彼女が家を出る直前に次兄がまたチームと契約を結んだことを思い返す。オナーの歓送会は喜びと祝いが入り混じっていたが、悲しみと不安もあった。だれひとり、オナーの仕事に納得していない。きょうだいはみな自分の道を進んでいて、そのことにだれも疑問をはさんだりしないのに。長兄のブラッドがなんの説明もなくフットボールのプロ選手になる道からあっさり身を引いても、だれも疑問を持たなかった。なぜ警察の仕事に就きたいという強い願望を一度も家族に伝えなかったかについても。

それなのに、オナーには疑問を抱いている。彼女を信じていないからではない——信じてくれている。彼女を愛している。それは一瞬たりとも疑ったりしない。ただ彼らには納得できないのだ。なぜ天職のために、彼女を愛している人たちから遠く離れるのか。ほかのきょうだいたちは家の近くにいられる仕事を選んだのに。

この衝動を、どうやって説明すればいいだろう？　死と暴力以外にほとんどなにも与えられない場所に、変化をもたらさなければならないという衝動。ブラッドはほかの人よりは理解しようとしてくれるはずだ。彼は人々を守っている。保安官。多くの命に責任を負っている。きょうだいのなかでオナーはブラッドとは似ているかもしれない。同じ義務を負っている。ほかの人を守り、救いたいというふたりの欲求は、同じところから生まれているにちがいない。

「オナー、痛いのか？」

ハンコックの心配そうな低い声に、陰鬱なもの思いがさえぎられ、オナーは彼に視線を向

ている。

けた。彼女の考えをすべて見抜いているかのように、ハンコックはオナーの顔をじっと眺めオナーは息を吸い、彼女の体の横に置かれていたハンコックの手に衝動的に指をすべらせ、やさしく引きよせて指をからませた。ハンコックは電撃を受けたかのようにたじろいだが、手をはなしたり、振りほどいたりせず、それがオナーにはありがたかった。

この一瞬、他人との触れ合いが欲しかった。安らぎ。すぐに家族の愛と支えに包まれるという約束。彼女に会えないかぎり、家族全員が最悪の地獄を味わい続けている。みな、オナーが死んだと思っているだろう。死んでいるかどうかわからなければ、もっと悪い。彼女の運命を考えて不安になっているはずだ。いまどんな目にあっているかと。

生きていると証明できるまで、死んだと思ってくれているように祈った。彼女の身に起こりうることを想像して絶えず苦しむよりはいい。それに、死んだりしない。ハンコックがついている。彼がいれば、だれにも傷つけられることはないだろう。

ニュー・エラにつかまらない無敵の人間がいると考えるなんて愚かだが、オナーは心から信じていた。ハンコックならどんな邪魔者も破壊できるし、実際にそうするだろう。ぜったいに彼女に危害を加えさせたりしない。それは太陽が東から昇って西に沈むのと同じくらいたしかだった。

「どうした、オナー?」ハンコックが率直に聞いてきた。目をいっそう細め、オナーの顔をまじまじと見つめる。彼女を悩ませている原因を探るように。

悩んではいない。

求めている。

首から頬にかけてほてっていき、染料の残りと、長いあいだ太陽に照らされて日に焼けた肌が、気まずさで顔が赤くなっているのを隠してくれるように祈るしかなかった。

乾いてひび割れた唇を舐め、ためらいがちに、おずおずと、伏せたまつ毛の下からハンコックを見あげる。

「キスして、ハンコック」と震える声で言う。おびえていると思われるかもしれない。だけど、そうではない。それに、ハンコックの顔から判断するかぎり、彼もオナーが怖がっていないとわかっていた。彼のことを、あるいは、自分が頼んでいることを。

珍しく、ハンコックの目が迷いできらめいた。なぜだかわかった。とにかくわかった。けれどまた、ほかのものもきらめいていた。

同じような要求。欲求。欲望。

それはオナーが気づいた直後に消えたが、目はけっして嘘をつかない。魂のドア。少なくとも、詩人はいつもそう言っている。

皆無ではないにしろ、ハンコックが迷うことはめったにないとわかっていた。また、いまオナーが彼の目に見たものをだれかに見せるのは、もっと珍しいことだとも。

彼女のせいでハンコックは心を乱されたのだ。それが驚きだった。

もう、それがうれしい？　いったい自分はどうしたのだろう？　この男のことは知らないし、彼を理解できると思っているなんて、厚かましいうえに、言うまでもなく傲慢だ。ほかの人はまちがいなく理解できないのに。

だが、オナーはすでに危険な道に入っており、有頂天で突進していた。生きている。生きているという気がする。死が霧のようにまとわりついて窒息しそうだったけれど、燦然と輝きながら生きている。

自由を手に入れたのだ。ハンコックが約束を果たしてくれた。冷酷な肉食獣のように彼女を追っているおそろしい男たちから逃げられた。

「キスして」オナーはもう一度言った。欲望を帯びたハスキーなささやき声になっていた。

「お互いに、なにが起きているかわかっていて、そんなことは起こらなかったと否定できないときに」

ハンコックの目が見開かれ、すぐに警戒がうかび、次に驚きがよぎった。それからどちらも目から消え、険しいまなざしになった。オナーが知っているということに気づいたのだ。覚えていると。そもそも忘れたわけではなかったが、すべてを思い出すのに時間がかかった。すべてがよみがえったいま、その記憶をずっと魂にしまっておこう。堪能しよう。あまりに多くの恐怖と混沌と苦痛のなかの、甘く純粋なひとときを。

ハンコックは静かに悪態をついたが、同時に片方のひざをマットレスの上にすべらせ、筋肉がついて引き締まった大きな体をよせ、オナーの数センチ上で止まった。彼の肌から熱が炎のようにめらめらと感じられ、骨まであたたかくなっていく。ふと、ふたりの体のサイズが大きく異なることに気がついた。ハンコックは硬い鋼の山のようで、見たかぎり余分な肉はどこにもついていない。オナーにはありありと想像できた。

いっぽうで、自分が小さく、はかなく感じられた。脆弱だと。だけど、怖くはない。怖がるべきかもしれないと、急に気がついた。完全に意識があって理性があるときに、獣を起こすなんて。もしくは、彼女には野生動物にちょっかいを出さずにいるだけの理性はないのかもしれない。

オナーが下唇を舐めると、ハンコックはしゃがれたうめき声をあげ、顔を近づけてきた。そして飢えたように激しく唇を奪った。彼女が自分の行動に、キスをされていることに気づいていないと思っていたときには繊細なやさしさも感じられたが、いまはまったくちがった。オナーの口をむさぼり、奪い、彼女の貪欲な舌をあますところなく味わっている。女に安らぎを与えようとしている男と、女を冷酷に支配している飢えた男との、圧倒的なちがいを伝えている。

これほど体が痛くなければ、ハンコックの服を全部はぎ取って、自分も裸になって、彼に抱きついていただろう。というより、のしかかっていたかもしれない。オナーは低くうめくことしかできなかった。それは不明瞭な声となり、それから喜びと純然たる満足感のため息となって、たちまちハンコックにのみこまれ、吸いこまれた。

ハンコックはしぶしぶといった感じで唇をはなしたが、すぐにはオナーから離れなかった。なぜそれを大きな勝利だと思ったのか、オナーにはわからなかった。ハンコックは驚くほどやさしいしぐさでオナーと額をくっつけた。脈打つ唇に、彼の途切れがちな息がかかる。

「こんなのはまちがってる」ハンコックはきつく歯を食いしばって言った。「ちくしょう、ばかげてる」

オーケー、これは傷つく。認めよう。たとえ心が認めなくても、身体的な反応があった——たじろいでしまった。

オナーはいそいでなにかを——どんなことでも——言って、ふたりを包む緊張した気まずい沈黙を破ろうとした。神経が限界まで張りつめている。

「どのくらいで家に帰れるの？」オナーは不安げに聞いた。

それは猛烈な吹雪のような効果をもたらした。ハンコックは完全に無表情になり、目には冷たい怒りが吹きすさび、それがオナーに押しよせ、体じゅうで次々に鳥肌が立った。

ハンコックは唐突に立ちあがり、背中を向けた。自分を、あるいは、反応を見られたくないかのように。

「もう少しよくなってからだ」ときっぱりと言う。

そして大またでドアまで歩いていき、勢いよく開け、バタンと閉めた。その衝撃で壁の絵が傾いた。

18

ハンコックは、自分がぎりぎりで正気を保っているとわかっていた。もっと悪いことに、やるべきことにあらがっている。任務。任務遂行の代償。すべてひとりの罪のない女につながっている。あの小さな女戦士のなかには、いままで見たことがない勇気と熱意がある。

何日も冷たく接し、彼以外は部屋に入れないようにした。彼女が……監禁されている部屋。外に出ることはできないが、監獄とはいえ、彼女が必要としている、あるいは欲していると思われる程度には、快適に過ごせるようにしてあった。

質問されてもはぐらかした。当然の質問。オナーには答えを知る権利がある。だが、答えた瞬間、すべてが失われる。彼女に嘘をつくつもりはない。つまり、面と向かって、あの信頼しきった大きな目を見て伝えなくてはならないということだ。そしてそうなったとき、その目の輝きは消え、苦しみとあきらめがうかぶ。もっと悪いことに、裏切られたのだと悟る。自分が逃げて闘ってきた連中とハンコックは同類だと知る。いまは、安全だと信じている。ハンコックが彼女を最低の悪魔のもとに連れていくということは――まだ――知らない。その後また彼女が知っている悪魔のもとに戻されるということも。

そんなのは耐えられない。時間がないことはわかっている。彼の意図を正直に伝えないいま毎日を過ごして、ただ先延ばしにしている。オナーのために数日与えてやりたいから。いや、自分のために。あと数時間、数日。どれだけでもいい。まだあのあたたかい茶色の目で信用して見つめていてほしい。彼の指示に従うことに不安もためらいも抱かないでほしい。

信用。

オナーは彼を信用している。だれも信用すべきではないというようなことはちゃんと伝えてあるはずだが、オナーはオナーだ。高潔《オナー》という名前のとおり。ああ、皮肉なことに、まさにぴったりの名前だ。その名前が意味し予言するとおりに彼女が生きることになると、両親は知っていたのだろうか。

ハンコックはだれにも信用されたことはない。部下たちは彼を尊敬している。疑問を持たずに彼に従う。彼のためならためらうことなく死ぬだろうし、ハンコックも部下たちのために死ねる。彼らの血の奥には忠誠心が流れている。けれど、部下たちはハンコックを信用してはいない。チームメイトのことも、自分自身のことさえも。みな、自分たちがどんな人間かよくわかっている。冷酷な殺人者。目的を達成するためなら罪のない女を犠牲にすることもいとわない。

「いつだ？」コンラッドが率直に聞いてきた。ハンコックと部下たちは、ブリストーが所有する大きな屋敷の外に集まっていた。

すでにアメリカにいるというのが皮肉だった。オナーはまだ中東の奥地にいると思っている。自分たちの行動はすべて見張られていて、敵に見つかる危険があると。どれだけ家族の近くにいるか気づいたら、ベッドに縛りつけなくてはならなくなるだろう。ひとりで飛び出ていかないように。

ハンコックは部下たちをちらりと見やった。みな顔をこわばらせ、行動に移すときを待っている。

ハンコックがオナーのそばを離れることはめったになかった。自分がいないときは眠らせておくようにした。ブリストーの部下たちは、部屋に立ち入ったらどうなるかわかっている。ハンコックはオナーの怪我を口実にして、だれも彼女の部屋に入ることは許さないとはっきりと伝えてあった。

ブリストーはいら立っている。興奮し、そわそわしている。世界じゅうの金《きん》や宝石よりも価値がある宝を見つけたかのように。ブリストーと同じ部屋にいると期待感がひしひしと伝わってくるため、ハンコックはたいていブリストーを避けていた。ブリストーがもたらすむかつき——つねに彼から発されている悪臭——のせいで、理性を失わずに対処するのが難しかった。あまりの邪悪さに息がつまり、吐き気がして、ほとんど呼吸ができなかった。ひどい閉所恐怖症のように、窒息しそうだった。自分はそんな人間ではないというのに。必要なら、自分くらいの大きさの男が入れそうにないと思われるような狭い場所でじっとして、何日も、何週間も、たったひとつのチャンスを待つことができる。究極の忍耐力を持つ者だけが、そのめったに訪れないチャンスをとらえ、逃げ足の速い標的を倒すことができる。

ブリストーはすぐにマクシモフに連絡したがっているが、ハンコックは忠告した。準備が整う前に女のことを知らせたら、マクシモフはいまのブリストーのようにおとなしく待ったりはしないと。オナーをさらって、邪魔する者はだれであれ消すだろう。

マクシモフのところに連れていく前にオナーの怪我を治すべきだと、ハンコックははっきりと伝えた。また、連れていくときは彼らの——ハンコックの——やり方でやる、さもなければ、現在所有している交渉力を失ってしまうと。ブリストーが生きているのは、マクシモフがオナーの居場所を知らないからであり、マクシモフのような男がどれだけ力を持っていて危険かということを、ハンコックはブリストーにつねに言い聞かせるようにしていた。

ブリストーも彼なりに大きな力を持っていて危険だが、ブリストーにはきちんとマクシモフをおそれていてもらうために、明確な口調でマクシモフのことを語った。マクシモフが目的を達成するためにどんなことをするか、ハンコックが淡々と述べるのを聞くと、ブリストーは青ざめた。マクシモフのような男にとって、生と死はなんの意味も持たない。自分を無敵だと思っているだけでなく、不死身だと本気で信じている。ただの人間たちに交じっている神。好きなように現れては消える。死と破壊をもたらし、だれにも止められない。

そのたとえは、マクシモフの場合はほぼ当てはまる。用心深い男なのだ。これまでにも、彼と同じように無敵の盾をかかげ、だれも自分に手出しはできないと確信していた悪党がいたが、そういう連中は失敗した。みな、ある時点でしくじる。だが、いまのところ、マクシモフに軽率なところはない。自分が不滅の存在であるのは当然だと考えているようなそぶりはない。

自分は不滅だと思っていて、完全に信じこんでいるにもかかわらず、注意深く警備の網をしっかりと織りあげ、自分の目的の脅威になると思った者は排除する。裁判官であり、死刑執行人であり、だれもマクシモフからは公正な裁判を受けられない。不誠実だとか、自分を裏切ったとか、単に要求に従わなかったとマクシモフが思っただけで、ゴミのように切り捨てられる。

そういう恐怖を与えることで、マクシモフは多くの忠誠を得ている。さらに、任務をしくじったら、マクシモフと対面するよりは確実な死を選ぶという部下たちも得ている。情け容赦のない捨て身の兵士を生み出している。彼らは命をかけてマクシモフの命令を実行し、失敗したらみずから命を絶つこともある。マクシモフという独裁者に面と向かっておのれの失敗を告げるよりも、そっちのほうが望ましいのだ。マクシモフはけっして失敗を認めない。自分の失敗も許さないし、部下たちの失敗はぜったいに許さない。

何年もマクシモフを追ってきたハンコックは、彼には利用できるような弱点はないと気づいていた。小さなほころびひとつない。あの男にとって大切なのは自分だけ。弱点がなさそうな人間に近づいて、それを見つけて利用するのはとんでもなく難しいことだ。

だが、ないはずがない。なにかある。つねになにかがあるものだ。ハンコック自身、自分には弱点はないと断言してきたかもしれない。利用されるようなものはないと。しかし、それはちがうということもわかっている。ビッグ・エディがいる。レイドとライカー。そしてイーデン。純粋で、善良な、かけがえのないイーデン。

だから、彼らの存在をけっしてだれにも知られないように気をつけてきた。知られてしまったら、まちがいなく毎日危険にさらされることになるだろう。また、いまいましいケリー家とも距離を置いていた。目がある人間なら、ハンコックが彼らを尊敬していることに気づくはずだ。彼らのことが好きなわけではない。彼らのやり方や価値観も。それが彼らの弱点だとハンコックは考えていた。けれど何年ものあいだに、彼らは自分とそれほど変わらないと気づいていた。ただ彼らのほうがハンコックよりもうまく衝動を抑えているだけだ。ただし、自分のものを傷つけられた場合は、彼らはすぐに正義を実行し、報復する。たいていの人間はそれを正義だとは思わないだろう。以前、彼らは法制度を使わなかった。そう、自己流の正義を実行し、ハンコックがずっと前に越えていた一線を越えた。だが、ハンコックは彼らがそんなことをするとは予想していなかった。彼らは頑なに善にこだわっている。キャプテン・アメリカ。ハンコックはつねに彼らをあざ笑い、鼻であしらってきた。

しかし、彼らが正義の名のもとにしたことのいくつかは、ハンコックが何度もしてきたことと変わらない。P・J・コルトレーンには、心を揺さぶられるほどの称賛を抱いている。あの女は残忍な仕打ちを受けた。詳細を思い出すと、いまだに歯がゆくなる。彼女のチームがP・Jを無防備な状態で危険にさらしたことが非常に腹立たしかった。連中は彼女をきちんと援護しなかった。あんな目にあうなんてまちがっている。彼女は究極の代償を払うことになってしまった。

その後、P・Jはチームを去った。仲間を復讐の泥沼に引きずりこみたくなかったのだ。正義ではない。血も涙もない復讐。P・Jは自分に卑劣に暴行した男をひとり残らず見つけ出し、全員を殺した。最後にはチームが駆けつけ、彼女が責任を追わずにすむように協力した。

ケリーたちはハンコックとは異なる人種だ。べつの道を選んでいたら、自分も彼らと同じようになっていたかもしれない。正しい道を選んでいたら。彼らは勇猛な守護者だ。善良な男たち。助けが必要なときに呼ばれる。優秀だ。ハンコックと同じくらい優秀かもしれないが、このねじれたグレーの――いや、グレーどころではない……黒いエリアに、みずから進んで身をささげている点で、ハンコックのほうが明らかに優位に立っている。愛する者がかかわらないかぎり、ケリーたちはだれひとり一線を越えようとしないだろう。妻。チームメイト。ほかの任務は法に従ってこなす。

だれひとり、KGIのだれひとりとして、ハンコックのレベルまで落ちたりしない。打ちのめされた女を救出しておいて、部下の代わりに銃弾を受けさせたうえに、裏切りで借りを返したりしない。それも、すべて大義の名のもとに。

P・J・コルトレーンの顔が頭をよぎった。歯をむき出している。ハンコックは内心でほほ笑んだ。実際に彼女が言っているかのように、声が聞こえる。

大義なんてくそ食らえ。

ああ、まちがいなく彼女が――彼女のチームの仲間たちが――言いそうなことだ。とくにスティール。あのチームリーダーはハンコックと同じようなことを言われている。血管に氷が流れている。なにも感じないマシン。感情で判断を曇らせたり気を滅入らせたりせずに任務を遂行できる。

だが、いまは？　あのアイスマンは小さなブロンドの女と、母親そっくりの女の子の赤ん坊に心を奪われている。もはやスティールが以前と同じ男なのかわからなかった。ただし……妻か娘が危険にさらされた場合はべつだ。そうなったら、あの男を抑えることはできない。世界がいままで見たことのない冷酷な殺人マシンになるだろう。妻と子どもの命が危険にさらされているときの激怒したスティールに、自分は立ち向かえるだろうか。

部下たちがまだ無言でピリピリしながら、彼がコンラッドの質問に答えるのを待っているのに気づき、ハンコックははっと我に返り、小声で乱暴に悪態をついた。いつもの自分ではなくなっていた。部下たちもそれに気づいている。彼らと同じく、ハンコックも日に日に神経質になっていた……裏切りが近づくにつれて。オナーをマクシモフに渡す日。願わくは、これであの男を倒せればいいのだが。しかし、そのときにはオナーには手遅れになっているだろう。ハンコックたちはすでに彼女の死を受け入れていた。自分たちにできることはなにもない。だが、だからといって、チームの目を見るたびに、その奥で抑えきれない怒りが燃えているのに気づかないというわけではなかった。自分の目にも同じ怒りが燃えているはずだ。自分たちがすべきことに対してどれだけ苦悩を抱いているかを必死に悟られまいとしていても。

「すぐだ」ハンコックは低い声で言った。「怪我は日ごとによくなってる。オナーにブリストーを近づけさせないようにしてきた。やつはおれにおびえてる。それに、マクシモフをおそれてる。ブリストーには、オナーが傷やダメージを負っていたら、ニュー・エラにとって価値がなくなり、マクシモフは喜ばないと言ってある。ブリストーは納得していないが、おれとマクシモフをおそれてるから、逆らったりしない。それに、おれが部屋の中にいて、オナーを脅すようにして食事をさせたり、無理をしたときに鎮痛剤を打ってやったりするときもふくめて、つねにドアの外におまえたちのだれかを置いてる」

「いまはちがう」コープランドが控えめに言う。

「ついてない《バッド・モジョ》」モジョがうなるように言った。

不安でハンコックの背筋がちくちくした。部下たちの言うとおりだ。自由に話ができるように、いまは全員を外に呼び出してあった。ブリストーの家の中では手下たちが耳をそばだてているからだ。どんなことも筒抜けだ。だから、ハンコックと部下たちは、オナーに関する場合は慎重すぎるほど用心した。ダメージを与えたくない囚人として彼女を扱った。傷物は交渉の役に立たない。

しかし、いまはオナーをひとりきりで残していた。もう一時間になる。ブリストーがこのすきに〝客〟を訪ねていたら？　辛抱強い男ではないし、オナーに近づけないことを明らかに不満に思っていた。ブリストーが彼女の前に姿を現したら、たった数分で、ハンコックがしてきたことがすべて台なしになるかもしれない。

ハンコックはあまりに傲慢で、ブリストーを支配していると過信していた。もっとよく考えるべきだった。ブリストーは自分を無敵だと信じている。ハンコックを怖がっておびえているものの、殺されるとは思っていない。それはまちがいだ。オナーを傷つけたら、素手でぶちのめしてやる。

「戻れ」ハンコックはしゃがれ声で言った。「すぐに戻れ。ブリストーの手下どもを見つけて、制圧しろ。抵抗するやつは殺せ。ブリストーはおれに任せろ」

「ハンコック」

コンラッドの冷たい声が、灼熱のもやに包まれているハンコックの意識を貫き、ハンコックはふたたび冷酷な殺人マシンに変わった。

「やつの行動で任務を台なしにするわけにはいかない。やつがなにをしても」

「当たり前だ」ハンコックは噛みつくように言った。「おれたちはオナーを届けて、マクシモフとやつのネットワークをすべてつぶさなければならない」

「だが、オナーを救う時間はない」ヴァイパーが声をこわばらせて言う。

ハンコックは苦悩のまなざしを部下に向けた。「救えるなら救うはずだと思わないか?」

「救うのか?」ヘンダーソンがたたみかけるように聞いてきた。顔を引きつらせ、険しいしわを作っている。「これまであんたが任務で迷ったことはなかった。なぜ今回は迷ってる?」

「罪のない人間の命を救うために、おれがマクシモフを倒すチャンスを二度犠牲にしたことを忘れてるぞ」ハンコックはぴしゃりと言った。「三度目はない。さあ、行け。やつがオナーに手を出したら、彼女をおびえさせたら、おれが殺してやる」

少なくともブリストーはハンコックより正直にオナーに事実を告げるだろう。その男を殺すなんて偽善でしかないが、部下たちは口にしなかった。だれもそんなことはしようとしない。

19

オナーはベッドにいるのに飽き飽きして叫びだしそうだった。また一日過ぎて、ハンコックにいつ家に帰れるかと聞くたびに返される「まだだ」という言葉を聞いたら、だれかを傷つけてしまいそうだ。オナーは殴ってやりたい顔を思いうかべていた。その顔についている口を想像していないときは。

自分は正気を失っている。頭がおかしくなって、とんでもなくイカれている。二週間以上にわたって常軌を逸した経験をしてきたせいだとしか説明がつかない。こんな目にあって、正気でいられる人間がいるはずがない。自分も例外ではない。大量に血を失ったのと同じように脳の大部分を失って、ハンコックという陰気でたちの悪い大きな未知の存在に執着してしまっている。少なくとも、そう自分に言い聞かせていた。しかし、みじめなほど失敗している。

よく知りもしない男に惹かれるなんて、どんな変人だろう？　何枚もの秘密の層に包まれている男。しかも、その層の一枚一枚がさらに何重もの層になっている。謎めいた仮面の裏にいる男を見つけられることは永遠にないだろう。たとえ見つけられても、皮膚のようにぴったりと秘密をまとっているだけではないだろうか。

頭がおかしくなっている。それしかまともな説明が思いつかない。ふと、頭がおかしいことを説明するのにまともという言葉を使った自分を笑いたくなった。

昨日、落ち着かず、じりじりしていたので、怪我の程度を確認してみようと考え、無理やりベッドから出た。この部屋を出て、自分がどこにいるのかたしかめるつもりだった。いますぐに、ちがう景色を見たくてしかたがなかった。ラベンダー色の壁と陽気な花模様は、彼女をあざ笑っているとしか思えない。いまのオナーはまったく幸せでも気楽でもないのだから。

動くのは体力を消耗したが、高揚感で力がわいてきた。足を引きずってとうとうドアまで行けた。ところが、ドアノブがまわらず、わいてきたと思っていた力がしぼんでいった。閉じこめられている。しかも外側から鍵をかけられて。

彼女は囚人ではない。でしょう？

ほかにどうすればいいかわからず、ひざから力が抜けそうになりながら、また足を引きずってベッドに戻り、よじのぼった。動くたびに体が抗議した。罪悪感を覚えているのが腹立たしかった。まるでこっそり抜け出そうとしていた不良ティーンエイジャーにでもなったような気がした。

自分は囚人じゃない！

そのときドアが開き、たちまち脈が跳ねあがった。この数日のあいだ、部屋に来た男はひとりしかいない。跳ねあがった脈は、まるでスポーツカーのアクセルを全開にしているようだ。

わずかに開いたドアから、見たことのない男がぬるぬるしたヘビのようにすべりこんできた。男はこの世界にそぐわなかった。この場所に。とはいえ、ここはどこなのだろう？

ここにいるべきではないのは彼女のほうだ。

不安が渦を巻きながら高まっていき、胃の中で恐怖が沸騰し、すっぱいものが喉にこみあげてきた。さらに悪いことに、オナーの恐怖を感じ取った瞬間、侵入者が興奮するのが見えた。高級なズボンの前がまちがいなくふくらんで、明らかに勃起しており、男の口から低い笑い声がもれた。それは――彼は――いやらしく、胸が悪くなった。

「だれ？」オナーは思っている以上に虚勢を張って強く聞いた。

シーツを引きよせ、しわくちゃになるくらいきつくつかんだ。パジャマはしっかり着ているけれど、シーツで男から体を隠した。

と、男の目から表情がなくなって冷たくなり、オナーの背筋に震えが走った。男は黒い目を悪意でぎらぎらと輝かせながら、ベッドに近づいてくる。オナーが口を開けて叫ぼうとしたとたん、男がのしかかってきて、口もとを鋭くひっぱたいて叫ぶのをやめさせた。

殴られた驚きでオナーは唖然となり、痛みに小さく泣き声をもらした。

「わたしはおまえの所有者だ。一時的だが」男のささやき声には怒りがこもっていた。男は冷たく、生きていないかのようだ。モンスター。オナーの夢にとりついている多くのモンスターと同じ。

ハンコックはどこ？

心のなかで彼を求めて叫ぶ。彼の名前を。何度も。くり返し、助けてと懇願する。もう一度助けて。この男はだれ？　どうやって部屋に入ったのだろう？　安全だとハンコックは言っていたのに。

言っていたでしょう？

オナーは必死に記憶をたどってその言葉を探した。ハンコックが正確にはなんと言ったか。実際にはあまりたくさん会話はしていない。けれど、ハンコックは約束したはずだ。まちがいない。オナーは彼が与えてくれた数少ない約束を心にしまっていた。お守りとして。

混乱した頭の中では、ひとつの約束しか思い出せなかった。

オナーの一挙一動をたどって追っているテロリスト集団をかわし、切り抜け、逃がすと。

でも、たしか……。

いいえ、そうは思わない。彼女の強さになっている唯一のものを失ったりしない。そのおかげで希望と確信が心のなかに息づいているのだ。このろくでなしにそれを奪われはしない。

「それでいい」男が猫なで声で言う。「おまえは生まれつきの服従者だ。わたしにはわかる。簡単に調教して服従させられそうだが、残念ながら、おまえとの時間は短い」

オナーは男をにらみつけ、反抗的に唇を結んだ。服従者？　調教？　男の目をくりぬいてから、タマを切り取ってやりたい。

彼女のことを無力なまぬけだと思っているのなら、驚くことになるだろう。

オナーはよくわからないというふうに無邪気にまつ毛をぱちぱちさせ、最高の〝オナーの上目づかい〝を見せた。家族はそう呼んでいた。それを見せれば、だれも長く彼女に腹を立てていられない。いたずらをしていたときなど、すぐに難を逃れた。

「人ちがいだと思うわ」オナーは落ち着いて言った。「あなたがだれなのか、ついでに言えば、ここがどこなのかもわからないの。でも、わたしは服従者タイプじゃないし、わたしを無理に服従させようとしたら、心臓をえぐり取ってやる」

たしかに冷静にしゃべったけれど、その口調には、表情には、痛烈な暴力性と絶対的な自信があった。ここまで生き延びてきたのは、弱かったからでも、恐怖に支配されたからでもない。

男は頭をのけぞらせて笑い声をあげた。「自分に自信があるんだな、オナー・ケンブリッジ」

「わたしが失敗しても、ハンコックが片をつけてくれるわ」オナーは冷たく言った。

すると、男の目に喜びがうかんだ。喜び。きわめて満足げな表情をうかべると同時に、男はオナーの髪をしっかりと手に巻きつけ、抵抗する彼女の体を自分のほうにぐいと引きよせた。そして乱暴にキスをし、歯を使って無理やり口を開けさせようとした。彼女の唇に噛みつき、オナーが痛みに息をのむと、舌を押しこんできた。

オナーはがむしゃらに抵抗したが、男のほうがはるかに強いし、怪我のせいで力が出なかった。涙がこみあげてきたけれど、泣いたりしない。涙を見せてこの男を喜ばせたりしない。痛みと怒りの涙。もっと悪いのは恐怖の涙。

ハンコックはどこ？

「ハンコックはなんでも征服できると言われている」男が言う。オナーの傷ついて震えている唇に息がかかる。「だれでも言いなりにできるらしい。信じさせたいように信じこませることができる。教えてくれ、オナー、あいつはおまえを無事に家族のもとに連れていくと約束したか？　よく考えろ。ハンコックが嘘つきではないということも、わたしは知っている。おもしろい行動規範だと思わないか？　冷血な殺人者。傭兵。そんなやつが行動規範を持っているとは。あいつは嘘をつかない。それなのに、けっして約束しなかったことをおまえに信じこませている。おまえはいとも簡単にあいつのとりこになったにちがいない」

「あなたが彼のことをなんと言おうと、わたしは信じないわ」オナーは冷ややかな口調で言った。

男はよりきつくオナーの髪を手にからませ、うしろにぐいと引っ張り、ヴァンパイアが獲物にするように無防備な首をあらわにした。ああ、この悪人が架空のモンスターにそっくりだと冷静に考えているなんて、自分はヒステリーを起こしているにちがいない。

「信じさせる必要はない」男は満足げに気取って言った。「あいつはわたしの下で働いている。わたしがあいつに金を払って、おまえをここに連れてこさせたんだ。おまえはもっと重要な目的のための交渉材料だ。おまえがいれば、わたしの欲しいものが手に入る。その後、マクシモフが欲しいものを手に入れる。それから、ニュー・エラが欲しいものを手に入れる」

男はしばしオナーを見つめ、わざと彼女の恐怖を引き延ばした。

「おまえだ」と得意げに続ける。「おまえは連中から逃げたと思っていたのだろうが、最終的にやつらに渡される運命なのだ。おまえがしてきたことはすべて無駄だったというわけだ。だが、おまえが連中から逃げたことは、わたしにとっておおいに役立つ。おおいに」声を落としてぼそぼそと言いながら、震えているオナーの体に視線をはわせる。

「入れ、ハンコック」男は言った。オナーには聞こえなかったが、男にはなにかが聞こえたらしい。「おまえがペットの様子を見に戻ってくるはずだと気づくべきだったな」

オナーの喉に苦いものがこみあげてくる。ちがう。こんなことは起きていない。男は彼女の頭を混乱させているのだ。オナーは目を閉じた。男の病んだゲームに巻きこまれるものか。

また乱暴に頭をうしろに引っ張られ、首が折れるかと思った。

「目を開けろ」男が言う。その声はムチのようにオナーを打った。

そうしたいからではなく、そうするしかなかったため、オナーは言うとおりにした。なにが事実で、なにが嘘か知りたかった。視界がはっきりすると、ハンコックがベッドの足側に無言で立っていた。油断のないまっすぐなまなざしだが、どこか無関心で、うつろで、オナーは怖くなった。

「いや」オナーはささやいた。「いや！」

今回は叫び声をあげた。そのまま叫び続けていると、彼女を黙らせるためにこぶしがあごに飛んできて、オナーはよろめいた。

「マクシモフは喜ばないぞ」ハンコックが冷たく落ち着いた声で言う。「愚かだな、ブリストー。順調に回復していたのに。あんたのせいで、怪我がなかったところにあざができた。顔に。マクシモフがきれいな顔を好むのは知ってるだろう。あんたのせいで商品に傷が増えたら、マクシモフは喜ばないだろうな」

商品？　オナーはおびえてハンコックを見つめた。彼の裏切りにショックを受けた目をせずにはいられなかった。ハンコックはうろたえもしない。罪悪感もなく、確固とした決意が波のように伝わってくるだけだった。

そんな。嘘。

オナーは体を横に向けた。なにが起きるか気づいたのか、男が急に手をはなした。ベッドの端から頭を出すと同時に、オナーは床に嘔吐した。怒って口論する声がぼんやりと聞こえたが、頭が痛みでばらばらに裂けそうだった。胃から吐き出すものがなくなっても、えずき続けた。怪我をしたわき腹が圧迫され、痛みで息ができなかった。傷が開いたにちがいない。頭がだらりと垂れ、髪は乱れていた。もはや頭を起こしていられる力がなかった。涙の混じった血が床にしたたる。胃から吐き出した中身が目にとまり、ぞっとした。ほとんどが胆汁だ。心底気分が悪くなった。

そのとき、驚くほどやさしく肩に両手が置かれた。片方の手が後頭部を支え、もういっぽうの手がベッドの端からぐったりと落ちそうになっている彼女の体を起こす。オナーは身震いし、火がついたように暴れだした。この手は知っている。この手つきも。かつてはもっとも安らぎを与えてくれたはずなのに、いまは不愉快だった。邪悪。これほど打ちのめされたのは生まれてはじめてだった。

「ちくしょう、オナー、抵抗するな。また傷つくだけだぞ」

オナーは頭をうしろにのけぞらせた。涙で視界がにじんでいるのが気に入らなかった。ブリストーと呼ばれた男がもういないことにやっと気がついた。代わりにハンコックの部下たちが全員いる。みな、裏切り者。

「これ以上傷つくことなんてないわ」オナーはぼんやりと言った。

だれかが、ひとりだけではなく、ひとつの言語だけでなく、悪態をついたが、オナーはハンコックの目から視線をそらさなかった。ハンコックは暗いまなざしでこちらを見つめている。罪悪感のかけらもない。これほど冷淡に彼女の信頼を裏切ったことに後悔もない。信頼するなんてばかだった。自分の責任だ。けれど、彼女にはほんとうの選択肢はなかった。ほんとうのチャンス。あると思いこんで、自分をだましていたのだ。救済センターが崩れて下敷きになった瞬間から、運命は決まっていた。同僚たちの叫び声がまだ耳のなかで響いているし、血の悪臭も鼻孔に残っている。

ショックと、痛烈な裏切りのせいで、感覚が麻痺していた。ハンコックを信用していた。最初はちがったけれど、ニュー・エラが手出しできないように彼女を国外に連れ出そうと奮闘してくれた数日のあいだに、信用するようになっていた。

だれかが冷たい水の入ったカップを彼女の手にやさしく押しつけたが、オナーはそちらに視線を向けなかった。そのあとで口の数センチ下に洗面器が差し出された。

「口をゆすいで、洗面器に吐き出せ」ぶっきらぼうな命令が咆哮となって頭のなかに、耳に、心に響いてきて圧倒されてしまい、だれの声かわからなかった。

オナーは無意識に、プログラムされた機械のように、言われたとおりにした。感情のないマシン。思考も選択もない。口をゆすいだ水を吐き出してから、冷たい水をごくごくと飲んで喉を潤した。ハンコックの裏切りを否定して叫んだせいで、喉がひりひりしていた。

それから非難するようにハンコックに視線を戻した。苦しみと困惑が目に明るく輝いているにちがいない。ハンコックは無言で冷静にオナーを見つめている。だが、当然ながら、恥じているふりをするほどのたしなみはないのだ。彼は白馬の騎士ではない。救済者ではない。彼女に死をもたらす者。

「約束したじゃない」オナーは途切れがちにささやき、ハンコックにカップを投げつけた。

ハンコックは首を横に振った。「おれはなにも約束していない、オナー」その静かな口調に後悔はなく、表情にも出ていなかった。

「実際にはそうかもしれない。でも、安全だと思わせた……そっちのほうがひどいわ」オナーは荒々しい口調で言った。「話すこともできた。いつでもわたしの思いこみを訂正できた。少なくとも、そうしてくれれば、わたしは心の準備をする時間ができた。自由に一歩ずつ近づいてるって思わずにすんだ。あなたはモンスターよ。連中と同じ。だけど、少なくとも、連中は自分たちの意図を正直に示してる。つまり、あなたはあの人殺しの野蛮人たちよりひどいってことよ」

ハンコックは片方の眉をあげ、オナーの辛辣な言葉を無視した。「それで、チャンスがありしだいきみに逃げられる？　ああ、捕虜にはそうしてるのさ。運命をはっきり伝えて、逃げてもらうんだ」

オナーは顔をゆがめ、情けなくうなり声をあげた。罠にはまって、ハンターからの処刑を待つ手負いの獣みたいだ。「わたしが逃げただろうっていうの？　あなたとあなたの……仲間から？」

鋭いまなざしで全員をにらみつける。だれも後悔しているようには見えず、一分ごとに怒りがつのっていく。みな、薄情なろくでなしだ。同郷人にとっての裏切り者。これ以上見ていられない。心底気分が悪い。

「きみは、おれたちよりも数が多い組織化されたテロリスト集団から逃げて、二週間以上姿を隠し続けた。だから、そうだ。きみはまちがいなく、おれから逃げる方法も見つけてたはずだ」

オナーは黙りこみ、無表情で前をじっと見つめた。圧倒されんばかりの絶望にのみこまれそうだが、屈したりしない。そんなことをして男たちを喜ばせたりしない。

「教えて」オナーは弱々しい声で言った。とてつもなく怒っていたが、裏切られたという気持ちのほうがはるかに大きかった。最悪なのは、それを隠せないことだった。ものすごく傷ついていることを、ハンコックに、この部屋の全員に気づかれてしまっている。威厳とプライドと魂そのものをはぎ取られてしまった。なにも残っていない。

「わたしはどうなるの、ハンコック？　せめてそれくらいは教えて」

一瞬のうちに人生がなくなってしまった。オナーは危険なほど落ち着いていた。自分の実体がなくなり、もはや息をして生きている人間ではなく、夢も希望もなかった。

ハンコックの目がつかの間だけ獰猛になったかと思うと、ベッドのオナーの隣に腰をおろした。オナーができるだけ離れるように体をずらしても、ハンコックはそれを無視した。彼に触れることはできない。触れられるわけにはいかない。また吐いてしまうだけだろう。

「なぜ知りたい？」ハンコックは驚くほどやさしい声で聞いた。

ああ、彼には最初に思ったようにろくでなしでいてもらいたい。一度持ったその考えを揺らがせるべきではなかった。オナーはつねに人に対しては直感に頼っていた。では、ハンコックについてこれほどひどい勘ちがいをしてしまったのはどういうことだろう？

オナーは冷たくハンコックと目を合わせた。心が、意識が、魂が、氷の層で幾重にも包まれていき、骨まで凍りつきそうだった。

「そうすれば、残された時間で脳に穴を開けられるでしょう。そこにもぐりこんで死ぬわ」

とたんにハンコックがたじろいだ。部屋の向こうから荒々しい悪態が聞こえ、だれかが足を踏み鳴らして歩いていき、ドアをバタンと閉めた。オナーがハンコックにキスをしてくれと頼んだあとで、彼が出ていったときにすでに傾いていた絵が、とうとう壁から落ちた。

自分はなんて愚かで救いようがない世間知らずのまぬけだったのだろう。

「高潔な戦士ね」オナーはあざけるように言った。

だが、苦しみがもれていた。最近はほかの多くの感情もそうだった。痛烈さを、怒りを、というより憤怒をこめてしゃべろうとした。けれど、ほとんど言葉につまってしまった。心のなかではまだ叫び声をあげていて、あまりに大きな苦しみに、粉々に砕けてしまいそうだった。

「仕事を遂行するために女を誘惑するなんて。最近だと、男娼はいくらもらえるのかしら?」ハンコックの目が怒りでぎらぎらと輝いていたが、気にしていられなかった。オナーはすでに心のなかに引きこもりつつあった。

彼の沈黙が真実を物語っていた。これまでの任務でも同じことをしたにちがいない。いいえ、仕事。任務という言葉は、なんとなく意味があるものを想起させる。価値。栄誉。忠誠。善。だが、彼女はただの仕事なのだ。ほかの女たちがそうだったように。

「出てって」オナーは崩れかけている最後の冷静さに必死にしがみついて言った。「みんな。出てって!」

打ちひしがれて横たわり、失ったものを思って無言で泣きながら、オナーは気がついた。ブリストーに奪わせないと誓ったもの――お守りであり守護者であるハンコック――は、そもそも自分のものではなかったのだ。

もう他人に奪われるものはない。

なにもない。彼女は何者でもない。ただの道具。交渉材料。冷酷で邪悪な男たちのおもちや。自分は少しのあいだ、比喩的に言うなら、敵と寝ていたのだ。

もっと分別があるはずなのに、信用するという過ちを犯してしまった。だけど少なくとも、こんなにも悲痛な後悔をかかえたまま長く生きていかずにすむ。実際、残された時間はとても短い。オナーは目を閉じた。これから起こることを考えるとつらかった。苦難と苦痛を与えられてから、そのあとでようやく死の腕の中に逃げこんで守られる。もっと早く死が訪れないのが残念だった。

20

ハンコックは怒りにむしばまれていたが、慎重にこらえた――彼にとって感情を抑えることは芸術の域にまで達しており、呼吸のように体に染みついていた。だが、確固とした自制心をこれほどまでに失いそうになったことはいままでなかった。

部屋に残っていたチームメンバーたちのほうに手を差し出すと、ひとりがいそいで医療キットを渡した。

「コンラッドを呼び戻せ」ハンコックは噛みつくように言った。「縫合した傷口を調べてもらいたい」

すぐにコープとヴァイパーとヘンダーソンが無言で険しい視線を交わした。ハンコックが命令をどなったとき、オナーが完全に静止した。それからごろりと転がって壁のほうに顔を向け、防護壁を作るように丸くなった。

不本意ながらもハンコックはしかたなくベッドのオナーの隣に片方のひざをつき、ヘッドボードのほうを向いて座った。豊かなハチミツ色の髪が視界に入り――何度も洗って、なんとかもとの色に戻っていた――顔にかかっている髪をよけた。すると明らかに涙のあとがあった。

髪を払うと、オナーがたじろぎ、身体的にだけではなく精神的にもどんどん彼から離れていくのが感じられたが、ハンコックはそれを無視した。唇が裂けているのが目にとまり、生々しく獰猛な怒りが勢いよくこみあげてくる。口だけでなく鼻からもまだ血が細く流れている。あのくそ野郎に殴られた部分はすでに痛々しいあざになりはじめていた。あの男は彼女を傷つけた。自分のものではないのに手を出した。

残された時間はわずかしかないと、ハンコックはわかっていた。問題は、いつオナーが彼の思惑を知り、それまで思っていたような人間ではなかったことに気づくかだ——気づくかどうか、ではない。

しかしいま、オナーは事実を知り、理解し、怒りをこめてハンコックを非難している。だが最悪なのは、取り返しがつかないほど傷つき、打ちのめされていることだった。それも彼のせいで。ハンコックのしたこと——していること——は、ニュー・エラがしようとしていたことよりもひどいとオナーは言ったが、そのとおりだ。

オナーを追っている男たちは、偽りの安心感を与えたりしなかった。希望を与えたりしなかった。やさしさや、思いやりも。それも彼女を犠牲にするために。何十万という命と引き換えにするために。

ハンコックはそのすべてをした。オナーに憎まれることはわかっていた。わからなかったのは、こんなにも自分が憎くなるということだった。オナーの深い苦悩を目の当たりにして、内臓がよじれて締めつけられ、もとに戻せそうになかった。

ハンコックはオナーの体の向きを変えさせた。必要以上に痛めつけないように気をつけたが、断固とした、有無を言わせない態度で接しなければならなかった。ほんとうに自分はろくでなしだ。オナーはいままさにそう思いこんでいる。否定はしない。

「血が出てる」ハンコックは厳しい口調で言った。

指で探ると、オナーが身震いし、痛むのだとわかった。

「コンラッドはどこだ？」ハンコックはどなった。

必要以上にオナーに痛みを感じさせたくない。心の苦しみは彼にはどうすることもできないが、せめて体の痛みはやわらげてやれる。二度とオナーの信用は得られないだろう。それは当然だ。けれど、これも予想外のことだった。とても貴重なものを失う苦しみを感じるなんて。

コンラッドが部屋に入ってきた。彼の怒りそのものが生きて呼吸をしているようだった。オナーと目を合わせようともしなかった。オナーの目がこちらを向いていないことにコンラッドは気づいていなかった。彼女のほうには一瞥もくれず、ただハンコックを見ていた。ほとんど抑えきれないいら立ちで爆発しそうになりながら、チームリーダーの指示を待っている。

「痛み止めを打ってやってくれ。気分を落ち着ける薬も」ハンコックは静かに言い足した。

「縫合糸が切れたようだ。まちがいない。縫い直して、また抗生物質を打ってくれ」

「いやよ」

その声はとても穏やかで、ほんとうにオナーが発した言葉かわからず、全員が凍りついた。

オナーは震える肩ごしに顔を向けたが、男たちに目を見られないように下を向いていた。その目は悲しみに満ち、大きな水たまりとなってハンコックをのみこみそうだった。彼には見えていた。そばにいる彼にだけ、オナーがチームからこれほど果敢に隠そうとしているものが見えた。

「なにもしないで」オナーはさっきよりもきっぱりと言った。その声は、目で渦巻いているのと同じ怒りを帯びていた。「鎮静剤はぜったいにやめて。他人から意見を押しつけられるのはもうごめんよ。わかってる。わたしは死ぬんでしょう。でも、闘うチャンスがないまま死んだりしない。闘わずに負けたりしない」

ハンコックはため息をついた。オナーとその不屈の精神に対する敬意を抑えられなかった。だが、もう一度ろくでなしになった。

「きみの望みはどうでもいい、オナー。それに、オナーに思われているとおりのろくでなしに。」

「きみの望みはどうでもいい、オナー。それに、きみはどこにも行かない。まだ」と言い足した。彼女に嘘はつかないという誓いを思い出していた。それがオナーにとってなぐさめや安らぎになるわけではない。けれど、嘘はつかない。「必要ならきみを押さえつけるが、いずれにしてもコンラッドが傷の手当てをする。なるべく痛みを感じない状態で治療を受けるんだ。それから眠って、傷を治す」

「早く次のモンスターに渡せるように、いそいでよくなってもらいたい？」オナーは涙声で言った。

ちくしょう。勘弁してくれ。じわじわと苦しめられているようだ。内臓に、心臓に、穴が開いていく。まだ残っているいまいましい魂にも。

ハンコックはオナーの質問に答えなかった。図星なのだから、答えようがない。けれど、彼女が苦しむのを見たくないというのは、マクシモフとは関係ない。あのロシア人は、オナーの状態など気にしないだろう。自分でもダメージを与えてから、食べ残しのようにニューー・エラに投げつけるにちがいない。

しかし、ブリストーには、もしオナーが傷ついたらマクシモフが激怒すると信じこませたかった。それで少し……時間が稼げる。残酷なことだ。それは認める。だが、ちくしょう、こんなにすぐにオナーを死なせる心の準備はできていなかった。まだ時間が欲しい。たとえオナーが望んでいなくても。

オナーを傷つけた痕が残っていたらマクシモフに殺されるとブリストーに信じこませることで、オナーを守れるのであれば、それでよかった。それでもブリストーはチャンスをつかむやいなや、オナーと彼女の運命を支配しようとした。オナーを死ぬほどおびえさせて大きな満足感を得ようとした。ブリストーは他人の恐怖を食い物にしている。それが濃厚な媚薬となり、サディスティックな妄想をふくらませてくれるのだ。しかも、やつはそれを実現させる。

ハンコックが素手でブリストーをぶちのめさなかった唯一の理由は――オナーを傷つけたらそうすると部下たちに誓ったが――ブリストーの手下のひとりがオナーの部屋の騒ぎを見て、こっそり電話をかけたのを目にしたからだった。そのときに気づいたのだ。

マクシモフがブリストーの組織内にスパイをもぐりこませているだろうということは知っていた。あらゆるところにマクシモフの目と耳がある。だが、だれがスパイかわからなかった。いままでは。そして、たいていの人間には聞こえないことも聞き取れる聴覚のおかげで、ハンコックは悟った。ブリストーを殺すことはできない。いまはまだ。

なぜなら、ブリストーがオナーを捕らえていることをマクシモフは知ってしまった。ブリストーはまだオナーを渡す手はずを整えるためにマクシモフに連絡をしていなかった。ブリストーには考えがあるのだ。

ブリストーはまずはオナーを自分のものにしたがっている。こんなにすぐに手放す前に。金と権力を求め、マクシモフとの関係を強めたがっているかもしれないが、ブリストーは倒錯したくそ野郎なのだ。ハンコックの本能という本能が、ブリストーはオナーを渡す前に病的な妄想をひとつ残らず実現するつもりなのだと告げていた。

そういうわけで、ハンコックはブリストーにオナーの部屋に入るように言われたとき、従うしかなかった。そして、正体を見せるしかなかった。冷血な殺し屋。感情はない。後悔も罪悪感も。ブリストーが言ったとおりの人間だとオナーに信じこませるしかなかった。

彼女を商品と呼んだとき、オナーがたじろぐのをはっきりと見たし、心の奥で拒絶の叫び声をあげるのも聞こえた。

ブリストーがオナーにつけた傷を見た瞬間、どうしようもなくブリストーを殺してやりたい衝動にかられたが、殺すわけにはいかなかった。ブリストーは彼女を傷つけただけでなく、苦しめた。自分が支配していることを示し、彼女の心を傷つけようとした。彼女がすでに打ちひしがれていることには気づいていなかった。それもハンコックのせいで。ブリストーではなく。

　ブリストーがマクシモフと引き渡しの段取りをつけたあとで。詳細を決め、時間と場所を指定したあとで。そのときは、激しい怒りを爆発させ、やつをぶちのめすことができる。すぐには殺さないし、慈悲をかけたりしない。報いを受けさせてやる。オナーに暴言を吐いたこと。彼女を殴ったこと。涙を流させ、傷つけ、血を流させたこと。

　心のなかでふくれあがっている激しい怒りを爆発させる方法はそれしかなかった。ブリストーは苦しむことになるが、オナーもひどく苦しむことになるのだとわかっていた。それだけは自分にはどうすることもできない。

　ハンコックが内心で激しく葛藤しているのを感じ取った部下たちが、いくらか態度をやわらげた。目には悲しみと後悔があふれている。部下たちはハンコックを憎んだ。はじめて、ハンコックの命令を憎んだ。反逆さえ考えた。彼らを責めることはできない。彼らの憎しみを責めることはできない。彼らが憎む以上に、自分が憎かった。

　だがいま、部下たちはハンコックが自分たちと同じように納得していないと理解している。それがいっそう憎らしかった。どこかの時点で、この任務——オナー——に深く私情をはさんでいた。エリザベスやグレースやマレンに私情をはさんだ以上に。あの女たちのことは救ったというのに、同じようにオナーを救えないなんて。

自分はくそ野郎だ。栄誉や威厳のある死には値しない。獣である自分は獣らしく狩られ、長く苦しい死を迎えるべきだ。これまで犯したすべての罪を延々と魂のなかで思い返しながら。

ハンコックはオナーの肩に手をすべらせた。触れた瞬間、オナーが反発するように身震いしたのが気に入らなかった。肌はとても冷たく、震えている……恐怖で。けっしてハンコックを怖がらなかったのに。いや、彼女はなにもおそれない。もっとも、オナーはそれに異を唱えて、自分は臆病者だと言うだろうが。オナーがおびえた目をしているのはハンコックのせいなのだ。一秒ごとにますます自分が憎くなっていく。

オナーが痛みで一瞬だけ呼吸ができなくなり、力も出なくなったのに気づくと、ハンコックは心のなかで嵐のように猛烈な悪態をついた。思った以上に触れる手に強く力をこめてしまい、オナーはぐったりとあおむけになった。

「くそ、オナー」ハンコックは怒りの口調でささやいた。「おれを憎め。軽蔑しろ。それで気がすむなら、どうとでも思え。だが、抵抗して不必要な痛みを増やすな。きみが痛みをやわらげるのを拒むなら、無理やり言うことを聞かせるためにどんなことでもするぞ」

「痛みをやわらげる?」オナーはしゃがれ声で聞いた。「それでも人間なの? あなたがわたしを傷つけたのよ、ハンコック。あなたが。爆撃のせいじゃない。あなたの仲間の代わりに撃たれたせいじゃない。命をかけてわたしを救ってくれると信じてたのに。わたしを死にかりたてるんじゃなくて。あなたがわたしを傷つけたのよ。こういう痛みをやわらげてくれる薬や治療はこの世にないわ」

あおむけに横たわったオナーの胸が速い動きで上下していて、きつく結んだ唇のまわりにはしわができていた。とんでもなく痛むのだ。

ハンコックがコンラッドに合図すると、オナーはベッドの上で体を起こし、ひじをついてバランスを取った。オナーは気づいていないようだが、急に動いて痛みが生じたせいで、涙が頬を流れ落ちていた。

「鎮静剤はやめて」オナーはどなったが、ヒステリックな声になる前に喉をつまらせた。

それから非難のまなざしをハンコックに向けた。「わたしに借りがあるでしょう。わたしは答えが欲しいの。そのことを知ってたから、わたしを眠らせておきたかったのね。だからわたしをずっとこの部屋に閉じこめてた。事実を知られたくなかったから。どうして？ どうしてそれが重要なの？ わたしが事実を知ったときに、質問に答えなければならなくなるのがいやだったんでしょう。だから、そこの手下にわたしに鎮静剤を打つように言ったのね。あなたは薄情なろくでなしで、わたしに作った唯一の借りを返そうとしない。わたしはあなたの部下の命を救ったのよ。真実を教えて、借りを返してちょうだい」

ハンコックはあごをぴくぴくさせた。オナーは怒り、虚勢を張っているが、それだけではなかった。そこでふと、コンラッドが傷口を縫い直すときになぜオナーがこれほど意識を保っておきたがっているのか、その理由に気がついた。

苦しみにそなえて心の準備をしているのだ。これから起こることに。単なる縫合は、もちろん痛いものの、拷問に比べたら、ただわずらわしいだけにすぎない。拷問では、殺されない程度に可能なかぎり苦痛を与えられる。痛みが狂気のように心を支配するまで、長々と苦しめられる。それから死を懇願する。究極の自由。悲惨な生存からの解放と平穏。

ハンコックはオナーの身に起きることを想像して、とうとう失いかけている正気をかろうじて保っていた。オナーも頭のなかで同じくらい痛々しい光景を思い描いているにちがいない。

いまハンコックに残っているのは正気だけだった。どれだけ魂が汚れていようと、任務を遂行させてくれる理性的かつ計算高い脳。それ以外はすでに暗い罪悪感と絶望に屈していた。

「鎮静剤はなしだ」さらにしばらくオナーを見つめてから、ハンコックは言った。そしてオナーの顔から視線をそらさず、次の命令を口にした。「だが、抗生物質と鎮痛剤は打て。そしてほかのなにより先に。縫合のために麻酔をする前に。薬が効くまで待ってから、彼女に触れろ」

21

「鎮痛剤は鎮静剤と同じでしょう」オナーは言いがかりをつけ、急に近づいたコンラッドから離れるように縮こまった。「頭がぼうっとしちゃう。意識を失うのはいや。質問に答えてちょうだい」

捕虜が、単なる商品が、横柄に命令したりしたら、正気を失ったと思われるにちがいない。それも、無情に彼女を見捨てて、地獄の門からサタンのもとに送りこむことをなんとも思わず、服従を望んでいる男たちに命令するなんて。

最悪の場合、なにをされる？　殺される？　拷問される？　けっきょくそうなる運命なのだ。引き延ばしたところで事態は悪化する。彼女を苦しめることだけが目的の残虐非道な獣のもとで、どうやって一日でも多く生き延びられるかと想像する時間が長くなるだけなのだから。

「質問できないほど意識が朦朧《もうろう》とすることはない」ハンコックが感情のこもっていない声でそっけなく答えた。「だが、あえて言うなら、痛みは感じなくなる」

この頑固な表情はよく知っている、ハンコックが彼女になにをするにしろ、オナーに選択肢はない。

苦々しい敗北感を覚え、酸のような涙がこみあげてきて、まぶたが怒ったハチに刺されているみたいにちくちくした。横でハンコックが身をこわばらせ、オナーの腕に手を置こうとして一瞬ためらってから、指先で肌に触れた。オナーは火をつけられたかのようにさっと身を引き、ますますうずくまって、とてつもなく大きな男だらけの部屋でできるかぎり小さくなった。

ハンコックが手を伸ばし、パジャマのトップスの縁を持ちあげ、ズボンのウエスト部分をあっさりと押しさげてヒップをあらわにした。自分がとんでもなく無力なことに――そう感じることに――激怒しつつ、オナーは冷静に横たわっていた。それ以外の態度は見せたりしない。もう弱さにつけこまれたりしない。

一本目の針を刺されて薬が注入されると、燃えるような痛みを感じたが、反応を抑えた。注射を打った箇所にコンラッドが手を当て、薬を速く浸透させて痛みがすぐにやわらぐようにやさしくマッサージをすると、オナーは思わずひるみそうになったものの、かろうじて我慢した。

男たちには思いやりなどないと思っていたが、コンラッドの手はやさしかった。だが、そんなふうに触れてなどいなかったかのように、コンラッドは手際よく二本目の針を刺した。ハンコックが打てと言い張っていた、単なる抗生物質だろう――そうであればいいのだけれど。

たぶん鎮静剤にちがいない。オナーは意識が朦朧とするのを待った。あらゆる感情が麻痺して、意識を失って従順な植物状態になり、男たちになにをされても抵抗できなくなるのを。

ところが、すでに痛みを――身体的な痛みを――やわらげてくれている鎮痛剤でぼうっとなっているだけで、意識を失いそうな感じはなかった。

どうやら、ハンコックは自分に都合がよければ約束を守ることができるらしい。ハンコックはなにも見逃さない目でしばらくオナーを眺めてから、横を向いてほかの男たちを出ていかせた。部下たちに出した指示はひとつだけだった。「あいつを見張って、こんなことは二度と起こらないようにしろ」

あまりに疲れ、心が痛んでいたオナーは、その謎めいた命令がなにを意味するのか考えることもできなかった。

男たちが出ていき、裏切り者とふたりきりになるやいなや、オナーはハンコックに状況を支配させる機会を与えないよう気を張った。優位に立たせたりしない。とはいえ、この状況で自分には有利な点などないけれど。

「どうして？」オナーは驚くほどやさしい声で聞いた。

その裏では激しい怒りが煮えたぎっていて、簡単に爆発しておそろしいことになりそうだった。

ハンコックはため息をつき、オナーとのあいだに少し距離を取った。そのささいなことがオナーにはありがたかった。ハンコックが近くにいると、ますます罠にはまったような気がして、より無防備に感じられた。これを乗り越えるのであれば、可能なかぎり優位に立たなければ。

「おれは長いあいだ潜入任務に就いてるんだ、オナー」ハンコックは小声で言った。壁に目と耳があるとでもいうように。

しゃべりながら、ハンコックはまたオナーとの距離を縮め、ベッドに座った。今回は彼女の隣に腰をおろし、ふたりで枕に背中をもたせかけてヘッドボードによりかかった。

「きみはもともとターゲットじゃなかった。きみはただ……巻きぞえを食っただけだ。大義のための、やむをえない犠牲」

オナーは喉から低い声をもらした。率直で冷酷な事実を知りたいのに、ハンコックは問題をうやむやにしている。

「おれはブリストーの下で働いてる」表情のない唇がゆがんで冷たい笑みがうかぶ。「というより、あいつはそう信じたがってる。おれが脅威ではないと。まあ、そのほうがおれの目的にとっても好都合だ。あいつが事実を知ったときには、もはや手遅れだ」

「あなたは自分の好きなように人に信じこませるのが得意だって、彼は言ってたわ」オナーは冷静な口調で言った。「あなたが思ってるより、彼はよくわかってるのかも」

「ああ、あいつはおれの才能に気づいてる。ただ自分は関係ないと信じてるのさ。それはまちがいだ。おれはあいつのもとで働くようになってから、あいつを操ってる。あいつが必要なんだ。それは単に、あいつがマクシモフという名のロシア人とつながってるからにすぎない。マクシモフは何千という罪のない人々を殺した。女も。子どもも。マクシモフはそれを気にもとめていない。やつを止めることはできない。おれは二度、やつを倒せそうなところまで近づいたが、逃げられてしまった。三度目は許さない」

今度こそ倒せると確信しているのは、オナーがいるからにちがいない。それが死ぬほど怖かった。

「わたしがどう役に立つっていうの？」オナーはあざけるような口調で聞き、身がすくむ恐怖と絶望を隠そうとした。自分はこの全体像のなかのとても大きなピースなのだ。おそらく、唯一重要なピース。だけど、なぜ、どんなふうにかかわっているのか、さっぱりわからない。自分は取るに足りない存在だ。何者でもない。それなのに、ひとりだけでなくふたりの大きな権力を持つ男にとって――それとひとつの組織にとって――なぜこれほど重要なのだろう？ ニュー・エラが彼女を捕らえたがっている理由はわかる。メンツを保つためだ。でも、ブリストーは？ それに、そのマクシモフという男は？

オナーは罠にはめられたのだ。家には帰れないのだろう。二度と家族に会えない。涙で視界がきらめいたが、こらえようとはしなかった。けっして起こらないことを考えると悲しかった。これほど長くつらい日々を乗り越えられたのも、勝ち目がなくても前に進み続けてこられたのも、希望があったからだった。その希望が失われたことが悲しかった。ハンコックが痛烈に冷淡に裏切りを打ち明けた瞬間に、希望は消え去った。希望がなければ、敗北しかない。それと……死。

悲しみに沈みながら、一瞬だけ弱気になったときのことを思い出した。両手でナイフを持ち、いますぐ終わらせようと考えた。また、がれきの下から自由になったときに、ニュー・

エラに死を懇願して喜ばせるくらいなら、その前にみずから命を絶つと誓った。ああ、いまとなっては、その衝動に屈していればよかった。そうすれば少なくとも、もはや永遠に手に入らないものが手に入っていた。平穏が。

「きみはニュー・エラから逃げた」ハンコックがこともなげに言った。「きみは迫害された人々にとって希望の光になった。どうすることもできないと思っていた人々に希望を与えた。ニュー・エラは、取引でマクシモフをいいように利用していたんだ。マクシモフはいいかげんにあしらわれて黙ってるような男じゃない。ニュー・エラはマクシモフに巨額の借金がある。そして、ブリストーはマクシモフに取り入ろうとしてる。ブリストーはマクシモフを倒して活動を引き継げると思うほどばかじゃない。ただおこぼれにあずかりたいだけだ。マクシモフの組織で重要な地位につきたがってる。そこで、ニュー・エラがきみを捕らえる前に見つけろと、おれに命じた。あのときおれがきみを見つけていなかったら、きみは連中につかまってただろう」

オナーは口を開け、怒りと否定を伝えようとしたが、ハンコックはただオナーの手を握りしめた。いつの間にか指をからませ合っていた。手を引っこめようとすると、ハンコックはより強く握りしめ、親指で手首の感じやすい肌をなでた。

「ブリストーはマクシモフと会う手はずを整えて、きみを渡すつもりだ。それからマクシモフが、ロバの鼻先にニンジンをぶらさげるように、きみをニュー・エラの鼻先にぶらさげる。ニュー・エラは面目を失ってるから、きみを取り戻すためならなんでもするだろう。一度でも女に逃げられ、いつまでもつかまえられなかったら、永遠に名誉とプライドに傷がついてしまう。マクシモフはきみを手に入れたら、ニュー・エラと取引をするだろう。借金よりはるかに大きな額を払えと持ちかけるはずだが、連中は常識よりもプライドのほうがでかい。マクシモフはそれを知ってて、利用するつもりだ。やつは欲しいものを手に入れる。そして、ニュー・エラも欲しいものを手に入れる」

「わたしね」オナーはささやいた。

それからオナーはくずおれた。ハンコックから手を引きはなし、両手で顔をおおい、どうしてもこみあげてくるむせび泣きを抑えようとした。

「ああ、なんであの日に死ななかったのかしら？　なんでわたしだけ生き延びたの？　最初は、わたしには目的があるんだと信じてた。わたしが生きていたのにはなにか意味がある。たとえあのけだものたちがしたことを世界に伝えるためだけでも、家に帰ってみせる。わたしが逃げれば、連中にこれほど広大な地域を独裁的に支配させたりしないという究極の抵抗と拒絶になるはずだと。でも、すべて無駄だった。逃げたことも、痛みも、恐怖も。どこにいても見つかるかもしれないという恐怖と悪夢で、何日も眠れなかった。わたしにはチャンスはなかったのね？」オナーの声は小さく、とてつもなく弱々しかった。

いっぽうのハンコックの声は荒々しかった。怒っているみたいだった。たったひとことだが、そこから多くの感情が伝わってきた。

「そうだ」

オナーは手のひらを目に押しつけ、体を揺らした。あまりの苦しみに、自分がなにをしているか、どれだけか弱く見えるか、気づいてもいなかった。

「薬が効くのに時間がかかった」ハンコックがいつもの淡々とした口調で言った。ついさきは激怒しているような声だったのに、もうなんの感情もこもっていなかった。

少ししてから、コンラッドが部屋の反対側の影から出てくるのが目にとまり、ハンコックがだれに話しかけているか気がついた。オナーはコンラッドの存在を忘れていた。ハンコックがほかの男たちを出ていかせたときにコンラッドも出ていったと思いこんでいた。だが、コンラッドは傷口を縫い直すように命じられている。オナーは自分の苦しみをハンコックに打ち明けただけでなく、コンラッドにも聞かれていたのだ。彼女が命を救った男。

オナーは黙りこみ、ひとこともしゃべらなかった。コンラッドが皮膚から切れた縫合糸をすばやく抜いたときも、声を立てなかった。コンラッドは傷口を縫い直しながら、喉の奥から不明瞭な声をもらした。怒った肉食獣のうなり声みたいだ。

オナーは自分のなかに引きこもり、すでに壁を築く準備をしていた。どれだけ強く築けるだろうか。どれだけ上手に、まったくべつの人間に、存在になれるだろうか。

部屋は静寂に包まれ、しばらくしてから、コンラッドが出ていってハンコックだけが残っていることに気がついた。

「もう行っていいわよ」オナーは生気のない声で言った。

「オナー、聞いてくれ」ハンコックが言う。その声にはいままで気づかなかった緊迫感があり、オナーの肌に軽く電撃のようなものが走った。

オナーは反抗的にじっと前を見つめ、遠くの物体から視線をそらさず、自分のまわりに築きあげた無音の虚空にますます引きこもった。

「ちくしょう、オナー。これだけは聞いてくれ。おれを憎んでるのはわかる。軽蔑してるのも。当然だ。だが、聞いてくれ。きみの犠牲は無駄にはならない」ハンコックは熱烈な口調で言った。「きみの勇敢な行為は語り継がれる。きみの勇気が忘れられることはない。きみは忘れられたりしない。命をかけて誓う」

「それがなに？」オナーはぼんやりと聞いた。「死を懇願して、心の底から死を願いながら、臆病者として死ぬのよ。それのどこが勇敢なの？　勇気なの？　両親にはわたしの死の真相をぜったいに知られたくない。襲撃で死んだと伝えるほうが親切よ。せめてそれくらいは約束してくれる、ハンコック？　わたしには無理でも、両親に小さな親切心を見せてくれる？」

「いや」ハンコックは怒った声で言った。「いや、きみがただ死んだと伝えるつもりはない。真実を伝える。きみの人生と死には意味があったと。きみの死で何十万もの人々が救われたと。ご両親はきみが無意味に無作為に死んだと思うことはない。真実を知るべきだ」

「じゃあ、わたしの望みは関係ないってことね。いまではわかりきったことだけど」オナーは言った。一瞬でも望みをきいてもらえると思ったことに自己嫌悪を覚えた。

ハンコックに顔を向けると、たじろぐのがわかった。自分はどんなひどい目をしていたのだろうか。あるいは、彼女の目に欠けているもののせいかもしれない。生命力。目的。もはやどうでもよく、あきらめたという目。とうとう敗北した目。

「どうしてキスしたの？」オナーは荒々しくささやいた。こんなふうに完全に弱さを見せている自分がなおさらいやになった。「どうしてわざわざわたしに気を持たせるの？　少なくとも人間らしく気にかけてくれているって思わせるの？　そんなにわたしを軽蔑してるの？　憎しみでそこまでするなんて、わたしには理解できない」

オナーは身震いし、両腕をこすって体を丸めた。一分ごとにより小さく、取るに足りない存在になっていく。これから待ち受けているおそろしい未来に向けて防御の壁を強化し、覚悟を決めようとしていた。

「気にかけてる」ハンコックが厳しい口調で否定する。「ものすごく気にかけてる。だから、こんなにも腹が立ってるんだ、オナー。ほんとうは気にかけるべきじゃない。人間らしさを見せるべきじゃない。おれは殺人者だ。傭兵。好きなように呼べばいいが、すべて事実だ。想像しうるかぎり最悪の存在。事実だ。だが、おれが気にかけてないなんて二度と言うな、ちくしょう。すごく気にかけてる」

その瞬間、オナーは悟った。ハンコックは彼女が思っていたほど感情がないわけではない。おそらく、自分がやらなければならないことを憎んでいる。それでも、やめるわけにはいかないのだ。どんな任務――仕事――であれ、それを信じているから。そして、さっき言っていたように、何十万もの人々の命を救うためには、オナーの命を犠牲にしなければならない。

そのことを憎んでいる。

だけど、それ以上に、気にかけていることを憎々しく思っている。なんて孤独で寂しい生き方だろう。オナーは愛情に満ちた大家族のなかで、無条件の愛と支えに囲まれて育ってきた。彼女にとっては当たり前のそういうものが、ハンコックにはないのだ。明らかに経験したことがない――これからも経験することはない。そういうものを持つことをけっして自分に許さないから。

自分にはそんな権利はない、値しないと思っているのだ。

彼女を裏切ったハンコックのことは憎いけれど、ゆがんだ見方をすれば理解できた。彼なりに高潔なのだ。世界からモンスターを排除するために、たいていの人ができない、けれどやらなければならないことをしている。そのために、自分が追っているものと同じ存在になることもある。最悪のモンスターに。

ハンコックに仕向けられて彼に好意を抱いたりしなければ、オナーは傷ついたり、これほど裏切られたという気持ちにならなかっただろう。彼が言っていたように、自分が犠牲になるのは必要なことだと、もっと理解できたかもしれない。

けれどオナーは、ハンコックのようにあっさりと感情を捨てて、彼女を人間たらしめているものを手放すことはできない。やはりつらい。拷問や死を考えるよりもつらい。彼を信用したことがつらい。心の奥で彼に好意を抱いていた。ほかのだれとも築いたことのない親密さを――絆を――彼と築いたのに、すべて突き返されてしまった。

オナーが大切にしていたことは、ハンコックにとって大切ではなかったのだ。そう思うと自分が愚かに感じられ、恥ずかしかった。

だけど、プライドが傷ついたからといって、多くの命を失っていいことになる？　ひとりの女によって、オナーによって、それほど多くの人が救われるなら、自分がどう死ぬか、どう犠牲になるかは重要だろうか？

それに、どうしていま、ハンコックの目に一瞬だけ大きな罪悪感と苦しみが見えたからといって、彼を許そうとしているのだろう？　彼に許しや平穏を与えられると思っているなんて、どれだけ世間知らずの愚か者なのだろう？

「わかるわ、ハンコック」オナーは言った。冷たくよそよそしい口調をいくらかやわらげ、代わりに誠意をこめて。「なぐさめにはならないかもしれないけど、あなたを許すわ。あなたの言うとおりよ。多数にとっての利益に比べたら、ひとりの利益がなんだっていうの？」

ハンコックは獰猛に悪態をつき、すばやく立ちあがった。ベッドが揺れ、オナーは鎮痛剤でぼうっとなりながらも、身がまえた。ハンコックは檻の中の動物みたいに行きつ戻りつしていた。怒りが波のように伝わってくる。

「おれを許したりするな」歯のあいだから吐き出すように言う。「それと、理解しているふりをするな」

オナーはハンコックを見つめ、目に悲しみをうかべた。それとあきらめを。

「あなたにはわたしの気持ちを支配できないわ、ハンコック。たしかにあなたはわたしの運命を支配してる。最終的な運命を。命さえも。でも、わたしを支配することはできない。あなたには選べない。わたしが許しを与えるか。理解するか。ただ、ごめんなさい、わたしは強くない。抵抗せずにはいられない。わたしの死で大勢の罪のない人たちが救われるんでしょうけど、納得はできない」

ハンコックは歩くのをやめて立ち止まり、オナーのほうを向いた。体の横で両手を固くこぶしにして、抑えきれない怒りで震えている。その目には生々しい苦しみがありありとあふれていて、オナーは息を吸いこんだ。ハンコックはけっして苦しみをだれにも見せない――見せたがらない。けれど、オナーは気づいていた。ほかの人間はだれも気づかないだろう。ほかの人なら、彼が危険なほど怒っていると思うだけだろう。

「おれは多くを約束しない、オナー。もし約束をしても、おれにそれを守ってもらえるなんて信じるべきじゃない。だが、なにをおいてもひとつだけ誓う。きみが忘れられることはない。きみの犠牲が闇に葬られることはない。家族には真実を伝える。むごいこともすべて。きみと家族にはその権利がある。きみの人生が忘れられることはない。それと、ちくしょう、きみは大切な存在だ。大切な存在」

ハンコックは視線を落とし、手をリズミカルに開いたり閉じたりした。そうしているという自覚はないのかもしれない。それから視線を戻した。その無防備な一瞬に自分が目にしたものに、オナーははっと息を吸った。

「おれにとって大切な存在だ」ハンコックはしゃがれ声で言った。

そして大またでゆっくりとベッドに近づいてきた。肉食獣のようだったが、ふたたびベッドの上に乗ったとき、その獰猛な目は肉食獣のものではなく、彼の、男の目だった。

ハンコックは両手でオナーの顔を包み、キスをした。ふだんしっかりと抑えつけている感情をすべてそのキスに注ぎこみながら、飢えた男のようにオナーの口をむさぼり、熱く舌をからませる。体がうずき、オナーは息を切らしていた。

ハンコックは明日などないかのようにキスをしている。ふたりにあるのは、大切なのは、この瞬間だけであるかのように。

キスがさらに続くうちに、オナーはリラックスして、筋肉のついた体のたくましさとぬくもりに身をゆだねた。すると、驚いたことに、ハンコックが彼女の唇にそって小さくキスをしていき、端で止まって、舌で繊細に舐めた。それからただ唇を重ね、しばらくそのままでいた。やがてふたりとも空気を求めてあえいだ。

「きみは大切な存在だ、オナー」ハンコックは唇を重ねたままささやいた。「そうじゃないなんて考えるな。きみはおれにとって大切な存在だ」さっきと同じ言葉をくり返す。「きみはとんでもなく大切な存在だ」

その苦しそうな声に、オナーの心が砕けそうだった。

22

オナーが目を覚ましたとき、最初に見えたのはベッドわきにとどまっているハンコックだった。オナーは非難のまなざしで彼を一瞥した。薬の影響に屈する前のことを思い出すと、いまだに心が乱れた。

ハンコックはため息をついた。「打ったのは鎮痛剤だけだ、オナー。話をしたあとで、きみは疲れきってしまった。身体的にだけじゃなく精神的にも。なにをしても起きているのは無理だったはずだ。おれはきみが望んだものを与えた。答えを」

ハンコックは、オナーが聞いた以上のことを教えてくれた。はるかに多くのことを。オナーは頭が混乱していっぱいいっぱいで、気持ちを整理する時間がなかった。心と頭が完全に対立していた。

「すべてじゃないわ」オナーはつぶやいた。

「重要なことは話した」ハンコックはさらりと言った。

オナーは上体を起こしながら、怪我をした体がどの程度動くかたしかめてみた。痛みにのみこまれるほどではなく、ほっとした。

「かなり簡潔に省略したでしょう。上司に報告してるみたいだった。嘘じゃないけど、事実をすべて教えてくれたわけでもない」

ハンコックはうなずいた。オナーの洞察力は驚くことではなかった。彼がいつも必ずつけている仮面の裏まで見る人間はあまり多くないが、オナーはもっと奥まで見抜いていた。鉄のマスクの裏にいる男を。ハンコックはそれがまったく気に入らなかった。

「すべて教えて」オナーが低い声で言った。「これがわたしの運命なら、それしか道がないのなら、少なくともわたしには……すべてを知る権利がある。今回は、針を持った人間を近づけさせないで」

「話をしてからならいいか？」ハンコックは挑戦的に言った。「きみは疲労で弱ってるし、顔が青ざめてる。いまも痛みを感じてるのは明らかだ。それでも拒むか？　あるいは、薬を与えるというささいなことを受け入れてくれるか――そうすれば、数時間だけは苦しまず、裏切りを忘れられる」

目が見えていないのでないかぎり、オナーはハンコックの抑えきれない苦しみに気づいたにちがいない。彼女の前では抑えられなかった。オナーに関するかぎり、気持ちを隠すことができないようだ。まったく、オナーは彼に謝罪した。強くないからと。彼女にはたいていの男が出せないような勇気がある。そのことに気づいていないのだろうか？　男はぜったいにそんな勇気を持てない。勇気は学ぶものではない。まさに地獄のような試練から生まれるものだ。恐怖を持たないという勇敢さ。あるいは、恐怖を隠す勇敢さといえるかもしれない。

オナーはハンコックが人生で出会ったなかでもっとも勇猛な女だ。彼女のような女はほかにいないだろう。世界じゅうを探しても、彼女に匹敵する女には――あるいは男にも――けっして出会えないはずだ。

「あとでならいいわ」オナーは同意した。鋼のような決意で、いまも感じている心と体のとてつもない痛みをごまかしているのだとわかった。「でも、先に真実をすべて教えて。遠まわしな言い方で必要最小限の事実だけを伝えようとしないで。マクシモフが何者で、なぜそんなに脅威なのか教えて。なぜブリストーのような冷酷な男がマクシモフをおそれていて、なぜあなたはマクシモフがわたしをニュー・エラに渡すはずだとそんなにも確信してるのか」

ハンコックは髪をかきあげ、そのまま手を首のうしろにすべらせ、明らかに動揺した様子でうなじをつかんだ。どうやらオナーの質問が気に入らないらしい。嫌悪を隠そうともせず、それがオナーを死ぬほどおびえさせた。こんなに荒々しい反応を見せるなんて。それでも、ハンコックが彼女の質問に答えてくれるということもわかっていた。だけど、自分は心の準備ができているのだろうか？　ごまかしのないむごい事実を知る心の準備がほんとうにできている？

「マクシモフは想像を絶するモンスターだ。狡猾で、冷酷で、良心などない」ハンコックははっきりと顔をしかめ、目に羞恥心をうかべてオナーを見つめた。「おれと同じだ」

オナーは自分でも気づかないうちにきっぱりと首を横に振り、断固とした怒りの目つきになった。

「彼と自分を比べたりしないで、ヽヽヽ」オナーは獰猛に言った。「わたしはだまされないわよ、ハンコック。嘘をついたり、自分の望みどおりに信じこませようとしたりしないで。わたしにはあなたが見える。あなたはマクシモフとはちがう」

ハンコックは……戸惑っているようだ。オナーの熱烈な言葉にどう反応すればいいかわからないらしい。しばらくのあいだ、沈黙が訪れる。

「マクシモフの話に戻りましょう」オナーは先をうながした。

「殺すこと、それがやつの習慣だ。やつにとって、殺しは呼吸と同じくらい当たり前のことだ。食べたり飲んだりするのと同じ。人を殺して欲しいものが手に入るなら、そうする。苦痛を与えることがやつの生きがいだ」ハンコックはまた顔をしかめた。「拷問。レイプ。きみには想像もできないような倒錯したサディスティックなやり方で女をレイプする。想像しうるあらゆる犯罪に手を染めてる。信じてるのは自分だけ。ドラッグや銃や爆弾の売買にかかわってる。人身売買にも。いまいましい小児性愛者で、自分と同じような倒錯した変質者に子どもを売りながら、自分も楽しんでる」

ハンコックは怒りで体をわななかせた。噴火しそうな火山のようだ。いままで見たことがないくらい冷たい目をしている。前に感情のない暗く冷たい目は見たことがあるが、これほど完璧なまでに冷淡なのははじめてだった。殺人者の目。標的に恐怖を抱かせる目。

「金が、金を稼ぐことが、やつの目的だ。どれだけ金があっても、もっと欲しがる。やつにとって金は権力であり、権力こそ、最高の権力こそ、やつがもっとも求めてるものだ。やつは自分を神だと思ってる。けっしてやめることはないだろう。だから、だれかがやつを倒さなければならない」

「あなたね」オナーはささやいた。

ハンコックは短くうなずいた。「やつを倒すには、おれが最適だ。ほかの人間とちがって、おれには心が、良心がない。人間というよりはマシンだ。プログラムされた殺人マシン。やつを倒すためにどんなことでもする。たとえやつと同じ悪党になりさがっても。おれはやつと同じだ。やつと変わらない」

「あなたは心のない殺人マシンじゃない」オナーはまた怒り、ぴしゃりと言った。「教えて、ハンコック。あなたは外に出かけていって、レイプや拷問するために罪のない女を探す？ 女が耐えられなくなるまで苦しみを引き延ばしてから、ゴミのように捨てる？ 子どもに手を出す？ 無垢な子どもに苦痛と恐怖を与えて楽しむ卑劣な小児性愛者なの？」

ハンコックは目にショックをうかべ、身震いした。目に嫌悪があふれる。「ちがう！ ぜったいにちがう！ くそ、そんなわけない」

オナーは満足げにほほ笑んだ。ハンコックは、オナーの言葉にかっとなって、明らかに彼女が望んでいたとおりの反応を見せたことが気に入らないようだった。

「敵の組織に潜入して、標的を殺して何十万人を救うために別人のようになるのと、敵を追っていないときにモンスターになるのは、べつだわ」オナーはやさしい声で言った。「あらゆる嘘を自分につけばいいわ、ハンコック。自分はマクシモフと同じだって思いこもうとすればいい。でも、あなたもわたしも事実を知ってる。たとえあなたがぜったいに認めなくても。あなたは無数の罪のない人たちを救うためにやるべきことをしてる。だけど、そのことを憎んでる。自分を憎んでる。でも、あなたは自分が思っているような人間じゃない。これからもそんな人間にはならない。あなたがいることで、世界はよりよい場所になってる」オナーはそれまでより穏やかな口調で言った。「悪を勝たせないで。自分が悪だと信じこまないで。あなたは人殺しや拷問や流血を求める冷酷なろくでなしじゃない。本気でそう信じはじめてしまったら、そのときこそ自分がもっとも憎むものになってしまう」

「くそ。きみをどうすればいいか、さっぱりわからない、オナー」ハンコックは明らかに動揺していた。

　オナーはすぐにうつむいて横を向き、顔を見られないようにした。ふたりとも、彼がオナーをどうするかわかっている。ハンコックに余計につらい思いをさせたくない。ばかばかしい。彼女の苦しみからハンコックを守りたいなんて。彼を苦しめたくないなんて。すでに傷ついている彼の魂にまたひとつ重荷を――罪を――加えたくないなんて。ハンコックはオナーを裏切った。ことあるごとにだました。彼を憎むべきだ。彼女のせいで苦しんでいるとか、自分で自分を苦しめているとか、気にするべきじゃない。けれど、自分ではどうすることもできなかった。ふたりのあいだにあるもの……絆なのかなんなのかわからないが、それはたしかに存在していた。命を持って呼吸をしており、オナーにはあらがえなかった。それを追い払って、冷たく無情な人間にはなれなかった。ハンコックはそういう人間になりたいときになれるけれど、彼女の性分ではそうはなれない。そんなのは彼女という人間ではない。それと同じように、ハンコックは自分で思っているような人間ではない。

「悪いことを言った」ハンコックが低くうなるように言う。「ちくしょう、オナー、すまない。許されないひどいことだ」

「なにが許されないか、ひどいか、決めるのはわたしだけよ」オナーは明るく言った。

それから真顔になり、ハンコックを手で招いた。

ハンコックはしぶしぶと近づいてきて、ベッドのオナーの隣に腰をおろした。以前は彼との接触を避けたけれど、今回はオナーが彼の手を取った。指を包むと、最初ハンコックは身をこわばらせたが、オナーはただ待った。手をはなさせるつもりはなかった。

やがてハンコックはため息をついて力を抜き、親指でオナーの指の関節をなでた。

「わたしを見て、ハンコック」オナーはやさしく言った。

最初、ハンコックは拒んだが、とうとう視線をあげてオナーと目を合わせた。その表情は……苦しそうだった。オナーの心の奥でなにかが痛いくらいよじれ、息ができなくなった。

ハンコックの目には悲しみがうかんでいて、それがつらかった。消してあげたい。なんとか彼の激しい苦しみをやわらげてやりたい。

「わたしを信じてないのはわかってる。信じなくてもいい。でも、わたしの話を聞いて。わたしの話を聞きたくないからといって、わたしを拒まないで。わかった?」

ハンコックは完全に静止し、ますますつらそうな目になった。次の言葉をおそれているかのようだ。だが、ハンコックはゆっくりとうなずき、オナーの目を見つめた。彼のきれいな緑色の瞳にはあまりに大きな苦しみがあふれ、目を合わせているのがつらかった。しかし、オナーは目をそらさなかった。ハンコックが自分をどんな人間だと思っているにしろ、目をそらして彼女がそれを拒絶していると思わせたくなかった。

「あなたを憎んでないわ」ハンコックの反応をうかがいながらオナーは言った。「最初は憎かった」と正直に認める。「裏切られたって感じた。あなたを信じてたから。長いあいだ安全だと思えなかったけど、あなたといると安心できた」

ひとことひとことを聞くたびに彼女に短剣を突き刺されてねじられているように感じられるのだと、ハンコックの底知れない深い緑色の目からうかがえた。

「あなたを傷つけたくて言ってるんじゃないわ」オナーは声に苦しみをこめて言った。「わたしの気持ちを伝えたいの」

「もっとひどいことを言われても当然だ」ハンコックは噛みつくように言った。

オナーはそれを無視した。

「でも、わたしはわかってる、ハンコック。あなたはわたしがわかってないと思ってる。そう思いたいから。だけど、これはしかたがないことだって、わたしはわかってる。すでにあなたを許したわ。それをどうとらえるかはあなたしだいだけど、とにかく許しを与えた。それをわたしに取り消させることはできない。取り消したりしないわ。許すかどうか決めるのはわたしよ。わたしがなにを与えるか、与えないか、決めるのはあなたじゃない。あなたが受け入れても、受け入れなくても、許しは与えられる。わたしはなにかを与えたら、取り消したりしない。ぜったいに。

「わたしが死にたがってると思う？　もちろんいやよ。まだ生きてやるべきことがたくさんある。たくさんの夢が……」話が脱線していた。こんなことを言っても意味がないし、ハンコックにますますつらい思いをさせるだけだろう。オナーは首を横に振り、話をもとに戻した。

「でも、わたしの死が必要だというのはわかってる。わたしの死で、マクシモフがもう大勢の人たちを苦しめなくなるのなら、安らかに死ぬわ。わたしの人生には意味があったとわかる。わたしが襲撃を生き延びたことには、やっぱり目的があったと。はるかに大きな目的があったと。それで十分よ。おそれずに死と向き合える。あなたがマクシモフを倒したおかげで救われた女性や幼い女の子たちを思いうかべるから」

ハンコックは不明瞭な怒りの声をあげたが、口をはさまなかった。

「あなたはわたしに親切にして、やさしくしてくれた」オナーは静かに言った。「わたしを傷つけなかった。ほかの人間ならそうはいかなかったでしょうね。わたしがどんな状態でマクシモフのところに連れていかれようと気にかけなかったはずよ。だけど、あなたはわたしを守ってくれた。それはあなたもわたしもわかってる。そのことに感謝してるわ。でも、いちばん感謝してるのは、事実を伝えてくれたこと。おかげで、ひとりでおびえながら死に向かわずにすむ。わたしの死は無意味でも、目的がなかったのでもないと知りながら、息を引き取れる」

ハンコックの目に涙がきらめき、オナーは驚いた。感情をあらわにするなんて彼らしくない。打ちひしがれているようだ。苦悩している男の顔。その苦悩は永遠に彼にとりつくのだろう。消し去ってあげたいと、オナーは心の底から願った。ハンコックが解放されるように。なにより、彼が一生オナーの死に苦しめられるのがいやだった。

「あなたにふたつお願いがあるの、ハンコック。ふたつだけ。単純なことよ。ほかにはなにも望まないし、抵抗したりしない。逃げようとしたりしない。わたしにだって少しは威厳があるし、これはしかたがないことだってあきらめてる。でも、ふたつ約束してほしいの」

「なんでも」ハンコックはしゃがれ声で言った。

「わたしの死を無駄にしないって約束して。マクシモフを倒すって誓って」

「やつを倒す」ハンコックはおそろしい声で言った。「誓うとも、オナー。きみの犠牲を無駄にはしない。ぜったいに」

オナーはつかの間だけ目を閉じ、勇気を出してふたつ目の望みを口にした。

「それから、両親には詳細を伝えないで。わたしの死で狂人とその帝国が終わりを迎えたと言うのはいい。だけど、わたしは情けをかけられてすぐに殺されたと伝えるって誓ってちょうだい。わたしがどんなふうに死んだかは言わないで。両親には耐えられないわ。わたしが死を願ったとか、死を懇願して叫びながら死んだって知られたくない。わたしの身に起きたことを知られたくない。お願い、ハンコック。どうしてもお願いよ。わたしのためにそうして。両親のために」

ハンコックは彼女の手をつかみ、とても強く握りしめた。オナーは顔をしかめないように我慢しなければならなかった。ハンコックは彼女を傷つけようとしているのではない。強い感情のせいだとわかっていた。ハンコックは感情を見せないようにしているけれど、オナーには見えた。彼が見える。彼の心が。生涯にわたって完璧に築きあげたマスクの下にあるもの。

「きみの家族には、きみがいかに勇猛で果敢で愛情深い女だったかを伝える。きみが人々の命を救ったことも、ずっと気丈にふるまっていたことも。きみは大切な存在だと言ったよな。きみが忘れられることはないと。それは、きみの……死にざまが語り継がれるということじゃない」

最後のほうは息をつまらせていた。その言葉を口にすることで深く傷ついているかのように。ハンコックはもはや視線を合わせていられないとばかりに、オナーから目をそらした。必死で隠そうとしているものを彼女に見られないように。

「ありがとう」オナーはささやいた。彼女も涙声になっていた。

「きみを死なせる相手に、なぜ礼を言える？」ハンコックは激怒した。すべての言葉に怒りと悲しみがこめられていた。「なぜ死刑執行人に許しや理解を与えられる？　おれを憎むべきだ、オナー。軽蔑すべきだ。おれを殺そうと企むべきだ。逃げて、おれを倒すために必要なことをすればいい。それなのに、きみが望むのは、必ずマクシモフを殺すことと、家族にきみの拷問と苦痛について詳しく伝えないことだけなのか？」

オナーは表情をやわらげ、片方の手でハンコックの頰をやさしくなでた。

「あなたは死刑執行人じゃない」

「いや、死刑執行人さ」ハンコックは激しい口調で言った。「おれはヒーローじゃない。無慈悲な殺人者で、任務を果たすためなら、この世のあらゆる善を犠牲にしてもかまわない。マクシモフと同類だ。きみがなんと言おうと、どう考えようと」

ハンコックはにわかに立ちあがった。彼が近くにいないと急に寒くなり、オナーは震えた。

「休んだほうがいい」ハンコックはそっけなく言った。「体が痛むだろう。否定するな。コンラッドにもう一度注射を打ってもらう。眠ってくれ」

ハンコックはそう言ったものの、それはオナーに休息が必要で、彼女を悩ませている絶え間ない痛みを軽くするべきだからという理由だけではないと、オナーも気づいているだろう。ハンコックはこれ以上オナーを見ていられなかった。もはや、罪悪感と激しい怒りとどうしようもない憤怒に耐えられず、自制心を失いそうだった。

ふたりとも、オナーの運命は避けられないとわかっている。ハンコックは自分が憎かった。ほかに道はない。代わりの道はない。ふたりともわかっている。ハンコックが受け入れられないことを、オナーがこれほど冷静に受け入れているのが気に入らなかった。もっといまいましいのは、オナーが彼に許しと理解を与えたことだった。自分にはそのふたつを与えられる権利などないのに。

23

「引き渡しの手はずが整った」ブリストーが満足げに目を輝かせながら、ハンコックがすでに知っていることを伝えた。「女を捕らえていると言ったら、マクシモフはとても喜んでいた」

ハンコックは無言で立ったまま待った。背後では部下たちが同じく無言で立っていたが、全員から緊張が伝わってきて、心の奥にかかえている気持ちが感じ取れた。マクシモフに引き渡されたら、オナーを守れなくなる。ハンコックたちはばかではない。みな、マクシモフがオナーをニュー・エラに渡す前に、しばらく彼女を利用して楽しむはずだとわかっていた。

「二日後に出発しろ。座標と必要な情報はある。どうやって女を連れてくるか、マクシモフは明確に指示を出してきた。すべて指示どおりにおこなえ」

ハンコックはただうなずき、ブリストーが差し出した手からファイルを受け取った。

「任せておけ」

ブリストーはハンコックのほうに厚い封筒を投げた。「いま、報酬の半分を渡しておく。残りは女を届けてからだ」

いまここでブリストーを殺さずにいるにはありったけの自制心が必要だった。手の中にある封筒で肌が焼かれているようだった。殺人の報酬。これは部下たちにやろう。彼らには受け取る権利がある。だが、自分はオナーを死に送ることで得られる報酬など一セントも受け取るつもりはない。

「もう行っていいぞ」ブリストーが横柄に言った。「移動の手配はしておく。もちろん、慎重に行動しろ」

「おれが計画を立てる」ハンコックは冷たい口調で言った。「おれは仕事をするために雇われた。おれのやり方で、おれの部下たちがやる。おれの任務だ」

「いいだろう。金を払っているのは仕事をしてもらうためだ。きちんとやり遂げられるなら、どんなやり方でもかまわん」

ハンコックはそれ以上なにも言わず、背中を向けた。完全に自制心を失ってブリストーの喉をかき切る前に、大またで部屋を出ていく。

部下たちがあとに続いた。沈黙を破ったのは「ついてない《バッド・モジョ》」という言葉だけだった。

たしかに、とてもついてない。

部下たちの目を見ることさえできなかった。ただ移動にそなえて休んでおけと命じた。だれも反論はしなかった。なにも言わず、各々の部屋に姿を消した。ハンコックが彼らと目を合わせようとしなかったように、だれも彼と目を合わせようとしなかった。

今夜も明日の夜も、だれひとり眠れないにちがいない。

24

薬で眠っていたオナーは、力強い手で口がふさがれるのを感じて目を覚ました。もうひとつの手が片方の乳房をつかんで痛いくらい乱暴にもんでいる。心臓が跳びあがり、オナーは薬による霧ともやから必死で抜け出そうした。

「今回あいつは助けに来ないぞ、クソ女。二日後におまえをマクシモフに届ける計画を立てるのでいそがしいからな。おまえをあのロシア人に渡す前に、残されたわずかな時間を利用してやる。マクシモフのような男は、使い古しでも気にしないだろう。自分でも堪能してからニュー・エラに戻すはずだ」

ブリストー。

どうしよう。ハンコックはどこ？　邪魔されないように、ブリストーがハンコックを薬で眠らせたのだろうか？　それとも、ブリストーが言ったように、ほんとうに引き渡しの計画を立てている？

シャツがふたつに引き裂かれ、乳房があらわになると、オナーはもがきはじめた。薬の影響はたちまち消えていき、アドレナリンが放出され、ありったけの力で抵抗した。

ブリストーは前回みたいに平手打ちを見舞ったりはしなかった。手をこぶしにして、口を殴った。痛みで息ができなくなり、オナーはあえいだ。次にブリストーは口を使って攻撃してきた。乱暴にキスをし、オナーの裂けた唇からにじむ血を舐めた。

それから、いやな味のする布をオナーの口に押しこんだ。なにかの薬が染みこんでいると気づき、オナーはぞっとした。すると口にテープを貼られ、布を吐き出せなくなった。

だが、こんなふうに負けるつもりはなかった。たしかにあきらめて運命を受け入れたけれど、このろくでなしにレイプされたりしない。そんな目にあうくらいなら死んだほうがましだ。

ブリストーは両手で乱暴にオナーに触れ、自分だけのものだというように体をまさぐってから、オナーのズボンのウエストバンドの下に手を入れ、下着とともにいらいらとおろした。オナーが依然として抵抗していると、悪態をついた。いまごろは薬で意識を失っていると思ったのだろうが、これまで薬を与えられてきたことでわずかに耐性ができ、長く意識を保っていられるようになっていた。

オナーは無言で抵抗した。声を出せず、パニックになる。叫んで助けを求めることができない。ハンコックを呼べない。

ブリストーが脚のあいだに乱暴に指を押しこんでくると、オナーは激しく暴れたり蹴ったりしながら、出せるかぎりの強さと意志の力で抵抗した。薬の影響で動きがのろくなっているのがわかった。それでも、あるとは思っていなかった余力を振りしぼった。

ブリストーは悪態をつき、何度も殴ったが、オナーは抵抗するのをやめなかった。やめられなかった。

ブリストーに思いきり乳房を噛まれ、歯形と傷がついた。怒りと無力さで涙がこみあげてくる。無力さや非力さを感じるのはもううんざりだった。

なんとか片方の手が自由になると、オナーは口に貼られた厚いテープを引きはがした。皮膚まではがれ、息をのむ。舌で布を押したとき、その味にひるんだが、どうにか吐き出し、悲鳴をあげた。

ブリストーに側頭部を殴られ、意識を失いそうになる。するとふたたびブリストーがのしかかってきて、自分のズボンを引っ張りおろし、大きく勃起したものを解放した。オナーは裸で、服はぼろぼろになっていた。そのとき、なにかが腰に当たっているのに気がついた。ブリストーのベルトに折りたたみナイフが取りつけられている。ブリストーはわざわざズボンを全部脱ごうとしなかった。ペニスを出せるだけおろして、抵抗するオナーの体に突っこむつもりだ。

これが唯一のチャンスだと思い、オナーはナイフの柄をつかみ、親指で留め金を外して、思いきり引き抜いた。ナイフを開きながらごろりと転がり、よろよろとベッドからおりると、ひざをついて部屋のすみへとはっていった。

「それでわたしを殺せると思うのか？」ブリストーがあざ笑った。

「い、いいえ」オナーは震えながら言った。「でも、自分で命を絶って、マクシモフとの取引を台なしにできるわ。聞いた話では、彼には逆らわないほうがいいそうね。商品を届けなかったら、すごく怒るはずよ」

ブリストーは目を細めた。「とんでもないはったりだな」

オナーはナイフを手首に当て、薄く切りつけた。腕に血が伝い、床に滴り落ちる。

ブリストーは目にパニックをうかべ、あとずさった。

アドレナリンがみるみる消えていく。ブリストーは彼女が意識を失うのを待っているのだとわかっていた。悲しみがあふれる。みずから命を絶ったら、何十万という人たちも死ぬことになる。この男にレイプされるだけの心の強さがなかったせいで。マクシモフに渡されたら、そしてその後ニュー・エラに渡されたら、そういうことはまちがいなく何度も起きるだろう。使い古されたがらくたのように扱われる。価値はない。ゴミ。

むせび泣きがもれ、ナイフを当てている手首の痛みが強くなった。無意識に思ったより深く切りつけていたらしい。オナーは混乱した意識の殻の奥深くに閉じこもり、このおそろしい状況から逃げていた。

役立たず。生贄の子ヒツジ。利用され、レイプされ、殴られ、痛めつけられる。価値はない。なんの意味もない。名前も顔もない存在。ありふれたつまらない人間。

そのとき、物音がぼんやりと聞こえた。奇妙なことに、ライオンの咆哮みたいだったが、オナーはそれを意識から追い出した。ナイフ以外のことはすべて遮断する。ゆっくりと、命を支える血が流れていく。でも、待って。片方の手首だけでは死なない。いまのうちに反対側の手首も切らなければ、力を失って、切れなくなってしまう。

オナーはぎこちなくナイフを反対の手に持ちかえた。手からナイフが落ちそうになり、顔をしかめる。ひどく弱々しい。

ゆっくりと、痛みを遮断しながら、ナイフで切りつけた。自分は体の外側にいて、もういっぽうの手首からも血が流れるのを無関心に眺めているみたいだった。血があふれて肌を伝い、床と脚を汚していく光景に、不思議と心を奪われていた。

ふたたび物音が聞こえてオナーははっとなり、ナイフをしっかりと握りしめた。手首では時間がかかりすぎる。そこでナイフを持ちあげ、ひどく弱々しいことにまた驚きながら、首に押し当てた。頸動脈を切れば、もっと早く死ねるだろう。

25

ハンコックは、ブリストーに渡された情報の概要とこれからの計画をチームに伝え、手短にミーティングをすませた。厳粛な雰囲気のなか、ハンコックがしゃべっているだけで、ときどきモジョが「ついてない《バッド・モジョ》」と言う以外は、みなほとんど無言だった。

オナーから離れているのが気に入らなかった。たとえ三十分でも。オナーには少量の鎮静剤を与えて眠らせておいた。オナーは、彼女が言うところの霧に包まれるのをいやがった。そのせいで意識が朦朧として無防備になってしまうと。そこでハンコックは妥協した。もっとひどい苦しみが待っているときに、オナーがいやがることをするのは耐えられなかった。

ハンコックは部下たちをさがらせると、すぐにオナーの部屋がある屋敷の反対側の棟へ向かった。半分まで進んだところで、血管の中で血が凍りついた。

悲鳴が屋敷の不気味な静寂を破った。オナーの悲鳴。

ハンコックは駆けだした。恐怖で喉がつまり、感覚が麻痺しそうだった。なんとしてもオナーのところに行って守らなければならない。その思いだけで完全に麻痺せずにいられた。アドレナリンが放出され、たちまち彼のなかのおそろしい殺人者が頭をもたげ、ほかのすべてを凌駕していく。

最悪の事態を想像していたが、オナーの部屋に飛びこんだとき、心臓が止まりそうになった。彼が目にしたのは想像をはるかに絶する光景だった。

ブリストーが部屋の奥に立ち、その向かいのすみでオナーがうずくまり、喉に鋭いナイフを押しつけていた。首からは血が細く伝い落ちているだけだが、両方の手首が切り裂かれ、傷口から血が大量に流れ出ていた。

顔には血がついていて、口とあごは腫れてすでにあざになっている。

ハンコックは危険なほど猛烈な怒りにのみこまれた。このくそ野郎を素手でぶちのめしてやりたいが、時間がない。オナーに時間がない。

オナーの目はうつろで、苦しそうだった。自分のなかに深く引きこもっており、ハンコックが来たことに気づいているかどうかもわからない。遅すぎた。彼女を守れなかった。また。

「ブリストーはおれに任せろ」いつのまにやってきたのか、コンラッドの冷たい声がした。その声にはハンコックが抱いているのと同じ獰猛な怒りがこもっていた。「あんたはオナーを頼む。話しかけて、正気に戻すんだ。もう心がここにない」

「オナーには見せるな」ハンコックはぴしゃりと言った。「すでに精神的にショックを受けてる」

「ちょっと待て」ブリストーが強い口調で言った。「わたしの下で働いていることを忘れているぞ。マクシモフに渡すまでは彼女はわたしのものだ。好きなことをする」

コンラッドがあっさりとブリストーの動きを封じ、ブリストーはひざをついて苦しそうにあえいだ。それからコンラッドはブリストーの腕を背後にまわし、押しあげた。骨が折れるポキッという音が聞こえた。そしてコンラッドはすばやくブリストーを部屋から連れ出した。ブリストーの死は確実だ。

ハンコックがみずからゆっくりと情けをかけずにブリストーを殺してやりたかったが、オナーに意識を集中させなければならなかった。さもないと、オナーは自分の手で命を絶ってしまう。ハンコックは恐怖に襲われた。オナーは全裸で、体じゅうにあざや、噛まれた痕や、すり傷がある。あのゲス野郎にレイプされたのか？　それでここまで追いつめられたのか？　あまりの精神的ショックに、みずから命を絶つしか逃げ道がなくなった？

「オナー？」

ハンコックは低い声で話しかけた。どれだけ正気を失っているのだろうか。状況を少しでも理解しているのだろうか。

オナーはまばたきさえしなかった。ナイフが頸動脈にさらに一センチ近づき、ハンコックはパニックになった。

オナーに近づくわけにはいかない。また攻撃されると思うにちがいない。ハンコックは最初にブリストーを消しておかなかった自分を呪った。三十分、オナーに見張りをつけずにひとりにさせた自分を呪った。ブリストーは外出する予定で、彼が出ていくのを見たから、部下たちと短いミーティングを開いたのだが。

あのゲス野郎は明らかにすべてを計画していたのだ。自分でオナーを利用してから、使い古しをマクシモフに渡そうとした。コンラッドが時間をかけてあのろくでなしを殺してくれることを、ハンコックは心から願った。あの怒りに満ちた声から判断するかぎり、コンラッドはおおいに喜んでブリストーの死を引き延ばし、大きな苦痛を与えることだろう。

「オナー、スイートハート、おれだ、ハンコックだ。ブリストーはいない。死んだ。二度ときみを傷つけたりしない」

冷静になだめるような口調でしゃべろうとしたが、獰猛な声になっていた。

するとオナーがまばたきをし、おそるおそる視線をあげて彼を見た。ハンコックの心の奥に落ち着きが戻り、オナーのひどい姿を目にして以来はじめて息ができるようになった。オナーの美しい目に理解がよぎったが、すぐに消え、苦悩があふれた。

いま心配なのは、ナイフを持つ手がまったくゆるんでいないことだった。手首からは、首の浅い傷よりも大量に出血している。早く対処して出血を止めなければ、彼女を失ってしまう。

「ほんとうに死んだの?」オナーはささやいた。

「死んだ」ハンコックは荒々しい口調で答えた。

するとと目の前でオナーがくずおれた。ナイフが震えてさらに傷が深くなる。いますぐナイフを奪わなければ。

いちかばちか、ハンコックは慎重に、怖がらせないように、ゆっくりと近づいた。

オナーの前でひざをつくと、負傷の程度がさらにわかり、小声で猛烈に悪態をついた。オナーは暴行された。動物のように乱暴に扱われた。

「ハニー、ナイフをくれ」ハンコックは説得するように言った。「出血してる。手遅れになる前に止めないと」

オナーの目には悲しみがあふれていて、ハンコックの心臓が締めつけられた。

「もっと強くなれなくて、ごめんなさい」オナーはささやいた。「マクシモフに近づくためにはわたしが必要なのよね。でも、無理だった……ああ、ハンコック、彼に犯されるなんて……」

「しーっ、ベイビー。大丈夫だ」

ハンコックは泣きたかった。オナーは自分が強くないことをまたしても謝っている。彼が知るだれよりも強い人間なのに。

オナーが両手を震わせながらナイフを差し出すと、ハンコックはそれを受け取り、折りたたんだ。これでひとまず安心だ。

「傷の手当てができるように、きみを抱きあげて、ベッドに連れていく」ハンコックはやさしく言った。

するとオナーは取り乱し、いっそうすみへとあとずさった。狂気じみた目で、身を守るように両腕でひざをかかえ、体を丸めて前後に揺れる。

激しく震えながら、きっぱりと首を横に振った。「いや。ぜったいに。あのベッドはいや。いやよ。あそこでは寝ない」

「じゃあ、おれの部屋に連れていく」ハンコックはなだめるように言った。「だが、ベイビー、きみは大量に出血してる。いますぐ止血しないと」

「約束してくれる？」オナーはしゃがれ声で聞いた。

なんのことを言っているのか、ハンコックにはわかった。ブリストーに襲われたベッドには戻さないと約束してほしいのだ。そこでレイプされたかもしれないのだ。ハンコックが間に合っていなければ、ブリストーはまちがいなくレイプしたのだろう。

ハンコックはオナーの細い体の下に腕を入れ、やさしく胸に抱きあげた。

「約束する。おれがそばにいる。一分たりともきみから離れない。ぜったいに」

オナーはうなずき、それからハンコックの首に顔をうずめて泣きだした。

ハンコックは激怒していた。ブリストーの血を流したいという欲求が魂に満ちていき、全身の筋肉が硬直する。オナーをしっかりと抱きしめ、足早に廊下を進み、自分と部下たちが寝泊まりしている棟に向かう。

コンラッドが険しい表情で待っていた。

「あのゲス野郎は彼女になにをしたんだ？」コンラッドはうなるようにたずねた。

「いまはよせ」ハンコックはぴしゃりと言った。「医療キットと縫合セットを持ってこい。手首の傷を縫合して、出血を止めないと。大量に出血してた。首の傷はそれほどひどくないから、縫う必要はないだろう。それから、鎮痛剤と鎮静剤も頼む。こんなことのあとでは眠れないはずだ」

コンラッドは悪態をついたが、いそいで必要なものを取りに行った。

ハンコックは慎重にオナーをベッドに横たえた。するとオナーはすぐさま身を守るように丸くなった。

「シャツを取ってくる」ハンコックは彼女を警戒させないように言った。

オナーは体を見おろし、全裸であることにたったいま気づいたかのように、目に恐怖をうかべた。繊細な顔に恥辱がよぎり、ふたたび声を立てずに泣きだした。

ハンコックはTシャツを取ってきた。これなら、着たままでもコンラッドに傷を手当てしてもらえるだろう。オナーが自分で服を着られない子どもであるかのように、Tシャツを着せてやった。ほかにも、濡らした布と大きな包帯をいくつか持ってきた。コンラッドが縫合するまで、手首を圧迫しておこう。

「なにがあったのか話してくれるか?」ハンコックは静かに聞いた。「あのゲス野郎になにをされた?」

「体をさわられたの」オナーは嫌悪感に身を震わせた。

「レイプされたのか?」ハンコックは率直に聞いた。

オナーはたじろぎ、顔をそむけた。ハンコックの心臓が喉までせりあげる。暴行され、地獄の手前まで追いつめられた女の顔だ。ハンコックは危険なほど自制心を失いかけていたが、それはいまオナーに必要なことではない。

オナーに必要なのはやさしさだ。思いやり。彼女に会うまで、自分のなかにそういうものがあるとは思っていなかった。

「いいえ」とうとうオナーがほとんどささやき声で言った。「でも、そうしたがった。しようとした。わたしが抵抗したら、彼は怒った。わたしをぶった。わたしに触れた。ナイフがあったから、わたしはそれをつかんで、自分で命を絶ってやるって言った。マクシモフとの取引は台なしになる、マクシモフに約束したものを届けられなくなったらすごく怒るだろうって」

激しい怒りのなか、誇らしさがわきあがってきた。オナーの獰猛さに、それと、とっさの機転に。

「彼はわたしの言葉を信じなかったから、手首を切ったの。それから、長く待っていたら、もういっぽうの手首を切る力がなくなってしまうと気づいた。そのあとで、頸動脈を切ろうとした。それなら数秒で出血死するから」

一瞬、ハンコックは息ができなくなった。オナーはあまりにおびえて自分で命を絶とうとした。とはいえ、そのほうがこれから起こりうるふたつの運命よりましだろう。自分が打ちひしがれるなんて、偽善の極みだと思えた。

だが、自分は卑怯者なのだ。ここでならオナーの死に立ち会える。彼の保護の下から去ったあとでは、なにが起きるかはわからない。そう思ってしまう。自分の保護下にいるかぎり、彼女に危害を加えさせたりしないと約束したのに、二度もその約束を破ってしまった。二度も、オナーがもっとも無防備なときに、ブリストーを近づけさせてしまった。

コンラッドがなにも言わずに——もともと無口だが——大またで入ってきた。怒りが波のようにはっきりと伝わってくる。

コンラッドがきびきびと手際よくオナーの手首の傷を洗いはじめると、オナーは不安そうにコンラッドを見あげた。オナーの心配と不安が部屋じゅうに広がっていく。

「ごめんなさい」オナーはふたりの男に向かって小さく謝罪した。「あなたたちの任務を台なしにしていたかもしれない。すべてをめちゃくちゃにしていたかも。理性的に考えてなかった。彼に……傷つけられて」

言葉が途切れる。傷つけられたこと、おびえていたことを認めるのが気まずいかのようだ。しかも、ハンコックたちの許しを求めている？

コンラッドが手を止め、明らかに気を落ち着けるために息を吸った。それからオナーの目をまっすぐに、鋼のような視線で見すえた。

「おれにも、だれにも、謝ったりするな。ぜったいに。謝るのはおれたちのほうだ。短時間でも、きみを無防備な状態でひとりきりにしてしまった。きみは信じられない女だ、オナー・ケンブリッジ。正直に言う。きみと知り合えて光栄だ。きみのことはぜったいに忘れない」

そっけない男を困惑ぎみに見つめるオナーのまつ毛には、涙がダイヤモンドのようにきらめいていた。

「わたしは臆病者だったわ」オナーはむかついているような口調で言った。

「今度こそ怒るぞ」コンラッドはぶっきらぼうに言った。「黙って、おれに仕事をさせろ」

オナーは黙りこみ、ハンコックは内心でほほ笑んだ。コンラッドはオナーのことをどう考えればいいかわからないのだ。オナーに当惑している。彼にとってはいまだに解けないパズルであり、頭を悩ませている。タイタンの世界には、オナーのような人間はいない。無欲で、勇敢。大胆不敵。自分より他人を優先させる。

「鎮痛剤と鎮静剤を打ってもらえ」ハンコックは反論を許さない口調で言った。「休むんだ」ひとことも反論されなかったことから、オナーがいかに疲れきって打ちひしがれているかがうかがえた。

手首の傷を縫ってもらうあいだ、オナーは黙っていた。かなり出血していたものの、ハンコックが心配したほど深くはなかった。首の傷はとても浅く、切り傷用の絆創膏を貼るだけでよかった。

手当てがすむと、コンラッドは道具をまとめ、ハンコックとドアに向かった。

「ハンコック？」

オナーの声には恐怖がにじんでおり、ハンコックは足を止めて振り返った。コンラッドは歩き続け、ハンコックはオナーが横たわっているベッドに戻っていった。

「ひとりになりたくない」オナーはささやいた。「そばにいてくれる？　迷惑はかけない。迷惑をかけないように努力する」といそいで言い直す。「約束するわ」

ハンコックは体をかがめ、オナーの唇に軽くそっと口づけをした。それからオナーの手を取って指をからませ、安心させるように握りしめた。

オナーの心を壊してしまうのが心配だといわんばかりに、ハンコックの口調はきわめてやさしかった。オナーは揺るぎない強さと強情さしか見せてこなかったが、いまはこれまでになくか弱かった。

「きみから離れるつもりだったわけじゃない、オナー。おれはどこにも行かない。ただ、きみのそばにいられるように、しばらくコンラッドにチームのことを頼もうとしただけだ。一時的におれの目となり耳となってもらう。おれがここに、きみのそばにいるあいだ」ハンコックは強調するようにつけ加えた。

オナーの目に安堵がうかび、ハンコックは取り乱しそうになった。枕にぐったりと身をあずけたオナーは、小さく、打ち負かされたように見えた。長いまつ毛についた涙が明るく輝いている。

「おれに礼を言うつもりなら、神に誓って、きみを揺さぶってやるぞ」ハンコックは警告した。

オナーの唇にかすかな笑みがうかぶ。

「鎮静剤が効いても、そばにいるって約束してくれる?」オナーは小さな声で聞いた。

すでに薬が効きはじめていた。オナーの反応は遅く、しゃべり方は少し不安定だった。精神的ショックのせいだけではない。

「ここにいる。きみの隣に。ひと晩じゅう」ハンコックは厳かに言った。「悪い夢を見たら、きみを抱きしめて、悪夢を追い払ってやる」

オナーはまたほほ笑み、それを見たハンコックのひざから力が抜けた。オナーのような女にほほ笑みかけてもらうためなら、男はあれこれ手を尽くすにちがいない。

オナーが口を開けると、ハンコックは警告するようににらみつけた。

「ひとこともしゃべるな。謝罪や礼でなければべつだが」

オナーはやさしく笑ったが、口を閉じた。けれど、口にしなくても、その目にはハンコックへの感謝があった。

「どういたしまして」ハンコックはささやき、体をかがめてオナーの額に口づけをした。

26

鎮静剤が効いていても、オナーは眠りながらそわそわと落ち着かなかった。ハンコックは彼女のそばを離れなかった。隣に横たわり、はるかに大きな体でオナーの小さな体を包みこんでいた。オナーが震え、罠にかかった動物のように喉から小さなしゃがれ声をもらすと、ハンコックは無言で怒り狂いながら、彼女の背中をなでたりマッサージしたりした。

彼に触れられるとオナーは落ち着くようだった。動揺しても、ハンコックが彼女の肌をなでると、また安心してリラックスした。

驚いたことに、コンラッドが鎮痛剤と鎮静剤を与えてからたった数時間でオナーは完全に目を覚ました。だが、ハンコックとコンラッドは、ブリストーがオナーを無理やり服従させるために口に突っこんだ薬漬けの布を発見していたので、オナーを眠らせるためというよりは落ち着けるために少なめに薬を投与してあった。ふたりとも、ブリストーと同じことをして非難されたくはなかった。

「ハンコック？」オナーがささやき、身じろいだ。

ハンコックは無意識に力をこめ、よりしっかりと腕の中に抱きよせた。

「ああ、オナー、おれだ」

オナーはリラックスした。ほっとして力が抜けたようだ。しばらくのあいだ、オナーはハンコックの心臓の上に手を置いていた。手首の包帯が彼の目にとまる。オナーは死にかけたのだ。ハンコックがその場にいなかったときに、どうすることもできずにつらい決断をするしかなかったのだ。

果てしない罪のリストに、またひとつ加わってしまった。

オナーはなにかを考えこんでいるようだった。ためらいが感じられる。それと……不安が。なにか聞きたいけれど、聞こうとしない。もしくは、単に聞けないのか。

ハンコックはふたりのあいだに手をすべらせ、オナーの手の上に重ねて握りしめた。

「なんだ、オナー？　なにか欲しいものがあるのか？　痛むのか？」

オナーは鋭く息を吸った。「ふたつ以外、なにもお願いしないって言ったけど……」

「だけど？」ハンコックはやさしく先をうながした。オナーに頼まれたら、月でも与えてやる。けれどふたりがもっとも望んでいるものだけは与えられない。彼女の自由。やらなければならないことを考えると、苦しみが絶え間ない波となってハンコックの心を切りつけた。オナーは彼よりも自分の運命を受け入れている。それがなおさら腹立たしかった。彼を憎むべきだ。ののしり、思いつくかぎりひどい言葉をぶつけるべきだ。それが当然だ。

オナーから懇願するような目を向けられ、ハンコックは我を失った。危険だ。いま頼まれたら、まちがいなく彼女を逃がして、任務を台なしにしてしまうだろう。マクシモフを倒すチャンスは二度と手に入らなくなる。

オナーは空いているほうの手をこめかみに当ててもんだが、痛むわけではなさそうだ。話しづらいことをなんとかまとめようとしている。そこでハンコックはただ待った。必要な時間を与え、せかしたりしなかった。

包帯が巻かれた手首がちらりと目にとまり、ふたたび抑えきれない怒りがあふれだした。オナーは勇猛果敢で、自分で言っていたような臆病者ではない。そんな女が、みずから命を絶とうとするほど絶望するなんて、ひどい状況だったにちがいない。ああ、あのくそ野郎はなにをしたんだ?

「あのとき、レイプされてたかもしれない」オナーはささやいた。「彼はしたがった。わ、わたしに触れた。つらかったわ」

胸が締めつけられ、ハンコックは歯ぎしりしながら懸命に平静を保とうとした。オナーのシルクみたいな髪をなで、なぐさめるようにやさしく頭皮をもんでやる。

オナーは明らかに気まずそうに視線をそらした。なぜだ? ブリストーに襲われたから? レイプされていたかもしれないから? 恥じている?

「わたし、バージンなの」オナーは口走った。「だれともセックスしたことがないのよ」

ハンコックは静止した。なんと言えばいいか、どうすればいいのか、わからなかった。骨まで凍りついてしまい、いまオナーがこちらを見ていないのがありがたかった。なんてこった。自分は処女をマクシモフに渡そうとしている。オナーがバージンであることを知ったらマクシモフは喜び、彼女の初体験はとんでもなくひどいものになるにちがいない。処女をどれだけ苦しめられるかと、マクシモフは楽しむにちがいない。

だがそのとき、オナーがつらそうな目をこちらに向けた。その目は懇願していた。「自分の身になにが起きるかわかってる」オナーは喉をつまらせて言った。「わかってるわ。でも、あなたにしてもらいたいことがあるの。わたしにとって……」深く息を吸いこむ。「わたしにとって大切なことなの」

ハンコックはオナーのあごを包み、ブリストーがつけたあざを親指でなでた。

「言ってくれ、オナー」と静かに言う。「なにがそんなに頼みづらいんだ？」

「わたしを……わたしを抱いてくれる？　いま。マクシモフに渡す前に。一度でいいから、どんなものか教えてくれる？　経験してみたいの。そうすれば、たったひとつの美しい思い出になる。ほかのだれも手を出せない。ほかになにが起こっても、けっして汚されない。ほかの男に……傷つけられても、その思い出のなかに引きこもって耐えられる。この完璧なひと晩の思い出以外はすべて締め出せる。わたしのためにしてくれる？」

ハンコックの心臓が胸から飛び出しそうだった。息ができない。苦悩が明らかな痛みとなり、どれだけ強く願っても消せなかった。オナーは懇願している。まさしく嘆願している口調と抑揚だった。

「ごめんなさい」オナーは恥ずかしそうに低い声で言った。「頼むべきじゃなかった。許してちょうだい。二度と口にしないわ。ぜったいに。もう行っていいわよ。わたしは大丈夫だから」

ハンコックはとんでもない苦悶の表情をうかべていたにちがいない。オナーは気まずそうに謝罪したあと、恥辱で目を曇らせ、視線を落とした。シーツをあごまで引っ張り、ひざをかかえて顔をうずめ、そわそわと小さく体を揺らした。できるかぎりハンコックから離れて、体を丸めている。これほど貴重な贈り物を拒絶されたと思って。

彼にはそれを受け取る権利などない。

だが、オナーの権利は？

バージンを抱いて純潔を奪ったことはない。そもそもセックスはあまりしない。そういう気晴らしにふけるわけにはいかないからだ。欲求の処理が必要なときはそうするが、人生のほかの多くのことと同様、セックスは機械的にすませる。感情も心もこめない。ただの性欲の解消。

ハンコックはわかっていた。オナーが相手だと、鉄の仮面の裏に隠れられないとわかっていた。彼がまとっている層をはぎ取られ、つねにまわりに築いている防御の壁はなくなり、ありのままの無防備な姿が完全にあらわになってしまう。

「オナー」

それはささやき声になっていた。ほとんど彼女の名前を発音できず、まして大きな声を出すことなどできなかった。

「こっちを見ろ」ハンコックは訴えかけるように言った。

最初、オナーは拒み、なにもないところをまっすぐ冷静に見つめた。ハンコックはすぐに気がついた。オナーは心の奥に引きこもるのが得意になりつつあった。これから待ち受けていることに対して覚悟を決めるのが。苦痛。羞恥。辱めと、最終的な死。

しかし、ちくしょう、彼といるときは自分のなかに引きこもる必要はない。ぜったいに。

「オナー、頼むからこっちを見てくれ」

オナーはしぶしぶ視線を向けて彼と目を合わせた。その傷ついた目を見て、喉が締めつけられる。息ができない。胸の痛みをやわらげることができない。どんなものでも消せないくらい深い痛み。永遠に心に刻みこまれるにちがいない。

「断ろうとしたわけじゃない、ベイビー。ぜったいにきみを拒むものか。驚いたんだ。気おくれしてしまった。それに怖かった」ハンコックは白状した。

オナーは驚いて目を見開いた。「怖い？　どうして？」明らかに困惑している。ハンコックがなにかを怖がるとは思っていないのだ。彼が無敵だと思っている。大部分は合っている。だが、彼の唯一の弱点が目の前に横たわっているとは思ってもいない。しかもオナーは、彼の心と頭と体がしたいと叫んでいることをしてくれと頼んでいる。オナーにやさしく触れたい。彼女と愛を交わしたい。女と愛を交わしたことは人生で一度もない。セックスはセックスだ。けれど、オナーとのセックスは？　はじめて、ただペニスと口で喜ばせる以上のものを女にささげることになるだろう。オナーが相手なら、彼のすべてを見せることになる。本来の自分ではない部分も。それが死ぬほど怖かった。

「きみにはおれなんかよりもっとふさわしい相手がいる」ハンコックは正直に言った。「きみの望むとおりの男になれるかわからない。きみはやさしく扱われるべきだ。宝物のように。

いつくしまれ、尊敬される。そういう贈り物がふさわしい。おれは善良な男じゃない。自分勝手だ。バージンを抱いたことはない。きみを傷つけたら、自分を憎む。軽蔑する。きみを傷つけるなんて耐えられない、オナー」

ハンコックは目を閉じた。こんなことを言うなんてばかげている。自分はすでにオナーを傷つけた。そしてまた傷つけるだろう。彼女を永遠に苦しめる男に渡すのだから。そのあとでオナーはべつの男たちに渡され、辱められ、拷問され、苦しみながら何度も慈悲と死を願うことになる。いまこの瞬間ほど自分が憎くなったことはなかった。自分という人間が、存在が憎い。以前は、仕事を遂行するための必要悪だとあっさりと受け入れていた。世界をよりよい場所にするための。だが、オナーを犠牲にしたところでなにもよくはならない。

「あなたはまちがってる」オナーがそう言って、否定できるものならしてみろというようにあごをあげた。「あなたはわたしを傷つけたりしない。丁寧に、やさしくしてくれるはず。それに、これはわたしからの贈り物じゃない。あなたからわたしへの贈り物よ。今度こそ、ほかになにも望まないわ。ほんとうに。あなたにはすべきことがある。それをもっとやりづらくしたりしない。わたしたちふたりとも、あなたに選択肢はないってわかってる。でも、今夜は……今夜はわたしたちのものよ。したいことをしましょう。ルールはない。任務は関係ない。世界を救うことも。それはべつの日の話よ。今夜は、恐怖や憎しみや苦しみ以外のものを感じたいの」

オナーの目は苦悩に満ちていた。ハンコックも同じような目をしているにちがいない。

「今夜はひとりになりたくないの、ハンコック」オナーは気まずそうに低い声で言った。弱さを見せるのがいやだというように。ひと晩だけでも、だれかになぐさめて、触れてもらいたいと思っているのが。

「おれになにかを懇願するな」ハンコックは荒々しい口調で言った。「可能なら世界だって与えてやる、オナー。ぜったいに。ただ……」

ハンコックは目を閉じ、こうならいいのにという願望を追い払った。この道の先には計り知れない苦しみがあるだけだ。

「やめて」オナーが言う。悲しみに満ちた声だった。

その言葉を強調するように、オナーはハンコックの唇にやさしく一本の指を当てた。誘惑にあらがえず、ハンコックは舌を出して指先を口の中にふくんだ。

「だれにも明日の保証はない」オナーは感情を抑えてやさしく続けた。感情的になったらハンコックを苦しめるとわかっているのだ。今夜はふたりで苦しみを忘れると決めていた。数時間だけでも。

「だけど、わたしたちには今夜がある。ブリストーはもう脅威じゃない。あなたの部下たちがあなたをきちんと守ってくれる。お願い、この最後の望みを叶えて、ハンコック。どんなものか知りたいの。喜びを知らずに死にたくない」

「おれが空想上の恋人になれるって確信してるんだな」ハンコックはほとんどうなるように言った。

オナーは目をきらめかせてかぶりを振った。「空想っていうのは、自分の欲しいものが見えなかったり、さわれない人たちのためのものよ。わたしが欲しいのは空想じゃない、ハンコック。あなたが欲しいだけ。それに、これまで一度も経験がないから、あなたのやり方がまちがってるかどうか知りようがないわ」と悲しそうにつけ加える。

「まちがうものか」ハンコックはしゃがれ声で言った。「ぜったいにやさしく触れる。できるかぎり。おれはやさしい男じゃない。乱暴で、自分本位だ。いまきみが望んでる男になれるか自信はない。おれの望みを知ったら、きみは悲鳴をあげてベッドの下にもぐりこむかもしれない」

　オナーは目を見開いたが、おびえているのでも、ショックを受けているのでもなかった。明らかに好奇心を抱いている。それと興味を。顔が赤くなり、目がほのかに光り、彼が言ったことと、彼の言い方で興奮しているのだとわかった。

興奮させるつもりではなかった。死ぬほど怖がらせて、この愚行を考え直させたかった。だが、彼の自己中心的な部分が、オナーがこんなふうに反応したことに大きな満足感を覚えていた。オナーは唇を開いて無言で誘っている。

　くそ、彼女の口にいろいろなことをしたい。

　頭のなかでぐるぐるまわっている下品で卑しい考えをしっかりと抑えつけた。ペニスが硬くなっていて、はち切れてしまいそうだった。

　オナーにはやさしい初体験がふさわしい。いやらしいファックではなく。ハンコックは目を閉じた。くそ、そんなことを考えるべきではなかった。ほかの男たちがオナーを押さえつけ、知性のない獣のようにレイプすると思うと、吐き気がした。勃起が萎《な》え、魂が沈んでいく。

「今夜はちがう」オナーがさとすように言った。ハンコックの頭のなかをのぞいて、考えを読み取ったかのように。

それからオナーは向きを変えてハンコックの上に乗り、胸によりかかって、かわいらしくぎこちない動きで彼と鼻をぶつけ合わせた。だが、ちくしょう、縫合した傷に負担をかけたり、怪我を余計に悪化させたりするべきではない。

できるだけ慎重に、拒絶と受け取られないように、ハンコックはそっとオナーをあおむけに横たえ、あらゆる角度から確認しつつ、傷口を痛めない姿勢にした。

「おれが抱くあいだ、あおむけでいろ」ハンコックの声はハスキーで、自分では聞き取れなかった。「苦しい思いをしたり、傷口を開いたり、傷を悪化させたりするな」

オナーはごくりと唾をのんだ。目は興奮して明るく輝き、唇はふっくらしていて、頬は欲望で紅潮している。この暗く色彩のない彼の人生において、オナーはもっとも美しかった。

「男が女を抱くうえでこれ以上ないくらいやさしく、思いやりを持って、辛抱強く抱く」そう誓いながら、体を重ね、唇を触れ合わせた。

オナーの細い体に体重をかけないように気をつけた。どんな形であれ彼女を苦しめたくない。自分は彼女になにも与えられない。ふたりがもっとも望んでいることを叶えてやれない。

けれど、オナーが求めているこの唯一の贈り物は与えてやれる。オナーを抱いて、示してやろう。互いに……想い合っている者同士の行為はどういうものか。心のなかでひっそりとささやき声がしていて、ある意味ではオナー・ケンブリッジを心から大切に思っていると自覚せずにはいられなかった。

オナーをものすごく称賛している。尊敬している。比類なき女だと思っている。ひと晩でも彼女と過ごせるなんて、自分は人生でなにか正しいことをしたのだろうか。しかし、すぐに悪魔の手に渡すことになる。

ハンコックは時間をかけて楽しみながらオナーの体をじっくりと堪能した。すべての傷痕、あざ、傷口にキスをする。それから、痛かったかもしれないと思い、痛みをやわらげようとやさしく舐めた。

彼の頭が近くまで来ると、オナーは両手で包み、ハンコックはそのまま彼女の体を徹底的に探究した。オナーが痛みからではなく欲望で震えると、ハンコックはより積極的に自分の欲求に従ったが、彼女が弱っていることは念頭に置いていた。

オナーの首に吸いつき、歯を立てる。すぐに、乳房と同じように、もっとも感じやすい部分なのだと気がついた。少なくとも、いまのところわかっているのはそこまでだ。究極の蜜を味わいたかったが、ハンコックは期待感を引き延ばしていた――オナーの期待感も。

何度かそこに近づいた。腹にそって舌と唇をやわらかな恥丘の真上へとすべらせ、歯でそっと触れる。オナーは喉から低くうめき、それから限界に近づいているいら立った女の声をあげた。

ハンコックはほほ笑み、熱のこもった視線をあげた。オナーが彼とまったく同じ熱い視線を返してくると、獰猛なほどの満足感に襲われた。

そしてとうとう、ふたりがどうしようもなく求めていることに取りかかった。羽のように軽い手つきで、フラシ天のようなひだに指先をはわせてからそっと広げ、欲望の香りを吸いこんだ。繊細なピンク色の肉唇がまぎれもない強烈な興奮でつやめいていた。それでも、ゆっくり進めるようにと自分を戒めた。オナーを圧倒したりしない。彼女は小さい。たしかにファイターで、闘士で、あきらめ方を知らないが、きゃしゃな体つきをしている。彼の両手で簡単にあばらをおおってしまえるし、簡単に腰をつかんで、尻をベッドに押しつけられる。

ハンコックは顔を近づけていった。オナーは喉から低いすすり泣きをもらし、ハンコックの舌が小さな入口からこわばったクリトリスまで舐めあげると、はっと息をのんだ。舌でそっと触れられるのを待っているかのように、硬い蕾は上に向かって張りつめていた。

蕾を舌で転がし、じらし、いじめ、彼女が与えてくれているのと同じくらいの喜びを与える。

ますますしっとりと濡れていったが、それでもきちんと準備をさせたかった。彼を受け入れるように——受け入れられるように。ハンコックの体はどの部分も大きい。たくましく、筋肉がついている。引き締まっている。破壊のための究極の武器。それと誘惑のため。

そう、情報を得るために女を誘惑したことがある。だれひとり傷つけてはいないし、必ず彼女たちにとって気持ちのいいセックスになるように心がけた。だが、自分にとっては？ただ心を閉ざし、機械的におこなった。これほどの欲求を――執念を――感じることはなかった。

ハンコックはオナーの甘い蜜を味わった。とてつもなく純粋。これほどの純粋さは経験したことがない。舐めたり、すすったりするうちにオナーの体が動き、そのせいで傷が痛まないように押さえなければならなかった。

熱く濡れて、これなら彼を受け入れられると確信すると、ハンコックはたくましい体でのしかかり、オナーの半開きの目をじっと見おろした。

「ほんとうにいいのか、オナー？」そう聞きながら、ペニスを濡れた入口に押し当てる。

「こんなにたしかだと思えることは生まれてはじめてよ。お願い、ハンコック。わたしのためにしてちょうだい」

深く激しく突きあげて、すき間なくぴったりと重なりたかった。貴重な数秒間、ひとつになりたい。心と魂をひとつにしたい。

けれど、ありったけの自制心を働かせ、少しずつ慎重に腰を前に押し出していった。入口が広がると、オナーの目が見開かれた。そしてつらそうな目になり、それを見たハンコックは動きを止めた。

「だめ」オナーは抗議した。「抜くか、押しこむか、どっちにしてもいそいでちょうだい。

引き伸ばされてる感じがする。裂けてしまいそう。これじゃ痛いわ。やわらげて」

もし抜いたら、オナーはまた同じ痛みをくり返すことになる。そうなったら、自分のせいで痛みを与えるのをやめたくなってしまうだろう。そこでハンコックは目を閉じ、このうえなく甘い苦痛を味わっているかのようにきつく歯を食いしばり、奥まで突きあげた。

オナーが体をのけぞらせ、叫び声をあげると同時に、ハンコックは両手でしっかりと彼女の腰を押さえた。そしてすぐにオナーの顔に、目に、額に、鼻に、唇に、キスをしながら、その合間に「すまない」とくり返した。

「傷つけてほんとうにすまない、オナー」声に苦しみをあふれさせて言う。

オナーのほほ笑みが、ハンコックという人間のもっとも奥深くへと流れこんでくる。

「一緒に動いて」オナーはハスキーな声で誘った。「もうあまり痛くないわ。もしよければ……」

目をそらし、恥ずかしそうに視線を落とす。

ハンコックの胸のなかで心臓がひっくり返った。

「どうしてほしいんだ、ベイビー？」とやさしく聞く。

「触れて」オナーはささやいた。「胸に口づけして」

ハンコックはふたりのつながった体のあいだに手をすべらせ、一本の指で濡れた蕾をなでた。とたんに熱い蜜があふれてペニスを包む。ハンコックはうめき声をあげ、同時に顔をおろしていき、片方の張りつめた乳首を口にふくんで硬くした。時間をかけて舌でねぶり、舐め、つんと立った先端のまわりに濡れた跡を残す。それからもういっぽうの乳房に移り、同じようにすると、オナーは息を切らし、彼の下で落ち着きなく身もだえた。

「もういいか?」ハンコックは聞いた。歯を食いしばっているせいで声がひずんでいた。

「いいわ」オナーが答える。欲望で目が輝き、それを隠そうとしなかった。

ハンコックは彼女の腰をつかんだ。苦しめるのではなく、支えるために。オナーが動いて痛い思いをしないように、慎重に自分とベッドのあいだに押さえつける。それから腰を突き出し、また引いた。充血して非常に敏感になっている肉唇とペニスがこすれる。フラシ天のようななめらかなさやを突くたび、背筋に電撃が走った。睾丸が痛いくらいきつく締めつけられたが、これは自分のためにしているのではない。奪うのではなく、与えるのだ。オナーへの最後の贈り物。

心に、肺に、魂そのものに重くつらい悲しみがあふれ、その考えを追い払わなければならなかった。代わりにこれが気持ちいい行為になるように意識を集中させた。オナーがそう感じてくれればいいのだが。

奥まで突きあげて止まり、目を閉じ、強烈な快感に身をゆだねた。人生で経験したことのないやさしさに包まれ、エクスタシーの網の中へといっそう引きこまれていく。

「お願い」オナーが懇願した。その声は緊張してしゃがれていた。「いまあなたが欲しい、ハンコック。もういきそう……だけど、どうすればいいかわからない」

パニックになって、自信がないような口調だった。ハンコックはオナーを抱きよせ、きゃしゃな体を両腕で包みこんだ。はじめて男に抱かれるときは、抱きしめられるべきだ。ハンコックはオナーの上で波打つように腰だけを動かし、奥まで突いては引いた。

だが、オナーが彼の首に口をよせて歯を立て、耳へとキスをしていき、耳たぶを吸ったとき、目の前に星が見え、もはや体のコントロールがきかなくなった。彼女のために。彼女のためだけに。

ハンコックは何度も力強く突きあげた。

「いいわ」オナーがうめいた。「そうよ、ハンコック。それでいい。やめないで。もう近づいてるけど、なにが近づいてるのかわからない！」

いら立ちと純粋さを帯びた声に、ハンコックは最後の貴重な限界を超えてしまった。オナーの魅惑的な尻の下に片方の腕をすべらせ、より奥まで突けるように持ちあげ、また腰を振りはじめた。ふたりともあえぎ、うめき、身もだえていた。

オナーがハンコックの脚に自分の脚をからませ、押さえつけた。

「そうだ、ベイビー」ハンコックはささやいた。「おれに脚をまわして、しっかりと押さえつけろ。きみが望むところへ連れていってやる。怖がるな。おれが受け止めてやる。ただ身をゆだねればいい」

オナーはハンコックが二度目に突きあげたあと、腕の中で我を忘れ、震え、わなないた。彼女の叫び声が夜を切り裂く。ペニスのまわりに蜜があふれ、揺らいでいた最後の自制心が失われ、ハンコックもすぐあとに続いたが、オナーを先にいかせ、快感と絶頂感を与えるようにした。オナーがオーガズムにのみこまれてから、奥まで身をうずめて動きを止め、彼女の中に放った。

はじめて、家に帰ってきたような気分を感じていた。ふたつの心の触れ合い、肉体と魂の触れ合いにも似た気持ち。こんな気持ちは二度と感じられないだろう。

27

ハンコックはオナーを腕の中にしっかりと抱き、並んで横たわっていた。オナーが怪我をしたわき腹を下にしないように、圧迫しないように、気をつけた。静寂が訪れており、ふたりとも自分たちを包んでいる平穏を破ろうとしなかった。

オナーがいっそう腕の中にすりよってきた。彼のなかにもぐりこんで、永遠にそこにいられるかのように。すでにそうなっていることを知らないのだろうか？　これからの人生でどこに行こうと、ハンコックは彼女の一部を連れ歩くことになる。けっして起こらないことへの後悔も。

自分が憎かった。その憎しみは生きて、火を吐いていた。それ自体で命を持ち、ゆっくりと彼をのみこんでいく。そして最後には男の姿をしたマシンの抜け殻だけが残る。人間の男なら、腕の中にいる女に危害を加えさせるようなことはしないだろう。

オナーは黙っているが、彼女を見つめると、眉間にしわがより、目が翳《かげ》っているのがわかった。ハンコックは眉をひそめた。やはり傷つけてしまったか？　彼に頼んだことを後悔している？　ハンコックは彼女を自分のものにしたことに一片の後悔もなかった。彼が奪ったものは、けっしてほかの人間のものになることはない。彼女の純潔。バージン。オナーのはじめての男になったという栄誉。

胸を叩いている原始人みたいだと言うなら、それでもいい。もっとひどい言葉で呼ばれたこともある。

「なにを考えてるんだ?」ハンコックはやさしく聞いた。「痛かったか? おれたちがしたことを後悔してるのか?」

たちまちオナーの目が獰猛になった。「いいえ。まさか! ぜったいに後悔したりしないわ。ただ……」

目を伏せ、恥ずかしそうに頬を赤らめる。

ハンコックは一本の指でやさしくオナーのあごを上に向けた。「なんだ、オナー? おれにはなんでも話していい」

「それで、あなたにした約束を破ることになっても?」

今度はハンコックが眉間にしわをよせた。オナーはそんなに多くの約束をしていない。もう頼み事はしないと約束しただけだ。ああ。そのことを気にしているにちがいない。もうひとつ頼み事があるけれど、口にしてはいけないと思っているのだ。これ以上は望まないと約束したから。オナーは約束を守る女なのだ。

「望みを言え」ハンコックが指先であごをなでると、オナーはその手にすりより、満足げに目を閉じた。

「どうしてもあなたに触れたいの。あなたを抱きたい」真剣な口調で言う。「あなたを味わいたい。あなたが与えてくれたのと同じ喜びを与えてあげたい」

ハンコックはうめいた。「ベイビー、おれを喜ばせてないと思ってるなら、いますぐ真剣に反省会をしなきゃならないぞ。きみと愛し合ったときほど喜びを感じたことはない。人生で一度も」

オナーは驚いて目を見開いた。「でも、ハンコック、わたしはバージンだったのよ。自分がなにをしたのかさっぱりわからない！　あなたを喜ばせられたはずがないわ」

「ほんとうだ、ベイビー。あれ以上よかったら、おれは死んでる」

オナーの目は笑っていたが、すぐに真顔になった。「あなたがしてくれたみたいに、あなたに触れて、味わっても、ほんとうにかまわない？」

「男だったら、きみの申し出を実行してもらうためになんだってするぞ、オナー。おれも例外じゃない。だが、代わりに約束してほしい」

オナーは当惑した目を向けた。

「体を痛めるようなことはするな。きみが苦しんでるとおれが思った時点で、終わりだ。これはゆずらないぞ、オナー」厳かな口調だったので、完全に本気だということが伝わっただろう。オナーを怒らせたくないが、苦しめたくもない。彼を喜ばせようとするときに。なんてこった。オナーは彼に憎しみと冷たい軽蔑だけを向けるべきだ。外見も内面も美しい女。日光のようにまばゆく輝き、寒さと闇しか感じたことのないハンコックの心をあたためてくれる女。

だが、オナーはほほ笑んだだけだった。目は輝き、惜しみなく寛大な表情をうかべており、ハンコックは謙虚な気持ちになった。

「約束するわ」オナーは真面目に言った。「でも、ハンコック、ひとこと言ってもいい？あなたに触れて、あなたが与えてくれた喜びの十分の一でも与えられるなら、苦しいことなんてないわ。どうしてもしたいから、痛みなんて感じない。やらせてちょうだい。拒まないで」とやさしくつけ加える。ハンコックの気持ちをわかっているかのようだ。彼が自分にはそんな権利はないと思っているけれど、空気を求めるようにこれを求めてもいるということを。

それからオナーはまつ毛を震わせながら目を伏せた。恥ずかしいかのように頬がくすんだピンク色に染まる。

ハンコックはふたたびあごの下に指をすべらせて上に向け、オナーの目を見つめた。なにが気になっているのだろうか。

「なにが怖いのか教えてくれ、オナー」ハンコックは可能なかぎりありったけの忍耐とやさしさを声にこめて言った。

オナーは唾をのみ、深く息を吸った。「どうやって喜ばせたらいいかわからないの。どうしてもしてあげたいのよ、ハンコック。あなたはほんとうにすてきなことをしてくれた。あんな感じだとは想像もしてなかった。あなたが与えてくれたものを少しでも返せるなんて思いちがいはしてないけど、気持ちよくしてあげたい。わたしがすることで気持ちよくなってもらいたい。だけど、どうすればいいかわからないの」

最後の言葉にはいら立ちがにじみ、怒りさえも感じられた。自分自身に対する怒りが。

「どうやって喜ばせたらいいか教えてくれる?」オナーはささやいた。「なにをどうすればいいか教えてくれる?」

すでにペニスの先端からはしずくの玉がにじんでおり、オナーの視線がそれに引きよせられた。魅了されているみたいだ。その光景に心を奪われてどうすることもできないかのように、オナーは顔を近づけ、しずくをそっと舐め取った。

ペニス全体が痙攣し、腰が跳ね、唇から悪態がもれる。ハンコックは両手でシーツをしっかりとつかみ、しがみつくように握りしめた。

すぐさまオナーが体を引いた。その目は打ちひしがれ、涙がうかんでいる。

「ごめんなさい」ハンコックを怒らせたと思っているのか、オナーはあわてて言った。それからこぶしで自分の脚を殴った。手首の傷が開かないように、ハンコックはすぐに彼女の手をつかんだ。そして親指で愛撫するように肌をなでてから、オナーの手を口に持っていき、指の関節にひとつずつキスをした。さらに一本ずつ指先を口にふくんで吸った。

それからもっと奥まで入れ、先端を舐めてから、なめらかな指の腹に舌をはわせ、喉の奥まで吸い、のみこむように締めつけた。

オナーははっと理解して目を見開いた。どうやって喜ばせるかを教えられているのだと。

どうやってペニスを口にふくんで喜ばせるか。

「オナー、きみはまちがったことはなにもしてない」ハンコックは言った。気づかないうちに急にやさしい声になっていた。誘惑するようなしゃがれ声で、世界一大切な女に求愛しているみたいだった。自分のものにしなければ死んでしまうにちがいない。

「くそ、もっとうまくやられたら、おれは我を忘れてしまう。おれを見ろ、オナー。おれを見るんだ。ちゃんとおれを見ろ」

オナーはしぶしぶ視線をあげてハンコックと目を合わせた。

「きみがしようとしていることを喜んでいないように見えるか？　おれを見ろ、オナー。きみがおれをこうさせてるんだ。裸で、生まれたばかりの赤ん坊みたいに無防備だ。実際、こんなふうに感じるのは気に入らない。ただし」そこで間を置いてから言う。「きみのためならかまわない。きみといるときは。きみといるときだけは」

するとオナーはほほ笑んだ。濃い茶色の目に安堵が輝き、ハンコックの魂まであたたかくなった。

「きみにならなにをされてもうれしいし、もっとしてくれと懇願するだろう——ああ、そうだ、オナー、懇願すると言ったんだ。きみに触れてもらうためだけでも、ひざまずいて、きみの言いなりになる。きみの唇。乳首。体。すべてが欲しい」

「じゃあ、わたしに経験がなくても気にしないのね」オナーはうれしそうに言った。

ハンコックはオナーの顔を両手で包み、指に髪をからませ、息もつかせぬ動きで唇を奪った。それから口をはなしたが、指はシルクのような髪にはわせたままだった。いくら触れても足りないとばかりに。

「こんなふうに親密にきみに触れた男がおれだけで、すごくうれしい。きみがこれほど親密に触れた男がおれだけだというのがうれしい。きみの甘い口にペニスを入れて、ビロードのようにやわらかい舌で触れてもらう唯一の男だ。ああ、きみがおれにしてくれることは贈り物だ、オナー。ちくしょう、こんな貴重な贈り物をもらえるなんて。それに対しておれは苦しみと裏切りしか返せないというのに」

ハンコックの目に涙があふれる。オナーの前では感情を隠そうとしなかった。だれかの前で感情を見せることなどけっしてなかったのに。だれも彼の心を見抜かない。家族でさえも。垣間見ることはあっても、ハンコックが彼らに見せたいと思っているものを目にするだけだ。そうすることで、愛しているとわかってもらうために。

しかし、オナーは彼のすべてを理解している。彼が生涯をかけて抑えつけてきたすべてを。彼は大切なもののまわりに難攻不落の要塞を築くことで、その存在を消してきた。自分でなると決めたものになった。究極の暗殺者。感情のせいでしくじったりしない。任務に私情をはさまない。

だが、このところ、もはや任務に心をささげていないとわかっていた。もはや心も魂もない。オナーが決定打だった。これが――彼女の件が――終わったら、引退し、二度と振り返らない。オナーが彼に送ってほしいと望んだであろう人生を歩もう――というより、歩む努力をしよう。まさに善そのものを破壊したと知りながら、生きていけるものだろうか？　それがたとえ、悪の代表を倒して、何十万という罪のない女や子どもや男を救うためだとしても。

ほんとうにそれだけの価値があることか？

どうだ？

オナーが目を細めてハンコックを見つめ返した。「いまは喜んでる男の顔じゃないわね」

ハンコックはほほ笑みをうかべた。ほんとうのほほ笑みを。苦しみと愁いにとりつかれ、それらを死ぬまでずっとかかえていくことになるはずだが、いまは手放した。どんなものにも、太陽の下にいるようなこのつかの間の輝かしい瞬間を邪魔させない。オナーの明るさと善良さに包んでもらおう。そのことをいつまでも忘れたりしない。

「きみの口があるべきところにないからだ」ハンコックはつぶやき、親指でオナーの下唇に触れてから、口の中に入れ、舌の先をやさしくなでた。

「じゃあ、教えて」オナーは息を切らしながら言った。呼吸が速くなり、乳首がつんと硬くなる。

我慢できず、ハンコックはオナーの腿のあいだに手をはわせた。長い指を中にすべらせ、オナーの口から小さく喜びと驚きの声がもれるのを楽しんだ。

ああ、濡れて興奮している。彼を喜ばせるという考えで。

ハンコックは枕をベッドわきの床に落としてから、うやうやしく、とても慎重に、オナーを腕に抱きあげ、硬い床に直接ひざをつかなくていいように、彼女を枕の上におろした。

そしてベッドの縁に腰かけ、股を広げた。ペニスがまっすぐそそり立って腹部にくっつき、先端にはまだしずくがたまっていた。オナーがまたペニスを見て、無意識に唇を舐めると、ハンコックはうめき声をもらした。

「ベイビー、やめてくれ」しゃがれ声で言う。「その甘い口の中に入れる前にいってしまう。いますぐそこに入りたくてたまらない」

「じゃあ、どうぞ」オナーはやさしく言った。彼女の無邪気さが清らかな雨のように押しよせてくる。「やって、ハンコック。あなたに主導権を握ってほしい。どういうのが好きか教えて。どうやって喜ばせればいいか。失敗したくない」

なんてこった。喜ばせるのを失敗する？ ただ触れてもらうだけでうれしいというのに。ずっと前から、自分は地獄に落ちるとわかっていたが、オナーのそばにいて、キスをして、触れて、奥深くに身をうずめて、ひとつの人間に、ひとつの魂に、ひとつの存在になる、その一瞬だけは天国が見えた。人生でなにかをこんなに求めたことはなかった。

その考えを言葉にはしなかった。そんなことをしたら、永遠に我を失ってしまうだろう。ハンコックはオナーの髪を指にからませ、頭の両側を包んで引きよせた。

「口を開けて」とぶっきらぼうに言う。「だが、歯は出すな。歯が当たると……痛いし、気持ちよくはない」

オナーはほほ笑み、それと同時にハンコックが引きよせると、従順に唇を開いた。

「リラックスして、おれを信じろ。まずはゆっくりとはじめて、慣れてもらう。亀頭をじらしてくれ。とくに下側だ。舌だけを使って」

オナーは言われたとおりのことをした。うますぎる。ためらいがちに舌が触れ、大きな亀頭のまわりを舐められると、ハンコックは頭をのけぞらせた。これは。これは天国だ。オナーが天国だ。天使。

オナーはふくらんだ亀頭の下側をとくに念入りに舐め、じらしてから、外縁とさおのあいだの溝をなぞった。

ハンコックは歯のあいだから長く息を吐き、彼女の髪と頭をつかむ手に力をこめたが、オナーは不平をもらさなかった。たじろぎさえしなかった。それでもハンコックはもっとやさしくするように自分に言い聞かせた。オナーは怪我をしているのだ。本来ならこんなことをすべきでもない。襲撃され、撃たれ、ブリストーのゲス野郎にレイプされかけた。それなのに、自分はなにを考えているのだ？　彼の腕の中で休んでいるべきオナーにこんなことをさせているなんて。

それでも、自分勝手だが、この快楽を堪能せずにはいられなかった。これほど自分のために望んだものはない。欲したものはない。なにかを、だれかを欲したりしない。だが、オナーが欲しかった。

ハンコックはサテンのような唇からしぶしぶ分身を引き抜き、ただそこに座っていた。荒い呼吸が静かな部屋に大きく響いている。

「ちょっと待ってくれ、ベイビー」しゃがれ声で言う。

「じゃあ、よかったってこと？」オナーが恥ずかしそうに聞いた。「気に入った？」

ハンコックはのろのろと体をかがめてオナーの唇にキスをし、どれだけ気に入ったかを伝えた。

「よかったというより、めちゃくちゃよかった」

するとオナーはほほ笑み、ハンコックの肺から呼吸が奪われた。

「もっとしたいわ」オナーは言った。

「いいとも」ハンコックはきっぱりと言った。

ふたたびオナーの頭を包み、思った以上に強く髪を指にからませ、またそそり立つペニスへと導いた。

「慣れてもらうために、最初は浅く突く。パニックにならないでくれ。鼻で呼吸するんだ。きみがもう大丈夫そうだと思えたら、奥まで突く。とても奥まで」ハンコックははっきりと警告するように言った。引き返すならいましかないと。

しかし、オナーは躊躇したりしなかった。ただうなずき、目は性的興奮で燃えあがっていた。

「おれを信じろ」ハンコックは言った。「頭を押さえてるから、先端を喉の奥までのみこんで、しぼり取ってほしい。その快感がなんとも言えないんだ。だが、パニックになるな。呼吸がしたいときはわかるから、抜いてやる。だけど、奥まで押しこむぞ、オナー。どれだけ受け入れられるかをたしかめる。つらかったり、ひと息つきたかったり、やめてほしかったりしたら、おれの脚を握ってくれ」

ハンコックはつかの間だけオナーの頭から両手をはなし、包帯が巻かれた手を取った。ふたたび悲しみがあふれる。絶望にかられてオナーはこんなことをしたのだ。実際にみずから大切な命を絶とうとしたのだ。

世界でもっとも壊れやすく大事なものであるかのように、ハンコックは慎重にオナーの手を自分の腿の上に置いた。厚い筋肉におおわれ、何年もの厳しい訓練と実戦で硬く引き締まっている。

ハンコックはオナーの親指を自分の肌に食いこませるように押しながら、彼女を見つめた。

「こうするだけでいい。そうすればやめる。すぐに」

オナーは顔をしかめ、首を横に振った。「ハンコック、あなたに触れるのが好きなのよ。何度も握っちゃうわ。べつの合図があるはずよ。わたしの手はぜったいにじっとしていないわ」

ハンコックはほほ笑んだ。「いや。大丈夫さ。じっとしてるんだ。手を動かすな、オナー。やめてほしいとき以外は。わかったか?」

その命令にオナーは身震いした。どうしても支配するような口調になってしまう。オナーに服従してもらうとは、なんという贈り物だろう。一生こうしていられたらいいのだが。もしそうできたら、彼はまちがいなくオナーの人生全体を支配するだろう。人生のあらゆる面をコントロールする。だが、世界じゅうのどんな女よりも甘やかされ、大切にされ、計り知れないほどいつくしまれる。愛ゆえに支配するのだ。守り、支えたいから。罰したいからではないし、支配的なろくでなしになりたいからでもない。すべて、どんなことも、オナーのためなのだ。彼の命。存在そのもの。彼女を喜ばせ、幸せにするのが唯一の目的なのだ。

「わかったわ」オナーがささやいた。欲望で目が輝いている。口を開け、またペニスを味わうのが待ちきれないというように唇を舐める。

ハンコックはそれを与えた。苦しいくらいゆっくりと少しずつ入れ、途中で止めて、彼のサイズに慣れさせた。謙虚なふりをしたところで、彼が小さな男ではないという事実は変わらない。平均的でもない。彼のサイズを見て、女が拒んだこともあった。信じられないくらいの運のよさにうめく女もいた。

ハンコックにとっては、ただの付属物でしかない。武器庫の武器をつねに携帯しているのと同じだ。ただしいまは、オナーを傷つけるかもしれないと気づいていた。おびえさせるかもしれない。彼のサイズにおじけづいて、彼を喜ばせられないと思うかもしれない。喜ばせられないはずはないが。

「大丈夫か？」シルクのような口の中にペニスが半分入ったところで、ハンコックはささやいた。

オナーの目が代わりに答えていた。明るく輝き、もっと入れてくれとはっきり誘っている。いや、要求している。だが、オナーの手はじっとしていた。ハンコックが命じたとおり、動かしたりしないとわかっていた。また、どれだけやりすぎても、オナーはけっして彼を止めないともわかっていた。そのことをハンコックはつねに念頭に置いていた。

動きを止め、ペニスを引いてから、さっきよりも強く突くと、オナーの頬が外側にふくらみ、あえぎ声がもれた。けれど、オナーはすぐに気を落ち着け、鼻から息を吐いた。ペニスをくわえている口から力が抜け、さらに奥へと吸っていく。

ハンコックは引いては突き、そのたびにより奥まで入れた。毎回オナーの反応をうかがい、やりすぎていないかたしかめた。おびえさせていないか。傷つけていないか。だが、毎回オナーは飢えたような目を向け、もっと欲しいと伝えてきた。

オナーが取り乱すことはないと確信すると、とうとう内なる獣に屈した。主導権を握って快感を得ろと叫んでいる。支配しろ、自分のものを奪えと。少なくとも、今夜だけは彼のものなのだ。

オナーの指には一度も力がこもらなかった。やりすぎだと思ったらそうしろと言ったように肌を押すのではなく、親指で円を描くように愛撫しながら、ペニスをくわえたまま満足げな声をもらした。

彼に触れているだけで快感を覚えているのだ。

そのことにハンコックは当惑した。こんな絆は理解できない――彼女のことも。簡単にハンコックを受け入れている。彼という存在を。たいていの人たちにはゆがんでいる、病んでいる、邪悪だと言われる彼の欲求を。オナーはそれを呼吸するように自然に受け入れている。

ハンコックの動きは乱暴になっていったが、すべての傷に注意を払った。どの部分なら触れられるか、触れられないかと。

しかし、もはや我慢できず、大きな手でオナーの顔を包んでしっかりと支えた。オナーはその場でひざをついて、されるがままになるしかなかった。ハンコックは強く突き、いちばん奥で止めた。オナーの喉にペニスの先端を繊細に締めつけられ、しずくを吸われるのを堪能した。これからなにが起こるかは明らかだった。

オナーは彼が口の中で果てると思っているのだろうが、ハンコックにはべつの考えがあった。原始的。動物的。モンスターである自分のなかに存在する性質そのもの。

ハンコックはペニスを抜き、オナーに息をつかせた。彼女を見おろし、いまの気持ちを目にうかべて伝える。彼女は大切な存在だと。何度も言ったことだが、今回は証拠を与えた。ほかのだれにも与えたことがないもの。ありのままの彼自身。心を閉ざしていないまなざし。

オナーは息をのみ、目に涙があふれた。それはゆっくりと伝い落ち、彼女の顔をしっかりと押さえているハンコックの手まで流れてきた。

「激しく突くぞ、オナー」ハンコックは激情で恍惚となり、荒々しい声になっていた。

「お願い」オナーはやさしく懇願し、ペニスの先端を唇にのせた。「すべてちょうだい、ハンコック。どうしてもあなたを喜ばせたい。あなたが与えてくれたものを返したい。あなたがなにをしても、拒んだりしないわ」

ハンコックはしゃがれた叫び声をあげると、強く、罰するかのように喉の奥まで突き、オナーの呼吸を奪った。わざわざそこで止めなかった。もういきそうだ。すぐにでも達してしまう。けれどこうしたかった。オナーの口を犯したい。印をつけたい。今夜、オナーは彼のものだ。彼女にもそれを知ってもらうのだ。

奥まで激しく突く。オナーは苦しそうだったが、すぐに慣れ、ハンコックがペニスを引いたときに呼吸するようになった。最初の精液がオナーの舌にほとばしると、鉄の自制心が消えそうになり、そのままオナーの口にあふれさせたくなった。

だが代わりに味わわせた。一度だけ。口の中に彼の味を残し、においを感じながら眠りにつくように。

ペニスを抜くと、オナーは抗議するように、暗く傷ついた目をした。まちがったことをしてしまったと思っているかのように。ハンコックは片方の手でオナーの頬をなで、もういっぽうの手で充血したペニスをつかんだ。

そしてオナーのあごの下に手をすべらせて上を向かせ、首をあらわにすると、獰猛なくらい激しくペニスをしごきはじめた。濃厚な白い液体がオナーの首にかかる。それから胸に向けて、両方の乳房に、乳首にかけ、最後にサテンのような顔の肌に押しつけた。制御できずに顔じゅうにかかって目に入ってしまわないように。

頬にこすりつけてから、唇に口紅のように塗り、最後にまた口に入れて深く強く押しこんでそこで止まり、喉の奥に放った。ハチミツを塗ったシルクのような甘美な口の中に一滴残らずしぼり出す。

永遠にそうしていられそうだった。

オナーがゆっくりとしぼんでいくさおを舐め、やさしく吸った。オーガズムを迎えたいま、ハンコックがどれだけ過敏になっているかわかっているかのように。片方の手で睾丸を包んで愛情をこめて愛撫しながら、精液を一滴残らずきれいに舐め取った。とうとう彼女の口から抜くと、オナーはペニスを両方の手のひらで包んで先端にキスをし、割れ目をとてもやさしく舐めながら、睾丸を愛撫した。

それから心のこもった目でハンコックを見あげた。まつ毛には涙が小さなダイヤモンドのようにきらめいていた。

「ありがとう」オナーはハスキーな声でささやいた。「今夜のことはぜったいに忘れないわ。あなたのことも」

28

オナーはハンコックの腕の中に横たわり、彼の胸に頰をよせていた。頭の上には彼のあごがのっている。ふたりとも無言で、オナーはハンコックのウエストにしっかりと腕をまわしていた。できるだけ長くそばに、彼女の横にいてもらいたかった。一分過ぎるごとに夜明けが迫り、ふたりで過ごす夜が終わりに近づいていく。

ハンコックはオナーの髪を指で何度もすいた。ただなでているだけ。ほとんどうわの空で、なにか重要なことを思案しているみたいだった。

彼を愛している。

苦しみで体が焼けるようだった。これまで経験したどんな苦痛よりもつらい。怪我、襲撃で受けた痛手、コンラッドの代わりに撃たれたこと、ブリストーに二度襲われたこと。そのどれよりも、この男を愛することのほうがつらかった。ハンコックは彼女をマクシモフに渡し、二度と会えなくなる。

それがなによりつらかった。失われたものを思って涙を流さずにいるには、ありったけの自制心が必要だった。けれど、泣いたりしない。ハンコックも傷ついているのだ。オナーにはわかっていた。ハンコックは黙りこんでいる。彼が最後にしゃべったのは、オナーが彼に感謝を伝えたときだった。ハンコックは彼女の額にやさしくキスをして言った。「いや、おれのいとしいオナー。礼を言うのはおれのほうだ。きみはおれにとってはじめての太陽の光だ」

それからハンコックはオナーをバスルームに連れていき、あたたかいシャワーで彼女の全身をすみずみまで洗った。傷にはとくに注意を払った。シャンプーまでして、やさしくマッサージするように長い髪を洗ってから、泡を洗い流してくれた。そのあとで体を拭き、抗生物質の軟膏と、痛みを抑えるための局所麻酔薬を傷に塗り、包帯が必要なところにはふたたび巻いてくれた。次いで髪を乾かしてから、オナーを寝室に連れていった。そしてベッドの上に座ってヘッドボードによりかかり、彼女を脚のあいだに座らせ、もつれた髪をとかしてくれた。

オナーが眠りに落ちそうになると、ハンコックは彼女をそっと横たえ、怪我をしていない側を下にした。それから自分の体でオナーを包みこみ、彼女の頭の上にあごをのせ、抱きしめた。

だが、どちらも眠らず、しゃべらなかった。そもそも、なにを言えばいい？　ふたりとも、なにをすべきかわかっている。なにが起きるか。オナーにはひとつだけ悲しいことがあった。ひとつだけ。救済センターの襲撃でもなく、絶えずおびえながら逃げたことでもなく、ハンコックに裏切られたことでもなく、ブリストーに襲われたことでもない。すべてはこの美しい夜につながっていたのだから。そう、唯一悲しいのは、彼女にはこのひと晩しかないことだった。

ハンコックは人生でもっとも美しい夜を与えてくれた。けれどそのおかげで、この先けっして手に入らないものを知ってしまった。オナーはそれを切望していた。人生でこれほどなにかを切望したことはない。ハンコックのそばにいること。彼の支配、思いやり、保護、なんとしても彼女を幸せにするという徹底した献身。

オナーは泣きたくなった。今夜を望んでいたものの、いまや禁断となった果実の味を知らなければよかったとも思っていた。知らなければ、嘆くこともない。

ハンコックは動揺して緊張していた。体が震えているのが感じられるし、ものすごく強くオナーを抱きしめている。あざになりそうなくらい痛かったが、オナーはなにも言わなかった。触れていてほしい。彼女を傷つけていると思ったら、ハンコックはすぐに距離を置くだろう。そんなのは耐えられない。小さな痛みは、ふたりに残された短い時間を彼の腕の中で横たわっているための小さな代償にすぎない。

ひと晩だけ欲しいと彼に頼んだ。今夜だけ。だけど、ハンコックは明日の夜も抱いてくれるだろうか？　それがほんとうにふたりで過ごす最後の夜になると知りながら？　翌朝にはマクシモフに彼女を渡すために出発すると知りながら？

それとも、明日の夜は心を鬼にして、彼女以外の全員の目に映っているハンコックに戻る？　マシン。目的を達成できるのであれば、女を男に引き渡すことをなんとも思わない、感情のない傭兵。

ええ、そっちのほうがおおいにありうる。彼女と距離を置くだろう。いつもの冷たい目と容赦のない表情で彼女を起こすはずだ。そして囚人である彼女をそのとおりに扱う。もちろん、身体的に傷つけたりはしない。けれど、物として扱う。冷静に、彼女などまったく重要ではないかのように。そうすることでしか、自分がすべきことに耐えられないのだ。ハンコックがつらい思いをしていると、オナーにはわかっていた。ほかの人はだれも気づかないだろう。だが、オナーはわかっていたし、この先も彼のことならわかるだろう。

ハンコックが心を鬼にして、偽りの姿をまとっても、オナーはつらくはない。そうすることでハンコックは何年も孤独に耐えている——耐えてきたのだ。オナーにとってつらいのは、二度とハンコックに会えなくなることだった。マクシモフやニュー・エラになにをされても、この苦しみにはかなわない。これほど短いあいだに愛を知り、めったにない情熱を味わい、ほんとうのハンコックと親密な絆を結んだ。彼女だけに見えるハンコック。だけど、それも二度と見られないだろう。

マクシモフやニュー・エラになにをされても、耐えられる。歓迎さえする。ハンコックを失うという本物の苦しみをしばし忘れさせてくれるはずだから。死が訪れたら、それも歓迎するだろう。死ねばなにも感じなくなるのだから。

オナーは目を閉じた。穏やかな気持ちに包まれる。彼女の人生は無意味ではなかった。魔法のようなひと晩、愛を経験した。愛し、愛された。今夜の出来事は、これまで起きたことより、これから起こることより、どんなものよりも意味がある。この愛を与えてくれたから。そのために死ぬ価値はある。

「きみを手放せない」

苦悩と絶望に満ちたハンコックのしゃがれ声が、重い静寂ともの思いを破り、オナーはどきっとした。

ハンコックの腕に力がこもり、オナーはもはや顔をしかめずにはいられなかった。だが、ハンコックは気づいてもいない。

「おれにはできない、オナー。無理だ。したくない。ちくしょう、したくない！」

ハンコックは憤っていた。全身が緊張し、怒りで筋肉が波打っている。ほんとうの彼を知らなかったら、その顔におびえていただろう。生涯にわたってまわりから見られてきた姿そのものだった。残虐非道な殺人者。

オナーはやさしくハンコックの腕をほどき、わずかに上体を起こして正面から向き合った。困惑を隠さなかった。

「ハンコック？」とためらいがちにささやく。

どういうことかわからなかった。ハンコックはなにを言っているのだろうか。オナーは完全に混乱していた。

ハンコックの顔には苦しみがうかんでいた。目は苦悩が燃えあがり、まるで世界を肩で支えているかのようだった。この何時間か、無言で横たわり、オナーが消えてしまうのが不安だとばかりに彼女にしがみつきながら、このことを真剣に考えていたのだろうか？　ずっと前から計画していたのか、それとも、ただ衝動的に決めたのだろうか？　今夜にしがみつこうという無意味な努力。もちろん、しがみついていたいけれど。

ハンコックが彼女の頬に触れてくると、オナーは我慢できなくなった。彼の手のひらに鼻をすりよせ、キスをしたが、そのあとで問いかけるように視線を返した。いまなにが起きているのだろうか。なんであれ……大きなことだ。そのせいでとても心配になった。自分のことではなく、彼のことが。

「聞いてくれ、オナー。そして理解してくれ。きみをあきらめたくない」ハンコックは荒々しい口調で言った。「この世のどんな強い力でも、おれにきみをあきらめさせることはできない。わかるか？」

オナーは眉をよせた。「だけど、マクシモフは……」

「マクシモフなんてくそ食らえだ」ハンコックは獰猛に言った。「それに、大義もくそ食らえだ。いままでずっと、おれは大義のための道具だった。自分のためになにかを望んだことは一度もない。自分のためになにかを期待したこともない。自分のだといえるものはなにひとつない。自分だけのもの。だが、おれにはきみがいる、オナー。きみをあきらめたくはない。ぜったいに」

オナーの口の中に鋭く苦い恐怖の味がした。ハンコックを見つめ、その恐怖をすべて伝える。不安だった。ハンコックのことが。それと、彼が話していることの意味が。

「でも、ハンコック、マクシモフが望むものを渡さなかったら……彼がどんな人間か話してくれたでしょう。あなたを殺すわ。動物のようにあなたを狩る。彼について、どんな男か聞いたけど、きっと彼にとって時間は重要じゃない。必要なら何カ月も、何年も待って、あなたを殺すわ。どれだけ時間がかかっても復讐する。待って、攻撃をしかける。そんなことはさせられない、させたりしないわ、ハンコック。あなたはわたしが大切な存在だってずっと言ってる。もう、ハンコック、あなただって大切な存在よ」オナーは怒って言った。「大切な存在なの！　この世界にとって大切な存在。世界にはあなたが必要よ。それに、わたしにとって大切な存在なの！　わたしの犠牲は無駄にはならないって言ったでしょう。大義を果たせるって。だったら、わたしの犠牲を無駄にさせないで！　わたしはぜったいに自分の命とあなたの命を引き換えにしたりしないわ。ぜったいに！」

「おれにとってきみは大切な存在じゃないと思うのか？」ハンコックはどなった。「おれがただきみをやつに渡して、歩き去ると思うか？　やつに何度もレイプされて、やつの部下たちにもレイプされると知りながら？　だれかにほうびを与えたければ、やつはそいつにもきみをレイプさせる。楽しいというだけの理由で、きみを拷問する。それからきみはニュー・エラに渡され、想像しうるかぎりの恐怖を与えられる。きみが死にかけて、もはや絶え間ない暴行に耐えられなくなったときに、ようやく連中はきみを殺す。だが、情けはかけず、すぐには殺さない。占領している村の真ん中まで引きずっていって、できるかぎり多くの傷を負わせる。そうしてきみはゆっくりと悲惨な死を迎える。それからきみの死体は放置され、腐敗していく。だれも動かそうとはしない。余計な手出しをして殺されたくないから」

ハンコックが語る情景を思いうかべ、オナーは身震いした。涙が頬を流れ落ちる。自分たちにはどうすることもできない状況だとわかっている。たとえハンコックが認めなくても。運命は決まっている。自分たちは二度と一緒にはなれない。オナーが死ななければ、ハンコックが死ぬことになる。

「自分の命とあなたの命を引き換えにはしないわ」オナーはくり返した。激しい怒りがこみあげて高まっていき、地獄の業火となる。「あなたは善良な人よ。あなたが自分をどう思ってるか、どんな人間だと思ってるか、そんなのはどうでもいい。わたしにはあなたが見えるわ、ハンコック。あなたが見える。世界にはあなたが必要よ」

「おれにはきみが必要だ」ハンコックは憤って言った。「おれがなにより欲しいのは——必要なのは——きみだけだ。きみが必要なんだ、オナー。きみをレイプさせて、拷問させて、ゆくゆくは惨殺させるなんて、おれはどれだけひどい男だ？　なにも起きなかったかのように生きていけると、本気で思うか？　おれが乗り越えられると思うか？　これからも大義のために正しい戦いをすると？　きみが大義だ。そのきみをおれが殺したことになる。おれが死にいたらしめる。おれがきみをレイプさせ、拷問させる。連中の手にかかっているきみを想像して、おれが夜眠れると思うか？　おれがいる世界がよりよい場所になると思うか？　おれはこの世界が見たこともないモンスターになってしまう。大義なんてどうでもいい。おれの大義はおれの手で破壊されたことになるんだから」

オナーはハンコックと額を合わせた。涙が彼の顔に落ちる。「これからどうするの？」オナーは途切れがちにささやいた。

「取引をする」

オナーは驚いてハンコックを見つめた。

「指示どおりに引き渡しの場所に行く。そして、おれと部下たちがマクシモフを倒す。きみをやつには渡さない、オナー。理解してくれるか？　おれを信じるか？　きみをやつには渡さない。ぜったいに家に連れ帰る」

オナーは唾をのんだ。希望が芽生えはじめたが、それを懸命に抑えようとした。希望は非常に危険で微妙なものだ。いとも簡単に壊れ、それでいていとも簡単に育まれる。

「あなたを信じるわ」オナーは即答した。

ハンコックは顔を近づけてキスをした。

「じゃあ、おれがやり遂げると信じてくれ。もう行かないと。きみは休んでくれ。ちゃんと休むんだぞ。いいか、オナー、休まなかったら、コンラッドに鎮静剤を打たせるからな。おれは部下たちのところに行ってくる。まったくべつの計画を立てなきゃならないが、あと二十四時間ちょっとしかない」

オナーは悲しげにほほ笑んだ。「あなたの爆弾発言のあとだし、コンラッドを呼んだほうがいいわ。眠れそうにないもの。目がさえて、心配ばかりして、しかも……」――あまり大きな声で言ったら縁起が悪いとでもいうように、ささやき声になる――「……希望を抱いちゃう。希望を抱くのが怖いの、ハンコック」

「おれの名前はガイだ」ハンコックは小声で言い、急に話題を変えてオナーを驚かせた。

「家族以外はだれも名前で呼ばない。いや、家族でも名前で呼ぶのは妹のイーデンだけだな。血のつながっていない妹だ。おれの育ての父親と、血のつながらないふたりの兄弟には、たいていハンコックと呼ばれてる。きみには名前で呼んでもらいたい。ただし、ふたりきりでいるときだけ」

「ガイ」オナーは舌の上でその響きを試した。「ガイ」ともう一度言う。「ぴったりの名前ね。ハンコックよりずっといいわ」しばし言葉を切ってから、ハンコックを見つめる。視線をからませ、自分の気持ちをすべて目にうかべる。伝わればいいのだけれど。

ハンコックはごくりと唾をのんだ。その表情には同じ気持ちが映し出されていた。

「そっちのほうがずっといいわ。だって、わたしに教えてくれた名前だから」オナーは静かに続けた。

ハンコックのあごを愛撫しながら、オナーは愛をこめて見つめた。気づいてくれればいいのだけれど。言葉にはできない――しない。いまは。それでは感情を操作することになる。危機を脱したわけではない。とんでもない状況におちいるかもしれない。自分のせいで事態を悪化させるつもりはない。

ハンコックはもう一度オナーにキスをしながら、起きあがってジーンズをはいた。「きみを失望させはしない」と荒々しい口調で言う。「おれは何度もきみを失望させてしまった、オナー。だが、今回はそんなことはしない。二度としない。おれを信用してくれと言われても難しいだろう。おれはその信頼を裏切った。信用できなくて当然だ。それでも信じてほしい。おれにとって大切なことなんだ。とても」

オナーは信用するとはっきりと言った。けっして目をそらさず、心から口にした。その言い方は、愛しているいると伝えたのも同然だった。ハンコックの目が強烈な熱を帯びる。オナーが彼を信じると言ったときに、愛しているの響きが聞こえたのだろう。

オナーにとって、信用は愛だった。そして愛は信用だった。彼女にとって、それらは同じひとつのものだった。

29

「今回もおれたちにやってほしいのか、ボス？」ヴァイパーが明らかに当惑した目で聞いてきた。

ほかのチームメイトたちも同じように困惑の表情をうかべていたが、全員の反応に共通するのは……安堵だった。コンラッドの顔には、安堵だけでなく猛烈な満足感もあった。こぶしを突きあげるとか、まったく柄にもないことをして、体で表現したいくらいに見えた。だれにも好意を抱かないコンラッドが、ひとりの女に心を奪われていた。彼女には、これまで彼らが仕えてきた男たちの九九パーセントにはなかった勇気がある。彼女はコンラッドに尊敬され、いまでは守られている。ほかのだれよりもコンラッドの安堵がもっとも明らかだった。自分の命を救ってくれた女が生贄の子ヒツジとしてささげられること、そのいまわしい行為にかかわることに頭を悩ませていたのだ。

「聞こえただろう」ハンコックはぶっきらぼうに言った。明らかに全員に聞こえたことをもう一度言う忍耐強さはなかった。「任務変更だ」

「ついてる《グッド・モジョ》」モジョがいつもの抑揚のない口調ではなく、生き生きした声で言った。ほんとうにうれしそうだ。

「反論するわけじゃないし、もしまだ軍にいたら、『フーヤァ』って言ってるところだが」

コープが口をはさんだ。「十二時間ちょっと前に最後のミーティングをしてから、なにが変わったんだ？」

「すべてだ」ハンコックはうなるように言った。「マクシモフを倒すために、罪のない女を拷問させて殺させたりしない。多数にとっての利益というモットーにはうんざりだ。神に誓って、おれの聞こえるところでまたそれを口にしたら、承知しないからな」

「言うもんか」コンラッドがぶっきらぼうに言う。

「ついてる《グッド・モジョ》」

「最高だな、ブラザー」ヘンダーソンが甲高い声で言った。

ヴァイパーとコープもうなずく。

「マクシモフに望みのものを渡すふりをして、やつをおびき出す。それから、やつとほかの仲間もつぶす。どれだけ混乱や騒ぎが起こってもかまわない。やつの帝国を破壊することにこだわらなくていい。今回くらい、ほかのやつに後始末をさせればいい」

「今夜のあんたはイケてるな」コンラッドがそっけなく言った。

「どうやってブリストーを殺したか教えろ」ハンコックは出し抜けに聞いた。その口調には殺意がこもっていた。

コンラッドは肩をすくめた。「まだ生きててくれてもよかったのにな。いや、死んでよかったか。数時間いたぶったが、女々しい野郎だ。あと一時間ももたなかったんじゃないか。残念ながら」

あっという間に死んだのだろうという考えに、ほかのチームメイトたちがぶつぶつと不満をもらした。

「オナーを薬で眠らせて連れてこいという指示だった」ハンコックは話題を戻した。

コンラッドが片方の眉をあげた。「そうするのか？」

ハンコックは柄にもなくためらった。いつもはすぐにきっぱりと答える。完全に状況を掌握する。部下たちはハンコックのためらいに気づいていた。だが、そうでなければハンコックは腹を立てていただろう。つかの間でも迷いを見せたことが気に入らないとしても。部下たちは微妙な変化にも気づくように教えこまれてきた。きわめてささいなことで命が助かるのだ。

ハンコックはため息をついた。「そうだ」

部下たちは驚いてハンコックを見つめた。

「ほかにベストな方法があれば、薬で眠らせたりしない」

だれも明らかな疑問を口にしなかったが、全員の顔と目に見て取れた。みな、無言でチームリーダーの説明を待っている。

「オナーには、おれたちが彼女を渡すふりをすることを知られたくない。オナーを眠らせておくのは、それがマクシモフの条件だからという理由だけじゃない。オナーはとにかく正直すぎる。彼女の顔を、目を見ただけで、事実がわかってしまう。マクシモフはオナーがあるべき姿ではないと気づくだろう。モンスターに渡される、おびえて打ちひしがれた捕虜ではないと。だから、薬で眠らせるしかない。そのために……彼女に嘘をつかないと」

最後の言葉には猛烈な怒りがこもり、口の中に苦い味が広がった。これは必要悪だ。それでオナーの命を救えるし、マクシモフを倒せる。しかし、だからといって、またしてもオナーをだますのは気が引けた。まったく気に入らない。一夜をともにしたあとではなおさらだ。しかも、オナーはハンコックを無条件に信頼してくれた。一瞬でも彼に裏切られたと思わせてしまうかもしれないと考えただけで、心底気分が悪くなった。

「必要なことをする」ヴァイパーがいつもより穏やかな口調で言う。

「ついてる《グッド・モジョ》」モジョが同意の意味で言った。

「それしか方法はない」コンラッドが言った。しかし、ハンコックと同じくらいオナーをだますことが気に入らないのだとわかった。それと罪悪感を覚えていることも。コンラッドはハンコックの心を読める。つねに並外れた才覚でチームリーダーの心を読み取る。オナーを渡して立ち去るという最初の任務をハンコックがひどく軽蔑していたことを知っていたように、これからやるべきことをハンコックがいやがっているというのもわかっていた。

「ああ。そうだ」ハンコックは言った。「よし、計画を立てるぞ。最高の計画を。失敗は許されない。マクシモフを倒さなければならないが、どんな形であれ、オナーに危害を加えるわけにはいかない。マクシモフではなくオナーが第一の目的だ。たしかに、マクシモフに近づいて倒すための手段としてオナーを利用する。だが、オナーの安全が最優先だ。それでまたしてもマクシモフに逃げられてしまうとしても」

「やろう」コープがすぐに言った。

それから、全員がチームとしてハンコックのほうを向き、気をつけの姿勢を取った。彼らがそうするのは、軍を除隊して以来はじめてのことだった。

「約束する。おれたちの命をかけてオナー・ケンブリッジを守る」コンラッドが堅苦しい口調で言った。

残りの部下たちもひとりずつコンラッドの誓いをくり返し、ハンコックの心が誇らしさでいっぱいになった。自分たちは憎まれ、嘲罵されている。何年も政府の汚れ仕事をしてきたタイタンに対し、政府は手のひらを返し、彼らを処刑しようとした。それがうまくいかないと、今度は彼らの首に懸賞金をかけた。

部下たちは善良な男たちだ。正義の名のもとにひどいことをしてきた、善良な男たち。それと、多数にとっての利益のために。彼らは命を救っている。彼らの死を望んでいる人々の命でさえも。どんな主義もかかげず、どの国にも属さずに働いている。ほんとうの祖国はない。これからもずっと、彼らの存在を知っている数少ない人々に追われるだろう。

彼らが休みなく戦って守ってきた――いまでも守っている――この国が、彼ら全員を非難した。数多くのテロリスト行為を防いできたのに、考えうる最悪の汚名を着せられた。テロリスト。母国に対する裏切り者。命をささげていたのに、彼らは名誉を奪われた。秘密作戦部隊タイタンになる前に正式に死んだことになっており、市民権を剥奪されていた。家はなく、家と呼べる場所もない。自分たちだけに忠誠をささげている。目標、任務は変わらない。

ほかのすべてが変わっても、それはけっして変わらなかった。罪のない人々を守ること。悪を狩ること。どの国だろうと関係ない。

　部下たちの心は一度も揺らいだことがない。ハンコックと自分たちの信条に忠実であり続けた。その信条は、独立して自分たちで行動せざるをえなくなったときにかかげたものだった。これまでずっと、ハンコックはいまでも母国だと思っている国に対して憎しみを抱くことができなかった。たとえ国民だとみなされていなくても。アメリカを愛している。国の人たちを愛している。憎しみは、自分たちを裏切った数人に向けられていた。また、憎しみが糧《かて》となり、十年ものあいだ暗殺者から逃げながら、正しい戦いをしてきた。

　昨夜はあらゆる意味で心が揺さぶられた。しかし、もっとも大きなことは、国に拒絶され、家と呼ぶ場所がなくなって以来はじめて、オナーの腕の中でとうとう家を見つけたことだった。彼女が家だ。あれほど正しいと感じたのは――あれほど穏やかな気持ちと魂の安らぎを感じたのは――生まれてはじめてだった。

「もうひとつ頼みがある」ハンコックはさっきの部下たちと同じように堅苦しい口調で言った。「おれが倒れたら、おれの身になにかあったら、オナーを連れて逃げろ。どんな状況でも、オナーをマクシモフの手に渡すな。たとえ任務を放棄して、あのくそ野郎を逃がすことになってもだ。倒れたチームメイトをけっして見捨てないというのがおれたちのモットーだとわかってる。だが、今回はべつだ。おれは喜んで自分の命とオナーの命を引き換えにする。彼女にはそれだけの価値がある。生きる価値がある。オナーはより大きな目的のために働いてる。彼女がいれば世界はよりよい場所になる」

「おれたちが失敗するとしたら、それは全員が死んだときだけだ」ヴァイパーが言った。それは誓いだった。

ほかの仲間たちもうなずいた。

「オナーを家に連れ帰るぞ」コンラッドがやさしく言った。「なんとしても。死んでも彼女を守ってみせる」

30

ハンコックは片方の手で慎重にトレイのバランスを取りながら、もういっぽうの手で寝室のドアを開けた。中に入っていくと、オナーが彼の指示どおり、楽なズボンとTシャツに着がえていた。裸足で、ベッドの上であぐらをかいて座っている。オナーの歓迎するようなほほ笑みがナイフとなってハンコックの内臓に突き刺さる。

これは彼女の安全を確保するために必要なことなのだと、自分に言い聞かせなければならなかった。約束どおり、命を救って家に連れ帰るために。その約束はぜったいに守ってみせる。

ハンコックは無理やりほほ笑み返してから、トレイをオナーの前に置いた。

「ベッドで朝食?」オナーは驚いたふりをして聞いた。「ねえ、こういうお姫さま扱いに慣れちゃいそう」

オナーは晴れやかな顔をしていた。幸せそうにほほ笑んでいる。長いあいだずっと目を曇らせていた影も消えていた。明るく輝いている。そして希望に満ちている。

「全部食べて、飲むんだぞ」オナーのおどけた調子に合わせて、ハンコックは厳しいふりをして言った。

そのうち質問されるだろう。どんな計画を立てたのか知りたがるはずだ。すべてを詳しく知りたいはずだ。彼のことが心配だから。そのため、オナーには食事をしてもらいたかった。話し合わないほうがいい話題に入る前に。

オナーは皿を見おろし、ため息をつき、フォークを手に取った。

「おい」ハンコックはオナーを楽しませるつもりでわざと顔をしかめた。

そしてトレイの上の抗生物質の錠剤を指した。「そっちが先だ。それとジュースをたっぷり飲め。それから食っていい」

オナーはあきれたように目を上に向けたが、ハンコックの指示に従い、ジュースをごくごくと飲んで薬を流しこんだ。ジュースは半分なくなった。よし。だが十分ではない。

それでもハンコックはなにも言わず、オナーが料理を数口食べるのを見ていた。モジョが作ったのだ。あの男はキッチンでは魔法使いになる。クレープとかいうものを作ったらしい。ハンコックの目にはあまりにしゃれて見えた。ベニエもあった。これはハンコックも知っているし、好物だ。濃いブラックのニューオリンズ・コーヒーと一緒に食べるベニエが嫌いなやつなんているか？

それから、ハム入りのふわふわのスクランブルエッグにベーコンをそえたものもある。

「豚を殺したのかしら？」そう言うオナーの目は笑っていた。

ハンコックはジュースを指した。「しぼりたての生ジュースだ。少しでも残っていたら、モジョが傷つく」

オナーはむせそうになりながら、口の中の料理をのみこんだ。「モジョがこれを作ったの？」

オナーの反応にハンコックはほほ笑んだ。「あの男には隠れた才能がいくつもある」

「たしかにそうね」オナーはつぶやき、ジュースを飲み干した。

それからクレープを切り、おいしそうにひと口食べた。そこでふと顔をしかめたが、すぐにそれを隠そうとした。ハンコックは気づいていないふりをした。すでに心臓が沈みかけていた。

オナーはしばらく卵をつついてから、フォークに突き刺し、口に運んだが、すぐに空いているほうの手を腹部にすべらせ、大きくカチャンと音を立ててフォークを落とした。

「ハンコック、気分が悪いわ。いままであまり食べてなかったからかしら。でも、なんだか……」

顔が青ざめ、体がふらふらしはじめる。オナーは腹部に手のひらをいっそう強く押し当てた。吐こうとするかのように喉が動いている。ハンコックはすぐに手を伸ばして背中をさすり、なだめようとした。できるなら胃を落ち着けてやりたかった。

オナーはたじろぎ、ハンコックを見あげた。その目はあまりにおびえて傷ついていて、ハンコックは心臓にナイフを刺されるような気がした。

「なんなの？」オナーは打ちひしがれた声で聞いた。「わたしになにをしたの？」

オナーが抵抗しはじめたので、ハンコックは彼女の顔をしっかりと包みこんだ。自分のほうに引きよせ、やさしくキスをし、あらゆる感情を注ぎこむ。オナーに出会うまでは、けっして抱こうとしなかった感情を。

オナーの熱い涙の味がした。自分自身が裏切られたかのように、彼女の痛烈な苦しみが感じられた。そのせいで自分がいっそう憎くなった。それでも、やらなければならないのだ。ふたたびオナーにキスをし、唇を重ねたままささやいた。「おれを信じてくれ、オナー。抵抗するな。いまは眠れ。眠るんだ」

「わたし、死ぬの？」オナーは喉をつまらせて聞いた。涙が静かに頬を流れ落ちる。「キスして」オナーはささやいた。目が涙できらめいていて、ハンコックの胸が締めつけられた。「意識を失う前に、最後にもう一度キスをして。もう一度だけやさしいふりをして、わたしのために」

胸が張り裂けそうだった。オナーはハンコックが彼女に見せた情熱は偽りだったと思っている。彼女を利用し、感情を操り、だまして信用させたのだと。彼を信じさせたのだと。だが、ハンコックはオナーの望みを――自分の望みを――叶えた。行かなければならないが、その前に、最後にもう一度オナーの甘美な口を味わった。それから唇をはなし、オナーの目をじっと見つめた。彼が真剣だということをわかってもらうために。

「ちがう、ベイビー」やさしく言い、シルクのような髪をなでた。「おれを信じてくれ。今回だけでいい。おれを信じろ。今日は罪のない者に死は訪れない」

しかし、オナーはすでに目を閉じ、意識を失っていた。ハンコックが頭を支えて髪をなでていなかったら、横に倒れていただろう。ハンコックは荒々しく悪態をついた。彼の目にも涙があふれていた。オナーはけっきょく、自分は死ぬのだと思っただけでなく、ハンコックに薬を盛られたと思いながら意識を失った。最後の裏切り。オナーは何度も信用してくれたのに、ハンコックはそれを何度も裏切った。

とてつもなく大きな後悔が体と心と頭と魂をかけめぐる。少しのあいだ、ただオナーを腕に抱きしめ、やわらかい首に顔をうずめて深く息を吸いこんだ。ふたりのあいだに障害がないときに、この一瞬を味わいたかった。

無言で悲嘆に暮れながら、永遠に彼の運命——宿命——の進路を、未来そのものの方向を変えてしまった女を抱いていた。やがて、いつもの氷のように冷酷な仮面に手を伸ばし、もう一度身につけた。人情と魂のある男から、感情のない殺人者へと変わる。なにがなんでも、ぜったいに任務を遂行するようにプログラムされたマシン。

なにも言わずに体をかがめ、そっとオナーを腕にかかえて立ちあがった。大またでドアに向かい、部下たちが待っている廊下に出る。オナーとの深い絆を感じていたが、それを捨て去った。彼女を死に向かわせる**かもしれない**ということは考えまいとした。

部下たちはみな険しい表情で、ハンコックと同じくらいこの仕事に不満を抱いていた。だが、選択肢はない。オナーを救うチャンスはこれしかない。それと、とうとうマクシモフを倒すチャンス。しくじったときには、神よ、彼らを救いたまえ。

オナーが失われ、ハンコックが生き延びたときには、神よ、世界を救いたまえ。そうなったときには、だれもハンコックを止めることはできないだろう。悪魔本人でさえ。

31

タイタンのメンバーは音を立てずに茂みを進み、マクシモフが指示したルートを迂回した。マクシモフの背後にまわり、安全だと思っているところを近づくつもりでいた。何時間もかけて、あらゆる角度からあらゆる可能性を考慮し、もっとも悪いシナリオともっとも簡単なシナリオを準備した。けっきょくのところ、もっとも無難な方法が……うまくいくこともある。

いつもとちがい、はじめてハンコックはチームを先導せず、チームの中に身を置いていた。チームに——彼らの安全に——責任を負っているが、今日はオナーが唯一守るべきものだった。

ハンコックが意識のないオナーを慎重に腕に抱き、部下たちがふたりを囲んで防護壁を築いていた。オナーには強い薬を与えておいた。すべてが終わるまで目を覚ますことはないだろう。無事にハンコックの腕の中で目覚めたら、すべて終わったのだと知ることになる。マクシモフはもはや脅威ではなく、彼女はとうとう安全だと。ニュー・エラも手出しできないと。

オナーはニュー・エラの手にかかって死んだことになっているから連中はメンツを保てるし、屈辱も感じないはずだ。連中にとっては世間体がすべてであり、オナーが目立つ行動を控えているかぎり、アメリカ国内では安全だろう。

だが、ニュー・エラのせいで仕事を中断したりしないというオナーの誓いについては、真剣に話し合おう。オナーは昔の仕事にはけっして戻れない。彼が生きているうちは、二度とあんな危険に身をさらすようなまねはさせない。それについては、彼女の家族を味方につけられるだろう。

家族は必死でオナーを説得して引きとめようとしたけれど、最終的には彼女の決断を応援してくれたと、オナーから聞いていた。事実を知れば――夜な夜な夢に見そうなむごたらしい詳細はのぞいて、すべて知ることになるが――家族はハンコックと手を組んで、彼と同じように、オナーを危険な場所に行かせまいとするだろう。

そのとき、空気が変わり、警戒心が痛いくらい高まり、不安で内臓が締めつけられた。ハンコックはつねに直感に従う。腕に抱いていたオナーを慎重に肩にかつぎ、すでに拳銃のグリップを握っていた手を自由に使えるようにしたとき、モジョが「ついてない《バッド・モジョ》」とつぶやくのが聞こえた。

ほかのチームメイトも同感らしく、立ち止まって、獲物を追っている肉食獣のように空気のにおいをかいだ。もしくは、敵を警戒する獲物のように。

ハンコックの左肩に焼けつくような痛みが走り、息ができなくなった。熱い血が腕からわき腹へと流れていく。ちくしょう。新人みたいなミスを犯してしまった。オナーを腕にかかえていれば、だれも撃ったりしてこない。彼女に弾が当たる危険があるからだ。しかし、オナーの位置を変えたことで、左側全体が無防備になってしまった。ハンコックはよろよろとひざをついたが、オナーに衝撃を与えないように気をつけた。目を覚ましてもらいたくない。ハンコックに裏切られたと思いこんでいるはずだ。ちくしょう、そんなことはしていないと言えるか?

腕の感覚がなくなるのを感じながら、ふらふらと体を起こして立ちあがり、オナーの盾になろうとした。だが、力の入らない手から拳銃が落ち、地面にひざをついた。全身に痛いくらい衝撃が走る。まわりでは部下たちが銃を撃ちながら叫んでいた。「伏せろ! 伏せろ! スナイパーだ! 六時の方向。くそ、ハンコックを守れ! 撃たれた!」

ハンコックは前のめりに倒れたが、できるだけ向きを変えて、オナーではなく自分に衝撃が来るようにした。オナーは隣でぬいぐるみの人形のように横たわり、ハンコックは彼女にしっかりと腕をまわした。

まわりの世界が地獄と化していく。待ち伏せされたのだ。部下の何人かが撃たれ、すでに死にかけている者もいるようだ。

「すまない」ハンコックはほとんど聞き取れない声でオナーにささやいた。「ほんとうにすまない、オナー」

銃撃戦は激しく、勢いが衰えることはなかった。部下たちは互角に戦っているが、マクシモフの姿はどこにも見えない。ハンコックはできるかぎりオナーにおおいかぶさり、いまや役に立たない腕をなんとか動かして銃を握ることしかできなかった。それも血ですべりやすくなっていた。オナーを守る唯一の手段だというのに。

　コープが「モジョ！」と叫んだが、一キロ以上先から聞こえてくるようだった。

　ハンコックは目を閉じた。ちくしょう、だめだ！　どうやらモジョが撃たれたらしく、取り乱したコープの声から重傷だとうかがえた。

　ヴァイパーが同じように必死に懇願する声が聞こえ、ハンコックは悲しみにのみこまれた。

「モジョ！　しっかりしろ、ちくしょう。あきらめるな。聞こえるか？　闘え、ちくしょう！闘え！」

　コープランドはいそいではっていき、モジョを厚い岩のうしろに引きずっていった。そこは自然の避難所になっていて、出入口はひとつしかない。近づけば彼のライフルの銃口が待っている。コープはこのうえなく激怒しており、くそ野郎どもをひとり残らず消すつもりでいた。

「モジョ、おい、しっかりしろ。返事をしろ」コープは訴えかけるように言いながらチームメイトを揺さぶった。

　モジョの口から泡状の血が流れる。これはよくない。肺を撃たれたのだ。

　コープがモジョにしっかりしろと懇願すると、モジョはささやいた。「ついてる《グッド・モジョ》」

　そして驚いたことに、ほほ笑んだ。モジョはぜったいにほほ笑まない。それからモジョは涙を流しながら、チームメイトのほうを向いた。その顔にはいままで一度も見たことがない感情が刻まれていた。彼は冷静で控えめで、あまりしゃべらない。いまは打ちのめされた様子で、涙で喉がつまってほとんど声が出なくなっていた。

「この世でしてきたことを考えると、おれは地獄に落ちるんだと、前からわかってた。だが、これは天国にちがいない。こんなに美しいものは見たことがない」

その声には畏敬の念がこもっていた。言葉が途切れ、目が一点を見つめて動かなくなる。けれど、その表情はなんとも穏やかで、コープの喉がつまった。モジョの胸に頭をのせると、モジョはあえぎながら最後の息を吸いこんだ。

まぶたが震えながら閉じ、その顔が突如としてとても若く見えた。彼らが見て経験してきた恐怖や年齢によるしわが消え、代わりに若々しいなめらかな肌が残った。口角は上を向き、まるで両腕を広げて長いあいだ行方不明だった恋人を歓迎するみたいに、死を歓迎しているかのようだった。

ハンコックは脚を蹴られるのを感じ、身をこわばらせ、オナーをしっかりとつかんだ。あまりに強くつかんでいるので、あざが残るにちがいない。これほどおびえたのは生まれてはじめてだった。どうしてもオナーを守ることができない。なにをしたところでオナーを奪われてしまう。そうなったら、世界をひっくり返してでももう一度見つけてみせる。

「ふむ、おれはまちがっていたのかもな」きついロシア訛りの声が聞こえ、ハンコックは身をこわばらせ、オナーにまわした腕に無意識に力をこめた。「こいつはこの小娘にそれほど執着してなかったのかもしれない。情報がまちがっていたのだろう」

当然ながら、マクシモフのスパイはひとりだけではなく、ブリストーの屋敷の動向を逐一報告させていたのだ。だれを見落としていた？　ひとり目は見つけたあと始末したが、どうやってマクシモフはハンコックがオナーに〝執着〟していることを知った？　もしかしたら……。

いや、疑惑の種を抱いたりしない。部下たちは信頼できる。ハンコックを裏切ったりしない。ブリストーの組織にほかにスパイがいて、マクシモフに情報を流していたのだ。ブリストーがオナーを二度目にレイプしようとしたときに、我を忘れてあのろくでなしを殺させたのは、自分自身の責任だ。あれでマクシモフに大げさに伝わったのだろう。ハンコックが冷酷だという話は聞いているはずだ。感情も、思いやりもない。氷山のように冷たく、人間らしい感情や反応はまったく見せない男だと。マクシモフのスパイは、彼にとって役立つ情報はひとつ残らず伝えていたにちがいない。

「愚かなブリストーは、女を殺そうとしたか、あなたもニュー・エラも女が欲しくなくなるようなやり方で利用しようとしたのでしょう」マクシモフの右腕のルスランが意見を述べた。「この男と部下たちに関する情報からすると、彼らは報酬をはずむ任務に真剣に取り組む。あなたは傷物に金を払うつもりはなかった。つまり、こいつらも報酬を払ってもらえなくなっていたかもしれない。こいつらは傭兵です。給与小切手にしか興味はないはずです」

「かもな」マクシモフはしぶしぶといった口調で認めた。「おれの指示どおり、女を薬で眠らせてあるし、女をおれのところに連れてくるつもりだったようだ。まあ、用心するに越したことはない」

マクシモフは自分の考えがまちがっていたかもしれないという事実に困惑すると同時に、少しおもしろがっているようだった。つま先でハンコックの体を蹴ってから、体をかがめてオナーをハンコックから引きはなし、抱きあげた。ハンコックの手が彼女の体をすべり落ちていく。無我夢中でオナーの手をつかみ、一瞬だけ握ってから、無理やり振りほどかれた。「いや、やはりおれはまちがってなかった」マクシモフが悦に入った口調で言った。ハンコックのぼやけた視界にマクシモフの顔が現れる。「女をおれに直接渡そうとするなんて、なにを考えてたんだ？」マクシモフは笑い声をあげると、ハンコックの胸に拳銃を向け、すばやく撃った。

ハンコックと部下たちはみな防弾チョッキをつけているが、これほど至近距離で、防弾チョッキさえ貫通することから通称〝警官殺し《コップキラー》〟と呼ばれる銃で撃たれたのだ。弾が皮膚を貫いた感じはなかったものの、あばらが何本か折れたにちがいない。あるいは、重要な臓器が傷ついたにちがいない。地獄の熊手《ピッチフォーク》で刺されたみたいだ。ちょうどいい。じきに地獄の門に着くのだから。門は大きく開かれ、ハンコックは迷子か、何百年も前に有罪判決を受けて逃げ出した罪人のように歓迎されるだろう。

ずっと前から、自分は人間らしさをすべて失い、みなが思っているような感情のない氷の男だという意見を受け入れてきた。それはけっして良心の呵責を感じないということだ。圧倒的な喪失感を覚えることもない。そういうものにのみこまれたら、魂をむしばまれ、なにも残らなくなる。どんな感情も、抱くだけの価値はない。いまならわかる。いますべてを感じているから。致命的な銃傷よりもひどい。まわりの世界が暗くなっていき、目の端からひと粒の涙がこぼれ、こめかみを伝って髪の中に消えた。

　呼吸をするのがつらくなっていく。胸の痛みが耐えがたい。銃弾のせいか、それとも深い絶望のせいだろうか。おそらく両方がおおいにかかわっているのだろう。

　自分は部下たちを失望させた。国を失望させた。彼を認めても受け入れてもいない国だけれど。そして、無数の罪のない人々を失望させた。自分自身を失望させた。だがなにより、自分にとって唯一大切な存在を失望させた。大義というふざけたモットーではない。オナーこそが大義なのだ。まさに大義の本質。彼らのモットーが象徴すべきもの。つねに象徴すべきだったもの。

　いま、罪のない者が地獄に落ちることになる。天使の羽はめらめらと燃える貪欲な炎に焼かれるべきではない。オナーが行くべき天国に飛んでいけなくなってしまう。

32

テネシー州、スチュアート群

KGI本部

KGIの〝作戦室〟のムードはいつになくリラックスしていた。サムは〝スタッフ〟ミーティングを開いていたが、ほかの仲間たちからは、みなを集めてスワニーとドノヴァンに優れた料理とグリルの腕前を披露してもらうための口実にすぎないとからかわれた。四週間、任務を引き受けていなかった。平和で幸せな四週間、彼らは家族と過ごした。妻、子どもたち、愛する人々。いい時間だ。

ギャレットが汚い言葉を使うと、すぐに三人以上の仲間からサラに言うぞと脅され、笑いが起こった。女の子の赤ん坊が生まれてから、サラはいっそう厳しくなっていた。子どもが最初に覚える言葉がくそであってほしくないのだ。

笑い声がおさまったとき、電話が鳴り、ひとしきりうめき声が起こった。サムは猛烈に悪態をついた。ギャレットの悪態不足を補ってあまりあるほどだった。盗聴防止機能つきの安全な電話がいま鳴る？　よりによって今日？　外は最高にすばらしい天気だ。ケンタッキー湖の秋。妻たちは中央の集会場に向かっている。マーリーンとフランク・ケリーが、ケリー家の六人兄弟が育ったのとまったく同じ家を新たに建てたのだ。ＫＧＩの居住地の新たな心臓部。現在、警備の厳重なこの施設で暮らすのを拒否して、ひとり暮らしをしているのはケリー家ではジョーだけだ。それと、チームメンバー。ジョーは昔サムが使っていた小屋にいまでも住んでいて、完璧な独身男の住まいだと言っている。また、あまり居住地で過ごさないのは、いつかジョーが身を固めるように陰謀を企てている母親や義理の姉妹たちから逃げているのだろう――もちろん、ジョーは彼女たちを心から敬愛しているが。

こんちくしょう。サムは大切な妻と過ごす時間を楽しみにしていた。美しいソフィ。それと、ソフィにそっくりなシャーロット。彼女を溺愛するおじやおばや祖父母からは愛情をこめてシシーと呼ばれている。そして、赤ん坊の息子。毎日、世界のどこにいても、どれほど厳しく悲惨な状況でも、サムは必ず時間を作って、家族という奇跡を神に感謝した。すべてが自分のものであるということに、いまだに驚愕していた。弟たちや、チームメンバーの多くも同じだろう。チームリーダーのリオ。もうひとりのチームリーダーのスティール。もうひとつのチームは双子のネイサンとジョーがリーダーとして率いている。

何年にもわたって、ＫＧＩは忘れることのできない衝撃的な出来事を多く経験してきた。もっと弱い家族だったら、打ちのめされて立ち直れなかっただろう。だが、ケリー家はタフで、前向きな力がある。フランクとマーリーンからすべての子どもたちに――血がつながっていてもいなくても――受け継がれ、教えこまれてきた性質だ。ふたりは拡大し続けるケリー一族の家長と女家長であり、家族全体の心臓そのものだ。

マーリーンはじつの子どもたち以外にも広く手を差し伸べている。しょっちゅう迷子を引き取っていると息子たちはからかい、マーリーンはその言葉をよく思っていなかった。それでも、多くの面倒を見てきた。スチュアート群の保安官になったジョーン・キャメロン。サムの両親が養子にしたラスティ・ケリー。養子になったとき、ラスティは未成年ではなかったが、問題をかかえて生きてきた若いラスティにとってはほかのなによりも意味があることだった。母はラスティの人生を救ったのだと、サムは確信していた。

それから、軍での任務が失敗し、ネイサンと何カ月も監禁されたあとで、ともに傷つき苦しみをかかえた状態で帰還したスワニー。それに、リーダーたちをふくめたＫＧＩのチームメンバー全員。だれもわざわざ否定したりしない。反論し、憤慨するふりもできるが、彼らはみな、マーリーンが自分の息子たちに対するのと同じように世話を焼いてくれることを喜んでいた。

そして、マレン・スティール。スティールの妻で、彼の娘を産んだ母親。彼女もまた、マーリーンの養子のひとりだ。

気がつくとサムは怒りを覚えながら、安全な回線につながっている衛星電話のほうへと大またで歩いていった。完璧な一日になるはずだったのに。自分たちの幸福を思い出し、それをおおいに楽しむ一日。生きて、愛して、家族であることを喜ぶ。あるいは、単に年をとって感傷的になりすぎているだけかもしれない。最愛の相手を見つけ、彼女の腹が自分の子を宿して大きくなっていくのを見たら、男はそれまで大切だと思っていたあらゆる優先事項を考え直すようになる。

「サム・ケリーだ」サムは噛みつくように言った。「重要な用件なんだろうな」

「ケリー」きびきびした言葉が返ってきた。一瞬、聞き覚えがある気がしたが、思い出せず、不安になった。

「そっちはおれたちを知っているようだが、名乗ってもらわなければこっちが不利だ」サムはとげとげしい声で言った。「だれだ？　なぜこの番号を知ってる？」

男の声はかすれ、憔悴していた。地獄に行って戻ってきて、かろうじて生きて話しているかのようだ。「おれの名前を覚えてるかわからないが、おれのチームリーダーのことは知ってるはずだ。おれはコンラッド。ボスは……ハンコックだ」

「くそ！」

部屋じゅうの注意が向けられる。たちまち静寂が訪れ、ＫＧＩのメンバー全員が集まってきた。サムの一挙一動を、ボディランゲージを眺めながら、相手が言っていることに耳をすませた。

「なぜおれに――おれたちに――電話をかけてきた？　おれと個人的におしゃべりするためじゃないだろう」サムはぶっきらぼうに言った。

「なあ、あまり時間がない。彼にあまり時間がない。だがなにより重要なのは、彼女に時間がまったくないんだ」コンラッドは一瞬のうちに獰猛な声になった。「くだらない言い争いをするつもりはない。おれには――おれたちには――あんたの助けが必要なんだ。できるかぎりの助けが。いますぐ出発してくれ。生死にかかわることじゃなけりゃ、こんなことは頼まない。それに、どうでもいいかもしれないが、ハンコックの命が危ないからというだけじゃない。すでに仲間が死んだからでもない。罪のない女がいまやマクシモフの手に渡ってしまった。これまで二回、おれたちはやつを倒せそうだったが、おまえたちの仲間の女ふたりと、子どもひとりを救うために、任務を放棄したんだ」

声が聞こえたのかリオが身をこわばらせ、電話を渡すようにと手を差し出した。要求ではない。サムはなにも聞かずに渡したが、スピーカーのボタンを押し、全員に聞こえるようにした。リオはかつてタイタンを率いていた。電話の男とは知り合いなのだ。サムはリオと自分の直感を信じていた。リオは自分たちをまちがった道に導いたりしない。

「リオだ」リオは言った。

「リオ、コンラッドだ」

コンラッドの声は明らかにほっとしていた。

「説明している時間はあまりない」コンラッドは話を続けた。「だが、悪い状況だ、リオ。とんでもなくまずい。おれたちはあと一歩でマクシモフを倒せるところまでいった。また。やつがどうしても欲しがってるものを手に入れたんだ。あとは彼女を渡すだけでよかった。そのつもりだった」

「彼女？」P・Jとスカイラーが声をそろえ、顔をしかめて険しい表情になった。「タイタンはそうやって戦いに勝つわけ？」

「彼女をマクシモフに近づけさせるつもりはなかった」コンラッドの声はいら立ちで爆発しそうだった。「なあ、あんたのドクターは近くにいるか？　どうやってハンコックを助ければいいか、手当てすればいいか教えてもらわなければ、あいつは死んじまう。ちくしょう、あんたたちの助けが……必要なんだ」

ほかのときにこんな言葉が出てきたら、悪口と陰険な皮肉とうぬぼれと傲慢が延々と続き、けっきょくはどちらも血を流すことになるだろう。もちろん、お遊びで。とはいえ、ふたつのグループには実際に敵意がある。だが、ハンコックには借りもあった。サムは借りはすべて返す。ひとつ残らず。ハンコックには大きな借りがあるのだ。

「いまマクシモフは彼女を手に入れた」コンラッドがつらそうに言う。心配しているかのようだ。心があるみたいに。

仲間たちは驚いて互いに見つめ合った。タイタンのメンバーは人間らしさがないことで知られている。そもそも人間なのか疑わしいが、かつてチームを率いていたリオを見れば、少なくとも人間性を作りあげているものがいくらか残っていることは明らかだ。

「電話を切るな、コンラッド」サムは指揮を執るようにきびきびと言った。「おれたちが知っておくべきことを簡単に説明しろ。そのあいだにマレンを呼んできて、電話に出す。おまえの所見をもとにダメージを判断してもらって、どうすればいいか説明してもらえばいい」

「おれがマレンに電話する」スティールが言った。「ふつうに歩けばここまで二分だ。いそげば一分以内に着く。おれに任せろ」

そういうわけで、コンラッドは手短に、任務について説明した。ブリストーの組織に潜入したこと、どうしてオナー・ケンブリッジが巻きぞえを食い、同時に、長年マクシモフを追ってきたなかでまたとないチャンスとなったのか。

ＫＧＩも、マクシモフが何者か、どんな存在かはよく知っている。ほとんどの政府が彼をおそれており、口出しはしない。また、ハンコックがマクシモフと前回もめたことも、サムたちは知っていた。マレンを危険から救ってＫＧＩのもとに――スティールのもとに――連れ戻したことで、マクシモフに半殺しにされたのだ。

「ハンコックにはできなかった」コンラッドが静かに言った。「それまで計画どおりに進んでいたが、オナーを連れていく前日に、マクシモフには渡さないと言った。大義なんてくそ食らえと、ハンコックはおれにはっきりと言ったんだ。オナーが大義だと。国のために正しい戦いをするのはうんざりだと。国はおれたちを受け入れず、歓迎もしていない。おれたちは国の人間を守ってるが、そいつらはおれたちを暗殺しようとしてる。なんのために？　おれたちからなにを得られる？　おれたちには家も母国もない。だれもおれたちを認めていない。おれたちは存在さえしていない。だれもやらない仕事をして、罪のない人たちを食い物にしてるゴミどもを片づけてくれる幽霊だと思われてる。いや、それはどうでもいい。オナー・ケンブリッジはおれをかばって撃たれたんだ。おれの代わりに。おれは彼女を裏切った男だ。おれたちは自分が救済者だと彼女に信じこませた。テロリスト組織から救ってやったと。またその組織に彼女を戻すつもりなのに。オナーは、おれが仕えてきたどんな男たちよりも、熱意と勇気と思いやりと忠誠心を持ってる。だから、そうだ、大義なんてどうでもいい。マクシモフなんてどうでもいい。力を貸してくれ。おれが生きてるうちは、倒れた仲間が生きてるうちは、ぜったいにオナーを無事に家族のもとに連れ帰ってみせる。なによりハンコックのために――あいつが生きてるかぎり。あいつはおれたちが知る以上に犠牲を払ってきた。おれにはそれほどプライドはないから、必要なら懇願する。オナー・ケンブリッジには返しきれない恩があるんだ。恩を返す代わりに、マクシモフにレイプされて拷問されて苦痛を与えられるなんてことにはさせない。しかもその後ニュー・エラに戻されて、果てしなく暴行されて、できるだけ生かされて、ひどく苦しめられるなんて。オナーは死を懇願し、切望し、祈ることになる。死ぬことでほんとうに自由になれるから」

「同感よ」スカイラーがつぶやいた。「大義なんてくそ食らえよ。とくに、そのせいで罪のない女が殺されるなんてなおさらだわ。彼女は世界のだれも気にかけてくれない人々を救っていて、運悪くその場所にいたってだけじゃない」

ドノヴァンが顔をしかめた。女と子どもに対する伝説的な思いやりが咆哮を轟かせながら頭をもたげていた。敵の組織全体に立ち向かって、無力な女を虐待するやつらをぶちのめしてやりたいようだ。

「おれたちの協力でオナー・ケンブリッジを取り戻せたとして、おまえらは自分たちがはじめた仕事――そして明らかに失敗した仕事――を今度こそ終わらせるつもりじゃないのか？おれは――KGIは――罪のない女を、どんな女も、死ぬよりひどい目にあわせるために利用されるのはごめんだぞ。マクシモフも、ニュー・エラも、彼女に想像を絶する悪夢のような苦痛と辱めを与えるはずだ」

「ブリストーの野郎が彼女をレイプしてからマクシモフに渡そうとしたんだ」コンラッドが鋭い口調で言う。すべての言葉がありありと怒りを帯びていた。「ブリストーに襲われたオナーは助かるために——あるいは、本気で死にたかったのかもしれないが——片方の手首を切って、そのあとでもういっぽうの手首も切った。それからあのろくでなしの前で喉にナイフを当てて、自分が死んだら彼もおしまいだと言った。彼女を渡すという約束を破ったら、マクシモフに殺されるはずだと」

「なんてこと」P・Jが小声で言った。過去を思い出したように目が暗く翳る。コールによりかかっていることも、震えていることにも気づいていないようだ。P・Jは他人の前で弱さを見せるような女ではない。とくにチームの前では。

「そいつを殺したのか？」ギャレットが冷静にたずねた。

「もちろん、おれがやった。情けはかけず、ゆっくりと殺した。おれがやらなくても、ハンコックが自分でやっただろう。素手でやつをぶちのめしたがってたが、オナーを落ち着けられるのはあいつしかいなかった。それで、あいつはそうした。だが、あのときのあいつを見ていたら、それと、任務の変更を命じたときのあいつを見ていたら、あいつの——おれたちの——動機をこれっぽっちも疑ったりしないはずだ。オナーはおれたち全員にとって特別な存在なんだ、ケリー」それはサムたちにとっては聞き慣れた言葉だった。「オナーはおれたちのものだ。あのサディスティックなくそ野郎に渡したりしない。おれたちはただ、彼女を引き渡すように見せかけただけだ。そしてやつを殺すつもりだった。混乱や騒ぎを起こさないとか、証拠を固めるとか、やつの帝国を崩壊させるとか、押収した資産をめぐって国同士を争わせるとか、そんなのはどうでもよかった。やつを殺したかった。おれたちにとって重要なのはそれだけだった。

「やつはブリストーの組織に何人もスパイを送りこんでた。ひとりはわかってた。ブリストーはもう用なしだったから、おれたちが殺した。ブリストーが必要だったとしても、オナーにあんなことをしたあとでは、マクシモフに殺されてただろう。だが、おれたちがマクシモフの意に染まないことをしようとしたブリストーを殺したことを知っても、マクシモフはおれたちが信用できず、待ち伏せした。ハンコックはオナーへの気持ちを隠せず、マクシモフにオナーをさらわせまいとした。すでにスナイパーに撃たれて、弾が左肩を貫通してた。そこに、今度はマクシモフがとどめにコップキラーであいつの胸を至近距離から撃った。ひどい状態だ。まったくよくない。おれたちはすでに仲間をひとり失ってる。ちくしょう、ハンコックを失うわけにはいかない。それに、自分を神だと思ってるあの倒錯したろくでなしにオナー・ケンブリッジを奪われたままにしておくわけにはいかない」

そのときマレンが駆けこんできた。ずっと走ってきたのか、眼鏡は斜めに傾き、髪は乱れている。スティールがすぐに彼女の腕から娘のオリヴィアを受け取り、マレンをやさしく電話へと導いた。

「コンラッド、おれたちのチームドクターのマレン・スティールが来た。あいつの状態を説明してやれ。希望があるか確認してもらう」

「それより、おれたちに希望があるか知りたい。とくにオナーに」コンラッドが歯ぎしりしながら言った。

「落ち着け。それについては三秒以上考えなきゃならない。マレンに話せ。力を借りてハンコックを救え」

ハンコックの名前が出ると、マレンはぱっと顔をあげ、心配そうに目を見開いた。スティールが厳格な表情でなだめるように妻のうなじに手をすべらせた。

「きみが必要なんだ、ハニー。ハンコックがきみを必要としてる」スティールはため息をついた。ハンコックに対して不信感を抱いているものの、リオと同じく、妻と娘の命を救ってもらった恩があるのだ。「ひどい状態らしい」スティールは静かにつけ加えた。「手短に話して、できるだけあいつの仲間の力になってやってくれ」

マレンはきびきびと衛星電話を受け取ったが、スピーカーをオフにし、サムはそれを不満に思った。マレンはサムに向かって顔をしかめ、首を横に振った。「静かに考えなきゃならないのよ、サム」

マレンはほかの仲間たちから離れながら、声を落として緊迫した口調で話した。冷静で効率的な質問は、コンラッドにパニックを起こさせないためだろう。

「どういうことだ、サム?」ギャレットが声をひそめて聞いてきた。「どうやら最悪の状況だぞ。もっと悪くなる」

「ほかにおれたちにできることは?」リオが黒い目をきらめかせて、簡潔に聞いた。「ハンコックはたしかになにを考えてるかわからないやつだ。だが、あいつには行動規範がある。あんたやおれにとっては気に入らないかもしれないが、あいつは高潔な男だ。笑い飛ばしておれを作戦室から追い出す前に、思い出してくれ。あいつはいつでもグレースをさらえた。おれは彼女を背負って山の中を半分進み、残りはグレースが自分の足で歩いた。それも死にたくなるくらいの痛みをかかえながら。タイタンの本格的な攻撃を受けたら、おれと部下たちは避けられなかった。だが、その代わりにハンコックはおれを先に進ませた。おれにひとつだけ借りがあるからだと言ったが、それは大嘘だ。メンツを保つとか、おれに命を救われたから借りがあるとか。おれはチームとしてそうしたんだ。だれも記録なんてつけてない。あいつの言ったことは大嘘だ。おれたちはやるべきことをしただけだし、謝罪も感謝も口にしない。それなのに、あいつはおれに警告した。だれが、どんなやつがグレースを追ってるか、知っておくべきことを教えてくれた。なぜあいつがあんなことをしたかわかるか?」

「いや、だが、教えてくれ」ドノヴァンがうんざりした口調で言った。

「グレースが子ネコも癒やせないくらいひどく弱ってると知ってたからだ。あのときすぐにファンズワースのもとに連れていって、無理やり娘を治させようとしたら、グレースが死んでしまうと。そこで、あいつは時間を稼いで待った。おれなら信頼して任せられるとよくわかってたんだ。そして、エリザベスを救えそうなくらい元気になってから、グレースをさらった。あいつはけっして彼女を傷つけなかった。けっして手を出さなかった。だが、グレースは勇猛でもあり、あいつはそれを称賛してた」

「その話にオチはあるのか？　時間がどんどん過ぎてるぞ」ギャレットがうなるように言った。

「ああ、あるとも」リオはぴしゃりと言い返した。

「リオの話を聞こう。おれも言いたいことが山ほどあるんだ」スティールが厳しい口調で言った。

「グレースがエリザベスを治しても死んだりしないと確信してから、あいつはグレースをさらった。ファンズワースのことはいつでも殺せたはずだ。なぜ待った？　なぜただの子どもを気にかける？」

ジョーが咳払いをした。「罪のない女を気にかけるようには見えないよな」

「あいつはエリザベスを救いたかったんだ」リオは静かに言った。「そしてグレースを救いたかった。マレンの件が起こるまでは気づかなかったし、スティールにしか話してないが、みんなわかってるはずだ。前に言ったよな。タイタンは優秀だった。失敗は不名誉な死と同じだった。それでも、あいつはマクシモフを葬り去るチャンスをあきらめた。マレンをあとひと晩でもコールドウェルの囚人としてとどまらせるのが心配だったからだ。マレンは妊娠していたし、死ぬほどおびえてた。だからあいつはおれに電話をかけてきて、マレンを逃がした」

「ここからはおれが話そう」スティールがきっぱりと言いながら、妻のほうをちらりと見た。つかの間、あのときの出来事を追体験しているかのように、つらそうな目になった。

「あいつはぼこぼこに殴られた状態でおれの家に現れた。あれほどひどく殴られた男は見たことがない。マレンを逃がして、もはやコールドウェルをコントロールできなくなったせいで、あんな目にあったんだ。マクシモフがコールドウエルにメッセージを送るために、ハンコックを痛めつけた。『おれを怒らせるな。ぜったいに』と。それから、ハンコックはおれの妻と子どもをかばって撃たれた」スティールは怒りを覚えたように言った。「それに、ヘリが落ちたとき、自分の体でマレンを守ってくれた。あれでどうして生きていられたのか、いまでもわからない」

「命を九つ持ってるからさ」ギャレットが陰険に言った。「オーケー、わかった。行くしかないな。だが、状況がわからないまま出発したりしない。これまでのどんな任務よりも大事《おおごと》だ。マクシモフは世界じゅうに勢力を広げてる。おれはこの部屋にいるやつ以外は信用しない。ぜったいに」

マレンの声が興奮で高くなった。「もちろん、野外キットの中にチェストチューブがあるなんて思ってないわよ。あなたは外科医じゃないんだから。とにかく消毒できるものと、チェストチューブの代わりに使えるものを探して。そのために訓練を受けてきたんでしょう？臨機応変に対処して、危機を乗り越えて」

マレンの言葉に、「フーヤァ」や「ウーラァ」や「いいぞ、さすがおれたちの女だ！」と騒々しい声がひとりしきり起こった。

スティールが顔をしかめたが、小さな体にこれほどの獰猛さを秘めた妻をものすごく誇らしく思っているようだった。「おれの女だ。ほかのだれのものでもない」

「あなたが思ってるほどひどくはないはずよ」マレンが電話の男に向かってなだめるように言った。

「息をしてないし、大量に出血してるんだぞ！」コンラッドのどなり声が、部屋にいる全員に聞こえた。「どうして思ってるほどひどくないと言える？」

スティールがマレンから電話をもぎ取った。マレンが猛烈に反抗し、あとで仕返しをしてやるという目でにらんだが、それを無視していた。

「おれの妻に対する口のきき方に気をつけろ。最大の敬意を払うのが当然だろう。自分の力で努力して医者になったんだ」スティールが危険なくらいやさしい声で言った。「おまえが思うほどひどくないと彼女が言うなら、そのとおりだ。だから、黙って言われたとおりにしろ。さもないと、ますます状況が悪化するぞ」

マレンがあきれて目を上に向け、電話を奪い返し、コンラッドに説明した。血液と空気で肺がふくらまなくなっているので、チェストチューブで排出しなければいけない。弾は防弾チョッキに当たっただけでハンコックの肺を貫通していないけれど、衝撃が大きかったのであばらが折れて肺が傷ついている。肩に当たった弾は貫通しているので、これ以上出血しないようにして、すぐに点滴を打って、失った血液を補うだけでいい。それからマレンは、抗生物質を投与するようにコンラッドに指示した。状況を考えると、感染症のリスクがある。

「ほんとうにハンコックのためにみんなで命をかけるのか？」ドルフィンが聞いた。いかにも平凡な午後だったのに、なぜ奇妙な政府の陰謀説のような出来事が起きているのか、きちんと把握できていないかのように。

ほかの者よりもドルフィンにはハンコックを嫌う理由がある。ハンコックが行動を起こしてKGIからグレースをさらったときに、スナイパーに撃たれたのだ。もっとも、殺すつもりで撃ったのではないし、ドルフィンは死んだりしなかった。それでもドルフィンは記憶力がよく、とくに長期間任務に出られなくなる原因となった出来事は忘れなかった。

ドルフィンの質問に対して、マレンがますます顔をしかめた。電話をおろし、コンラッドに聞かれないように腿に当てた。

「イーデンは異を唱えるんじゃないかしら」マレンはやさしく言った。「わたしも同じよ。ハンコックはわたしを救ってくれた。三度も。それに、わたしの面倒を見てくれた。あなたも、あなたたちのだれも、わたしとちがって、あの数カ月を彼と過ごしてない」マレンは突き刺すような視線で部屋にいる全員を見まわした。「ハンコックは……親切だった。気遣ってさえくれた。ハンコックがとんでもなく怖く思えることもあったけど、そんなときでもわたしにはとてもやさしかったし、わたしにもわたしの子にも危害は加えさせないと言ってくれた。わたしを救ったせいで死んでいたかもしれない。死にかけたのよ」

「あいつには大きな借りがある」スティールがぶっきらぼうに言った。「いまあるすべてはあいつのおかげだ」

スティールは弱さを見せていること、マレンとオリヴィアを失いかけた出来事を思い出すといまだにときどき目が翳ることが、明らかに気に入らないようだった。

「おれもだ」リオがきっぱりと言った。「おれはあいつの命を救ったが、あいつはそれ以上のことをしてくれた。チームメイトの命を救うのは親切でもなんでもない。スコアカードに記録されることじゃない。それが仕事なんだ。チームメイトを殺されたら、成績表にどでかいFがつく」

「みんな、あいつに借りがある」スワニーが静かな口調ではっきりと言い、部屋を見まわした。「あいつはイーデンの家族だ。つまり、いまではおれの家族でもある。おれたちはみんな家族だと言うあんたたちの言葉が事実なら、ハンコックだってあんたたちの家族になる。あいつを見殺しにしたら、イーデンはぜったいにあんたたちのこともおれのことも許さないだろう。おれたちはそんなことはしない。これまでもしなかったし、これからもそんなことはしないはずだ」

「意見を言うときはとことん頑固だな」サムが不機嫌な口調で言った。

「くそ！」ギャレットが怒りを爆発させた。みなだまされているのだというように。「くそ、くそ、くそ、くそ！　サラにチクられても、くそほどかまうもんか。この状況じゃ、暴言を百回吐いてもいいくらいだ」ギャレットは頭の両側の髪を大げさに引っ張った。「ハンコックのくそ野郎め。神に誓って、あいつを救うせいでおれたちのだれかが殺されたら、マレンの努力を台なしにして、おれが自分であの野郎を殺してやる」

ドノヴァンが手をあげた。「この件を見て見ぬふりをするなんて、だれも言ってない。決めるべきことは、だれが行って、だれが残るかだ。助けに行くかどうかじゃない。行くことはもう決まってる。ただ、だれのためだろうと、どんな任務だろうと、参加を強制したりしない。それに、状況がわからず、不十分な情報しかない状態で、だれかを送りこむつもりはない」

マレンはまた小声でコンラッドに指示を出しはじめていたが、つねに周囲の様子に用心深く目を向けていた。彼らを信用していないかのように。自分は連れていってもらえないのではないか。ハンコックに三度も命を救われたのに、ここに残されて閉じこめられるのでないか。いまの彼女の生活があるのはハンコックのおかげであり、千年かけても恩を返しきれないとマレンは思っているようだ。

「この任務は行きたいやつだけが行けばいい」ドノヴァンが静かに言った。「おれは行く」

「おれも行く」リオが言った。彼の部下たちもすぐにあとに続いた。リオと古いつきあいのテレンスは、リオが新人だったハンコックを訓練しているとき、タイタンの一員だったが、そのことを知っている人間は多くない。サムでさえ知らないだろう。タイタンとかかわった者はみな命を狙われるため、KGIのメンバーや家族が知ったら死刑宣告になってしまう。

だが、リオはばかではない。ある種の保険がある。切り札。国内外の政府高官たちの悪事を証明できる情報を持っており、どんな状況であれ自分が死ぬことがあれば、その情報は公になり、多くの国々が崩壊すると、はっきりと表明してあった。その切り札はこういう状況でとても役に立つ。ハンコックを救えるにちがいない。今後あいつが面倒を起こさないかぎり。

「おれも行く」スティールが言った。「おれの部下たちには自分で決めさせる」このようなひどい状況にかかわる任務が発生しても、スティールはもはやP・Jのほうを見なかった。P・Jは自分自身をよく知っている。ふたりの男にレイプされるという苦しい試練のあとで、自分がどんなことに対処できるか、できないか、きちんとわかっており、スティールはそのことを尊敬していた。

また、チームリーダーが彼女を名指しして過去の出来事をほのめかさずにいることをP・Jが感謝しているのも明らかだった。

「止められるのに、ほかの女をわたしと同じ目にあわせたりしない」P・Jはきっぱりと言った。

彼女のチームメイトが――ほかの仲間たちも――驚いてP・Jを見つめた。夫のコールの目は誇らしげに輝いている。長いあいだ、P・Jはそのことをけっして口にしなかった。暗黙のルールだった。それでも事実は変わらない。つねに。だが、けっして言葉にはしなかった。いままでは。コールがP・Jの手を握りしめ、彼女にだけ聞こえるように耳もとでやさしくささやいた。

「心からおまえを誇りに思う、P・J。おまえに選んでもらえたことを、毎日神に感謝してる。おまえに愛されてること。自分が知るなかでだれよりも強い女と結婚したこと」

P・Jは頰をほんのりと赤く染めたが、時とともに、コールが他人の前で彼女に対する愛情を示すことに慣れていた。とはいえ、それには時間がかかったが。

「だれもあんな辱めや屈辱を受けるべきじゃない。恥じるあまり、みずから命を絶つことで果てしない苦しみを文字どおり終わらせたいなんて思うべきじゃない。しかも、彼女は任務を台なしにしかけたことを謝罪したっていうじゃないの」P・Jの目には激しい怒りが燃えていた。「自分が弱いことを謝罪したのよ、まったく。それから、命を絶って苦しみを終わらせたいと考えたせいで、人々を救えなくなっていたことを。ハンコックが彼女をマクシモフに渡せなかった、渡そうとしなかったのも不思議じゃないわ。神に誓って、もしそんなことをしたら、ハンコックはこの世で安全に暮らせなくなる。わたしがあいつを追いつめて、彼女に与えた苦しみと同じだけの報いを受けさせてやる」

「当然よ、シスター」スカイラーが言った。いつもはまわりに伝染するくらい輝いている笑顔とまなざしは、怒りで曇っていた。

ネイサンとジョーは視線を交わしてから、チームを見た。スワニーは背筋をまっすぐに伸ばして立っている。チームリーダーの双子がなにかを言う前に、スワニーは前に出た。リオとスティールのチームは、チームリーダーの決断を待ってからあとに続くが、スワニーはその慣例には従わなかった。

「おれも行く」と断固とした声で言った。

「わたしたちも」P・Jがコールと前に出る。その手はコールの手をきつく握っていた。P・Jがためらわずに進み出たことに、つかの間まわりが驚いた。チームメイトがハンコックのチームに撃たれ、グレースを救う任務が失敗したことがあり、P・Jがハンコックを自分のライフルで狙いたがっているのは周知の事実だった。どこかの暗い路地でハンコックと出くわすことがあったら、ぶちのめしてやると誓っていた。

エッジとスカイラーがスワニーの両側に立った。その行動が意味することを口にしたりしなかった。その必要はない。彼らの行動がすべてを語っていた。

「反乱だな」ジョーがゆがんだ笑みをうかべた。

ネイサンは頭を左右に振った。「おれたちのチームは、おれたち抜きでどこかに行くのか？」

全員の注意がサムとギャレットに向けられる。まだ意見を述べていないのはふたりだけだった。

「わかった。おれも行く」ギャレットがまたぶつぶつと汚い言葉を吐きながら両手をあげた。

サムはため息をついた。「おまえたちガキだけを行かせると本気で思うか？　くそったれ。おれも行く。おまえたちを守ってやるためにもな」

まわりで中指が立てられ、明らかに緊張していた雰囲気がほぐれた。それからサムは準備をして出発するように命じた。マレンを見ると、女らしい繊細な顔に険しいしわが刻まれていた。ハンコックにはあまり時間がないようだ。

「言っておくけど、わたしも行くわよ」マレンが夫の命令口調にも負けない声で言った。「オリヴィアはマーリーンに預けるわ」

いまのスティールの顔でなら、石を割ることもできるだろう。妻を——彼の人生そのものを——危険にさらすかもしれないのだ。しかしまた、ハンコックが生き延びるにはマレンが唯一のチャンスだということもスティールはわかっていた。まったく気に入らないというようにあきらめのため息をつき、短くうなずくと、マレンから愛情のこもった笑みを向けられ、大きな男はつま先まで溶けてしまいそうだった。

サムはみなに出発しようと合図した。飛び立ってからレズニックに電話をかけ、できるだけ多くの情報を手に入れるつもりでいた。マクシモフに加えてニュー・エラを倒せる可能性があると知ったら、レズニックは昇天するにちがいない。必要なら、レズニックの秘密作戦部隊を召集してもらうのもいとわない。オナーを取り戻すチャンスがあるなら、できるかぎり人手を集めなければならない。彼女がまだ生きているかどうかははなはだ疑問だが、すでに死んでいたら、ハンコックも生きてはいないだろう。コンラッドの話を信じるのであれば。

マレンはまだ電話でコンラッドに辛抱強く指示を出していた。コンラッドはハンコックを安定させるためにほかにできることがなく、怒りを抑えきれずにいら立ちをつのらせていた。だが、チェストチューブの代わりになるものがきちんと挿入されていればハンコックは苦しまずに楽に呼吸ができるようになると、マレンは断言した。数時間は安定しているはずだから、飛行機でそちらに着いてからきちんと損傷をたしかめると。ふと、マレンの心に悲しみがあふれ、涙がこぼれそうになったが、すぐにスティールに気づかれないように顔をそむけた。泣いたりしたら、スティールはパニックになってしまう。

だが、スティールは気づいており、マレンは自分が不安になった理由をいそいで伝えた――コンラッドに共感したのだ。状況がちがえば、スティールが任務から戻ってこられなくなっていたかもしれない。あるいは、ＫＧＩのメンバーだったかもしれない。

「チームメイトはお気の毒に」マレンはコンラッドに言った。心から悲しみを感じていた。「ハンコックを救うために全力を尽くすわ」

「ありがとう」コンラッドはしゃがれ声で言った。

「ハニー」スティールが大きな手をマレンの脚にやさしくはわせて力をこめた。「おれたちはだれも死んだりしない。信じてくれ」

マレンはスティールを見あげ、それから全員を見た。まつ毛には涙が光っていた。「でも、そうなるかも」マレンはささやいた。「こういう電話を受けて、あなたたちのだれかが亡くなったと知らされる可能性はつねにある。みんなを心から愛してる。だれも失いたくない。だけど、これがあなたたちの仕事だってわかってる。わたしたちは受け入れるしかない。ただ、気をつけるって約束してちょうだい。そして、気の毒な女性を地獄から連れ出して。ハンコックはわたしを地獄から守ってくれたけど、いまは彼女を守れない」

33

オナーはのろのろと目を覚ました。困惑と恐怖が意識を支配しようと競い合っている。頭がとんでもなく痛み、こめかみをさすろうとしたが、手が動かなかった。

視界がはっきりすると、おそろしい苦しみ——裏切られたという強い気持ち——で心がずたずたに引き裂かれ、なにも感じられなくなった。霊界で、煉獄で、生と死のはざまをさまよっているあやふやな存在になったみたいだ。

ハンコックは彼女をマクシモフには渡さないと約束した。そのハンコックが彼女を薬で眠らせた。ハンコックは単なる商売の取引として彼女をマクシモフに渡した。ここがどこかわからないけれど、ハンコックは近くにいない。

自分はなんてお人よしだったのだろう。大義のために犠牲になるなんて、たわごとだったのだ。彼女の犠牲で、マクシモフは——それとニュー・エラも——倒され、何十万という罪のない人々の命が救われるなんて。オナーにはただの金目当ての取引に思えた。金のため。ハンコックは傭兵だということを否定しなかった。

でも、なぜこんなに……冷酷な仕打ちをするのだろう？　こんなに非情な仕打ちを？　親切心や思いやりなどないくせに、なぜやさしいふりをしたのか？　そもそも、彼から逃げられたわけではない。では、なぜ大嘘をついたのだろう？　なぜ彼女をなぐさめようとさえしたのだろう？ 暴行や、あるいはレイプのほうがましだったはずだ。美しく……本物の絆を築いたと思ったのに。

ハンコックはそうやって良心をコントロールしようとしているのかもしれないけれど、彼に良心などない。心も魂もない。じゃあ、なぜ？ 頭のなかで疑問が響きわたり、いら立ちに叫びだしたくなった。どうして親切にしたのか？ どうしてやさしいふりをしたのか？ どうして彼女が大切な存在だというふりをしたのか？ それに、いったいどうして偽りの希望を与えたのか？

それがなにより残酷だ。彼女は自分の運命を受け入れていたのに、そうはならないと一瞬でも希望を与えるなんて。

オナーはやみくもにあたりを見まわし、事態を把握しようとした。とにかく悲しみと苦しみの無言の叫びを心から追い出したかった。ところが、自分の状況に気づき、恐怖と悲嘆が増しただけだった。

オナーは……檻の中にいた。動物みたいに手枷と足枷がはめられている。とても狭いため、ぎこちない姿勢でいるしかなく、マジックショーで体をねじられているようだった。

ばか。まぬけ。世間知らず。

ハンコックは彼女の純真さを笑っていたにちがいない。彼女を最初に抱いて、マクシモフよりも、ブリストーよりもリードできると喜んでいたにちがいない。あどけないバージン。ハンコックはその贈り物をとても謙虚な気持ちで受け取ったと思っていたのに。悲しみと後悔がせめぎ合っていた。あまりに後悔が大きく、自分の運命を心配する余裕はなかった。つかの間の休息を楽しんだあとで、オナーはあきらめて運命を受け入れていた。けれどそのあと、ほんの短時間、希望を芽生えさせてしまった。あまりに愚かで、禁じられた気持ちを抱いてしまった。ちゃんとわかっていたはずなのに、心のなかで希望がどんどん大きくなっていき、歯止めがきかず、魂そのものを包みこんでしまった。

口でぎこちなく呼吸をしながら、監獄をさっと見まわした。オナーは天井から吊るされた小さな檻の中にいた。肌に食いこんでいる手枷をなんとか外して檻を開けられたとしても、床までは三メートル以上ある。そもそも、枷は外せそうもなかった。きつく締めつけられているせいで血流が妨げられて手足がしびれていた。

高くて目がくらんだが、閉じこめられている恐怖のほうが大きかった。救済センターのがれきの下敷きになって横たわっていた経験から、狭く風通しの悪い場所に閉じこめられるのがものすごく怖くなっていた。檻は風通しがいいけれど。

突然、思いがけない痛みに全身が悲鳴をあげた――いや、彼女が甲高い叫び声をあげているのだ。言語に絶する激痛を与えられている人間の声。肌が燃えて*い*る。めらめらと燃える激しい炎にのみこまれていくようだ。火あぶりにされているのだろうか？　混乱した記憶のなかに、牛追い棒のようなものがぼんやりとよみがえってきた。皮膚に触れると鋭い電撃が流れ、神経終末を燃えあがらせる道具。一瞬、頭がショートしたかのようだった。なにが起きたのかさっぱりわからない。ただ、電気を流されたのはこれがはじめてではないということだけはわかった。

それから、男に気がついた。マクシモフにちがいない。長い棒を持っている。それをオナーの肌に押しつけ、強烈な電撃を与えたのだ。いまだに神経が震えながら跳びはねていた。体のコントロールがきかず、筋肉が勝手にびくびくと痙攣している。

オナーはその場でうずくまり、涙を流した。電気ショックを与えられたからだけではなく、やはりハンコックに裏切られたとわかったからでもあった。彼女をマクシモフに渡したのだ。彼に許しを与えたのはまちがいだった。彼を信用したのも。ハンコックは信用に値しないと、証明されていたのに。

だが、それで苦しみが軽くなるわけではなかった。ハンコックは、どんなものも、だれもできなかったことをした。

ハンコックは彼女をぼろぼろにした。

救済センターの襲撃ではない。ニュー・エラでもない。ブリストーに二回レイプされそうになったことでもない。檻のわきに立って、肉食獣のように目をきらめかせているろくでなしでもない。この男は苦痛を楽しんでいる——苦痛を与えることを。それが生きがいなのだ。顔より下を見ることができたら、まちがいなく興奮しているはずだ。ブリストーが彼女を傷つけたときにそうだったように。

それでも、どちらの男も、ブリストーもマクシモフも、彼女をぼろぼろにできなかったし、この先もできないだろう。

ハンコックは彼女をぼろぼろにした。自分が生きようが死のうが、もはやオナーにはどうでもよかった。どんな目にあおうが、もはやどうでもよかった。どんなものも、すでにハンコックにされたことにはかなわない。

「貴重品を見つけたことをニュー・エラに知らせる前に、しばらくおまえを手もとに置いておいてもいいな」マクシモフが檻のまわりを歩きながら、オナーをまじまじと眺めて考えこむように言った。「おまえは驚くほど強い。女にしては」と冷笑しながらつけ加えた。男よりも弱い女を明らかに軽蔑しているのが伝わってきた。「何日も楽しませてもらえそうだ。挑みがいがある。楽しい挑戦は大好きだ。最終的には、おまえを壊してやる。なにを求められているか学べ」

「あなたには壊せない」オナーははじめて口を開き、やさしく言った。

ぼんやりとして、関心がなさそうな口調だった。べつのことを考えていて、マクシモフはただのうるさい存在でしかないというように。きちんと意識と注意を向けられないのは、マクシモフには気に入らないことだろう。この男は全員から敬意をささげられることに慣れている。まったく残念なことだ。オナーからは得られないのだから。

マクシモフはかすかに当惑した顔になった。通常なら、こういう言葉は反抗と受け取られるだろうが、それ以外のものを感じ取ったかのように。

「なぜだ？」マクシモフは穏やかな口調で聞いた。腹を立ててはいないとうかがえた。いまはまだ。ただ、本気で興味を引かれているのだ。

オナーはマクシモフと目を合わせた。自分の目にはなにも映っていないとわかっていた。うつろ。生気がない。すでに光を失っている。マクシモフもそれに気づいたのか、目を細めた。なぜかわからないが、そんな彼女の様子が気になっているという印象を受けた。ばかばかしい。マクシモフは他人をひどく苦しめ、いまのオナーのように生きる気力も希望も失った状態にするのが生きがいなのだ。そしてそれははじまったばかりだ。マクシモフはただ怒っているだけだろう。オナーがすでにこの世界から——現実から——遠く離れているのが自分のせいではないから。

「すでに壊れてるものを壊すことはできないでしょう」オナーは感覚のない唇でささやいた。

マクシモフはその言葉をしばし思案した。オナーの想像かもしれないが、たしかにマクシモフの目つきが変わり、やさしくなった。そんなふうに思うなんて、とうとう最後の正気のかけらを失いつつあるだけかもしれない。正気でいたおかげでここまでやってこられたけれど、もはや必要ない。心を守る盾は必要ない。

ただ……。

みずから命を絶てなかったことの屈辱や後悔をわざわざ感じることはない。ハンコックに裏切られると勘づいていれば、すぐに頸動脈を切り裂いて思い知らせてやっただろう。ハンコックにも、マクシモフにも、ニュー・エラにも。

マクシモフがスイッチを入れると、檻がさがって床に近づいた。それからマクシモフは格子のすき間から手を入れ、オナーの手首の包帯を軽くなでて状態を確認した。

「そうだろうな」マクシモフはつぶやいた。「まあ、様子を見ようじゃないか。だが、女、おれに逆らおうなんて考えるな。ただちに後悔するぞ」

オナーはうっすらと笑みをうかべた。自分のうつろな目にぴったりだ。そして、狭い監獄の中でできるだけ肩をすくめた。「あなたに逆らう理由なんてないわ。わたしの運命は決まってる。どんな運命が待ってるかわかってる。わたしには生きる理由はない。死は避けられないんだから、それに抵抗して、わざわざひどい死に方を迎える必要がある？」

マクシモフはまた顔をしかめた。どう判断すればいいのかわからないかのように。彼女のような人間には会ったことがないというように。彼の表情から判断するかぎり、解けないパズルはあまり好きではないのだ。

けれど、どんな愚か者でも、オナーを理解できる。天才じゃなくても、限界を超えている人間はわかる。オナーはすでに中身のない抜け殻だとわかるだろう。今後は、なにをされても動じることはない。モンスターたちが病んだ拷問ゲームに飽きて、最終的にオナーに永遠の眠りと……平穏を与えるまでは。

オナーは目を閉じ、天使と眠る光景を思いうかべた。羽がやさしくかすめ、守られるような心地よさに包みこまれるのが感じられた。

「すぐにそうなるわ」オナーはひとりごとをささやいた。「すぐに」

34

ＫＧＩがジェット機に乗りこんですぐに、サムは安全な電話を取り出し、いつでもどんな状況でもレズニックにつながる番号を押した。二度目の呼び出し音で電話に出たレズニックの声は警戒して用心深かった。

「サム」レズニックはあいさつ代わりに言った。

「アダム」サムはそっけなく答えた。

「あいさつはすんだな。それで、思いがけず電話をもらえるなんて、どういうことだ？」

レズニックの声は強い皮肉を帯びていたが、サムは無視した。レズニックを怒らせるのは、ハンコックを怒らせるのと同じく、それを楽しめるときはいいが、今回は仕事であり、ふざけている余裕も時間もない。

「べつに頼みがあるわけじゃないぞ」サムは言った。

「そいつはよかった」レズニックはぶつぶつと言った。「おまえの頼みを聞くと、おれはきまって殺されそうになるらしい」

「まだ生きてるだろう」サムは指摘した。「なあ、これからマクシモフを永久に葬り去るつもりだと言ったらどうする？　ついでに、ニュー・エラも一緒に倒せそうだと言ったら？」

喉をつまらせるような音が聞こえた。ちょうど煙草を吸って、興奮して口と鼻から勢いよく煙が出たかのようだ。「冗談だろう。ありえない。おまえ、イカれてるぞ」

それからレズニックはいぶかしげな口調で言った。「おれたちは何年もマクシモフを追ってる。くそ、だれもが何年もあのくそ野郎を追ってる。殺されることなく、やつを倒せるほど近づけた者はひとりもいない」

「タイタンを知っているだろう」サムは穏やかに言った。タイタンの名前を出したらレズニックは怒るだけだとわかっていた。「とくにハンコックだ。あいつは長いあいだマクシモフを追っていた。二度やつに近づいたが、罪のない者の命を救うために、やつを逃がした」

レズニックは鼻を鳴らした。「ハンコックは任務達成のためなら自分の母親だって売るぞ」

「そこがまちがってるんだ」サムはおそろしくやさしい声で言った。レズニックはハンコックのことをまるでわかっていないと侮辱するように。「今回、マクシモフは大きな過ちを犯した。ハンコックにとってとても大切なものを手にしている。マクシモフの死は確実だ」

「マクシモフからどうやってニュー・エラにつながるんだ？」レズニックの声は興奮を帯び、何度も煙草を吸っては鋭く吐き出す音が聞こえた。

「なにも約束はできない。しかし、マクシモフが持っているもの、ハンコックが取り戻したがっているものを、ニュー・エラも欲しがっていて、連中はそのために大金を払うつもりでいる。タイタンの計画では、マクシモフと取引の手はずを整え、マクシモフに近づくことになっていたそうだ」

「だが、うまくいかなかった」レズニックは的確に推測した。

「そうだ」

「マクシモフが持っていて、ハンコックとニュー・エラがそんなに手に入れたがっているものとはなんだ？」レズニックは聞いた。

「女だ」サムは静かに言った。

レズニックはうめいた。「嘘だろう。女？　おまえたちケリーに、いまいましい女。勘弁してくれ」そこでサムが言ったことを理解したのか、ショックをあらわにした。「ハンコックが女のせいで我を忘れてる？」

長い間があり、レズニックは時間をかけて状況を整理していた。わけがわからず、頭が混乱しているにちがいない。

「オーケー、それで、ハンコックが女のせいで我を忘れるってのも驚きだが、なぜニュー・エラがその女を手に入れたがってるんだ？」

「オナー・ケンブリッジという名に聞き覚えは？」サムは聞いた。

「もちろん知ってる。ニュー・エラによる襲撃で殺された。救済センターが狙われたんだ。殺されたほとんどが西洋人のボランティアや医師や看護師だった」

「オナーは助かった」

「ありえない」レズニックは吐き出すように言った。「生存者はいない」

「オナーは生きている」サムは静かに言った。「生きているだけでなく、一週間以上ニュー・エラにつかまらないように逃げ続けた。そのせいでニュー・エラは弱いまぬけだと思われた。連中はすっかりメンツを失い、オナーは虐げられた人々の希望の光になった。ニュー・エラは彼女を捕らえたがっている。どうしても。それと、ニュー・エラは取引でマクシモフに金を払わずにコケにした。まったくいい考えじゃない。ハンコックは、マクシモフに近づくためにブリストーという男のもとに潜入して働いていた。ブリストーはオナーが生きていると知り、ニュー・エラより先にハンコックに彼女を捕らえさせた。ブリストーはマクシモフの組織内で優遇されたがっていた。そこでマクシモフにオナーを渡そうとした。その後、マクシモフがオナーをニュー・エラに返し、もともとの借金より多額の金を手に入れる」

「なるほどな」レズニックは考えこむように言った。「すべて筋が通る。ハンコックが最初から渡すつもりだった女をマクシモフが手に入れたからといって、ハンコックが我を忘れたこともな」

「おい、最後まで話を聞け。ハンコックの右腕のコンラッドが言うには、引き渡しの前日にハンコックが計画を変更したらしい。引き渡しの手はずは整えるが、マクシモフをその場で処刑する計画を立てた。マクシモフの組織も、インターポールやCIAやその他の機関にどんな手がかりを残せるかも、どうでもよかった。あいつの望みは、マクシモフを倒して、ぜったいにオナーに手を出せないようにすることだけだった」

「どうやら、計画どおりにことが進まなかったようだな。そうでなければ、おまえがおれに電話をかけてくるはずがない」レズニックが厳しい口調で言った。

「ハンコックは部下をひとり失った。数人が負傷している。ハンコックも危険な状態だ。現時点で生きているかどうかもわからない。だが、あいつの右腕が電話してきて、おれたちに助けを求めてきた。オナーをマクシモフの手から救い出したがっている。手段は問わないそうだ。マクシモフはサディスティックなゲス野郎だ。やつのもとにいるかぎり、オナーは地獄を味わうことになる」

「カイル・フィリップスのチームと、ほかにふたつのチームを送ろう。できるかぎり人手がいるはずだ。使えるやつは全員そっちに集まってるんだろう」

わざわざ答えるまでもなかった。

「座標を送る。遅くても三十分後には部下たちをよこしてくれ。それと、アダム？」

「なんだ？」

「ふたつ頼みがある。まず、こっちには情報がない。おまえが持っているマクシモフに関する情報をひとつ残らず教えてほしい。機密だろうがかまわない。必要なんだ。オナーを救って、ロシア人を倒すのなら、いますぐに」

「わかった。ふたつ目は？」

「オナー・ケンブリッジは襲撃で死んだことになっている。彼女が生きていることをもらすな。いまはまだ。おれたちが間に合って、彼女を救って家族のもとに連れ帰れたら、そのときは合同特別部隊の活躍で救出されたとひそかに発表していい」

レズニックは鼻を鳴らした。「そういう情報が控えめにひそかに発表されるはずがないだろう。マスコミが大騒ぎするぞ」

35

タイタンはウェストヴァージニア州の僻地にある田舎風のさびれた小屋に避難していた。血と死のにおいがする。マクシモフが人と会うときにこんな辺境の地を選んでいたら、だれも彼を見つけられないのは当然だと、レズニックが不満をもらした。

小屋まではリオが先導した。タイタンと知り合いだからだ。しかし、だからといって、これまでタイタンと衝突したときに、リオに向かって引き金を引きたくてうずうずしている連中が撃ってこなかったわけではないが。

ドアのところでコンラッドがリオを出迎えた。つらそうな目をしている。「モジョが」とコンラッドは喉をつまらせて言った。

リオはしばし目を閉じた。モジョのことは好きだった。無口だが、タイタンの多くの仲間と同様、苦しみをかかえていた。だが、骨の随まで忠実だった。タイタンを去って長い年月が経ったあとでも、モジョの死は思っていた以上にリオの心にこたえた。

リオはタイタンの人生を捨てた。一生影の中で生き、つねに善と悪のあいだをぎりぎりですべっている人生。悪が正しいこともある。善が我慢ならないこともある。けれど、いまハンコックに従っているようにかつてリオに従っていた男たちを目にして、忘れようとしてきたことがいくつもよみがえってきた。

「残念だ」リオは声に悲しみをにじませて言った。「いいやつだった」それからコンラッドがチームリーダーの手当てをしていた場所に視線を向けた。「ハンコックは？」

コンラッドはきびすを返して戻っていった。すぐにマレンがハンコックの容体を調べはじめる。コンラッドが鎮痛剤を与えていたが、あまり呼吸を抑えない程度にしてあった。どれだけ肺を損傷しているかわからない。中枢神経抑制薬は、弱った肺と浅すぎる呼吸にとっては致命的かもしれない。

マレンがハンコックの上に身をかがめると、ハンコックは生気のない目を向けた。マレンに気づき、つかの間だけ目が輝く。そこには安堵もあった。

「マレン。よかった。あんたが必要なんだ」ハンコックは乾いた唇を舐めた。「彼女がさらわれてしまった。あんたのときとちがって救えなかった。助けないと」と苦しそうに言う。

「ハンコック」マレンは腰に手を当て、わざと厳格なふりをして言った。「銃で遊ぶなって言ったでしょう？」

マレンがハンコックに近づいてすぐに、スティールが無言ですっと妻の横に移動していた。スティールはハンコックがほほ笑んでいるのに気がついた。ほんとうにほほ笑んでいる。だが、それはすぐに消え、目に大きな苦痛と悲嘆がきらめき、それを見たスティールは息をのんだ。スティールがそんな反応を見せることはめったになかった。マレンもハンコックの様子に気づいたらしく、やさしい目の端が潤んでいた。KGIのほかのメンバーたちはハンコックに……不思議な……愛と憎しみが入り混じった感情を抱いているが、マレンは彼を好いており、そのことをはっきりと認めていた。ハンコックはマレンの忠誠を得ている。マレンは忠誠をささげるときはひどく猛々しい女になるのだ。

「どのくらいひどいんだ？」ハンコックがきつく歯を食いしばって率直に聞いた。かなり苦しいにちがいない。額は汗で光り、顔は青白く、深いしわが刻まれている。急にものすごく老けて見えた。いままでは年齢不詳だった。そのおかげでカメレオンのように溶けこめるのだ。二十代半ばから四十代半ばのあいだならいくつにも見えた。いまは、とことん疲れきって気分が悪そうだ。

「動けるようにしてくれ。あまり時間がない」ハンコックのまなざしに悲しみがあふれ、またしても驚いたことに、この冷酷な男の目には涙が輝いていた。「おれはもう手遅れかもしれない」ハンコックはしゃがれ声で言った。

「死んだりしないわ」マレンが明るく言った。「コンラッドが自分の道具で最高の仕事をしてくれたのよ。ほめてあげなきゃ。彼があなたの命を救ったのよ」

「おれは自分の仕事をしただけだ」コンラッドが噛みつくように言った。チームリーダーを救ったことを告げられて腹を立てていた。ほかの選択もできたとでも言いたそうだ。

スティールはさっとコンラッドのほうを向き、いつものハンコックのような冷たくあたたかみのない目を向けた。「おれの妻に対する口のきき方に気をつけろ」スティールは怒りをこめて言った。

コンラッドは暗い目をしていた。「軽蔑するつもりで言ったんじゃない、ドクター。だが、こいつはおれのリーダーだ。こいつのためなら命をささげる」

「さがってろ、コンラッド」ハンコックがぴしゃりと言った。「無駄話をしてる暇はない」

それからマレンを見て、彼女の手をつかんで指を握った。事情を知らなければ、愛情のこもったしぐさに見えたかもしれない。

「正直に言ってくれ、マレン。彼女のところに行かないと。一時間……一分と過ぎるあいだに、彼女はやつの手で……」そこで言葉を切り、目を閉じたが、その前に悲しみと恐怖が部屋じゅうに広がり、KGIのメンバーが驚いていた。

彼らにとって、スティールが、元アイスマンが、ブロンドで青い目の小柄な女と、母親そっくりのかわいい女の赤ん坊に心を奪われるのを見る以上に、衝撃的な瞬間だった。当惑した顔から、愉快そうな顔、信じられないという顔、あからさまに「嘘だろう？」と思っている顔まで、さまざまだった。

P・Jは苦悩の表情をうかべていてもおかしくなかったが、そうではなかった。女が虐待される話を聞いても反応しないようになるまで時間がかかったものの、反応を隠すのが以前よりもうまくなっていた。

ハンコックの視線がレズニックに向けられる。それから、火のついていない煙草を口にくわえた男の背後に立っているチームを冷静に見やった。その視線がサムに移る。推し量るようにじっと見つめながら、無言で問いかけていた。

「信頼できるやつだ」サムは言った。「できるかぎり協力者が必要なんだ。マクシモフを倒すのは簡単じゃない。だがまずはやつを見つけなければならない。その点で、アダムがとても役に立つということは過去に証明ずみだ」

「知ってるはずだ」レズニックは不機嫌な口調で言った。「おまえはおれを撃って、おれのコンピューターをハッキングしただろう」

ハンコックは後悔しているふりをしたりしなかった。みな、自分たちの仕事には望ましくない任務がつきものだとわかっているし、部屋にいる全員が一度は善の名のもとに自身の行動規範に逆らわなければならなくなったことがある。

ハンコックはレズニックの皮肉を無視し、ふたたびマレンと目を合わせた。「コープが負傷した。あいつを診てやってくれ。ヴァイパーも。あんたが言ったんだぞ。おれは死なない。まだな。部下たちを手当てしてくれ」

それからハンコックは元チームリーダーのリオに獰猛な視線を向けた。その隣にはサムも立っていた。KGIを率いているのはサムだが、ハンコックがリオをあてにしてもサムは気にしなかった。リオはハンコックにとって、リオやKGIのメンバーにとってのサムと同じ存在だったのだ。

「優先事項はオナーだ。マクシモフはどうでもいい。またいつかべつのチャンスがある。つねにべつのチャンスがある。だが、オナーはほかにいない。彼女が第一だ。約束してくれ。彼女を優先すると」

リオはひざをつき、戦士同士がするようにハンコックの負傷した腕をつかんだ。

「約束する、兄弟」

リオが自分で訓練した男とのあいだにかつて築いていた強い絆を認めたのは、これがはじめてだった。サムにはハンコックの気持ちもわかった。部屋にいる男たちは全員わかっていた。みな、愛する女をなにより優先させたいと思ったことがある。任務よりも。大義よりも。場合によっては、ひとりにとっての利益が多数にとっての利益よりもはるかに勝るのだ。

「いまマクシモフを捜してる」レズニックが口をはさんだ。「どこにいてもおかしくないが、おれたちの現在地と、こちらで把握しているやつの複数の隠れ家から、論理的に割り出してるところだ。これまで、マクシモフの居場所を探し当てることよりも、やつを捕らえられないことが問題だった。逃げ足の速さは天下一品だ。そこにいたかと思うと、次の瞬間にはいなくなっている」

「おれは傲慢だった」ハンコックはつらそうに認め、顔をあげてスワニーを見た。いちおう義理の弟なのだ。「おまえがイーデンにしたように、オナーに追跡装置をつけておくべきだった。だが、あまり時間がなかったし、オナーが目覚めないうちにやつを倒せると思いこんでた」

「どうして薬で眠らせたの？」P・Jが怒って聞いた。

チームメイトたちが用心深くP・Jを見た。コールが険しい表情になって妻をわきに引きよせる。

「おかげで彼女は自分ではなにもできなくなってしまった。それなのに、あんたは最悪の事態を想定しなかった。つねに最悪の事態を想定するべきよ」P・Jはしゃがれ声で言った。

ハンコックは目を閉じた。「ほかに方法がなかったんだ。だれも頼れなかった。予備の計画もなかった。マクシモフにはオナーを薬で眠らせて連れてこいと言われていたから、指示に従っていると思わせなければならなかった。そうでなければ、やつを倒すために近づけなかっただろう。けっきょく、なんの役にも立たなかったが」

ハンコックの口調は苦々しく、自責の念に満ちていた。

「ブリストーの組織にもぐりこんでたスパイを見つけたが、ひとりだけじゃなかったらしい。それとも、おれの部下のだれかが裏切り者なのか、裏切り者だったのか。だが、そんなのは信じられない」

「断言はできないだろう」リオがそっけなく言い、元部下を叱責した。

「おまえも知ってるはずだ、リオ。あいつらを見ろ。あいつらの顔を見ろ。どれだけオナーを気にかけてるか。それなのに、あいつらのだれかが彼女を――おれたちを――裏切ったと言えるか？」

「マレン、こいつのダメージは？」スティールがたずね、緊迫した会話を妨げた。「動けるのか？　こいつのせいでおれたちが死ぬことになりそうなら、おれは平気でこいつを置いていくぞ」

「肋骨が折れてる」マレンはきびきびと言った。「防弾チョッキのおかげで命拾いしたけど、至近距離で大きな弾を撃たれたことを考えると、防弾チョッキを貫通しなくて運がよかったわ。コンラッドが血液と空気を抜いてくれたから、圧迫されていた肺がまたふくらむようになった。戦場には行けないけど、大丈夫よ。出発まで休んで動かなければね」

ハンコックはうなずき、その従順さにサムは驚いた。平気なふりをしているが、青白い顔と汗から判断するかぎり、かなり苦しんでいるはずだ。だが、心の苦しみに比べたら体の苦しみなど大したものではないのだろう。

「それじゃ、そのクズ野郎を追跡して、倒すぞ」ギャレットがはじめて声をあげた。

部屋にいる全員——ＫＧＩ、タイタン、レズニックのチーム——が声をそろえてくり返した。罪のない女がモンスターに捕らわれている。それだけでも世界で指折りの危険人物を倒す理由になるが、これはただの女ではない。

ハンコックが女のために弱さを見せたのははじめてだった。そのことから彼女はいっそう重要な存在になっていた。

36

オナーは檻の中で横たわって丸くなり、感情のないボールとなっていた。マクシモフのいら立ちと、高まっていく怒りが感じられた。それと、何度傷つけようとしてもオナーが耐えていることへの困惑。しかし、オナーは単になにも感じないだけだった。もはや生きる目的がなく、どうでもいいと思っている人間を、簡単には傷つけられないものだ。

オナーはばかではない。助けは来ないだろう。マクシモフはゲームに飽きたら、彼女から得られる唯一のものを手に入れようとするはずだ。金。ニュー・エラから。すぐにそうなるにちがいない。一日過ぎるごとに――日数はわからなくなっていた――マクシモフは獲物から期待していた満足感を得られないことにますます動揺し、失望していた。

今朝、天井から檻が吊るされている狭く窓のない部屋にマクシモフが大またで入ってきたとき、オナーは彼がいつもとちがうことに気がついた。食べ物や水は与えられなかった。そもそも、食べられなかっただろう。全部吐いていたにちがいない。けれど、水は魂を売ってでも欲しかった。だがふと、自分に魂はないと思い出した。

死人には魂もなにもない。

「おまえは期待外れだとわかった」マクシモフがぞんざいな口調で言った。お気に入りのおもちゃを取りあげられた子どもみたいだ。とはいえ、この男は好き勝手することに慣れている、甘やかされたいじめっ子でしかないのだ。

自分をおそれさせることで、思いどおりに人を操り従わせるのに慣れている。オナーにはまったく通じていなかったが。

「おれはしばらく出かけてくる」マクシモフは邪悪な笑みをうかべた。以前なら怖いと思ったかもしれない。「ニュー・エラがおまえを手に入れたがっている。すぐに出発するぞ。目的地のことはよく知っているよな。少なくとも、言葉には困らないだろう」

オナーは反応しなかった。マクシモフを喜ばせたりしない。それに、これで死に一歩近づくのだから、歓迎だ。てっきり、マクシモフはあと数日彼女を手もとに置いて楽しむつもりだと思っていた。もっと重要なのは、マクシモフがふたりのあいだに起きていると思っている意志の闘いに勝つつもりでいると。

彼はわかっていない。闘いなどない。オナーには闘う理由などない。いま求めているのは休息だけだった。それと、来世で平穏を見つけるという希望。けれど、彼女の信念はひどく揺らいでしまい、死の先になにが待っているのか、もはやまったくわからなかった。何度も悪が勝利をおさめるところを目にしてきたあとで、善は存在しないと思うようになっていた。善はすべてに勝つわけではない。正しい闘いをしている者たちが安らかな休息を得られるわけではない。

マクシモフはわざわざ捨てゼリフを吐いたりしなかった。オナーを痛めつけて泣かせようとしなかった。これまでの努力と同じく、成功しないと思っているのだろう。

ただきびすを返し、大またで部屋から出てドアをバタンと閉めた。エアロックのシューッという音が聞こえ、部屋が密閉される。壁は強化されていて、室内に侵入できないようになっていた。じめじめしたにおいと、窓がないことから推測するしかないが、おそらく地下だろう。蛍光灯が常時ついていて、心安らぐ暗闇に包まれて眠ることができなくなっていた。これもまた、すでに壊れているものをさらに壊そうという試みだ。

オナーは奥の壁をじっと見つめながら、いつものように頭のなかで色の渦を生み出し、家族の思い出を呼び起こした。いつも、とくにマクシモフに痛めつけられているときに熱中している儀式。自分のまわりに壁を築いていた。これからもっと悪いことが起きるからだ。それを歓迎し、求めていた。とうとう死が訪れたら、安堵するだろう。だからといって、悲鳴をあげたり、懇願したり、むせび泣いたりしない。

もうプライドはないかもしれないけれど、プライドの問題ではない。苦しむ姿を見せて喜ばせたりしたら、連中にとって究極の勝利になる。そんなことはさせない。これ以上ないくらい静かに、穏やかに、死に向かおう。

そう自分に約束していた。家族にも。

「わかってると思うが、ハンコック、問題なのは、マクシモフの私有地のひとつに近づくのは問題じゃないということだ。ただ、やつは用心深く、被害妄想が激しく、いくつも隠れ家を持ってる。目の前にあっても気づかないような隠れ家を」レズニックが言った。

ハンコックはうなずいた。体の動きが遅いのが気に入らなかった。まだ呼吸が苦しいが、オナーを見つけ出すことだけに意識を集中させていた。これが三度目の捜索だった。時間がなくなっていく。絶望で窒息しそうだった。

「北の棟で動きがある」

通信機から聞こえたP・Jの声は、柄になく興奮していた。P・Jとコール、スカイラー、レズニックのチームのふたりのスナイパーが敷地を囲み、残りのメンバーは四方に広がって、突入口になりそうな場所で配置に就いていた。

ふたつのコンクリート壁に穴を開けて突入口を増やすために、すでに爆発物がしかけてある。あとは突入するタイミングを待つだけだ。

「南の棟も」コールが報告した。「警備員みたいだ」

ハンコックの内臓で希望が渦巻いたが、懸命にこらえた。失望することになるかもしれない。また。だが、これまで偵察したほかの私有地は人気《ひとけ》がなかった。人の気配があるのはここがはじめてだ。

「サーモグラフィーで人数を確認しろ」ハンコックは口をはさんだ。

たしかに負傷したが、動けないわけではないし、参加せずにいるつもりはない。これは彼の任務だ。彼の失態。なんとしてもオナーを取り戻してみせる。

「こっちは三人」P・Jが報告する。

「こっちはふたりだ」とコール。

「中庭に動きがある」エッジが静かに言った。「出発の準備をしてるようだ」

ハンコックの心臓が高鳴る。呼吸も速くなり、そのせいで報いを受けた。急に肺がふくらんだせいで、胸に刺すような痛みが生じたのだ。だが、それを無視した。動きがあるということは、おそらくオナーはここにいて、マクシモフが彼女をニュー・エラに渡す準備をしているのだ。まだ手遅れではなかった。

悲しみが内臓をむしばんでいく。ニュー・エラに捕らわれる前に助けに来られたが、マクシモフから救うには何日も遅すぎた。いったいなにをされたか。

考えるな。スティールからそう言われていた。あの男も、そうしなければならなかったことがあるのだ。マレンを失いそうになり、鉄の自制心までも失いかけた。我を忘れたところで、オナーの役には立たない。悲嘆に暮れてもなんの役にも立たない。オナーもほかの仲間たちも殺されてしまう。

「その場を離れるな」サムが命じた。「正面ゲートから車が入ってくる。おれの合図で突入するぞ。すばやくな。騒ぎになってもかまわない。とにかくぜったいにオナーを銃撃戦に巻きこむな」

全員に無線封止の命令が出された。オナーが戦闘現場にいないことが確認できたらすぐに、スナイパーたちが標的を仕留めることになっている。

「サーモグラフィーによると、ひとりだけじっとして動かない。宙に吊るされてるみたい」スカイラーが小声で言った。

それがオナーだという確信がないかぎり、スカイラーは無線封止を破ったりしないだろう。

「もっとよく確認してみるから、ちょっと待って」スカイラーは言った。それから悪態をついた。ハンコックの血が凍りつく。

「家の下部よ。ほとんど熱反応がない。きっと地下の密室だわ。壁が強化されてて、囚人を閉じこめておくような場所」

熱源がじっとして動かないというスカイラーの言葉に、ハンコックはパニックになっていた。しかもほとんど熱反応がない。いや、ちがう。少しでも熱反応があるなら、生きているということだ。スカイラーの言うとおり、壁が強化された地下室なら、熱反応があまりないことも説明がつく。だが、じっとして動かない点はべつだ。

それでもオナーは生きている。そのことだけにハンコックは意識を集中させた。そうしなければ、正気を失ってしまう。

「援護を頼む」ハンコックは小声で言った。「地下室にはおれが行く」

リオが悪態をついた。「応援がいなければ許さない。反論はするな」

ハンコックはかすかに笑った。「おまえはもうおれのリーダーじゃない、リオ」

「だからといって、おまえがおれのものじゃないということにはならない」リオは容赦のない口調で言った。

「リオとおれが援護して、ほかのやつらに通り道を作ってもらう」コンラッドがリオの味方について言った。

言った。

「車が止まった。男が三人。それだけだ。全員車の中にいる。行くならいまだ」ネイサンが言った。

「行け」サムがどなる。

そして大混乱が起こった。

銃声が轟く。爆発が地を揺らし、ハンコックはひざをつきそうになったが、リオとコンラッドが支えてくれた。三人で家の中に駆けこみ、地下におりる階段を探した。

レズニックのチームが各部屋になだれこみ、邪魔者を制圧していく。ハンコックは地下への階段を見つけることだけに集中した。リオとコンラッドが両側を守っていたが、ハンコックは速度を落としたり、援護を待ったりしなかった。片方の手にアサルトライフルを持ち、肩を撃たれた側の手には拳銃を持っていた。

地下に行き、まずさっと見まわしたが、なにもなかった。ハンコックは乱暴に悪態をついた。なにを見落としている？

「落ち着いて、集中しろ」リオが静かに言った。それから通信機に向かって言った。「スカイ、地下の熱反応がある場所を教えてくれるか？　なにも見当たらない。おまえの目が必要だ」

「中央よ。ど真ん中」スカイラーが冷静に答えた。「あなたたちは真上に立ってる。そこよ」

ハンコックがひざをつくと、コンラッドとリオも同じようにした。入口がないかと床を手探りする。それからハンコックは顔をあげ、壁に視線をはわせた。当然スイッチがあるはずだ。見たところ出入口はないし、床にもそれらしいものはない。

「あそこにスイッチがある」ハンコックはコンラッドにどなった。「すべて試せ。部屋の右側に六つ並んでる。地下室への入口を開けるスイッチがあるはずだ」

コンラッドは壁に走っていき、スイッチをひとつずつ入れていった。最後のスイッチを入れると、床がなめらかにスライドしはじめて階段が現れ、ちょうどその上に立っていたリオがよろめいて落ちそうになった。

ハンコックはただちに動いた。下から光線が射し、狭い空間に明るい光があふれる。階段を駆けおり、最悪の事態を想定して覚悟を決めたが、そこで目にしたものは予想もしていない光景だった。

ひざが固まり、胃が飛び出しそうだった。天井から小さな檻が吊るされ、オナーがその監獄の中できつく体を丸めていた。

檻がさがりはじめ、ハンコックが驚いて横を見ると、リオがスイッチを入れていた。それで檻が天井からゆっくりとさがってきたのだ。

ハンコックは突進した。心臓が喉までせりあがってきたが、近くでオナーの姿を見ると、今度は胸から心臓が引きちぎられそうだった。

オナーの手首と足首にはきつい枷がはめられ、皮膚がすりむけて血だらけになっていた。なぜだ？　檻から逃げることはできなかっただろう。それなのに、マクシモフは彼女を苦しめ、みじめな思いをさせて楽しんでいたのだ。

なんてこった。

ハンコックは手負いの獣のような声をあげたが、自分の声だとは気づかなかった。

オナーはひどい状態だ。髪はぼさぼさで、顔は血まみれであざができている。もっとひどいことに、檻の近くの床に電気棒があった。オナーの体じゅうに火傷の痕があることから、マクシモフに何度も電気ショックを与えられたにちがいない。

涙で視界がぼやけ、ハンコックは全身を震わせながら、やり場のない怒りにうなり声をあげ、格子をつかんだ。意志の力だけで檻を破ってオナーを自由にできるというように。

手に負えない状態だった。リオとコンラッドはハンコックを落ち着けようとしても無駄だとすぐに悟り、代わりに檻を開ける方法を探しはじめた。とうとう見つかったときには、オナーを自由にしようとしていたハンコックの手はかなり皮がむけて血まみれになっていた。

ハンコックは勢いよく扉を開けたが、そこで動きを止めた。いら立ちが沸点に達していた。

「鍵」しゃがれ声で言う。「枷を外す鍵はどこだ?」

コンラッドがなにも言わずにハンコックを押しのけて前に出た。そして戦闘服からピッキング道具を取り出し、オナーの枷を外しはじめた。

オナーを見つけ出して救うことだけを考えていたハンコックは、いまになってオナーの目が開いていることに気がついた。ハンコックは凍りつき、完全に生気のない目を見おろした。輝きもない。死んだように曇っている。なにも反応はなく、ハンコックたちがいることに気づいている様子もなかった。

ハンコックはためらいがちにオナーの頬を愛撫した。触れたら取り乱すのではと不安だった。

「オナー？」

ハンコックの声はしゃがれ、不安がにじみ、涙をこらえきれずに喉がつまっていた。涙をぼろぼろと流しながら、オナーの髪に顔を近づけた。コンラッドがオナーの足首にはめられていた最後の枷を外した。

ハンコックは全身をうねらせながら泣き、涙がオナーの髪に染みこんでいった。

「これで自由だ」コンラッドが低い声で言った。「おれが運んでいく、ハンコック。あんたにはそこまで力がないだろう。それに、オナーが目覚めてそんなあんたを見たら、死ぬほどおびえちまう」

ハンコックはしぶしぶ同意したが、コンラッドが言った理由からではなかった。オナーが意識を取り戻してハンコックに気づいたら、裏切り者を見るような目で彼を見るだろう。そのとおりだ。裏切り者。しくじった男。何度も約束を破った男。

「飛行機に乗りこむまでだ」ハンコックは荒々しい口調で言った。「それから鎮痛剤と鎮静剤を与えたい。こんな状態で目覚めてほしくない。ここではだめだ。飛行機でも。安全だと思える場所で目覚めてほしい」

「おれに任せろ」コンラッドはハンコックの苦しみを理解して言った。「それと、ハンコック、オナーを失望させたのはおれたち全員だ。あんただけじゃない」

「おれは彼女を裏切った」ハンコックは獰猛に言った。「彼女と約束したのはおれだ。マクシモフには渡さない、方法を見つけてみせると。そして、おれが彼女を薬で眠らせた。計画を伝えなかった。マクシモフに捕らわれて目覚めたとき、オナーはおれに裏切られたと思ったはずだ。責任はおれにある。おれだけに。おれが一生その責任をかかえて生きていく」

37

「見つけた」マクシモフの暗号化されたコンピューターファイルを熱心にハッキングしていたドノヴァンがふんぞり返り、上機嫌でこぶしを突きあげた。

飛行機は一時間前に飛び立っており、オナーは鎮静剤を与えられて小さな寝室で横になっていた。ほかの者たちはシッティングエリアで椅子やソファにだらしなく座り、床に座っている者もいた。

レズニックのチームのひとつはべつのジェット機に乗っており、オナーの家族の警護に向かうことになっていた。また、サムが前もってショーンに連絡し、居住地を閉鎖して、どんな状況だろうとだれも出入りさせないようにと指示を出してあった。

戻ったらネイサンとジョーのチームが居住地に残って家族の安全を守り、残りの動けるKGIのメンバーがタイタンとともにマクシモフを追う手はずになっている。

「話せ」ハンコックはうなるように言った。

ほかのだれよりも休むべきなのだが、彼だけは座らず、狭いシッティングエリアをうろうろと歩きながら、オナーが眠っている寝室のドアに何度も視線を向けていた。オナーが目覚めてパニックになった場合にそなえて、ドアは半開きになっていた。

「これがほかの人間だったら、罠じゃないかと疑っただろう」ドノヴァンが言った。「だが、マクシモフは傲慢な野郎で、自分は無敵でだれにも止められないと本気で信じこんでるからな。やつがニュー・エラと取引する座標と場所と時間がわかった。やつはすでに向かってる。だからここにいなかったんだ。〝掘り出し物〟を利用してできるかぎり金をしぼり取ろうと、ニュー・エラと交渉してるんだろう。部下たちにオナーを自分のもとに――ニュー・エラのもとに――連れてこさせるつもりだったんだ。これは夢のシナリオだぞ。どちらも一網打尽にできる。こんなチャンスは二度とない。突入して、片をつけるべきだ」

　サムが顔をしかめた。「それだけの人手はない。おれたちは優秀だが、圧倒的に数で負けているし、オナーの家族を警護するチームと、居住地を閉鎖するネイサンとジョーのチームがいなければ、マクシモフとニュー・エラの両方を倒せる可能性はゼロだ」

「そこがまちがってるんだ」レズニックが荒々しい口調で言った。「おれが全力を尽くす。四つの海軍特殊部隊《SEAL》チームを召集する。おれにはふたつの秘密作戦部隊もあるし、三つの特殊部隊と、最高のアーミーレンジャーと空挺部隊も呼べる。敵には奇襲攻撃をしかけよう。アメリカ政府の望みは一石二鳥で仕留めることだけだ。連中を倒すために必要なものはなんでも用意するはずだ。この任務のためなら、おれに主導権を与えてくれる。まちがいない」

「おとりが必要よ」Ｐ・Ｊが考えこみながら言った。「オナーを連れてきたと思わせなきゃ、連中に近づいて倒せない」

「だめだ！」話の流れに気づき、コールが怒りを爆発させた。その目には生々しい苦しみが見て取れた。ＫＧＩが前回おとりを使って――Ｐ・Ｊをおとりにして――ひどい結果になったことを思い出しているのだ。P・Jはレイプされ、暴行された。KGIのメンバー全員がいまだに罪悪感を抱いているが、コールほどではなかった。

「その選択肢はない」コールは激昂して氷のように冷たい声で言った。「二度とおまえを危険にさらしたりしない、P・J。おれがおまえを行かせると思うな。あの出来事のあとで……」

言葉につまり、声が小さくなる。目は涙でぎらぎらと輝いていた。

「もちろん、彼女には無理よ」スカイラーがなだめるように言い、コールの腕に手を置いて安心させるように力をこめた。「P・Jはオナーにぜんぜん似てないもの。うまくいきっこないわ」

安堵でコールのひざから力が抜けそうになり、P・Jを自分のわきに引きよせ、彼女の髪に顔をうずめた。P・Jはそのままにさせた。夫がひどく動転しているとわかっているのだ。P・Jは他人の前で自分を弱く見せたり、保護やなぐさめを必要としていると思わせたりしない。勇猛な戦士。オナーも同じくらい勇猛だ。意味はちがうが。

「論理的に考えて、わたしでしょう」スカイラーが冷静に言った。

キャビンじゅうにいっせいに「とんでもない」や「ぜったいにだめだ！」という声が轟いた。エッジが立ちあがる。大きな男は、すでに窮屈なキャビンを占有しそうだった。目が怒りで輝いている。

「そんなことはするな、スカイ」

「あんたはチームリーダーじゃないでしょう、ゼイン」スカイラーが彼の本名を口にしてやさしく言った。

ふたりはルームシェアをしており、親しい友人になっていた。親友。ロマンティックな関係ではない。どちらかというと仲のいいきょうだいみたいなものだ。だが、だからといって、エッジが猛烈にスカイラーを守りたがっていないというわけではない。

「ああ、だけど、おれたちはリーダーだ」ネイサンが厳しい声で言いながら、親指で自分の胸を指し、それからジョーを指した。「おまえをおとりにして危険にさらすつもりはない。以前はP・Jに無理強いさせたが、二度とそんなことはしない。P・Jはとんでもない犠牲を払うことになったし、おれたちは彼女を失いかけた。おまえを失ったりしない。これは命令だ」

スカイラーは全員に憤慨したまなざしを向け、P・Jとすばやく視線を交わした。女同士で連携して、心のなかであきれて目を上に向けているようだ。ふたりとも高度な訓練を受けている。殺傷兵器。KGIの男性メンバーにも劣らない。しかしそれ以上に、KGIは自分たちの女を大切に守っている。全員を。妻、姉妹、母親。そしてチームメイトも。

「もし男をおとりにしなきゃならない場合だったら、みんなためらわずに志願するんじゃない？」スカイラーは挑むように言った。「コールドウェルが飛行機でマレンを連れ去ろうとしたときに、ネイサンがパイロットになりすまそうとしたのをはっきりと覚えてるわ。だれも彼を危険にさらすことに反対しなかったじゃない」

ＫＧＩの男たちはそわそわと視線を交わした。完全に墓穴を掘っていた。スカイラーを危険にさらさないと言い張ったら、誤ったメッセージを送ることになる。考えうるかぎりあらゆる意味で同等なのに、そうではないと。スカイラーは自分の身を守れず、仕事をこなすことができないと。

「上から目線で命令する前に、聞いてちょうだい」スカイラーはきつく皮肉をこめて言った。「オナーは小柄よ。わたしならほとんど身長が同じ。オナーのほうが細いけど、ひどい目にあってきたんだからしかたない。でも、ふたりともブロンドだし、わたしは連中に近づくことにはならないでしょうから、じろじろ見られたりしないわ。連中が見て、オナーだと思えばいい。彼女が感謝祭の七面鳥みたいに縛られて運ばれてくるって。

「わたしに傷をつけてちょうだい。ほんとうにつけるんじゃなくて」全員の表情が怒りで暗くなるのを見て、スカイラーはあわてて言い足した。「メイクっていう便利な道具があるのよ。わたしたちが発見したときのオナーと同じように見せるの。わたしは意識がないふりをする。連中はそう指示してるはずよ。薬で眠らせた女が好みらしいから」嫌悪感をこめて言う。

「重要なのは、わたしがオナーになりすませば潜入できるってこと。あとはわたしたちと、レズニックのチームと、アメリカ政府が送ってくれる部隊の活躍しだいよ。名案でしょう。十三世紀の男みたいなエゴを二秒だけ捨てれば、目標を達成するにはそれしかないって気づくはずよ」

「くそったれ」ギャレットがつぶやいた。

エッジは相変わらず不満そうだが、唇を結び、思いきり異を唱えたいのをこらえているようだった。

「彼女の言うとおりだ」サムが静かに言った。「ちくしょう、納得しているわけじゃない——納得なんてしない。めちゃくちゃ気に入らない——が、彼女の言うとおりだ。だが、つねに護衛をつけておく」

P・Jがスカイラーの手を握りしめた。「ありがとう。あなたにやらせるつもりじゃなかったのよ。あなたをおとりにする気はなかった。髪を染めるとか、なんとかして、わたしがやるつもりだった。でも……」

P・Jは気まずそうな、弱々しい表情を見せた。コールが彼女のうなじに手をすべらせ、やさしく力をこめて励ましと支えを伝えた。

「やれたかどうかわからない」P・Jは白状した。「取り乱さずにいられる自信があったかどうか。それが恥ずかしいの。しかも、わたしじゃなくてあなたがやるってわかって、ほっとしたのよ。とんでもない意気地なしだわ」うんざりするような口調でつけ加える。いつもは無表情な目に感情が輝いていた。

ハンコックには、この勇敢な女が自分を虐げているのだとわかった。彼が知るなかでとびきり勇猛な女だというのに。ハンコックはP・Jのほうに大またで近づいた。コールがすぐに気色ばんでP・Jを自分のうしろにやろうとしたが、それは無視した。

P・Jの前で立ち止まり、ひざをついて目線を合わせた。

「意気地なしだなんて二度と言うな」ハンコックは怒りの声音をはっきりと表して言った。「おまえには戦士の心がある。おれが知るなかでずば抜けて勇敢な人間だ――そう、女じゃなくて人間だ。チームメイトを相手に戦ったら全員倒せるはずだし、こいつらもわかってる。みんなわかってる。おまえがしたこと、経験したことほど自分をかえりみない行為をおれは知らなかった。これまでは。でも、オナーに出会って……」

声に悲しみがあふれ、言葉が途切れる。

ハンコックが熱烈にP・Jを擁護していることに、コールがあっけに取られていた。それからコールは目に敬意を輝かせ、ハンコックと理解の視線を交わした。ほかのKGIのメンバーも愕然としているようだった。ただしリオだけは、思ったとおりだという顔をしていた。

ハンコックは気を取り直した。まだ話は終わっていない。唐突に立ちあがると、スカイラーが座っているところまで行き、P・Jのときと同じようにひざをつき、スカイラーの両手をつかんだ。骨の奥で沸騰している怒りのせいで彼女の手にあざをつけないように気をつけ、やさしく触れた。

「ありがとう」ハンコックは低い声で言った。「知らない女のために自分の身を危険にさらしてくれること。しかも、過去におまえたち全員に大きな面倒をかけた男のために。こんなふうに無条件に助けてもらう資格はおれにはない。だが、心から感謝する――それと、このことを知っていてほしい」

言葉を切り、突き刺すような視線で見つめ、スカイラーがまっすぐ彼を見てくれるのを待った。彼の心を。

「助けが必要なときは、どんなことでもかまわない、おれに連絡すればいい。すぐに行く。なにがあろうと。恩を返しきれるとは思えないが、努力はできる」

驚いたことに、スカイラーは体をかがめてハンコックに両腕をまわし、痛い思いをさせないように気をつけながら抱きしめた。ハンコックは硬直した。完全に不意を突かれ、どうすればいいかさっぱりわからなかった。だれも彼を抱きしめたりしない。オナーだけ。それと妹。

「大丈夫よ、ハンコック」スカイラーが耳もとでささやいた。「まだ望みはある。あなたはあきらめてるけど、そんなのだめよ。彼女のために闘う価値はある？　そうなら、闘って。わかる？　闘うのよ、ガイ・ハンコック」

ハンコックはスカイラーを抱きしめ返し、彼女の頭の上にあごをのせた。

「おまえはすごく特別な女だ、スカイラー」声に疲労をにじませて言った。

「オナーのところに行け、ハンコック」ドノヴァンが静かに言った。「いま、おまえの頭はまともに働いてない。オナーは大丈夫だということを確認して、安心してこい。情報は伝える。おまえを外すつもりはないが、ほんとうなら病院で横になってるべきだ。だけど、これがイヴや、仲間のだれかの妻だったら、おれたちはたとえ瀕死状態でも身を引いたりしないだろう。約束する。すべてを知らせる」

「オナーは目を覚ましたときにおれを見たくないはずだ」ハンコックは悲しげに言った。「おれはすでに彼女を傷つけた。これ以上傷つけたくない」

「オナーは眠ってる」コンラッドが言う。「すぐには目覚めない。自分を苦しめるのはやめろ。あんたもおれも、これはあんたのせいじゃないとわかってるはずだ」

「おれのせいだ」ハンコックは獰猛な口調で言った。生々しい苦しみがにじんだ声に、ほかの者たちがたじろいだ。

コンラッドはまちがっている。ハンコックにはわかっていた。自分の責任だ。オナーを裏切り、失望させた。自分を許せない。だが、オナーを鎮静剤で眠らせてあるので、安全な場所に行くまでは目覚めないというコンラッドの言葉を信じることにした。彼女に会いたい。触れたい。どちらも自分がするべきことではないけれど。それでも、マクシモフにどれだけ傷つけられたのかたしかめなければ。

ハンコックはそっけなくうなずいてから、音を立てずにそっと小さな寝室に入っていった。ベッドの上でオナーが丸くなっていた。意識がなくても、身を守るように体を丸めている。その姿はとても弱々しく、悲しみでハンコックの胸が痛んだ。

オナーを愛している。心から敬愛している。彼を引き取って育ててくれた家族以外に、だれかを愛したことはなかった。親のいないハンコックの親になってくれたエディとキャロライン・シンクレア。兄弟のレイドとライカー。そして大切な妹。彼女のことも失望させた。なんだか、自分にとっていちばん大切な人たちを絶えず傷つけているみたいだ。これまで自分がしてきたことを考えると、二度とビッグ・エディ・シンクレアと顔を合わせられない。以前は、自分の行動は必要悪だとつねに思っていた。

しかし、オナーとの出会いはまったく予期していなかった。彼女はハンコックが用心深く築いたバリアをすり抜け、どういうわけか、彼の一部となって息づいている。彼の半身。いまでは、ケリーたちが徹底的に自分たちの女を、妻を守ろうとする衝動を理解していた。ハンコックも同じものを感じていた。だが、ケリーたちはハンコックがオナーにしたようなことを自分たちの女にしていない。彼が最初に計画していたこと。そのときは後悔も自責の念も覚えなかった。

そのふたつの感情を、これから死ぬまで痛烈に抱いていくことになる。

ハンコックはベッドに腰をおろし、少しずつオナーに近づいた。彼女の香りと体温を感じて触れられるように。永遠に思えたあとで、とうとうオナーを腕に抱き、ようやくリラックスした。

もつれた髪に顔をうずめる。汚れや血のにおいは気にしなかった。それから涙を流した。自分に与えられたもの、自分が無情に捨てて裏切ったものを思って、涙を流した。いまや永遠に失われたもの。

オナーによって彼は変わった。根本的なレベルで変わった。いまでは彼女に憎まれているが、オナーが彼に望んでいた人生を歩んでいこう。オナーが思っていたような男になりたい。彼女だけは、つねにハンコックの魂のなかにある闇の奥を見抜いてくれた。タイタンとは縁を切る。大義のための戦いは終わりだ。これまでは鏡から見つめ返す男が自分だとは思えず、鏡を見られずにいたが、それも終わりだ。

オナーは彼女自身という贈り物を与え、彼の一部分となってくれたが、ハンコックはそれを投げ捨てたのだ。大義のために。

38

オナーが身じろぐのを感じ、ハンコックはすぐに目を覚まして体をこわばらせた。ちくしょう！　睡眠と回復が必要だったせいで眠りこんでしまった。こんなに長くここにいるつもりではなかった。それに、オナーはしばらく意識を取り戻さないはずではなかったか。彼女が目覚めないようにもう一度いそいで注射を打ちたくても、手もとにはない。

ハンコックは不安げにオナーを見つめた。ただ落ち着かずに身じろいだだけで、まだ薬の効果が続いていて、ふたたび眠ってくれるかもしれない。だが、それほどの幸運はなかった。まぶたがのろのろと震え、オナーはハンコックに気がついた。ハンコックは緊張し、非難を、憎しみを向けられるのを待った。当然のことだ。覚悟を決める。ところが、オナーは生気のない目でぼんやりと彼を見つめるだけで、なんの反応もなかった。なにもない。ハンコックの背筋に不安が駆けのぼる。オナーは心を失っている。

「気づくべきだった」オナーは単調な声で言った。「マクシモフじゃなくてあなたがわたしをニュー・エラに渡すって。皮肉じゃない？　ニュー・エラからわたしを〝救って〟、今度は彼らに返すんだもの。ふりだしに戻るのね」

それ以上なにも言わず、オナーは苦労しながら横を向いた。動いたときの痛みであえぎ声がもれる。ハンコックに背を向け、ふたたび身を守るように丸くなった。ハンコックを締め出し、自分のなかに引きこもる。それ以上傷つかない場所に。

苦しみが邪悪なかぎ爪となってハンコックを切り裂いた。すべての言葉が、汚れた魂に響いていた。オナーを抱きしめたくてしかたがなかった。なぐさめたい。自分の気持ちをすべて伝えたい。けれど、信じてもらえないだろう。オナーが彼を信じることはけっしてない。ほかのとても貴重なものをすべて失ったように、彼女の信頼も失ってしまった。

オナーの肩に手を置こうとしたが、すんでのところで思い直した。これ以上苦痛を与えたくないし、まだ怪我の程度を確認していなかった。

「あのくそ野郎になにをされたんだ？」ハンコックは問いつめた。怒りにうなり声をあげそうだったが、かろうじてこらえた。

オナーは片方の小さな肩をすくめた。「それが重要？」

「ああ、重要さ！　やつになにをされたんだ、オナー？」

オナーは身をこわばらせた。きつく丸めた体から苦しみが伝わってきて、ハンコックは赤ん坊のように泣きたくなった。

「わかってるでしょう、ハンコック」オナーは疲れた口調で言った。バリアがすべり落ちていくかのようだった。作りあげた盾と、生き延びるために生み出した偽りの現実がゆっくりと崩れていくかのようだった。「マクシモフにどんなことをされるか、話してくれたでしょう。ニュー・エラがなにをするかということも。むごたらしい話を詳しく聞きたいの？　わたしが苦しんだとわかればうれしい？　あなたが言ったようなことをされなかったんじゃないかって心配なの？」

息ができなかった。胸のなかで心臓がとてつもなく重く感じられた。いままで経験したことのない恐怖で感覚が麻痺し、しゃべれなかった。考えることもできない。マクシモフとニュー・エラがなにをするか、彼女に話したなんて。任務は変更するから、そんな目にはけっしてあわせないと誓ったというのに。すべて嘘だったとオナーは思っている。

「やつになにをされたんだ？」ハンコックはしゃがれ声で聞いた。涙で声がかすれ、強烈な感情に圧倒され、のみこまれ、もっとも簡単なこともできなかった。

「これまでにされたことほどひどくはないわ」オナーはどうでもいいというように言った。「わたしを傷つけたのは彼じゃないわ、ハンコック。あなたよ。あなたがわたしを破壊した。ある意味では、あなたに感謝するわ。あなたみたいにわたしを傷つけた人はひとりもいない。マクシモフにされたことだって比べものにならない。たしかにつらかった。それはそうよ。痛めつけるのが目的だもの。でしょう？　でも、痛みは感じなかった。だって、死人は感じないもの。あなたに裏切られた日に、わたしは死んだの。だから、ニュー・エラがなにをするつもりでも、歓迎するわ。どうでもいいもの。もうなにもかもどうでもいい。マクシモフのときと同じように、少なくとも悲鳴をあげて喜ばせることはない。懇願もしない。そんなことはぜったいに起こらない。連中もわたしを壊して喜ぶでしょうけど、マクシモフがわたしを壊してやるってえらそうに言ったときに彼に伝えたように、すでに壊れてるものを壊すことはできない」

ハンコックの心臓が粉々に砕け、カミソリのように鋭く小さな破片になり、永久に癒えない傷をつけた。心が血を流している。止まることはないだろう。涙が頬を流れ落ち、悲しみにのみこまれる。自分にはもはやなにも残っていない。

オナーは壊れてしまった。

ほかのどんなものもオナーを壊せなかったのに、彼が壊したのだ。

この貴重な贈り物を破壊した。

「わたしの望みなんてどうでもいいでしょうけど」オナーが疲れた声で言った。「でも、ほんとうに傷ついてるの、ハンコック。最期が訪れるまであまり時間がないってわかってる。せめてそっとしておいてくれない？　せめてそれくらいしてくれない？　あなたを見て、あなたと話したら、必死に心のなかに築いた虚無が壊れてしまった。そこではどんなものも、だれも、わたしを傷つけられない。手を出せない。痛みは感じない。なにも……感じない。それが必要なの。あなたは欲しいものを手に入れた。だからもうそっとしておいて。これから起こることに向けて心の準備をするから」

ハンコックはごろりと転がってベッドを出た。オナーを振り返ったりしなかった。彼女を見たら苦しくなってしまう。オナーは傷ついている。マクシモフに傷つけられていないと言ったが、彼が思っている意味で言ったのではない。マクシモフは彼女を壊せなかったという意味で言っただけだ。すでにハンコックに壊されているから。

ハンコックは大またでシッティングエリアに戻った。いまの気持ちがすべて目に、顔に表れているにちがいない。みな、彼を見てぎょっとしたように、明らかにたじろいだ。

ハンコックはマレンに意識を向け、内心では死にそうだったが、落ち着いて冷静になろうと努めた。心臓が粉々になってできた何千という切り傷から出血していた。

「オナーは傷ついてる。やつになにをされたかわからないし、おれを憎んでる。だが、傷ついてる。彼女を診てやってくれ。鎮痛剤が必要だ。それとマレン、鎮静剤も打ってやってほしい。オナーは……壊れてしまった。おれが壊した」喉をつまらせて言う。「おれのせいだ。マクシモフじゃない。おれがやったんだ。意識があるかぎり、オナーは苦しみを感じてしまう。心が死んでしまってる。安らぎを与えてやってくれ。おれの代わりに。頼む」

マレンは打ちひしがれた顔になり、スカイラーがしたようにハンコックに両腕をまわしてやさしく抱きしめた。マレンの涙がシャツに染みこむ。彼のために泣いているのだ。なんてこった。

ハンコックはやさしくマレンを引きはなし、死んだような目で見つめた。

「おれの弁護はするな、マレン。オナーになにか説明しようとするな。オナーには、おれがあんたに金を払って、ニュー・エラに渡す前に傷を治させようとしてると思わせるんだ。おれの仲間だと思ったら、オナーはあんたを信用せず、治療を拒むだろう。鎮痛剤も。とくに鎮静剤を。頼むから、できるだけオナーの苦しみをやわらげてやって、あのくそ野郎になにをされたか聞き出してほしい。知らなきゃならないんだ。ちくしょう、知っておかないと。永遠にその罪を背負っていくために」

「でも……」

「頼む。オナーのためだ、マレン。彼女のためだと思ってやってくれ。おれがつらい思いをするのは当然だが、オナーはちがう。あんたがおれを嫌ってると彼女に思わせるんだ。おれがあんたを誘拐して、無理やり彼女の手当てをさせてると。なんとしても、あんたがおれに好意的だとは思わせるな。そうでないと、オナーは治療に協力しない」

マレンはため息をついたが、うなずき、医療バッグを取りに行った。そして最後に悲しそうな目をハンコックに向けてから、寝室に姿を消した。

ハンコックはレズニックのほうを向いた。「おまえに頼み事をする権利はないが、オナーを隠れ家に連れていったら、おまえの最高のチームに彼女を守ってもらいたい。オナーには、アメリカ軍がおれを捕らえて——オナーはおれが彼女をニュー・エラに渡すつもりだと思いこんでるから——彼女を救ったと伝えろ。無事にアメリカにいるが、マクシモフとニュー・エラと……おれを……永久に葬り去らないうちは、家族のもとにいるのは危険だと。彼女が生きてることを知ったら家族が危ない。彼女と家族にとって危険だと説明して、家族にも警護をつけて守ると伝えるんだ。もう危険ではなくなったら、おまえのチームが彼女を家族のもとに連れていくと」

「お安いご用だ」レズニックは即答した。「言っておくが、ハンコック、おまえは自分が冷酷なくそ野郎だとまわりに信じこませてるが、そんな男じゃない。いいか、おまえに撃たれたことは気に入らないが、いまでは理由がわかる。あれは正当な任務だった」

「おまえはまちがってる」ハンコックは冷たく言った。「おれはまわりが思ってるような男だ。いや、それよりもっと悪い」

39

一時間後、マレンが寝室のドアから顔を出すと、全員の目が向けられた。ハンコックの胃が下まで沈みこむ。マレンはいまにも心が折れそうな顔をしている。ハンコックがオナーのことを聞く前に、スティールが立ちあがって部屋を横切った。

「一緒に中に来てちょうだい、ジャクソン」マレンが涙声で言った。

スティールをファーストネームで呼ぶのはマレンだけだった。それは奇妙な響きだった。この男の性格にはスティールという名がぴったりだ。

ハンコックは立ちあがって異を唱えようとしたが、マレンが手をあげた。「オナーはゆっくり眠ってるわ。ジャクソンがいても気づかないはずよ。ちょっとだけ……彼が必要なの」

スティールが近づいて両腕で妻を包み、そのまま部屋に入ってドアを閉めた。

マレンはわっと泣きだし、夫の広い胸に顔をうずめた。

「泣くな、ベイビー」スティールは絶望的な声で言った。妻が泣くとひざから崩れてしまい、生まれたての赤ん坊のように無力になるということは周知の事実だった。

「ものすごく傷ついてるわ、ジャクソン」マレンは喉をつまらせて言った。「ふたりとも。ハンコックの言うとおりだった。オナーは壊れてしまってる。心を失ってる。闘う気力が残ってない。死にたがってる」

いた。スティールはマレンを抱きしめて背中をなで、なぐさめようとしたが、無理だとわかっていた。マレンは爪の先まで善良だ。情にもろく、やさしい。明るく、陽気。どれもスティールにはない性質だが、彼女を通して経験していた。彼女と。ああ、マレンと出会う前の人生はどんなだった？

妻の頭ごしに、オナーが身を守るように丸くなっているベッドを見やり、スティールはたじろいだ。ひどい状態だ。

「あのくそ野郎になにをされたんだ？」スティールの声は危険なほど低く、怒りが波となって流れ出ていた。

「拷問されたのよ。牛追い棒で何度も。体じゅうに火傷ができてる。あざもある。殴られたのよ。ジャクソン、最悪なのはそのことじゃないの。怪我は治るわ。だけど、オナーは壊れてしまった。あきらめてしまった。なにも気にしていない。憎しみもない。愛もない。怒りもない。なにも感じられなくなってる。からっぽの抜け殻よ。すでに死んでいて、心臓だけがまだ動いてる。でも、あらゆる重要な意味では、すでに死んでしまってる。

「ニュー・エラに渡されることをおそれていない。受け入れてる。歓迎してる。もう！ とにかくなにも感じていないのよ。もとに戻るかわからない。ブリストーにレイプされそうになったとき、彼女はみずから命を絶とうとした。両方の手首に深い傷があって、縫合されてる。ニュー・エラに渡されないとわかったら、あのとき最後までできなかったことをあっさりとやり遂げて、身体的な活動を絶つんじゃないかしら。魂はすでに死んでしまってるんだもの」

「くそったれ」スティールは言いながら、急に苦しくなった胸をこすった。「オナーは地獄を経験して戻ってきた。助かる見込みがない状況に直面して生き延びた。闘った。けっしてあきらめなかった。だが、明らかにハンコックを愛していて、あいつに裏切られたと思ったことで、ほかのどんなことにもくじけなかったのに、挫折してしまった」

マレンは涙ぐんだ目をあげてスティールと視線を合わせた。「向こうに行って、いまあなたに話したことをハンコックに伝えたりできないわ。彼を見た？　オナーが打ちのめされていて、心が死んでしまっているのと同じように、彼の心も死んでしまってる。オナーと同じく、彼も乗り越えられないわ」

スティールはマレンのあごを片方の手でやさしく包み、唇にキスをした。「伝えなくていい」

「ハンコックは納得しないわ」マレンは言った。「自制心を失ってしまう。オナーがマクシモフになにをされたのか、そのことを考えてすでに苦しんでる。わからなければ、つらいだけよ」

「最小限のことだけ伝えればいい。怪我については伝えるんだ。だが、おれに話したことを全部は伝えるな。なんの役にも立たないし、むしろ、おれたちの任務が大きな危険にさらされることになるかもしれない。きみがおれに話したことをすべて伝えたら、あいつは完全に自制心を失っちまう。手に負えなくなる。そうなったら厄介だ。彼女を傷つけた男と、彼女を傷つけると思われる連中を倒すことだけが、あいつの目的になる。自分が死んでもいいと思うだろう。きみが言ったように、あいつはすでに死んでる。だが、あいつのせいでおれたちの大勢が殺されるかもしれない。あいつにはできるだけ落ち着いて、集中してもらわなきゃならない。だから、伝えるべきことだけを伝えるんだ。それ以外は伏せておけ。ハンコックがかろうじて保ってる正気を失って、任務全体が危険にさらされたら、ＫＧＩのメンバーを失うかもしれない。だれひとり失うわけにはいかない」

マレンはため息をつき、スティールにもたれかかった。スティールは彼女に両腕をまわし、ただ抱きしめた。それがいまマレンにいちばん必要なことだとわかっていた。

「もちろん、あなたの言うとおりよ」マレンは言った。「ああ、でもジャクソン、つらいわ。あの若い女性があれほど挫折して、運命を受け入れてるなんて。どうしようもなく泣きたいわ」

スティールはほほ笑んだ。「ハニー、泣いてるじゃないか。おれの前でずっと泣いてる」

マレンははなをすすった。「気づいちゃだめでしょう」

スティールはマレンの手を取って握りしめた。「ハンコックが飛行機をばらばらに引き裂く前に、報告しに行こう」

「愛してる」マレンはつらそうな声で言った。「オナーのことでわたしがこんなに打ちのめされてる理由のひとつは、もしかしたらこれが自分だったかもしれないからよ」

スティールは全身を震わせながらマレンを抱きしめた。マレンを失いかけたことはけっして忘れたことがなかった。そのことを考えない日はなかった。マレンを失ったと思った瞬間のことを。なぜなら、一度だけではなかったから。

「おれも愛してる」スティールはしゃがれ声で言った。「きみとオリヴィアはおれの命だ」

「それに、あんなハンコックを見るのもつらいの」マレンは苦しそうな声で言った。「彼は善良な人よ。みんなが思ってるような男じゃない。自分で思ってるような、自分で思いこんでるような男じゃない。わたしが捕らわれてたとき、ずっと面倒を見てくれた。わたしを守ってくれたし、やさしく気遣ってくれた。わたしが安心と安らぎをもっとも求めてたとき、それを与えてくれた。一度もわたしを脅さなかったし、わたしを救うために任務をあきらめた。さらにそのあとで、もう一度わたしを救ってくれた。わたしのために死のうとした。こんな目にあうなんてまちがってるわ、ジャクソン。彼もオナーも」

スティールはマレンの髪を手ですいた。ハンコックにはけっして返しきれない恩があるとよくわかっている。ハンコックのおかげで、マレンと大切な娘がいる。そう、ハンコックが愛する女を失う苦しみを味わうなんてまちがっている。どうにかして事態が丸くおさまってくれることを心から願った。ゆっくりと死にかけているふたりの人間が、なんとか互いのもとに戻る道を見つけて、またひとつになることを。

40

飛行機が滑走路に着陸した。ここからメンバーはふた手に分かれ、片方がオナーを隠れ家に連れていって警護し、残りはマクシモフとニュー・エラを倒す任務の計画を立てる。ハンコックは、オナーとレズニックのチームが乗りこむジェット機までオナーを運んでいくと言い張った。

ほかの者たちが乗りこむ前に少しだけふたりきりにしてほしいと頼むと、その要求は聞き入れられた。まわりの雰囲気は重々しく、悲しみが全員に浸透していた。

ハンコックはうやうやしくオナーをソファにおろし、できるだけ楽な姿勢にしてやった。皮膚が裂けた手首を両手でそっと触れる。みずから手首を切ったときに縫合した傷に加えて、枷が繊細な肌に深く食いこんでいたせいで皮膚が裂けて皮がむけていた。

ハンコックはオナーの額に手のひらを当て、もつれた髪を指ですき、ただ彼女を見つめていたあとで、体をかがめ、動かない唇にキスをした。息を吸い、オナーの香りを、味を堪能し、永遠に心に刻みこんだ。

悲しみが重くのしかかってきて、動けなかった。この無意味な人生でどこに行こうと、いつまでもオナーの一部を心にしまっておこう。彼にとって最高の――唯一の善良な――部分。

「ほんとうにすまなかった、オナー」ハンコックはささやいた。「愛してる。これからもずっときみを愛してる。きみだけを。きみを愛しているようにほかの人間を愛することはない。きみが必要としていた男になれなくて、ほんとうにすまない。きみのために善良な男になれなかった。幸せを見つけてくれ。おれのせいでとても貴重なものが永遠に破壊されてしまったのではなければいいんだが。世界にはきみのような人間がもっと必要だ、オナー。きみのやさしさ、心意気、熱意、勇気が必要だ。それと、思いやりが。すべておれにはないものだが、ほんの短いあいだ、きみを通して、それらがどういうものなのか経験できた。幸せになってくれ、いとしい人。そして生きろ。生きろ」

いま歩き去らなければ、けっして離れられないと思い、しぶしぶ立ちあがった。髪の中に入れていた指を毛先まですべらせ、とうとう手をはなした。オナーが死んでしまったかのような強烈な喪失感を覚えていた。

二度とオナーに触れることはないだろう。キスをすることも、抱きしめることも、やさしさに包まれることも、朝日に匹敵するまばゆい笑顔を見ることも。

目を閉じて背中を向け、飛行機の出入口まで歩いていき、ステップをおりて舗装された滑走路に立った。自分がどんなふうに見えているかわかっていた。ほかの者たちが彼を見ようとしない理由も。おそろしいものを目にすることになるからだ。おそろしすぎて見ていられないものを。やはり自分は二度と鏡を見られないのではないだろうか。オナーがいなければ、そこには罪のない人間からすべてを奪った魂のないモンスターの姿しか見えないはずだから。

「行くぞ」その声は自分のものとは思えなかった。

41

オナーはゆっくりと覚醒しはじめた。また鎮静剤の影響から抜けつつあるのだ。最初は鎮静剤はいらないと頑なに言い張った。意識を失う薬はいやだった。鋭い反射神経とはっきりした意識を保っていたかった。

いまは？　うれしい小休止だった。薬を与えられていない状態とそれほど変わらない。そこで、薬を打たれたことは気にしないことにした。

目を開けると、もう飛行機の中ではないことに気がついた。寝室にいる。きちんと家具がそろった寝室で、ベッドはとても寝心地がいい。喉からヒステリックな笑い声がこみあげてきたが、それを抑えた。ブリストーの屋敷で目覚めたときにも、自分は救出されて安全だと思ったのだ。

同じ過ちは二度とくり返さない。あんなに簡単に人を信じたり、だまされたりしない。

物音が聞こえ、オナーはゆっくりと、関心がなさそうにそちらに顔を向けた。

軍服姿で背が高く筋肉のついた男がドアの内側に立っていた。オナーが起きていることに気づくと、数歩前に出たが、ベッドとのあいだに距離を保っていた。彼女が怖がるのではと心配している？　オナーは唇を噛み、喉からこみあげるヒステリックな笑いをこらえなければならなかった。おびえる段階はとっくに過ぎている。いまはただ運命を受け入れていた。

「ミス・ケンブリッジ、わたしはアメリカ合衆国海兵隊員のカイル・フィリップスであります。我々がロシア人武器ディーラーとテロ組織との取引の現場を押さえたところ、あなたが監禁されていることに気づいたため、必要な手段を踏んであなたを救出し、アメリカに連れ戻しました」

オナーはただ目をしばたたかせた。こんなたわごとを彼女が信じると思っているのだろうか？　それに、なぜわざわざ嘘をつく？　モンスターたちは心理ゲームが好きらしい。ハンコックはまちがいなく達人だった。

「テロ組織を壊滅させ、マクシモフを抹殺するまで、あなたをつねに監視下に置いて保護します。あなたは囚人ではありません。この家の中でしたらどこに行ってもかまいません。それから、あなたのご家族にも危険が迫ると思われるため、脅威が排除されるまで、そちらの警護も手配してあります。しかし、あなたが生きていることを知らせるのは――」

「はいはい」オナーはぼそぼそと言った。「悪いやつらがみんな死んでからね。ヒントをあげるわ。連中が死ぬことはない。生きてもいない。魂がない者を殺すことはできないわ」

カイルと名乗った男は顔をしかめ、オナーをまじまじと見つめた。その目には気遣いに似たものがうかんでいた。

「許可が出たらすぐに、わたしがあなたをご家族に引き合わせます。約束します」

「約束なんて意味がないわ」オナーはとげとげしく言った。

そして男に背中を向けながら、自分がわざわざしゃべったことに驚いていた。一瞬、実際に……怒りを感じた。意識全体に広がっている無気力以外のものを。それが気に入らなかった。少しも。懸命に感情を抑えてきたバリアにひびが入ってしまった。難攻不落の要塞を築いたことで、なにも……感じなくなっていたのに。少なくとも、そう思っていた。その要塞がもっとも必要ないまになって、崩れてしまうのだろうか？

だれかが便利ですばらしい鎮静剤の注射器を持って、さっそうと現れてくれればいいのに。そうすればまた意識を失って心を無にできる。

代わりにオナーは目を閉じ、監禁されていたときに念入りに作りあげた壁を心のなかでふたたび築き、暗い虚無感のなかに閉じこもった。

「いつ彼女を家に連れ帰るんだ？」カイル・フィリップスがサム・ケリーに噛みついた。

「マクシモフとニュー・エラを地獄に送ったらすぐに」サムは言い返した。

「彼女は衰弱してる」カイルは明らかにいら立っていた。

短い間があった。「どういう意味だ？　救出されたと伝えたんだろう？　彼女と家族は保護されていて、マクシモフとニュー・エラが排除されたらすぐに家に帰れると」

カイルはいら立ちの声をもらした。「ことあるごとに裏切られ、嘘をつかれてきた女が、すんなり信じると本気で思ってるのか？　気がついたらハンコックと飛行機に乗っていて、テロ集団に渡されると信じこんでいたのに、次に目が覚めたら、海兵隊が現れて救い出されてた。そして、そうそう、まだ家には帰れないけど、いつかは帰れると、そう言われる」

「『衰弱してる』とはどういう意味だ？」サムはどなった。

「おれが嘘をついてると思ってるんだな」いまやカイルは怒っていた。「なにも食べないし、飲まない。ちくしょう、部下に彼女を押さえつけさせて、せめて水分を補給させるために点滴を打たなきゃならなかった。ああ、楽しかったさ。すでに地獄を見た女を怖がらせていじめるのは、おれの職務リストのトップに入ってるからな。まったく、国のために尽くすのは最高だ。

「彼女はしゃべらない。反応しない。明かりはついてるが、だれも家にいない。言葉のあやじゃないぞ。このままじゃ死んでしまう、サム。なにか状況が変わらなければ、すぐに変わらなければ、死んでしまう。最悪なのは、彼女がそれを待ってることだ。それを望んでる。気力があれば生きるために闘おうとする。だが、自分の身になにが起ころうが気にしてない」

サムは悪態をついた。たいていの人間ならおびえていただろう。しかし、カイルにとっては、現場でよくあることだった。

「決行は明日だ」サムは言った。ほんとうは話してはいけないことだと、カイルはわかっていた。「やるべきことをしろ。明日までオナーを生かしておくんだ。その後、おれが連絡したら、さっさと家族のもとに連れていけ。実際に会えるまでは、なにも信じないだろう」

「あんたがどうにかしろよ」カイルはつぶやいた。

ハンコックはマクシモフの血まみれの体を見おろしていた。ハンコックのとてつもなく大きな憎悪を感じ取ったマクシモフの目には恐怖とあきらめがあふれていた。マクシモフについている血はハンコックのものではない。攻撃がはじまったとき、マクシモフは数人の部下を自分の前に押し出して盾にした。結果として、五人の男のうしろに隠れていた臆病者のマクシモフは彼らの血を浴びることになった。

レズニックとKGIは約束を守り、マクシモフはハンコックだけに任された。レズニックはいま、生き残ったテロリストを捕らえて、死体を数えるようにと、軍のチームに命じていた。

マクシモフがここでどんな最期を迎えたとしても、レズニックとKGIとハンコック本人以外はだれも知ることはないだろう。

マクシモフを拉致して、慈悲をかけずに長く苦しい死を与えてやりたかった。彼がオナーを拷問したように拷問してやりたかった。オナーの体には火傷の痕があり、手首に深く食いこんでいた枷のせいで皮膚がぼろぼろに裂けていた。その記憶が鮮やかに残っていて、マクシモフを同じ目にあわせてやりたかった。

何年も前なら、いや、一カ月前なら、そうしていただろう。だが、オナーに出会った。善というものをほんとうに見て経験した。マクシモフにはだれも味わったことがない苦しみを与えてやりたい。オナーにしたことを全部十倍にして返してやりたい。けれど、そんなことをしてもいい人間にはなれないし、オナーやほかの無数の人々を暴行したモンスターとなにも変わらない。もうそんな男にはなりたくない。オナーが誇りに思ってくれるような男になりたい。彼女に見合う男になりたい。彼女のようになりたい。

「おまえがこれまでしてきたことを考えれば、情けには値しない」ハンコックの声は怒りと悲しみで煮えたぎっていた。「だが、おれはおまえよりましな人間だ。おまえのレベルまで身を落としたりしない。おまえにはならない」

それから背中を向け、見張りをしている男たちを一瞥した。オナーを救ってくれた男たち。いままでは、ハンコックがマクシモフになにをしたがっていても見て見ぬふりをし、マクシモフがどうなろうと知らぬ存ぜぬを通すつもりでいる。善良な男たち。ハンコックが復讐を実行していたら、地獄に道連れにしていただろう。

「レズニックに引き渡せ。この哀れな野郎に用はない」ハンコックは吐き出すように言い、男たちの表情は無視した。驚きと……敬意の表情。彼らの横を通りすぎ、そのまま歩き続ける。この場所と、じわじわと心にもぐりこんでくる記憶から離れたかった。この短時間で、生涯で、得たもの――失ったもの――を考えまいと、目を閉じる。

「おい、待てよ」リオが小走りで元チームメイトを追ってきた。

ハンコックは足を止めたが、とにかく立ち去りたかった。ひとりにしてほしかった。

「オナーのところまで送っていくか？　アメリカに着くころには、実家にいるだろう」

一瞬、体が、心が、魂が、苦しみで引き裂かれ、息ができなくなった。

「いや」ようやくハンコックは低い声で言った。

リオは驚いた視線を向けた。「なんだって？　別れるつもりなのか？」

ハンコックはリオのほうを向いた。怒りが血管に猛烈に流れ、獰猛な表情になっていた。

「おれは彼女を裏切った。数えきれないほど多くの約束を破った。おれは彼女にふさわしくないし、オナーにはおれよりもっといい男がふさわしいはずだ。オナーはおれを憎んでるが、それ以上におれは自分が憎い」

「やめろ」リオは言った。その目は暗く、同情がにじんでいた。「一生後悔するようなことをするな」

「もう遅すぎる」ハンコックは吐き出すように言い、背中を向けて歩き去った。

42

カイル・フィリップスは、オナーの実家のリビングで家族全員と向き合っていた。母親、父親、四人の兄、姉。彼らの目には明らかな悲しみがにじんでいた。最悪の事態を想定しているのだ。

前日の夜、オナーがボランティアで働いていた救済センターを襲撃したテロリスト集団が、アメリカ軍合同特殊部隊とＳＥＡＬのチームによって完全に壊滅したというニュースが流れていた。オナーの家族は、娘の死を伝えられるものだと完全に覚悟を決めていた。救済センターの襲撃の直後にすでに昼も夜も絶えずニュースが流れていたが、いまや正式に断言されるのだと。報道によると生存者はなかったとのことだったが、オナーの死体は帰ってきていない。そのため、家族は頑なに希望にしがみついていた。しかし、いまは？　オナーの死を正式に確定されるものと思いこんでいる。

カイルは礼儀正しく自己紹介をしてから、家族に座ってくださいと言い、彼らが腰をおろすのを待って、ここに来た理由を告げた。こんな話をするのはつらいし簡単なことではなかった。カイルは遠まわしに言うような人間ではない。単刀直入に切り出したほうが早くすむ。

「娘さんは生きています」カイルは言った。抑揚をつけず、全員の顔を見つめていた。すると突然、あきらめが疑い深い希望に変わるのがわかった。

水を打ったように静まりかえる。愕然とした表情。ショック。やがて、カイルの話を理解したようだった。母親と姉がわっと泣きだす。兄たちは前のめりになって両手に顔をうずめ、父親は顔面蒼白になった。

「な、なんですって？」オナーの姉のマンディが震える声で聞きながら、信じられないというように海兵隊員を見つめた。「でも、あの子は死んだと聞かされたわ。国じゅうにそう伝わってる。あの子が働いてた救済センターが襲撃されてから、ニュースではそう言われてた。あなたはいったいなにを言ってるの？」

「彼女は生き延びたんです」カイルは静かに言った。「ショックなのはわかります……」

質問攻めにあい、それ以上先を続けられなかった。

「娘はどこにいるの？」母親が涙を流しながらしゃがれ声で聞いた。

「無事なのか？」父親が問いつめる。「なぜここ<ruby>に</ruby>いないんだ？　なぜここにいるのがあの子じゃなくてきみなんだ？　なにを隠している？　怪我をしているのか？」

「なんでもっと早く知らされなかった？」長男のブラッドが怒って嚙みつくように言った。

目が安堵で燃えていたが、そこには疑惑もあった。

カイルは両手をあげて、連発される言葉をさえぎった。

「これから話すことを最後まで聞いてください。とても重要なことです。だからわたしがまず先に来たのです。娘さんはいまこちらに向かっています。それほど離れていませんが、わたしが先に来たのは……心の準備をしてもらうためです」

「心の準備？」母親がささやいた。涙ぐんだ声には、いまや恐怖もにじんでいた。

カイルの話が重要だと感じ取り、みな黙りこんで身を乗り出した。全員の顔に不安が刻まれている。

カイルは、オナーが逃げたこととふたたび捕らわれたことを詳しく――ほとんど――伝えた。なにが起きたか、すべて説明した。ハンコックに関すること以外は。ハンコックのことを話すかどうかはオナーが決めることであり、その選択肢を奪うつもりはなかった。

「危険が去って娘さんをあなたがたに会わせられるようになるのを待つあいだ、無理やり点滴を打たなければなりませんでした。娘さんは気力を失ってしまったんです」カイルはつらそうな声で言った。「娘さんは勇猛でした。勇敢で、勇気があった。彼女のような人間には会ったことがありません。しかし、最後には、限界を超えてしまった。あまりに苦しめられ、拷問された。さらに悪いことに、長いあいだ彼女の支えになっていた希望がとうとう失われてしまった。彼女にはもう自由だと伝えましたが、信じていません。わたしが彼女をもてあそんで――精神的に苦しめて――来るべき身体的な拷問と死を引き延ばしているのだと信じこんでいます。死を受け入れてしまったのです。彼女は壊れてしまいました、マダム」カイルはオナーの母親に言った。

それから静かな声で、家族がすでに察知していることを伝えた。「娘さんは、ここを出ていったときとはべつの人間になっています。そのことを覚悟しておいてください。自分の内に深く引きこもっています。餓死寸前です。食べようとしません。無理やり点滴を打っていなかったら、すでに死んでいたでしょう。さまざまな箇所に、さまざまな傷があります。あなたがたの愛と支えが必要です。そしてなにより、忍耐が。医療ケアが必要ですが、なによりも、生きる理由が必要です」

「そんな。なんてこと」姉のむせび泣きが部屋じゅうに響きわたる。

「生きてるんだ！」兄のひとりが叫んだ。「帰ってくる！」

「娘の力になります」父親が断言した。「娘に必要なことはなんでもする。なんとしても。娘が奇跡的に生還したのに、ふたたび失ってなるものか。そんなことにはさせない」

「娘のためならなんでもするわ」母親が猛烈な口調で言った。「なんでも」

カイルはうなずいた。たしかに、オナーの家族は娘を取り戻せるだろう。彼らの目に愛と決意が見て取れる。彼らは勇猛だ。オナーの気質は家族ゆずりなのだろう。

だが、だれがハンコックを救ってくれる？

オナーは慎重に目を開け、すぐにまたぎゅっと閉じた。砕けた心が恐怖で震える。希望が――何度も拒絶されてきたために、もはや抱くことさえしなくなっていた――じわじわと血管に忍びこんできて、脈が速くなり、ほとんど息ができなかった。首を横に振る。だめ。二度と。ぜったいに。最後に希望を抱いたとき、そのせいで完全に壊れてしまった。身をもって学ばなければならない教訓もある。

ＳＵＶがオークウッド・ストリートに入ると、慎重に築いた自制心が完全に失われ、オナーはわっと泣きだした。両手を顔にやり、喉からもれるしゃがれたむせび泣きを隠しながら、体を前後に揺らした。車はどんどん近づいていく……家に。

「止めて！」オナーは叫んだ。「お願い、止めて！」

運転手がすぐにブレーキを踏む。オナーは体を前に倒してひざのあいだに頭をうずめ、必死に呼吸をした。パニックで内臓がすりむけていく。

〝待機〟場所に戻ってきていたカイル・フィリップスが、オナーの隣の座席にすべりこみ、運転手に車を出すように命じた。オナーの背中に手を置き、上下にさすってから、やさしく円を描くようになでた。

「オナー？　吐きそうなのか？　大丈夫か？　ほら、ハニー、呼吸をしてくれ」

「あそこには行けない」オナーは泣いた。

涙に濡れた目をあげると、カイルの驚いた目があった。

「どういうことだ？」カイルは明らかにオナーの反応に戸惑っていた。「ご家族はきみが帰ってくることを知っているんだ、オナー。だから、きみを残しておれが先に行ったんだ。彼らに心の準備をしてもらいたかった。いきなりきみを連れていって驚かせたくなかった」

「こんな状態じゃ会えないわ」オナーは叫んだ。「見てよ！」やせ衰えた全身を手で示す。まだ癒えていない傷、消えかけている火傷の痕、手首にまだはっきりと残っている切り傷。足首にも同じ傷が残っているけれど、少なくともそっちは隠れている。

「みんなショックを受けるわ」オナーはささやいた。「無理よ、カイル。お願い、思いやりがあるなら、慈悲の心があるなら、わたしから電話をかけると伝えてちょうだい。それから会うわ。元気になってから。食事もする。誓うわ。言われたことはなんでもする。だからお願い、こんなふうにわたしと家族を会わせないで」

　カイルは打ちひしがれたような顔になった。目には同情と理解があふれていて、それを見たオナーは胸が張り裂けそうになってまた涙を流した。

　カイルはやさしくオナーの体を起こすと、腕の中に引きよせて胸に抱きしめ、なだめるように体を前後に揺らした。

「きみの気持ちはわかる、オナー」カイルは静かに言った。「ほんとうだ。でも、ハニー、彼らはきみの状態を知ってる」

「話したの？」オナーはおびえた声で聞いた。

「すべては話していない」カイルはよりやさしい口調で言った。「きみの体と精神の状態についてだけだ。ハンコックの名前は出していない。話すかどうか決めるのはきみだ。だが、家族の立場になって考えてみろ、オナー。死んだと思っていた娘が生きていて、じきに家に帰ってくると言われたんだ。もちろん、きみがとんでもなくつらい目にあったことに動揺しているし、腹を立てている。だけど、彼らの望みは、彼らがいまいちばん必要としているのは、きみに会うことだ。きみを抱きしめて、きみが生きているとたしかめること。きみはなにも恥じることはない」

　カイルは胸からオナーを引きはなし、彼女のあごを包んだ。親指で頬をなで、彼の目に視線を向けさせる。

「さあ、以前のオナー・ケンブリッジを見せてくれ。きみは中東でもっとも勢力がある冷酷なテロリスト集団から逃げて、つかまらなかった。恥じてうつむきながら家に入っていくんじゃない。家族は大喜びしている。いまでは、車が私道に入ってくるのを待ちかねている。きみに会えるのを。きみに触れるのを。抱きしめるのを。そして、どれだけきみを愛しているか伝えるのを。そうさせないつもりかい？」

「いいえ」オナーは喉をつまらせて言った。「ごめんなさい。あなたを信じなくてごめんなさい。あなたは親切にしてくれたけど、親切にされたあとは裏切られるって学んだの。だからあなたを受け入れようとしなかった。無理だった。そうすることでしか生き延びられなかった。完全にわたしを破壊する力を持つ唯一のもの、希望を抱くわけにはいかなかった」

「しーっ、謝らなくていい。おれはどんなときでもきみのために力を尽くすさ、オナー・ケンブリッジ。きみには海兵隊員の心がある。ほんとうだ」

オナーはほほ笑み、衝動的にカイルを抱きしめた。ずっと奪われていたものを切望していた。人との触れ合い。接触。安らぎ。最後にそういうのを感じたのは……。

いいえ、そのことは考えない。ハンコックと交わしたもの、というより、彼に奪われたものはどうでもいい。あれは現実じゃなかったのだから。

オナーが触れ合いを、人情を求めているのを感じ取ったのか、カイルがこのうえなくやさしく、かつ包みこむように抱きしめ返した。しばらくのあいだ、ただ彼女を抱きしめ、オナーが心を落ち着けるあいだ、自分にしがみつかせていた。ようやくオナーは体をはなすと、気を引き締め、希望と安堵をうつろな魂の奥深くまであふれさせた。

道の突き当たりに建つ我が家が見えると、興奮が燃えあがりはじめた。家族全員が芝生の前庭で待っていることを半ば期待していたが、カイルが先に行って心の準備をさせたと言っていたことから、オナーがどれだけ衰弱しているか伝わっているのだろう。

母親の見慣れたミニバンのうしろに車が止まると、オナーは座席で凍りつき、二度と見ることがないと思っていた光景をむさぼるように眺めた。不安に襲われ、手のひらが汗ばみ、またパニック発作が起こりそうだった。

カイルがオナーの手を取り、安心させるように握りしめた。

「おれがついてる」カイルは静かに言った。

オナーは彼にほほ笑みを向けた。ほんとうのほほ笑みを。カイルは喜んでいるようだった。

「ありがとう」オナーは心をこめて言った。

「陳腐な言葉で申しわけないが、きみと知り合えてほんとうに光栄だ、オナー・ケンブリッジ」

オナーはカイルの手を握り返し、深呼吸をした。肺が完全にふくらみ、ぜいぜいという呼吸がやわらぎ、また楽に息ができるようになった。

「行きましょう」オナーは言った。

43

シンシア・ケンブリッジは両手をあげ、目から絶望を放ちながら、家族と向き合った――オナーはいない。彼女の聖域である書斎にこもっている。家には全員が集まっていた。ブラッドは連絡を受けてなにも聞かずに職場からやってきた。キースはチームの秋季キャンプを抜け、まだそちらには戻っていなかった。テイトとスコットは地元で複数のビジネスを運営しており、ふたりとも近くに住んでいるので、数分で来ていた。マンディはキースと同じく、まだ仕事に戻っていなかった。

みな、不安で胸を締めつけられながら、母親を――妻を――見ていた。シンシアはやつれてげっそりした顔をしていた。その表情は悲しみに満ち、みな最悪の事態を心配した。

「こんなのは終わりにしなきゃ」シンシアは泣きだしそうな声で言った。

夫のマイクが妻を腕に抱きよせた。彼女と同じくらい苦悩していたが、それをしっかりと抑えていた。愛する妻が限界を超えそうになっているのを感じているようだ。

「あの子はよくなっていないわ。病気なのよ。それなのに話してくれない――なにも」

「簡単なことじゃないってわかってただろう、母さん」長男のブラッドが言う。

彼は制服姿で、父親から電話で呼ばれて家に来たのだった。彼の不在は保安官代理たちが補ってくれる。家族――妹――のほうが大事だ。

「身体的には回復してる」テイトが用心深く言った。「戻ってきたときは、そよ風に吹かれただけでも倒れそうだった。いまは、体重は増えてるし、食事もしてる」

「わたしはママに賛成よ」マンディがきっぱりと言った。「傷や怪我はよくなってる。実際、もうほとんど痕は残ってないわ。手首以外は」と顔をしかめてつけ加える。

オナーを家に連れてきてくれた海兵隊員は、手首と足首にきつい金属製の枷がはめられていたため、皮膚が傷ついてしまったと言っていた。だが、その下にも傷があった。縫合された切り傷。どういうことかはっきりとはわからないけれど、みなうすうす気づいていた……が、だれも口にしなかった。オナーがあまりのつらさにみずから命を絶とうとしたことを認めることになってしまう。オナーが苦しみを終わらせようとしたことがはっきりとわかってしまう。そんなのは耐えられなかった。

「でも、あの子は病気よ」マンディは話を続けた。「なにかがおかしいわ。なにを食べてもほとんど吐いてしまう。顔色が悪いし、すごく元気がない。心配なのよ。ほんとうに心配なの。お医者さんに診てもらうべきよ」

父親がため息をついた。オナーは家に戻ってからまず病院で診察を受け、傷を治療してもらい、ビタミン剤を出されたが、その後医師のところに戻るのを拒んでいた。カウンセリングも拒んだが、だれかに話をするようにと家族全員でしきりに勧めた。彼らとは話してくれないのだ。すぐになにか手を打たなければ、オナーはぼろぼろになってしまい、今度は取り戻せないかもしれない。とはいえ、妻とマンディがオナーを医師のところに連れていくつもりなら、悪戦苦闘することになるだろう。

「オナーには気を使ってきたわ。使いすぎたのかも」シンシアが白状した。「だけどいまこそ、みんなで力を合わせるのよ。あの子には選択肢を与えない。マンディとわたしがあの子を医者に連れていくわ。もうクリニックに電話をしてあるの。今日、診てもらえるわ」

「おれたちを呼んだのは、力ずくで言うことを聞かせるためか？」キースが皮肉っぽく言う。

「いいえ。応援のためよ」母親は訂正した。「わたしたちはあの子を愛している。このままあの子を衰弱させて失ったりしないわ。わたしを憎むかもしれないけど、少なくとも生きて憎んでもらえる」

「ママを憎んだりしないわ」オナーがキッチンのドアのところから静かに言った。

みな話し合いと懸念に熱中していたので、オナーがやってきたことに気づかなかった。

「心配させてごめんなさい。みんな」オナーは続けて言い、家族ひとりひとりを見た。その目には悲しみと謝罪が輝いていた。「お医者さんに診てもらうことでみんなの不安が軽くなるなら、行くわ。ただの食あたりかなにかよ。これまでいろいろな目にあってきたから、病気に気づかなかったんだわ」

妹がつらい思いをしてきたことを口にすると、ブラッドの表情が険しくなり、憎しみがうかんだ。彼は保安官であり、法を守り正義を求めると誓っていた。規則では。だが、オナーを苦しめたくそ野郎を自分の手で捕らえていたら、まちがいなく良心の呵責をまったく覚えずに平然と殺していただろう。

「わたしも行くわよ」マンディがオナーと腕をからませ、やさしく力をこめた。「ママだけに任せておくわけにはいかないでしょう。情け容赦ないことがあるんだもの。診察のあいだ、気の毒なお医者さんが口ごもっちゃう」

オナーはほほ笑んだ。マンディは持ち前のウィットとユーモアでどんな雰囲気もやわらげてくれる。オナーが姉を心から愛している理由のひとつだった。家族みんなを愛している。苦しんでいるのは自分だけではないと気づき、恥ずかしくなった。家族が明らかに途方に暮れているときに、彼女は自分勝手で、自分のことしか考えていなかった。

「ほんとうにごめんなさい」オナーは誠意のこもった声で言った。「こんなにみんなに負担をかけて、心配させるつもりじゃなかった。自分勝手だったわ」

母親がアイランドキッチンをまわってきて、オナーを猛烈に抱きしめた。

「あなたは負担じゃない。自分勝手でもない。そんなこと言うんじゃありません。あなたはわたしたちのベイビーよ、オナー。家族みんなの心と魂。あなたは昔から仲裁役で、いつもだれより先に状況を丸くおさめてくれる。だれより先にハグをしてくれる。みんなになにが必要かわかっていて、ためらわずに与えてくれる。わたしが知るだれよりも寛大な心の持ち主よ。もちろん、みんな心配しているわ。よりによってあなたがこんな目にあうなんて！」

涙がぼろぼろとこぼれる。母親がオナーを抱きしめているのか、オナーが母親を抱きしめているのか、もはやわからなかった。

それからブラッドがやさしくふたりを引きはなし、両腕でオナーを包みこんだ。昔から頼りになる兄だった。彼女の擁護者。よちよち歩きをはじめた日から、オナーはいつも兄にくっついていた。兄はそれを気にせず、幼い妹に手がまわらないということもなかった。ああ、家族みんなを心から愛している。家族が恋しかった。この親密さが、固い絆で結ばれた家族の無条件の愛が。

「おれは怒ってるんだ」ブラッドがオナーの耳もとで声をひそめて言った。「毎日ひどい事件を目にしてるが、おまえがされたこととは比べものにならない。ちくしょう、よりによっておまえがこんな目にあうなんてまちがってる。おまえはこの世の善の象徴だ、オナー。おれたちには、おまえがしたことはできなかっただろう。おまえはリスクを承知で受け入れ、これは自分の人生にとって意味があるはずだと考えて、ほかのだれも助けようとしない人々を救うために身をささげてきた。おまえが負担だって？　おまえは贈り物だ、ベイビー。それをぜったいに忘れるな。ほかのだれよりもおまえを愛してる。これからもずっと。おまえが生まれた日から、特別な存在だってわかってた。偉大なことを成し遂げるって。ただ、天職のためにおまえが犠牲を払うことになるなんて――」

オナーの目に涙があふれる。両親のもとに戻ってきてから、泣いていなかった。みな、オナーが現実から目をそらしているのではないかと心配している。苦しみと向き合わず、抑えつけているだけなのではと。だが、実際のところ、なにも感じられなかった。ただ悲しみに暮れていた。その原因を家族は知らない。ああ、拷問されて虐待されたことなら対処できる。けれど、ハンコックと彼の裏切りを乗り越えることはけっしてないだろう。困ったことに、いまでもまだ彼を愛している。ハンコックは約束を破ったし、彼女を抱いて、彼もオナーと同じ気持ちなのだと信じこませた。それなのに。心から彼を憎むことはどうしてもできず、そのせいで腹が立った。激怒していた。

「予約の時間までに行くなら、出発しないと」シンシアがきびきびと言い、涙をぬぐってすぐに母親モードになった。「男性陣は今夜のディナーの用意をお願い。わたしと娘たちは帰りが遅くなるから。今日の最後の診察に割りこませてもらったの」

テイトがゆったりと大きな笑みをうかべた。「おれたちに任せておいて」


二時間後、オナーはマンディと母親がいる待合室に呆然と戻っていった。母はオナーがひとりで診察を受けると言い張ったこと、そのために医師の診断を聞けないことを、不満に思っていた。だが、母が医師にあれこれ注文をつけることはわかっていた。オナーが頑としてゆずらずに母と姉を外で待たせていなかったら、いまでも診察室にいただろう。

母と姉はすぐに、オナーがショックを受けて落ちこんでいる様子に気づき、ふたりで椅子から飛び出した。

「ベイビー、どうしたの？」母親が問いつめる。

オナーは震える手をあげてさえぎった。わずかばかりの自制心を保って、待合室で取り乱さずにいることしかできなかった。

「ここではやめて」オナーはささやいた。「お願い、家に帰りましょう。それから全部話すわ。でも、ここじゃいや。お願い」

母は反抗的に唇を結んだが、マンディはオナーがいまにもくずおれそうになっているのを感じ、オナーを支えるように腰に腕をまわして歩きだした。クリニックを出て、駐車場に向かう。

「運転して、ママ」マンディがきっぱりと言う。「わたしはオナーとうしろに乗るわ」

後部座席に乗りこむと、オナーはマンディの手を握りしめ、無言で感謝を伝えた。おかげで涙をこらえていられる。

マンディも握り返し、母親がエンジンをかけると、ささやいた。「どんなことであれ、オナー、わたしたちはあなたの味方よ。みんなで乗り越えましょう。心配しないで。もう家に戻ってきたのよ。二度とわたしたちから離れることはないわ」

姉によりかかったオナーは、自分がなぐさめを必要としていることに驚いた。オナーはずっと家族と距離を置いており、彼らが必要としていると思われる愛情を与えるだけで、自分のために求めたことはなかった。

マンディはオナーをきつく抱きしめ、バックミラー越しに心配そうな母親と視線を合わせた。シンシアはつねに慎重に運転するが、娘をできるだけ早く家に連れ帰るためにあらゆる道路交通法に違反した。

父と兄たちが待っているだろう。母が同行を禁じたものの、オナーが戻ってくるときには、みんな家にいるときっぱりと言った。面と向かって家族に伝えられるだろうか？　これまで話さなかったこと。いまや、苦難のあいだに起きた恥ずべき出来事もすべて知られてしまう。

車が私道に止まると、オナーは姉の熱烈な抱擁からすばやく身を振りほどき、足早に家の中に入った。わかっていたが、父と兄たちがリビングにいた。みな、いら立ちと不安を隠しきれていなかった。

背後からマンディと母親がやってくる。父と兄たちは問いかけるようにオナーを見つめている。耐えられない。

オナーはわっと泣きだし、兄たちを、とくにブラッドをおびえさせてから、彼らのわきを走り抜け、裏口のドアを開けてポーチに出た。子ども時代にいつも安らぎを得ていたブランコに座りこみ、涙を流した。

「どうしたんだ、シンシア?」マイクが強い口調で聞いた。いまではその視線はオナーが走り去ったほうを見つめていた。

「わ、わからない」シンシアはいら立って言った。「なにも言わなかったの。幽霊みたいな様子で待合室に戻ってきて、どうしたのかって聞いたら、『ここではやめて』って。あそこでは話したくないって懇願されたの。家に帰ったら話すと言っていたわ」

「おれが話してくる」ブラッドが低い声で言った。

ブラッドは昔から下の妹と親しかった。とても幼いころから、彼女が特別だとわかっていた。ほかの人とはちがうと。心やさしく、善良。けっして他人の悪口は言わず、助けを必要としている人のためならなんでもする。

ブラッドはオナーの中東行きにだれよりも強く反対したが、彼女の衝動を理解してもいた。それでも、行ってほしくなかった。ここに、自分が守ってやれる場所にいてほしかった。どんな危害も加えられない場所に。けっきょく、まさにおそれていた最悪のことが起こってしまった。

だが、オナーは生きている。彼らの奇跡。しかしいま、オナーは傷つき、家族からも距離を置いている。これまでは正直で、隠し事はなかったのに。今回のことがなんであれ、すでに打ち明けられたことよりも悪いことなのだろう。それがおそろしかった。これまでに経験したひどい出来事よりも悪いことがあるのか？　保安官としておそろしい状況に直面することがあっても、ブラッドはつねに恐怖を追い払うことができた。いまは？　恐怖に襲われ、感覚が麻痺していた。喉がつまり、ほとんど息ができなかった。

だれかに反論される前に、ブラッドは家族に背中を向け、オナーのあとを追って裏のポーチへ向かった。外に出ると、オナーのむせび泣く声が聞こえ、姿が見えた。心が張り裂けそうになっているようだ――いや、すでに張り裂けているのだ。感情がたかぶって喉が締めつけられ、ブラッドは懸命に涙をこらえた。オナーは彼の強さを必要としている。これまで以上に。

オナーを驚かさないようにそっと並んでブランコに座り、きゃしゃな体を抱きよせた。

「どうしたんだ、ベイビー？」やさしい口調で聞く。「おれにはなんでも話してくれ。どんな困ったことでも、みんなで片づけよう」

「これは片づけられない」オナーは言った。その声は悲しみがあふれていた。「だれにも。妊娠してるのよ、ブラッド。どうしよう、妊娠してるの」

ブラッドははっと息を吸った。最初は打ちひしがれていた表情が、殺気に満ちた顔になる。

「そんなこと聞いてなかったぞ……つまり、おまえはあまり話してくれなかった。拷問されて苦しめられたという話しか聞いてない。レイプされたなんて言わなかったじゃないか」

ブラッドの目には悲しみが煮えたぎっていた。身をよせてオナーを腕の中に抱きしめ、前後に揺する。ブラッドの体は悲しみで震えていた。

オナーは彼の腕の中に身をうずめ、彼の強さと愛を取りこんだ。いつでも頼りになる兄、擁護者。

「レイプされたんじゃないわ」オナーはささやいた。「されそうになったけど、ある男の人が守ってくれたの……わたしが身ごもってる子の父親よ。レイプされないようにしてくれた。でも……彼に裏切られた。彼を信じてたのに。わたしを家に連れ帰る、安全だ、最後までそばについてるって言ってくれたのよ。だけど、わたしを薬で眠らせて、マクシモフに渡した。どうしてなのかわからない。どうしてわたしを誘惑して、わたしを気にかけていると信じこませたの？　どうしてだましたの？　わたしを家族のところに返すと言って、薬で眠らせたの？　最初に目が覚めたときは、男に捕らわれていて、二度レイプされそうになった。それから、べつの男に渡されて、拷問された。電気ショックを与えられて、殴られた。男はわたしを壊したがったけど、わたしはすでに壊れてた。ハンコックが壊したの。ほかのだれでもない。

「そのときまで、わたしは強かった。あきらめたりせずに、闘った。闘わずに負けるつもりはなかった。でも、彼に裏切られたとき、わたしはあきらめた。もう闘う理由はなかった。どうでもよかった。生きる理由はなかったし、こんなに弱くてぼろぼろになったわたしをぜったいに家族に見られたくなかった」

「ああ、ハニー」兄のつらそうな声はオナーの髪でくぐもっていた。「ほんとうに気の毒に思う。おまえがひどい目にあったことを。いや、いまでもまだつらい思いをしてることを」と言い直す。

ブラッドはオナーの頭のてっぺんにキスをし、しばらくただ抱きしめていた。静寂が訪れ、オナーのむせび泣きがおさまっていく。ブラッドはときどき足で床を蹴ってブランコを揺らし、オナーをなぐさめた。オナーが話そうとしないことを無理に聞き出さなかった。彼女のタイミングで話してくれるのを待った。だが内心では、オナーを連れ戻してくれたあのいまいましい海兵隊員を捜し出して、ハンコックという男について問いつめたかった。とくに、そいつがどこにいるのかを。そして、昔ながらの裁きをくだしてやりたかった。法執行官のキャリアを永遠に失うことになるだろうが。

それだけの価値はある。

ブラッドはため息をつき、オナーの背中をなでた。「今回のことはショックだよな。おまえは想像を絶するような目にあってきた。だが、おまえには選択肢がある、ハニー。この赤ん坊を身ごもってるのがつらいなら、つねに苦しみと裏切りを思い出してしまうなら、中絶することもできる。養子に出してもいい。おまえにとって最善のことをすればいい。わかるか？　今回だけは自分のことを考えろ。恥ずべきことじゃない。おまえが経験したことを考えればなおさらだ。だれもおまえを責めたりしない。だれも非難したりしない」

「いやよ！」オナーは猛烈に反論した。「この子に罪はないわ。この赤ちゃんはなにも悪いことをしてない。つらい記憶がよみがえるからって、この子を堕《お》ろすなんて自分勝手なことはしないわ。この子——わたしの子——には生きる権利がある。それを放棄したりしない。わたしはよそへ行くわ。兄さんや家族のみんなに恥をかかせたくない。そんなのまちがってる」

「出ていかせるものか」ブラッドは激しい口調で言った。「おまえにはいままで以上に家族が必要だ。おまえがおれたちに恥をかかせたくないからといって家を出ていこうとするのを、おれたちが許すと一瞬でも思うのなら、おまえは正気じゃない。おまえほど勇気があって心の広い女はいない。おまえひとりだけにかかえさせたりしない。どんなときでも家族がついてる。どんなときでもおれがついてる。おれたちに恥をかかせる？　おれたちほど妹を、娘を誇りに思う理由がある家族はない。ほかの人間にどう思われようが、なにを言われようが、おれは気にしない。おれはずっとおまえと甥っ子、もしくは姪っ子の味方だ。なにか言うようなやつはくそ食らえだ」

「ブラッドの言うとおりだ」背後から父親の声がした。

オナーは振り返り、家族全員がブラッドを追って裏のポーチに出てきて、すべて聞いていたのだと気づくと、うなだれた。

「恥ずかしいことがあるとでもいうようにうなだれるんじゃありません」母親が猛々しい口調で言った。「あなたは犠牲者なのよ。あなたの責任じゃないわ。あなたのせいじゃない。それに、どんなときでもわたしたちみんながついているわ」

オナーは視線をあげた。家族全員の目に同じ決意が見て取れ、ふたたびわっと泣きだした。マンディが歩み出て、オナーの隣に腰をおろし、オナーはブランコの上でマンディとブラッドにはさまれる形になった。

「もう話してくれる、オナー？　あなたがずっとわたしたちに隠し事をしてたのは知ってたわ。なにかひどくつらいことがあったのね。でも、あなたは話そうとしなかった。強がっていても、そのうち壊れてしまうわ」

「もう壊れてるわ」オナーは悲しげに言った。

ブラッドがオナーのあごを包み、自分のほうに目を向けさせた。「そんなわけない。おまえはおれが知るなかでとびきり強い女だ。傷ついてるかもしれないが、壊れちゃいない。これっぽっちもな。それに、おれたちに協力させてくれれば、おれたちを信用してすべてを打ち明けてくれれば、おまえを助けられる。これ以上心のなかにしまっておくな。おれたちを頼れ、ハニー。そのために家族がいるんだ。おまえだって、おれたちのために同じことをするだろう。わかってるはずだ。おれたちのだれかが傷ついてると知ったら、おまえは黙っちゃいないだろう。おれたちだって黙っちゃいない。おまえを信じてる、オナー。たとえおまえがいまは自分を信じていなくても」

オナーはブラッドに身をよせて抱きしめ、がむしゃらにしがみついた。ぎゅっと目をつぶると、また涙が静かに頬を流れ落ちた。くぐもった声で「愛してる」と言うと、ブラッドもしゃがれ声で返した。

それからオナーはいままで黙っていたことをすべて話した。ハンコックを愛したこと、抱かれたあとで、べつの道を見つけると彼が約束してくれたこと。大義のために彼女を犠牲にはしないと。けれど彼は嘘をつき、ほかのことではなくそのせいで心が壊れたこと。

話し終えたとき、オナーは疲れきり、吐き気を覚えた。家族は激昂しており、彼らの目と表情と言葉にはっきりと怒りが表れていた。

それでも、愛と絶対的な支えでオナーを包んでくれた。そして計画が立てられた。産院へ行くときはみなで分担し、家族のだれかがつねに付き添うことになった。父親はすぐにオナーの寝室の隣に子ども部屋を増築することに決めた。赤ん坊が子ども部屋にいても、つねにオナーに声が聞こえるように。

オナーは腹部に両手をすべらせた。わずかにふくらんでいる。餓死しかけたあとで、どうしても必要だった体重が戻ったからだと思っていた。医師の話では、ちょうど四カ月目だという。どうしていままで気づかなかったのだろう？

思い返すと、あらゆる兆候や症状があった。とてつもない疲労感、吐き気、胸の張り、過度に感情的だったこと。だけど、あんな目にあったあとなのだから、どうしたってその後遺症としか思えなかっただろう。

奇妙なことに、ハンコックの子どもを宿していると思うとうれしかった。彼の一部が彼女を通して生き続ける。ふたりの最高の部分が。男の子なら、ハンコックがなりたがったけれど無理だったと思っていた男に育てよう。他人を守りたいというハンコックの意欲を受け継いでいるにちがいない。それと、母親の強さと勇気を。

女の子なら、正義を求めるハンコックの意志と決意の源である鋼の心を持っているだろう。娘にはけっして自分を過小評価するなと教えよう。心に従って夢を追い、人が行かない道を避けたりするなと。

贈り物であるこの子を大切に育てよう。ただひとつだけ残念なことがあった。ハンコックはけっして我が子を知ることがない。自分には愛することも守ることもでき、自分のものをぜったいに傷つけたりしないと知ることもないのだ。

ハンコックの子には彼の血が流れている。でもオナーはちがう。ハンコックは任務のためにオナーを犠牲にすることはできるけれど、けっして我が子を犠牲にしたりしないはずだ。

44

オナーの母親が眉をひそめながら裏のポーチに現れた。「男の人があなたに会いに来ているわ。大切な話があるそうよ」

オナーはさっと顔をあげた。背筋に戦慄が走る。いいえ、おびえる理由はなにもない。家族がここにいる。彼女の身にはなにも起こらない。

「ここに連れてきて」オナーは低い声で言った。「それと、お願い。話を聞くあいだ、彼とふたりきりにして」

母親は反論しそうだったが、オナーが決然とした目をしていると、きつく唇を結んでうなずき、姿を消した。残されたオナーは突然の訪問者に不安を抱きながら待った。

少ししてからドアが開いたが、しばらくオナーは目をあげようとしなかった。それから唾をのんだ。長いあいだ臆病者だったけれど、もうびくびくしたりしないと心に決め、視線をあげると、稲妻に打たれたような衝撃を受けた。

「コ、コ、コンラッド？」

コンラッドは険しい顔でうなずいた。

「中にいるわね」母がオナーにというより、コンラッドに向かって言った。明らかな警告。それを聞いてコンラッドの唇に小さな笑みがうかんだ。

「娘さんを傷つけるつもりはありませんよ、ミセス・ケンブリッジ」コンラッドはやさしく言った。「ですが、ふたりきりで話がしたい」

シンシアはうなずき、しぶしぶ離れたが、オナーにはわかっていた。家族全員がドアの内側に集まって、つねにオナーたちの様子をうかがっているにちがいない。

「ひどい顔だな」コンラッドはぶっきらぼうに言いながら、オナーが座っているブランコの向かいの椅子に腰をおろした。

「あなたにも同じ言葉を返すわ」オナーは冷ややかに言った。

「そうだな」コンラッドは皮肉っぽく言った。「だが、おれはきみが心配だ、オナー。すごく調子が悪そうだ」

オナーは片方の眉をあげた。「どうしてここに来たの、コンラッド?」

「理由はいくつもある」コンラッドは言った。「命を救ってもらった礼を言うために来た。きみを失望させたことを謝るために来た。しかし、いちばん重要な理由は、ハンコックはきみを裏切ってないと伝えるためだ、オナー」

オナーは身をこわばらせ、険しい目つきになって心を閉ざした。「ハンコックのことは話したくない。そのために来たのなら、もう帰って」

コンラッドはオナーと同じくらい険しく決然とした表情になった。獰猛な顔つきで身を乗り出す。

「話すべきことを話すまでは帰らない。おれの話を聞いてどうするかはきみが決めればいい。

だが、ほんとうはなにが起きたかをきみに話す」

ふたたび悲しみにのみこまれ、オナーは目を閉じた。ハンコックの子を身ごもっているとわかってから、懸命にハンコックと彼の裏切りを考えないようにしてきた。過去を振り返るのではなく、未来を見ようと。命をかけて守るつもりでいる体内の小さく純粋な生命に意識を集中させようと。

「じゃあ、話して」オナーはしゃがれ声で言った。「それから出てって」

「ハンコックが計画を変更したのは知ってるだろう。おれたちは徹夜でべつの計画を立てた。その後、ハンコックがきみを薬で眠らせたが、あいつはいやがってた。自分を嫌悪してた。けれど、やらなければならなかったんだ。理由はふたつある。ひとつは、マクシモフからきみを薬で眠らせるように命じられていて、言うとおりにしていると見せかけるしかなかったから。ふたつ目は、きみが目を覚ましていたら、マクシモフをだますのは無理だったはずだから。きみは正直すぎるからな、オナー。マクシモフは、おびえて打ちひしがれて衰弱した囚人が来ると思っていたはずが、きみはそうは見えなかっただろう。脅されたりする前に、やつの顔に唾を吐きかける、勇敢で、反抗的な女に見えたはずだ」

「実際、脅された」オナーは指摘した。「熟睡させてもらえなかったと言っておくわ」

コンラッドはかぶりを振った。「きみはわかってない。ハンコックはきみに計画を話せなかったんだ。ほんとうは伝えたがってた。きみに話せないのをいやがってた。きみはあいつを信頼してたし、あいつはきみの信頼を裏切らないと誓ってた。だけど、きみが知らずにいるということに多くがかかってたんだ。きみはなにも知らずにいなければならなかった。そうでなければ、任務全体が危険にさらされて、おれたち全員殺されていたかもしれない。ハンコックはきみだけを優先させろと、はっきりと言ってた。マクシモフを逃がすことになっても、なにがなんでもきみを守れと」

オナーは困惑したまなざしを向けた。さっぱり理解できなかった。

「おれたちは奇襲を計画した。もとの計画は、きみも知ってるとおり、マクシモフに近づくためにきみをやつに渡すことだった。何年もブリストーみたいな中間の立場にいるやつらのもとで働いてきたあとで、ようやくマクシモフの側近グループに加わる。そして、やつがきみをニュー・エラに渡すあいだに、おれたちはやつの組織を内側から計画的に壊滅させる。やつのネットワークをすべて破壊したかった。それからやつを倒す。それには時間がかかっただろう。長い時間が。おれたちがマクシモフの組織全体を完全に破壊する前に、きみはニュー・エラの手で殺されていたにちがいない。

「だが、ハンコックはそうしないことに決めた。ブリストーが取引の手はずを整え、マクシモフが条件を定めたが、おれたちはそれには従わず、奇襲をしかけることにした。マクシモフに近づいて倒してから、なにがなんでもきみをその場から連れ出すつもりだった。やつのネットワークが残っていても、ほかの人間がマクシモフの帝国を引き継ぐとしても、かまわなかった。ハンコックはやつを倒すことと、きみを守ることだけを望んでた。そのあとで、あいつはタイタンを去るつもりだった。きみと。マクシモフの広大な帝国をつぶす役目はほかの人間に任せる気でいた」

「じゃあ、どうして……？」

オナーは眉をひそめた。さっぱり理解できない。彼女は檻の中で目覚め、マクシモフがあざけっていた。何日も拷問された。その後、飛行機の中で目が覚めた。ハンコックが乗っていて、彼女をニュー・エラのもとに連れていくところだった。

「マクシモフはブリストーの組織に何人かスパイを送りこんでたらしい。ひとりは見つけ出して、排除した。だがほかのスパイが、ブリストーがきみをレイプしようとしたときに、ハンコックが我を忘れてブリストーを殺したと、マクシモフに報告したんだろう。それで、こっちが奇襲をしかける代わりに、マクシモフに待ち伏せされてしまった。そしてモジョを失った」コンラッドはつらそうな口調で言った。「ヴァイパーとコープは重傷を負い、ハンコックは二発撃たれた。あいつは死にかけてたが、そのときでさえ、きみから手をはなさず、マクシモフはあいつからきみを引きはがさなければならなかった。おれは、ハンコックに恩がある組織に借りを返すようにと頼んだ。おれたちとは大きなわだかまりがある組織だ。直接の敵じゃないが、味方でもない。おれが頼んだことを、ハンコックは気にしなかった。きみに関しては、プライドなどなかった。きみがマクシモフの手に落ちたのに、自分にできることがなにもなくて、あいつはずっと苦しんでた。自分を責めた。あいつはきみを裏切ったと信じこんでる。きみを失望させたと。だけど、あいつはきみを裏切ってない、オナー。任務は大失敗だった。おれたちは多くを失った。だがあいつは、病院で絶対安静にしてるべきなのに、身を引いたりしなかった」

オナーは困惑して首を横に振った。「わからないわ」それしか言えないような気がした。あまりのことに理解が追いつかなかったし、何カ月も信じて悲嘆に暮れてきたことを数秒で考え直すことはできなかった。

「あいつはきみを愛してるんだ、オナー」コンラッドがやさしく言った。「ハンコックは生まれてこのかた、育ての家族以外にだれかを愛したことはない。育ての家族以外のだれかに愛されたこともない。愛される資格はないと感じてたんだ。自分はモンスターだと信じこんでる。自分はマクシモフよりもひどい人間だと。一日ごとに死にかけてるはずだ。悲嘆に暮れ、自分を苦しめてる。きみを愛してるのに、自分はきみには値しない、ふさわしくないと思ってる。あいつはきみを失望させた。きみを裏切った。マクシモフにきみを苦しめさせた。そんな自分をけっして許さないだろう」

「どうしてわたしにそんなことを話すの？」オナーはささやいた。

「きみもあいつと同じくらい苦しんでるはずだ。あいつがきみを愛してるのと同じくらい、きみもあいつを愛してるはずだ。きみたちふたりとも死にかけてるし、きみはあいつのことをあきらめた。だが、あいつを救えるのはきみだけだ。きみには真実を知ってほしい。あいつは弁解もしないだろう。信じこんでるんだ。きみを裏切ったと。きみを失望させ、傷つけ、きみを操り、嘘をついたと。だけど、オナー、きみは見てない。任務変更だと告げたときのあいつを。きみだけを優先させろ、ほかのなによりきみの安全を優先しろと言ったときのあいつの決然とした目を。あいつは任務のことも、マクシモフを倒せるかどうかも気にしてなかった。高潔なことをしようとしてた。きみを救って、同時に何十万人もの罪のない命に対する深刻な脅威を排除しようとした。その結果、あいつはすべてを失った」

涙が頬を伝い落ち、オナーは自分の体を抱きしめ、ブランコに座ったまま前後に揺れた。

「ハンコックはどうして説明してくれなかったの？　飛行機で。わたしをマクシモフから救い出したあとで。どうしてわたしをニュー・エラに渡すつもりだと信じこませたの？　どうして少なくとも説明しようとしなかったの？」

「きみが信じこんでたからだ。きみは心を失ってた、オナー。呆然としてた。あいつの話に耳を傾けようとしなかっただろう。それに、きみはすべてあいつのせいだと思っていて、あいつもすべての罪は自分のせいだと思ってた。そんなときには弁解も説明もできない。あいつが弁解しなかったのは、きみに対して罪を犯したと思ってたからだ。あいつはきみを愛してる。そして、それと同じくらい自分を憎んでる」

「彼はどこ？」オナーは強い口調で聞いた。

コンラッドは目を閉じた。「わからない。マクシモフとニュー・エラが倒されたあとで、姿を消した。タイタンはもうない。みな、身を引いた。終わりだ。あいつは一匹オオカミだ、オナー。どこかでゆっくりと苦しみながら死に向かってる。きみにしたことを心にかかえて生きていけるはずがない。だが、これだけはわかってる。あいつは全身全霊できみを愛してる。おれは十年以上あいつと働き、あいつに従い、あいつに忠実だった。きみと出会う前にあいつが言われてきたことはすべて事実だ。人間というよりはマシンだった。感情はない。自身の行動規範を持ち、それに従って生きてた。大義だ。ときにそれは、罪のない人々を犠牲にすることを意味する。あいつはそれを憎んでたが、必要悪だとわかってた。

「だけど、きみがすべてを変えた。あいつを変えた。あいつは急に、きみの目に映っている男になりたがった。もっといい人間になりたがった。きみのために。きみはあいつに愛することを教えてくれた。感じること。人間らしくなること。あいつが愛することは二度とないだろう。きみを永遠に愛すると同時に、きみをひどい目にあわせた自分を永遠に憎むだろう」

「それで、どうやって彼を見つけたらいいの?」オナーはいらいらと聞いた。「もう、コンラッド、ここに来て、こんな話をして、わたしになにも教えずに歩き去るなんてだめよ。ハンコックをこのままにしておくわけにはいかない。ぜったいに。彼を愛してる。わたしがどれだけ傷ついたかわかる? 彼に利用されて、裏切られて、そのせいでマクシモフに拷問されたと信じてたのよ」

コンラッドの目は苦悩に満ちていた。「おれもきみを失望させた、オナー。ハンコックだけじゃない。おれたちみんな、きみを失望させた」

「ばか言わないで」オナーは怒って言った。

それから目に悲しみをあふれさせた。「モジョのことはほんとうに残念だわ。彼はいい人だった。わたしのせいで死ぬなんてまちがってる。ハンコックが任務を変更したせいで死ぬなんて。ヴァイパーとコープはもう大丈夫なの?」心配そうにたずねる。

コンラッドはやさしくほほ笑み、オナーの手を取って軽く握りしめた。「いつも他人の心配ばかりだな。きみは並外れた女だ、オナー。きみと知り合えて、おれの人生はよくなった。ハンコックを救ってくれるなら、この恩は永遠に忘れない。ああ、モジョはいいやつだった。死んでしまったのはつらいが、安らかに息を引き取ったと聞いている。救済を与えられたんだ。おれたちに与えられるなんて夢にも思ってなかった。それから、ヴァイパーとコープは元気だ。ハンコックの居場所はほんとうにわからないんだ。だけど、知っていそうな人たちを教えてやれる。少なくとも、見つけるのに協力してくれる人たちを」

オナーははやる思いで身を乗り出した。「教えて」

「おれが連れてってやる」コンラッドは言った。「護衛なしできみを送り出したりしない。そんなに遠くない。テネシー州のドーヴァーだ。ケンタッキーとの州境を越えて南に数キロ行くだけだ。どのくらいで出発できる？」

オナーはすでにブランコから立ちあがりかけていた。「五分ちょうだい」

コンラッドはひそかにほほ笑みながら、オナーが大またで歩いていくのを眺めていた。目的を得たオナーは猛々しい目をしていた。それまで二枚目の皮膚のごとく張りついていた生気のないどんよりした表情は消え、コンラッドがはじめて会ったときのオナーのようだった。闘志と熱意にあふれている。勇猛果敢。

ハンコックを救ってくれる人間がいるなら、彼女だろう。思わずハンコックに同情しそうになる。オナー・ケンブリッジに見つかったら、仰天するにちがいない。

45

オナーの家族は、彼女を知らない男とはどこにも行かせないし、コンラッドとふたりきりで出かけるなんてもってのほかだと断言した。ブラッドが同行すると言い張ると、コンラッドとオナーは、彼女だけが行くべきだと言い張った。

口論が起こり、オナーの家族はみな、自分たちを連れていかないかぎりオナーを出かけさせようとしなかった。

「わたしがやるべきことなの」オナーは静かな口調で言った。

「みなさんはおれのことを知らないし、おれを信じる理由もない」コンラッドが落ち着いた声で言った。「だけど、おれが命をかけてオナーを守ります。約束します。これから行く場所では、オナーに危害が加えられることはありません。つねに大勢の男たちに守られることになる。娘さんにとって大事なことなんです。心を癒やさなければならない。それこそがおれの目的です。彼女を愛してるなら、信じてるなら――もちろん愛して信じてるでしょうが――行かせるべきです。完全にもとどおりになるためには、必要なことなんです」

「あまり時間がないの」オナーはいらいらと言った。「信じてちょうだい。自分がなにをしてるか、ちゃんとわかってるわ。連絡する。コンラッドが報告してくれるわ。これから生き続けていくなら、行かなきゃならないの」

家族全員の顔にショックと心配そうな表情がうかんだが、同時にあきらめもあった。オナーがどうしても助けを必要としている人たちを救うために中東に行くと固く決心したときとまったく同じだ。

家族は全員でオナーのまわりに集まると、彼女を抱きしめ、涙を流しながらキスをし、愛していると告げた。それからブラッドがコンラッドに険しい視線を向けた。

「おまえのような人間は知ってる。おまえが正義の名のもとにしていることも知ってる。非難してるわけじゃない。妹を守れ。身の安全を守って、事態が悪化したら、連れ出せ。妹がなにを望んでいようが、なにを言おうが、どうでもいい。家に、いるべき場所に連れ戻せ」

コンラッドは気をつけの姿勢を取った。法執行官への敬意の証し。

「彼女のためなら命をささげる」コンラッドは誠意をこめて言った。「彼女はおれの命を救ってくれた。借りは返す。ぜったいに危害を加えさせないと誓う」

オナーは最後にもう一度、家族ひとりひとりにハグをしてから、コンラッドを追い立てるように家を出発した。

「どのくらい遠いの？　車で行くの、それとも飛行機？」

「飛行機だ。ＫＧＩの居住地には専用の滑走路がある。警備も厳重だ。もっとも速い移動手段であるだけじゃなく、もっとも安全だ」

安堵でオナーの体から力が抜ける。事実を知ったいま、毎分が苦痛だった。ハンコックと離れている時間が永遠に感じられた。

オナーたちは滑走路で男たちに出迎えられ、車で〝作戦室〟に連れていかれた。男のひとりがアクセスコードを入力すると、ドアがスライドして開き、そのスピードにオナーは目をぱちくりさせ、緊張ぎみに唾をのんだ。

オナーはわざとサイズが大きくぶかぶかの着古した服を着てきた。じきに妊娠五カ月目に入るため、腹部が丸く張って突き出ていた。けれど、体重が減って餓死寸前だったこともあり、実際には通常の体重と大きさを取り戻しているように見えた。

それに、ハンコックには彼女を求めてほしかった。ほかのことは関係なく、彼女を愛してほしい。彼女を愛していてもいなくても、彼女を求めていてもいなくても、オナーが彼の子を身ごもっていると知ったら、ハンコックが彼女を拒むはずがないとわかっていた。だますのは性に合わないけれど、ハンコックとの反省会の結果がどうなるかわかるまでは、妊娠を告げたりしない。そんなことをしたら、彼の心を操って、本来なら出したりしない結論を無理やり出させることになってしまうかもしれない。

メインルームに連れていかれてすぐに、ＫＧＩで働いている全員がこのために集まっているようだと気がついた。みながオナーに自己紹介する。ハンコックの居場所を教えてくれる人間はひとりいればいい。部屋いっぱいのすご腕戦闘員は必要ない。

ふいに怒りに襲われた。兵士とか、傭兵とか、テロリストとか、ろくでなしとか、そういう人たちにいつまでも畏縮させられるのはうんざりだ。怖がらせるつもりなら、彼女の尻を蹴飛ばせばいい。

オナーは目を細め、彼女を守るように立っているコンラッドのうしろから出た。

「ねえ、二十人くらいいるみたいだけど、みんなハンコックの居場所を知ってるの？　それとも、ただふざけてわたしを畏縮させようとしてるだけ？　もしそうなら、やってみなさい」

するといくつもの大きな笑みが向けられた。あからさまに笑い声をあげた者もいる。それから、まちがいなく女性の声が「いいわよ、がんばって」と言ったのが聞こえた。

男のひとりがほほ笑みをうかべて前に出た。くすんだブロンドで、見たことがないほど澄んだ青い目をしている。男が手を差し出してきたので、オナーはしかたなく握手を交わした。

「ミス・ケンブリッジ、また会えて光栄だ。おれはサム・ケリーだ」

オナーはかすかに戸惑いつつ男を見つめたが、マクシモフから彼女を救出する任務に就いていたのだろうと気がついた。つまり、この部屋にいる人たちはみな、あのときのオナーの状態を目にしているのだ。

オナーは背筋を伸ばした。恥じたりしない。自分ではどうしようもなかったことに屈辱を感じるのはやめよう。簡単に畏縮させられたり、びくびくしたネズミみたいにふるまったりするのはやめよう。KGIにふたりだけいる女性メンバーから教えを受けてもいい。彼女たちはおびえたネズミにはまったく見えない。

「だれがハンコックの居場所を教えてくれるの？」オナーは問いつめた。自分としては最高に獰猛な表情をうかべているつもりだった。ブラッドからは、はじめてシャーッと威嚇しているほんとうにかわいらしい子ネコみたいだと言われているが。

オナーは返事を待たず、激怒して自分の髪を引っ張った。

「なんで男って、自分は宇宙の答えをすべて知ってると思って、勝手に決断するの？　だれかをだました、あるいは傷つけたと思いこんで、自分を苦しめるわけ？　たしかに、ひどい目にあわされたように見えるかもしれない。だけど、事実をわかっているくせに、自分が彼女を裏切って傷つけたと信じこんでるからといって、説明しようとしないなんて。それでいて、大きな心の傷をかかえて姿を消して、くよくよしたり、すねたりするのよ。あなたたちみたいな男ってそうでしょう」オナーは軽蔑するように鼻を鳴らした。「でも、ハンコックはそんなことしない。だから、さっさと知ってることを吐きなさい。さもないと、後悔するわよ」

ほかの者たちは明らかに面食らい、口をぽかんと開けてオナーを見ていたが、長い熱弁が終わりにさしかかるころには笑いはじめ、ついには涙を流していた。彼らがハイエナみたいに笑っていることに猛烈に腹が立った。彼女の人生がかかっているのに。彼女の未来。子どもの未来。それとハンコックの未来。

ギャレットがぜいぜいと息を切らしていた。「このことでいつまでもハンコックをからかってやれるな。死ぬまであの野郎を苦しめてやる。まったく最高だ」

オナーは歯ぎしりしながら、大またで歩いて大きな男に近づいた。圧倒させるつもりだったが、そこまではいかなかった。それでも、男の背中が壁にぶつかり、事実上は身動きが取れなくなっていた。

「こんなときに笑うなんて、どういうつもり？　救いようのないろくでなしね」

ギャレットは従順な顔つきになった。「すまない、マダム。無礼なまねをするつもりだったわけじゃない」あわててチームメイトたちを見て、助けを求める。彼らはますます笑っただけだった。

オナーは両手をあげた。「こんなの意味がない。ここまで来て、一日無駄にしたわ。もういい。自分で彼を捜すわ。あなたたちの助けはいらない」

全員の横を大またで通りすぎ、ドアに向かうと、コンラッドがあとに続いた。サムがオナーの腕をつかんでやさしく引きとめる。その目はまだいかにも楽しそうだったが、真面目で誠実になろうと努力していた。

「ほんとうにハンコックの居場所はわからないんだ、オナー。だが、力になってくれそうな人を知っている。電話をかけるから、二秒待ってくれるか？」

オナーはしばしサムを見つめた。いまやすっかり仕事モードになっている。オナーはうなずいた。

サムは電話を取り、ひとつだけ数字を押した。親しい相手なのだろう。

「イーデンか？　ハニー、サムだ。できるだけいそいで作戦室に来てほしい。できるか？　重要なことなんだ」

短い間があり、サムはほほ笑んだ。「ありがとう、イーデン。きみは最高だ」

「ジョー、外に出てイーデンを迎えてくれ。ひとりで作戦室に入ってくるのは気まずいかもしれない」サムは指示した。

ドノヴァンが監視カメラの映像をちらりと見やった。三十カ所以上の映像が映し出されている。彼はにやりと笑った。「その必要はない。スワニーが一緒だ。自分は呼ばれなかったから、不満そうだ」

「新婚夫婦ってやつは」ジョーがうんざりして言った。

部屋のあちこちから意味ありげなにやにや笑いが向けられる。

「いつかおまえの番が来るさ、弟」ギャレットが気取って言った。「おれたち全員を合わせた以上に、激しい恋に落ちるだろうな」

ほかの仲間たちが笑い声をあげ、ジョーは中指を立てた。

KGIのふたりの女性メンバー、P・Jとスカイラーが、オナーの近くに移動していた。オナーがあまりに多くの男性ホルモンに囲まれないように団結してくれているのか、あるいは単にやさしいだけかもしれない。

「調子はどう、オナー？」P・Jが静かにたずねる。「ほんとうのところは」

P・Jの目からは、彼女もひどい出来事を見て経験したのだとうかがえた。オナーがどんな思いをしたか、どんな思いをしているかわかっている。

オナーはほほ笑んだが、どちらかというと顔をゆがめたような感じだった。「最初はあまりよくなかったわ。でもいまは……希望を抱いてる。あの傲慢な男の目を覚ましてやることができれば、状況は最高によくなるわ」

スカイラーが大声で笑い、男のチームメイトたちからいぶかしげな目を向けられた。スカイラーはただ無邪気な笑みを返しただけで、男たちのけげんそうな視線はまったく変わらなかった。

P・Jはまだ真剣にオナーを見つめていた。「どうなろうと、なにが起ころうと、ハンコックに道理をわからせてやれなくても、あの男はあなたを愛してる。彼がどれだけあなたを愛してるか、この部屋にいるみんながわかってる。ハンコックは難しい男よ。ここにいるだれも、彼がだれかを愛せるなんて思ってもみなかった。だけど、時が経つにつれて、彼の人間性をちょこちょこ目にするようになった。あのハンコックは訓練によって生み出されたのよ。死をもたらす。だけど、心がある。彼はいいやつよ、オナー」

オナーはほほ笑んだ。「知ってるわ。それと、ありがとう」P・Jの手に触れる。「すごくうれしいわ。ほんとうの彼を見てるのがわたしだけじゃなくて」

そのときドアが開き、オナーの心臓が跳びあがった。息をのむほど美しく、背が高いブロンドの女が優雅に入ってきた。隣には、彼女より数センチ背が高い男がいる。顔には深い傷痕があり、すでに作戦室にいるどの男にも劣らず筋肉のついた体つきをしている。彼女はKGIの全員が集まっているのに気づいて目を見開き、不安そうに隣の男をちらりと見やった。夫なのだろう。男は彼女をわきに引きよせ、こめかみにキスをした。

「大丈夫だ、ハニー」と安心させるように言う。

サムが歩いてきて、女にあたたかくハグをした。「こんなに早く来てくれてありがとう、イーデン。どうしてもハンコックを見つけたいって女性が来てるんだ。彼女の力になれないか?」

イーデンと呼ばれた女は困惑して眉をよせたが、助けを必要としている〝女性〟はだれかと部屋を見まわす前に、サムがイーデンをわきに引きよせ、ほかの人に聞こえないように声をひそめて話しかけた。

最初、イーデンは傷ついたような顔をした。珍しい色の目に涙が明るくきらめく。それからほほ笑みがうかび、まぎれもない安堵の表情に変わった。サムはなにを話しているのだろうか。

サムがイーデンをオナーのほうに連れていこうとすると、イーデンはサムから離れて駆けよってきて、唖然としているオナーに両腕をまわし熱烈に抱きしめた。オナーにしがみつくイーデンの体は感極まって震えていた。

ようやく体を引いたとき、イーデンは大きな笑みをうかべ、目は涙で輝いていた。オナーはすっかりあっけに取られてイーデンを見つめた。イーデンはオナーの両手を取ると、抱きしめたときと同じくらいきつく握りしめた。

「この日が来るのをどれだけ願ってたか」イーデンの声は感情があふれていた。「ガイは子どものころに天涯孤独になって、わたしの父と母が彼を引き取ったの。わたしのふたりの兄のレイドとライカーと同じように、我が家の息子として育てられたわ。ガイにとっての家族はわたしたちしかいないの」

そこで横を向き、KGIのメンバーににこやかにほほ笑みかけると、みなうめき声をあげた。それからイーデンはオナーに向き直り、気取った笑みを見せた。

「ガイがわたしの家族で、いまではKGIもわたしの家族だから、ガイとKGIも家族ってことになるでしょう。みんな、それが気に入らないのよ。ガイもとくに大喜びしてるわけじゃないし。でも、そのうち慣れるわ」イーデンは陽気に言った。「とくにいまは、あなたがここにいる。ガイの人生が変わるわ」

「もう変わった」コンラッドがはじめて口を開いた。

KGIのメンバーたちがコンラッドをにらみつける。コンラッドがオナーと一緒に来たことをたったいま思い出したかのようだ。オナーも同じくらい猛烈に彼らをにらみつけた。

「そんなふうに彼を見ないで。彼はわたしの家族なのよ。それに、ガイもわたしの家族になるんだから、イーデンも、その延長としてあなたたちも、家族になる。つまり、コンラッドももうあなたたちの家族よ」

コンラッドは呆然としていた。驚いた顔は滑稽だった。KGIはただくすくすと笑い、世界を支配しているのは女だとぶつぶつ言うのが聞こえた。

「いそいでるでしょうから、これ以上引き延ばしたりしないわ」イーデンがオナーに言った。

「ガイはわたしのふたりの兄と一緒に父の家にいるわ。みんなの話では、家に来てからずっと陰気にふさぎこんでて、眠ってるあいだに殺してやりたいくらいだって」

心臓が喉にせりあがるのを感じながら、オナーはサムを見た。サムのまなざしがやさしくなる。

「連れていってくれる？」オナーはためらいがちに聞いた。

サムはすぐそばにいるオナーに近づいてハグで包みこんだ。「もちろんだ、スイートハート。ジェット機に給油して、準備ができたらすぐに」

それからサムは向きを変え、弟たちににやりと笑いかけた。「人類史上最高の陥落劇を見たいやつは？」

いっせいに歓声や「フーヤァ」や「ウーラァ」という声が部屋に炸裂し、オナーはいっそう当惑してサムを見つめた。みんな、気はたしかだろうか？

サムはほほ笑んだ。「おれたちのことは気にするな。ハンコックが自分はやっぱり人間だったということを証明するときをずっと待ってたんだ」

そしてサムはイーデンのほうを向いた。「ハニー、お父さんに電話して、ハンコックをどこにも行かせないようにと伝えてくれ。おれたちが行くまで目をはなさないようにと」

それから、三十分で飛び立てるように、大声でいくつもの命令を出した。

ビッグ・エディ・シンクレアは電話を切り、息子のレイドとライカーのほうを向いた。

「イーデンだ」と当惑した声で言う。「自分が来るまでぜったいにハンコックをどこにも行かせるなと言っていた。あいつの悩みを治せる特効薬があるとか」

「やれやれ、よかったぜ」レイドが陰気な口調で言った。「あいつの自己嫌悪と自己憐憫にはもう我慢の限界だ」

「まったくだ」ライカーが心の底から熱烈に言った。

46

イーデンが実家の玄関まで先導してくれた。日が暮れていてよかったとオナーは思った。オナーと、イーデンと、妻のそばを離れないスワニーのあとから、二十人以上のすご腕戦闘員がぞろぞろとついてくるのだから、暗くなければ人目を引いていただろう。

イーデンがノックをする前にドアが開いた。戸口に立っているのは、イーデンの父親とふたりの兄だろう。ガイの家族。

三人の男たちはスワニーからイーデンに視線を向け、最後にオナーに目をとめた。彼らの目にはショックがうかんでいた。

兄のひとりが頭を横に振り、「ありえない」とつぶやいた。

「ぜったいにありえない」もうひとりの兄も同意した。

それまで不安と悲しみが刻まれていたイーデンの父親の顔にほほ笑みがうかび、オナーを見つめた。深いしわが消えて、急に若く見えた。

「驚いた」彼は畏敬の念をこめて言った。「こんな日が来るとは思いもしなかった」

オナーは腹を立て、腰に両手を置き、イーデンの家族の男たちをにらみつけた。

「あなたたち、いったいどういうつもり？　ガイのことを人間じゃない、人間らしさがないとでも思ってるみたいじゃない。どっちがひどいかしら。彼が自分には魂がないと信じこむのと、家族がそう信じこむのと」

イーデンの兄たちは噴き出したが、白髪交じりの父親は顔全体をやわらげた。そして二歩前に出て、骨が砕けそうなほど強くオナーを抱きしめた。オナーはひるんだ。うまく妊娠をごまかしていたかもしれないけれど、これほど強くハグをされたら、丸く張った腹部に気づかれてしまう。

「家族にようこそ、お嬢さん。わたしたちはきみのような人がハンコックの世界をひっくり返してくれるのをずっと待っていたんだ。わたしはエディ。こっちは息子のレイドとライカーだ」彼はひとりずつ指して言った。

そのとき、イーデンとスワニーとオナーのすぐうしろにいる大きな男たちの集団に気づいたらしく、イーデンの父親は娘にいぶかしげな視線を向けた。

「イーデン？　我が家の前庭にいるこの人たちはだれだ？」

「ああ、ガイが陥落するところを見に来たのよ」イーデンが陽気に言った。「暗いから見えないでしょうけど、ＫＧＩの人たちよ」

「ネイサン？　ジョー？」ライカーが声をかけながら父親の前に出て、イーデンとオナーに同行してきた人たちを見ようとした。

エディは、義理の息子のチームメイトたちが前に出てシンクレア家の人々にあいさつするのを見て、顔を輝かせた。

スカイラーはエディとライカーに無理やりハグをされ、エッジは男たちと握手を交わした。

「お久しぶりです、サー」ジョーが口を開いた。「なぜKGIが総出で来たかについてですけど、ハンコックが一五〇センチちょっとしかない女にひざまずかせられるところを見逃すわけにはいかないでしょう。いつまでもからかってやりますよ。スティールでさえ、奥さんにタマをささげたときは、めちゃくちゃ楽しませてくれた」

「くそったれ」まだ影から出てきていないスティールが乱暴な口調で言った。

「ねえ、ちょっと」オナーは声にいら立ちと不満を明らかににじませ、うなるように言った。「彼はどこなの？」

「おれが喜んであいつのとこに連れてってやる」レイドが気取って言った。

「まあ、入ってくれ」エディが大集団に向かって言った。「ふたりにはあとで会えるだろう。リビングのほうがくつろげる」

ほかの者たちを残して、レイドがオナーを連れて階段をのぼり、長い廊下を進んでいった。そして突き当たりの部屋の前で立ち止まると、完全に真剣な表情でオナーを見おろした。

「あいつをおれたちのところに連れ戻してくれるなら、この恩は永遠に忘れない。あいつはすべてをあきらめてしまった、オナー。生きる意思がまるでないし、ものすごく苦しんでる。あんな弟は見てられない」

「あら、戻ってくるわ」オナーは断言した。「彼を殴り倒して、縛りあげて、引きずり出さなければならないとしても、彼と一緒じゃなければここを離れないわ」

レイドはくすくすと笑い、体をかがめてオナーの額にキスをした。「ああ、きみを信じてるよ、シスター」それからまた真顔になった。「おれが先に入ろうか？」

　オナーはあきれて目を上に向けた。「ガイはぜったいにわたしを傷つけたりしないわ。むしろ、わたしが彼を傷つけるんじゃないかって心配するべきよ。ひとりで大丈夫。プライベートな話なの。わたしと彼以外はだれにもいてほしくない」

　レイドはうなずき、廊下を戻りはじめた。オナーは彼が姿を消すのを待ってから、ガイの部屋のドアに向き直った。手をドアノブの上でさまよわせる。ドアに鍵がかかっていて、中に入れてもらえないのではないだろうか。しかし、頭を横に振った。下には二十人以上いて、簡単にドアを壊してもらえる。いずれにしろ、中には入ることになる。

　ほっとしたことに、静かにノブをまわすと、鍵はかかっておらず、ドアがわずかに開いた。それでもオナーはためらった。虚勢を張って、心を決めていたものの、ガイが彼女を見てくれないのではと不安だった。受け入れてくれないのでは。話を聞いてくれないのでは。

中からいら立ったうなり声がした。「おれのことはほうっておけと言っただろう。それを理解できずに邪魔をするなんて、まぬけなのか？」

　オナーはドアを乱暴に開け、腰に両手を置いてずかずかと寝室に入っていった。オナーに気づくと、ガイはベッドから落ちそうになり、あわてて体を起こした。ショックで顔が引きつっている。だがすぐに、最初のショックは大きな悲しみと後悔と自己嫌悪に取って代わられ、それを見たオナーのひざから力が抜けそうになった。

　その瞬間、自分が強くならなければと気がついた。過去の苦しみを少しも目に表してはいけない。それに気づいたらガイは打ちのめされ、話を聞いてもらえないだろう。ぜったいに耳を傾けてもらえない。彼女を何度も傷つけるだけだと思いこんで、彼女を追い払うだろう。少なくともどちらかは分別を持っていなければ。いま、それができるのは彼ではなかった。

そのため、ガイの腕の中に飛びこんで、失われたもの、どれだけ彼を愛しているかを思って泣きたかったけれど、代わりに愛のムチを与えなければいけない。

「家族にそんな口のきき方をしてるの？」オナーは足で床をとんとんと叩きながら、強く叱りつけた。

「オナー？」

ガイの声は震え、あまりにしゃがれていて、オナーの名前はほとんど聞き取れなかった。目は悲しみと苦しみで打ちひしがれている。それがあまりにつらく、オナーの喉が締めつけられ、つかの間言葉を失った。心を鬼にして愛のムチを与えることは忘れていた。

もはや離れているのに耐えられず、ガイの体に飛びついた。ガイは彼女を受け止めるか、倒されるしかなかった。オナーは両手でガイの頬に触れ、希望がわきあがってくる目を見おろした。ガイは唾をのみ、それから目をそらした。希望を抱きたくないかのように。でも、そうはさせない。オナーも希望を拒んできた。だけどそれはまちがっていた。闘うべきだったのだ。いまも闘ってみせる。負けるわけにはいかない。さもなければ、壊れてしまう。負けたりしない。

オナーはガイの顔をしっかりと自分のほうに向け、ただじっと見おろした。ついにガイはしぶしぶ目をあげ、オナーと視線を合わせた。

「ええ、わたしよ」オナーはハスキーな声で言った。「話があるの、ガイ・ハンコック、いまのあなたにはがっかりだわ」

「当然だろう？」ガイは苦しそうな声で聞いた。

オナーは憤慨した声をもらした。「あなたはわたしを裏切らなかった。あなたもわかってるはずよ。というより、気づくべきだわ。自分は最低のモンスターだってこれほど思いこんでなければ、わたしを裏切ってないってわかるでしょう」

「どうしておれが裏切ってないって思うんだ？」ガイは疑わしげに聞いた。

オナーはあきれて目を上に向けた。「もちろん、最初はそう思ったわ。でも、もう、ほんとうはなにがあったか、だれかさんがちゃんと説明してくれればよかったのよ。わたしをニュー・エラのところに連れていくつもりだと信じこませたんだってね――ちなみに、このことにもすごく腹を立ててるんだから。ちゃんと話してくれれば、わたしたちふたりとも、この数カ月苦しまずにすんだのよ」

「おれはきみに嘘をついた。きみを薬で眠らせた。二度としないと誓ったのに。そしてきみを失望させた、オナー。おれのせいできみはあのくそ野郎に捕らわれてしまい、おれがきみを見つける前に、何日も拷問された」

「たった一度でも、わたしに事情を話して、あなたがわたしを裏切ったかどうかをわたしに判断させようと思った？　そうじゃなくて、あなたはわたしの代わりに裁判官と裁判員のまねごとをした。自分がさっき言ったとおりのことをしたと本気で信じこんで、わたしの代わりに決めたのよ。わたしには知らせないって。わたしがあなたに怒ってるのはそれだけよ。いいえ、怒ってるどころじゃない、傷ついてる。あなたはわたしを傷つけたのよ、ガイ」オナーはつらそうに言った。「五カ月間、わたしは傷ついてた。眠れなかったし、食べられなかった。まぎれもない事実よ。死にたかった。すべてをあきらめた。あなたなしでは生きていたくなかった。それがわからない？」

すがるような声になっていた。ほとんど懇願に近かったけれど、ああ、この男に対してはプライドなどこれっぽっちもない。こびへつらわなければならないなら、そうしよう。彼を取り戻すためならなんでもする。彼女が愛しているのと同じくらい愛してもらうためなら。

ガイは苦悩に満ちた目でオナーを見つめていた。どう反応すればいいかわからないのだろう。たしかに彼女に判断してもらうという選択肢は考えたことがなく、深い自責の念にかられているのだ。

ガイはただオナーの顔に、唇に、首に、肩に、両手で触れた。何度も何度も、彼女がここにいることを信じていないかのように。

「きみはおれを憎んでる」ガイは苦しそうな声でささやいた。「くそ、おれは自分が憎い」

「こっちを見て、ガイ」オナーはやさしく言った。「わたしを見て」

永遠とも思えるあいだ、ガイはオナーの目を見つめ、やがて理解したようだった。そこに憎しみはないと。恐怖もない。裏切りや苦しみを感じてはいない。ただ愛だけ。それと、やさしさと、思いやり、つねに彼女を守るという誓い。いつまでも彼女を信じていいと。いつまでも彼女に心をゆだねていいと。

「あなたを憎んでいないわ。あなたを愛してる」オナーは熱烈にささやいた。「愛してる。わたしの代わりに決めないで。わたしがあなたを愛してないなんて言わないで。あなたがないにをしても、あなたを愛さずにはいられない」

ガイの頬に涙が細く伝い落ちる。息を吸うたびに小鼻がふくらみ、完全に泣き崩れないように命がけで自制心を保とうとしているみたいだった。

オナーはいとしい彼の顔を手のひらで包み、まっすぐ目を見つめた。

「ねえ、聞いてちょうだい、ガイ。大切なことなの。すべてにかかわることよ。わたしが話し終わるまで口をはさまないで。わかった?」

ガイは短くうなずいた。口をはさむなと言う必要があっただろうか。いま、ガイは言葉を失っている。とにかくあまりに圧倒されている。

「あのね、わたしを求めてなくて、わたしを愛してないから歩き去ったのなら、わたしは受け入れるしかない」

ガイが喉を絞められたような声を出したので、オナーは警告のまなざしを向けて、約束を思い出させた。だが、ガイは不満そうだ。目には炎が燃えあがり、怒った顔をしている。

いいわ、とオナーは獰猛な気持ちで思った。魂のない目より、怒りや激情のほうがぜったいにいい。

「でも、わたしに憎まれてると思ったから、それと、わたしを裏切って、嘘をついて、自分はわたしにふさわしくないと本気で信じてたから、それが理由で歩き去ったのなら、受け入れたりしないわ」オナーは容赦なく言った。「そんなの嘘だもの。大嘘よ。わたしはすでに許しているのに、あなたがわたしに許しがたい罪を犯したと思いこんでるからといって、人生で最高のものを手放したりしないわ」

「終わったか？」ガイは強い口調で聞いた。

オナーはうなずいた。

「よかった。この人生で、きみを愛する以上にだれかを愛したことはない。きみは単に大切な存在じゃない、オナー・ケンブリッジ。おれにとって大切な存在だ。おれの生きる理由。きみを求めてない、あるいは、きみを愛してないから、おれが歩き去った？　おれが歩き去ったのは、きみにはおれより立派な相手がふさわしいからだ。きみを守れて、レイプされそうになったり拷問されたりするのを許したりしない男。おれはそういう男じゃない」ガイは荒々しい口調で言った。

「いいえ」オナーは穏やかに言った。「そういう人よ」

ふたたび絶望がガイの目に忍びよる。

「おれと一緒になったらどんな人生を送ることになるか、きみはわかってない。おれは何年ものあいだに、自分が倒してきたモンスターたちよりも多くの敵を作ってきた。きみはつねに狙われることになる。きみはおれの最大の弱点だ。世界じゅうの人間がそれを知って、きみを狙うことでおれを傷つけようとするだろう。きみも傷つけられる。すでに傷つけられた」ガイはつらそうな声で言った。「そんなのは耐えられない、オナー。きみを失ったら、おれは一生自分を許せない」

「じゃあ、あなたが優秀でよかったわ」オナーは明るく言った。「あなたはぜったいに、ぜったいに、だれにもわたしを傷つけさせたりしない」

ガイは目を閉じ、指をきつく丸めて握りこぶしにした。

「おれを信頼してくれるなんて。謙虚な気持ちになる。おれの言葉や約束を信じられなくたって当然だ。だが、オナー、たしかに危険もあるが……それは問題の一部分でしかない。おれは自分で完璧に支配しなけりゃ気がすまない男だ。あらゆる面で。おれの女として、きみを支配する。きみの動きをすべて把握する。スーパーに行くだけでも、つねにおれに連絡してほしい」

ガイは片方の手をあげ、ぎこちなく髪をかきあげた。

「性的にも要求が多い。人生のあらゆる面を支配せずにはいられないんだ、ベイビー」殺人を告白しているかのように苦しそうな声で言う。「そうしないわけにはいかない。生涯にわたってずっと染みついてることなんだ。あらゆる状況のあらゆる面を支配するように教えこまれてきた。そのうち、きみは息苦しさを感じはじめるだろう。世界じゅうのほかの人間にはないきみのよさを、おれが殺してしまうだろう。きみのほほ笑み、日光のような輝き、やさしさ、心の広さ。おれはきみを息苦しくさせてしまう、オナー。そしていつかきみを壊してしまう」

オナーは声をあげて笑った。ガイはつらい告白に対する彼女の反応にすっかり戸惑っている。オナーの顔に大きな笑みがうかぶ。

オナーはひとつずつ指摘しながら指を立てていった。「いい、第一に、性的に要求が多い？　考えると体が震えるわ。すでにあなたとのセックスを味わってるのよ、ガイ。それに、どんなまぬけでも、あなたがとんでもなく強引で、要求が多くて、支配的だってわかる。わたしはあなたの支配をあますところなく楽しむわ」

次の指を立てる。「ふたつ目。つねにわたしの居場所を知っていたくて、過保護になりすぎるってことだけど。もう、わかりきったことじゃない。わたしはばかじゃないのよ、ガイ。この世界で起きる最悪の出来事を目にしてきたし、あなたの世界も垣間見た。率直に言って、あなたがいなければ、どこにも行きたくない。それに、わたしたちを守るために軍隊を丸ごと雇いたいなら、それでいいわ」

オナーは最後の指を立てた。「さて、息苦しくさせるとか、殺すとか、壊すとかについてだけど。わたしはそんなふうには思わないわ。そんなのまちがってる」

オナーは身を乗り出し、ガイの顔に触れ、そっと唇を重ねた。

「わたしのなにかが殺されるとしたら、それはあなたがもうわたしを愛しても求めてもいないときだけよ。またわたしから歩き去るときだけ。そうなったらわたしは壊れてしまう。でも、ほかのことではそうはならない」

ガイがキスを返してきた。強引で、熱烈で、焼けつくような、彼女に飢えているかのようなキス。ああ、オナーも彼に飢えていた。この数カ月、魂の片割れがいない状態で生きてきた。あんな思いは二度としたくない。

それからガイはベッドからすべり出てひざまずき、オナーを引っ張って自分の前に立たせた。両腕をまわし、彼女の胸に顔をうずめる。彼の熱い涙が肌を伝うのを感じるたびに、オナーは心臓に小さな短剣を刺されるような苦しみを覚えた。

「ほんとうにすまなかった、オナー」ガイは喉をつまらせて言った。「ほんとうにすまない。きみがやつに捕らわれてるとき、おれは正気を失って、一時間ごとに少しずつ死んでいくようだった。ほかになにも考えられなかった。やつはきみを拷問し、きみはおれに裏切られてやつに渡されたと思ってるとわかってた。夜も眠れない。いまでも。レズニックに引き渡したあと、やつは死んだとわかってるのに。ニュー・エラはもういないということも。連中はきみを傷つけられない。それでも眠れないんだ。食べられない。きみをひどく傷つけたこと、きみを失望させたことをいつも考えてしまう。おれを許してくれ」ガイはささやいた。「二度ときみを失望させない。そのことを証明するチャンスをくれ。一生かけて、きみにすり傷ひとつつけさせはしない。いい人間になりたいんだ。きみのために。きみが誇れる男になりたい」

「ああ、いとしい人」オナーはささやいた。「わからない？　あなたという男を愛してるの。わたしのせいで変わったりしないで。わたしが望んでる、必要としてる男を勝手に想像して、そんな男になっても、愛せないわ。あなたが必要なの」

オナーは親指でガイの頬から涙をぬぐってから、体をかがめ、両手で彼の顔を包んでキスをした。

「それに、わたしはすでにあなたを許してる。また許しを求める必要はないわ」

「おれが頼む前に与えただろう」ガイは静かに言った。「ほんとうならひざまずいて許しを乞うべきだった。だからそうしたんだ。当然のことだ。きみの寛大な心がすでにおれを許していても」

ガイは彼女を引きはなそうとしたが、オナーは抵抗した。この角度では、丸みを帯びた腹に彼の頬が当たってしまう。ガイは困惑ぎみに、少し不安そうに、彼女を見あげた。

オナーはほほ笑み、またベッドに腰をおろすと、自分の隣をぽんぽんと叩いた。「座って。最後にもうひとつ話し合うことがあるの」

ガイは隣に腰をおろし、眉をひそめた。急にオナーが身をこわばらせたのを感じ取ったのだろう。ガイはオナーの手を包んで自分の腿に置き、指をからませた。

「なんの話だ、オナー?」

「まず、あなたをだましてた――だましてる――わけじゃないの。ただ……わたしは自分勝手なの」オナーは顔をしかめた。

「きみほど自分勝手という言葉が当てはまらない人間をおれは知らない」ガイはうなるように言った。

オナーはほほ笑んだ。「ただ、知りたかったの……あなたがわたしを求めてるか。そして、わたしを愛してるか。義務感から一緒になってほしくなかった。だから、すぐには伝えなかったの。でも、いま伝えるわ」

いまやガイの目は不安そうだった。怒っているのでも、怖がっているのでもなく、オナーがなにかひどいことをしたと思っているかのようだ。彼女のことを心配している。そのせいでなおさら彼がいとしくなった。

「妊娠してるの」オナーはやさしく言った。「あなたの子を身ごもってるのよ、ガイ。じきに五カ月になるわ」

ガイはショックを受けてオナーの腹を見おろし、それから彼女の顔に視線を戻した。彼女の話が理解できないようだった。

「ぴっちりした服を着なければ、おなかは目立たないわ。だから、ここに来るのにぶかぶかの服を着てきたの。ほかの人たちも知らないわ。知ってるのは両親ときょうだいだけ。家に戻ったとき、体重がすごく減っていて、餓死寸前で、文字どおり骨と皮だけだった。妊娠して体重が増えたんだけど、失った分を取り戻したとしか思えなかったの」

「見せてくれ」ガイはかすれた声で言った。「おれたちの子を見せてくれ。頼む」

オナーは大きすぎるシャツのすそをかき集め、ゆっくりと引きあげた。ガイはこのうえなくやさしく、両手をふくらんだ腹に当てた。指が震えているのが肌に感じられた。

「大丈夫なのか？」ガイは心配そうに聞いた。「あれだけ傷ついてたし、餓死寸前だと言ってただろう。子どもを身ごもってるのに、いい状況じゃなかったはずだ」

オナーはほほ笑んだ。ガイを安心させたかった。「産科医から、ビタミンをとるように厳しく言われてるし、食事についても指示されてるの。母が陸軍大将みたいにそれを守って実施してくれてるわ」

「うれしいか？」ガイは弱々しい目になって聞いた。

オナーはほほ笑み返し、ありったけの喜びを伝えた。「もちろんよ」と小声で言う。「聞くけど、あなたは？」

「うれしいかって？」ガイはしゃがれ声で聞いた。「うれしいという言葉じゃ、いまのこの驚きをうまく表せない。ああ、オナー、おれはきみにもおれたちの子にもふさわしくない。おれにどれだけ敵がいるか知ってるか？　おれとの人生を望んだら、自分とおれたちの子を危険にさらすことになるんだぞ」

ガイの手がいっそう激しく震える。オナーはふくらんだ腹に押しつけられている彼の手にやさしく手のひらを重ねた。

「神はおれを見捨ててなかった」ガイは畏敬の念に打たれたように言った。涙で明るく輝いている目をあげ、オナーと視線を合わせる。「おれは地獄に落ちるわけじゃない。魂のない男、永遠に呪われた男だったら、これほど貴重なふたつの贈り物を与えられるはずがない」

ガイがとても長いあいだかかえてきた苦しみを思い、オナーの心が痛んだ。ずっと支えとなる碇がなく、この世界でたったひとりだったのだ。

「そうよ、ダーリン」オナーはやさしく言った。「あなたはたしかにとても恵まれてる。わたしたちふたりともね。いま、あなたは三度目のチャンスを与えられたのよ。教えて。そのチャンスにかけてみる?」

「ああ」ガイは熱烈に言った。「もちろんだ」

そして熱く、勢いよく唇を重ねてきた。荒々しく、まるで獣みたいで、両手で独占するようにオナーの体をまさぐったが、自分たちの子どもが宿っている子宮のあたりを手がかすめると、すぐにやさしくなった。激しく息を切らしながら体を引いたとき、ガイの目は肉食獣のごとくきらめいていた。

「おれに二度身をささげたことで、きみの運命は決まった」ガイはしゃがれ声で言った。「二度はきみを手放してしまった。もう二度としない。だから、断言してくれ、オナー。ほんとうにこれがきみの望みで、おれを求めてると。おれと結ばれたら、永遠に離れられなくなるぞ」

「まあ、よかったわ」オナーは大きく安堵するふりをした。「それで、最近の女子ってどうすればいいのかしら?」

「おれを愛してると言ってくれ」ガイの声はかすれていた。オナーの心が張り裂けそうになる。彼の目に不安がよぎったのだ。それと恐怖が。

「愛してるわ」オナーはささやいた。「心から愛してる。あなたを愛するほどだれかを愛することはないわ」

「よかった」ハンコックは小声で言うと、勢いよくオナーを抱きよせ、がむしゃらにしがみついた。目に涙があふれたが、気にしなかった。二度と太陽を見ることはないとあきらめていたときに、救いを見つけたのだ。

「きみは奇跡だ」ハンコックはしゃがれ声で言った。「おれの日光だ、オナー」

「やっと気づいてくれたのね」オナーはにやりと笑った。

エピローグ

ハンコックは慎重にトレイのバランスを取りながら、キッチンからリビングに入っていった。オナーが、ちょうど八カ月を過ぎた息子のリースに授乳している。今朝の朝食は特別に手をかけ——巧みに——できるだけ独創的に——アレンジしてあった。リンゴジュースが入った背の高いグラスと皿の横に、細長い縦溝彫りの花瓶に活けた一本の黄色いバラがある。妻の大好きな花だ。

もう何カ月も見ているというのに、息子が母親の胸にすりよっている愛らしい光景にハンコックの足が止まる。オナーは片方の手で息子を抱き、もういっぽうの手でふわふわの巻き毛をやさしくなでていた。その表情は胸が苦しくなるくらい美しく、いつも息が止まりそうになった。

オナーは低い口調でリースにささやきかけ、父親と母親が心の底から息子を愛していることを伝えていた。まぎれもない事実だ。妻と子どものために太陽は昇り、沈む。毎日、オナーを腕に抱いて目が覚める。毎晩、妻を抱いて、彼女が眠たげな声で「愛してる」や「わたしにはほんとうにあなたが必要よ、ガイ」と耳もとでささやくのを聞いてから、満ち足りた気持ちで眠りにつく。そのたびに感激しながら、感謝の祈りをささやいた。救済と許しを見つけ、命よりも愛する女とのチャンスをふたたび与えられたことに。

ときどき、オナーから離れることがあると、できるだけ早く彼女のもとに戻りたくてしかたがなかった。彼女たちを失うのではないか、家に帰ったらいなくなっているのではないかという恐怖を克服することはないだろう。ハンコックはほかのだれよりも、この世では悪がふつうの人々に交じって歩いているとよくわかっていた。また、何年ものあいだに、数えきれないほど多くの敵を作ってきた。

だから、ほかに住民のいないこの離島で暮らしているのだ。ボートかヘリコプターでしかアクセスできない。傭兵として正義の戦いをしてきた何年ものあいだに、ハンコックは大金を稼いでいた。けれどまったく使うことがなかった。使う理由がなかった。費やす相手もいなかった。

だが、いまは？　妻と息子がいて、恥ずかしげもなく甘やかしている。日頃からそうしているのだが、オナーはそれを悔しがっていた。そのことを考えると、ハンコックはにやにや笑いをこらえなければならなかった。オナーはいつも怒って、こう言うのだ。欲しいものはすべてある、ほかにはなにもいらないと。しかし、だからといってハンコックが言うことを聞くわけではなかった。オナーが無意識になにかを気に入った様子を見せたり、なにかに目を奪われたりするだけで、それは彼女のものになった。

いまも、ハンコックは結婚一周年の記念のプレゼントをオナーに贈るのを上機嫌で心待ちにしていた。夜になったら、リースを寝かしつけ、オナーに大げさな贈り物を戒められるのだ。オナーのあらゆる気まぐれを叶えて甘やかすのがたまらなかった。彼女を幸せにするのが楽しかった。オナーが笑顔になると、彼の人生のすべてに価値があると思えた。

ハンコックの存在を感じ取り、息子に愛情のこもった低い声で話しかけていたオナーが顔をあげ、ほほ笑んだ。その目には愛があふれ、ハンコックの心が猛烈にうずいた。オナーに見つめられるだけで、魂がふくらんで破裂しそうになる。彼への愛でわきたっている目を見るのに飽きることはけっしてない。そしてハンコックも同じように愛を返すのだった。

「こんなに甘やかしてもらうのがいやだとは言わないけど、今度はなんなの？」オナーはからかうように聞いた。

ハンコックはオナーの前のコーヒーテーブルにトレイを置いてから、ソファの彼女の隣に腰をおろした。身をよせてキスをしながら、大きな手のひらで息子の頭を包む。

「今日が結婚一周年の記念日だということを忘れたわけじゃないよな？」ハンコックは獰猛なふりをして聞いた。

オナーはいたずらっぽくにやりと笑った。「ええ。わたしも贈り物があるのよ。でも、ちょっと待ってちょうだい。いまは少しいそがしいから」

「きみに愛してもらうことが、おれに必要な贈り物だ」ハンコックは心の底から言った。

「あら、それなら簡単ね。愛してるわ、ガイ。いつまでもあなたを愛してる。それはぜったいに変わらないし、あなたにも同じ気持ちでいてほしい。だけど、その贈り物は毎日与えられる。今日は、あなたのためにとても特別なものがあるの」

「きみはときどきとんでもなくばかなことを言うな」ハンコックは目を細めたが、まったくいら立っているようには見えないとわかっていた。オナーの目が彼に笑い返す。「いつまでも同じ気持ちでいるにきまってるだろう」彼は怒りの口調で言った。「きみはおれの命だ、オナー。きみがいなければ、おれにはなにもない。きみがいなければ、生きていたくない」

出し抜けにオナーが空いているほうの手をあげてハンコックの顔に触れ、きれいにひげを剃ったあごを愛撫した。ハンコックは我慢できなくなり、まだおっぱいを飲んでいる大切な赤ん坊に気をつけながら、身をよせてキスをした。やさしくオナーの口をむさぼり、味わう。けっして飽きることはないだろう。

ようやく口をはなしたとき、オナーの頬は紅潮し、半開きのあたたかい茶色の目には欲望がにじんでいた。

「この子がお母さんのおっぱいを飲み終わって、昼寝をして、お父さんがしばらくお母さんを借りられるようになるまで、あとどのくらいかかる?」興奮でハンコックの声は太くなっていた。

ほかの部分も太く重くなって、うずいていた。

オナーは笑い声をあげた。「いま起きたばかりなのよ。お昼寝するまではまだ数時間かかるわ」

ハンコックは悪態をのみこんだ。これほど警戒心が強くて過保護な男でなければ、彼とオナーの家族から山ほどよせられた申し出を受けていただろう。リースを預かるから、一周年の記念に週末までオナーをひとり占めすればいいと。

だが、ハンコックたちはめったに島を出なかった。つかの間、暗い考えが頭をよぎる。オナーは囚人のように感じているのだろうか？　外出したり、自由に島を出入りしたりさせてもらえないと？　彼は支配的な男だ。自分と一緒でなければオナーを島から出さないし、彼女と赤ん坊だけを島に残したりしない。たいていの女なら、息がつまって、こういう束縛がいやになるだろう。けれどオナーはちがった。それでも、心配せずにはいられなかった。いつか……。暗い考えを追い払う。そのことは考えない。オナーはこの生活を愛しているとはっきり言ってくれた。彼を愛していると。

「げっぷをさせて、バウンサーに寝かせてくれる？」

甘く発されたオナーの要求に陰気なもの思いがさえぎられ、ハンコックはさっと行動に移った。リースの頭とおむつをした尻の下に大きく不器用な手を慎重に入れ、肩に抱きあげて背中を叩く。数分後、何度か見事なげっぷが出たあとで、ハンコックは笑い声をあげながら、砂浜ときらきら輝く海が見渡せるように置かれたバウンサーに赤ん坊をそっと寝かせた。戻ってくると、妻が愉快そうに目をきらめかせており、ハンコックはこのうえなく獰猛なまなざしでにらみつけた。オナーはものすごくおもしろがっているのだ。いまでもハンコックが赤ん坊を落としてしまうと思いこんでいることを。あるいは、自分の手でちっちゃな体をつぶしてしまうと。彼の手はこれまで武器として使われてきた。やさしさではなく、暴力のために。安らぎを与えるためではなく、苦痛を与えるために。

ソファの上でオナーは自分の横をぽんぽんと叩き、体の向きを変えた。残念だ。さっきの姿勢なら、まだ以前よりも丸みを帯びている乳房がよく見えたのに。オナーが皿を取ってハンコックに渡してから、べつの皿を取り、ふたりでハンコックが作った朝食を並んで食べる。オナーが食べているあいだ、ハンコックはただその姿を見て楽しんでいた。彼女を見るのに飽きることはない。

ああ、この女を愛している。

オナーもまつ毛の下からガイをしげしげと見つめていた。彼の熱い視線を感じなかったとしても、見られているとわかるだろう。ガイはいつも彼女を見ているのだから。最初は、あからさまに顔が赤くなったり、どうしてずっと見つめているのかと聞いたりしたこともあった。

ガイはとても真剣にこう答えた。彼女は彼の世界でいちばん美しい、彼女が自分のものだとはいまだに信じがたいと。たしかに、考えうるあらゆる意味でオナーは彼のものだった。ガイから独占欲については警告されていた。支配について。自分の人生――彼らの人生――のあらゆる面を支配したいこと。そして、全身全霊を傾けてつねにオナーの安全を守るということ。まるでそういう性格のせいでオナーがおびえて逃げるとでも思っているかのようだった。ときどき、ガイが自制しているのが感じられた。オナーが離れてしまうのが怖くて、自分を抑えているのだと。けれど、オナーはまったく気にしていなかったし、そのことをはっきりとわからせるようにしていた。ほんとうのガイが欲しい。そうでなければなにもいらない。

オナーにとってはかなり忍耐が必要だった。いまでもときどき、彼が欠点だと思っているところをオナーが愛しているばかりか楽しんでいるということを説得しなければならなかった。そういう欠点が必要だと。彼が必要だと。ああ、全身全霊で彼を求めかつ愛している。

ガイは彼女が満足しているかと心配しているが、オナーは彼が幸せかどうか心配だった。去年、彼の人生は百八十度変わった。もはや、今日が人生の最後かもしれないと思いながら毎日を過ごしてはいない。ばかばかしいかもしれないけれど、以前のような生活がガイの生きがいなのだと、オナーにはわかっていた。アドレナリンジャンキーだからでも、そういうのを楽しんでいるからでもない。ほんとうに世界を変えたいのだ。罪のない人々を守り、悪を倒す。ガイは自分が邪悪な男だと思っているが、そんなのは事実とはまるでかけ離れている。

大義のためにタイタンを生み出した人々は、ガイと彼のチームメイトたちに背を向けた。もはやガイたちが汚れ仕事をしたがらないからという理由で、追放者や裏切り者といった汚名を着せた。

オナーはそれが憎かった。ガイの自尊心を損ね、彼らの動機を疑うなんて。純粋な動機なのに。彼らは最高に立派な男たちで、だれにも守ってもらえない人々を守っている。声なき人々のために立ちあがり、母国や、自分たちが代弁すると誓った国民を裏切る者たちに反抗している。

オナーは体をかがめ、からっぽになった皿をコーヒーテーブルに置こうとしたが、ガイがそれをさえぎり、彼女の皿を受け取って木のテーブルの上にすべらせた。それからオナーを腕の中に引きよせ、筋肉のついた体の横で抱きしめた。

オナーは満足げに吐息をもらし、ガイにぴったりとくっついた。

「幸せそうだな」ガイがうれしそうに言う。

「そうよ」オナーは小声で言った。

顔を少しあげて、ガイのいとしい顔を見つめる。官能的な唇、あたたかい目、頑丈なあご、輪郭のはっきりした頬骨。片方の手をそっとガイの胸にすべらせ、心臓の上で止め、安心するたしかな鼓動を手のひらに感じた。

「結婚式を覚えてる?」

ガイはオナーが正気を失ったといわんばかりの目を向けた。「きみが正式におれのものになった日を忘れると思うか? すべて覚えてる。あの瞬間はぜったいに忘れられない。きみの姿も。きみが『誓います』と言ったときの声も。おれはほかの人たちがいることも忘れて、きみの甘い唇を味わい、いつまでもキスをしてた。やめたくなかった。時間が止まって、あの一瞬は、おれときみしかいなかった。ふたりで一緒にいた。そして、残りの人生も一緒に歩むと誓った。おれにとってどんな日だったか、きみはわかってない、オナー。毎晩、きみを抱いて、腕の中できみが眠りについてから、あの日のことを考える。ただきみを眺めながら、抱きしめながら、頭のなかで結婚式を思い返してる」

「わお」オナーはささやいた。頬がほてり、愛が心にあふれて破裂しそうだった。

「死ぬまでずっと、毎日あの日のことを思い返す」ガイは完全に真剣な口調で言った。「あの日、きみはおれにとても貴重なものをくれたんだ、オナー。きみ自身をささげてくれた。おれはそのことをとても真剣に受け止めてる——これからもずっとそうだ。当たり前のことだとは思わない。きみと子どもがいることも」

「愛してる」オナーは感極まった声で言った。そこにこめられた感情はガイにも伝わっているにちがいない。

ガイはオナーにキスをした。長く、いつまでも。バウンサーの中ではリースが楽しそうに喉をくっくっと鳴らしながら、足をばたつかせたり腕を振ったりしていた。「愛してる、オナー・ハンコック。いつも。いつまでも」

オナーはいっそうしっかりとガイの腕の中にすりより、彼の体温と力強さを堪能しながら、指でなにげなく彼の胸を愛撫した。

「彼らが恋しい？　チームに残らなかったことを後悔していない？　チームを抜けたけど、未練はない？」

ガイは体を引き、獰猛な顔でオナーの目を熱烈に見つめた。「ないさ！　ぜったいにない」姿勢を変えて横を向き、オナーの顔を両手で包みこむ。「十年以上、タイタンはおれの人生そのものだった。おれの家族。彼らと、あまり会えなかったが、シンクレア家の人たちが家族だった。だけど、オナー、いまはきみがおれの家族だ。おれの世界そのもの。きみと、おれたちの息子。おれが生きている唯一の理由だ。きみはおれに目的を与えてくれる。存在する理由。ほんとうに生きる理由。以前はなかった。機械的に仕事をこなすことがおれの任務だった。任務に心も魂もささげたことはない。それがおれの存在する理由だと割り切ってた。自分のためにはなにもなかった。欲しくなかった。きみと出会うまでは。そんな人生が恋しいかって？　まさか。きみとおれたちの子どもがいない人生なんて想像できない。想像したくない。だから、なにがなんでもきみを守るし、きみたちのどちらにも危害を加えさせたりしない。きみがいなければ、おれにはなにもないし、なんの価値もない。おれにとってきみがすべてだ」

目に涙があふれ、オナーは驚いて夫を見つめた。ガイは口数が多い男ではない。しゃべり方は詩的でも流麗でもない。ぶっきらぼうで、不愛想なときもあるが、オナーはそれを攻撃的ととらえることはなかった。たいていは、ただ寡黙なだけなのだ。そういうわけで、熱のこもった言葉は柄にもなく、また、誠意があふれていて、ひとことひとことがオナーの魂のいちばん奥深くに伝わってきた。

オナーは返事をしなかった。人生で聞いたなかでもっとも美しく雄弁な言葉に、なんて答えられる？　それもすべて彼女のために発された言葉なのだ。彼女を愛してくれている。涙が静かに頬を伝い落ちる。たとえふさわしい返事を思いついたとしても、喉がつかえてしゃべれなかっただろう。

「泣くな」ガイが必死な口調で言う。その表情は完全にパニックになった男のそれだった。

いまの出来事にこれほど圧倒されていなかったら、笑っていただろう。ガイは彼女が泣くのを見ていられないのだ。かつて、彼女が泣くと自分がすっかり無力に感じるのだと打ち明けてくれた。ガイのような男が無力だと認めるなんて……そう、驚きだ。

どうしても話題を変えたほうがいいと思ったものの、記念日のプレゼントを明かすまでもう少し時間を稼ぎたかったので、オナーは最初に頭にうかんだことを口にした。近々予定されているガイの中東行きについて。

「やっぱり二週間後に出発するの？」オナーは明るく聞き、喉にこみあげてくる感情をしっかりと抑えた。

とたんにガイの口角がさがる。オナーとリースから離れたくないのだが、彼が行かなければ代わりにオナーが行くことになる。ガイはぜったいに中東には戻るなとオナーにはっきり告げていた。

ニュー・エラの大半が排除され、無力化しているものの、オナーはまだニュー・エラに賛同する多くの人々にとって、あるいは、ただの女がテロリスト集団を壊滅させるきっかけになったことを単に不愉快に感じている人々にとって、標的になっていた。もちろん、オナーはなにもしていない。タイタンとKGIが指揮を執り、CIAエージェントの助けを借りてニュー・エラを倒したのだ。

アメリカでも安全ではなかった。ニュー・エラの残存勢力がなによりもまずオナーを暗殺したがるだろう。ほかの賛同者やテロリストも、喜んで彼女を殺す仲間に加わるにちがいない。彼女を殺せば名誉の印となり、オナーとは正反対の者たちにとってのヒーローとして知れ渡る。オナーには勇気がある。反抗心も。たいていの人なら死んでいただろうが、生き延びて勝者となった女。

オナーは自分に誓ったことを守っていた。ニュー・エラのせいで救援活動をやめたりしない。いっぽう、ガイは彼女と同じくらい頑固に、二度とあの地域に足を踏み入れるなと言い張った。そして、タイタンを完全に味方につけていた。というより、かつてのタイタンだ。コンラッドとコープとヴァイパーとヘンダーソン。モジョを失ったことを思うと、いまだにオナーの心は悲しみに襲われた。彼女のせいでガイの仲間がひとりでも殺されたなんて。

そういうわけで、妥協案が考えられた。それは関係者全員にとって驚くほどうまくいっている。オナーは慈善団体を設立し、どうしても助けを必要としているけれどほかにはだれも行こうとしない村々に救援活動をおこなっている。タイタンの元メンバーたちは、引退生活は期待外れだったと気づき、モジョとハンコックの穴を埋めるために新メンバーを採用し、さらに、人数を増やした。だが、任務は引き受けていない。過去にタイタンがしていたような活動はしていない。彼らの唯一の目的は、オナーの救済センターとその職員たちを守ることだった。村の現地職員たちが攻撃の標的にならないように助けてもいる。関係者全員にとって完璧な打開策だった。

しかし、オナーはガイのこともよくわかっている。なにもせずに、年がら年じゅう、四六時中、妻と子と家にいるだけではぜったいに満足しないだろう。そこで、ガイはオナーの使いとして、年に三、四回、救済センターに行き、医師や看護師やボランティアたちに必要な備品がそろっているかたしかめていた。けれど、オナーにはわかっていた。ガイは十年以上彼にとって兄弟だった男たちとふたたびつながる時間を求め、必要としているのだと。

また、ときどきガイは落ち着かなくなることがあり、そういうときオナーはいつも、彼がそろそろ数日ひとりで過ごしたがっているのだとわかった。オナーはなにも聞かなかったし、ガイはみずから行き先を告げたりしなかった。彼は人生の大半をひとりで孤立して過ごしてきたのだし、ときどきまたそうしたくなるのだ。まだ〝ふつう〟の生活を送ることに完全に慣れておらず、オナーはそのことを理解し、受け入れていた。それによってガイはよりいっそう彼女を愛していた。

そして、オナーもこの取り決めから利益を得ていた。どんな状況でも、ガイはけっして妻と息子を無防備にしたまま出かけたりしないので、ガイが救済センターの様子を見に行ったり、ひとりでどこか知らない場所に行ったりするときは、つねにオナーの次に信用している人物のところに彼女を連れていった。マレン・スティールだ。それと、その延長としてジャクソン・スティール。とはいえ、妻以外は彼を〝ジャクソン〟とは呼ばない。オナーとイーデン以外はだれもハンコックを〝ガイ〟と呼ばないように。

結果として、オナーは完全にケリー一族に迎え入れられ、ママ・ケリーの新しい養子だと冗談を言われていた。また、向こうに行っているあいだに、自分の家族に会うことができた。サム・ケリーが、ゴシップにならないようにマスコミの詮索好きな目を避けて、彼女の両親ときょうだいを飛行機でKGIの居住地まで連れてきてくれるのだ。オナーは家族全員に会えるという恩恵を楽しんでいた。

エディとレイドとライカー・シンクレアも可能なときは会いに来てくれているが、リースが生まれたいま、エディは初孫がいるときは必ずテネシーを訪れるにちがいない。

「そのつもりだ」ガイがオナーの質問に答えた。「ほかになにか起こらなければ、長くて一週間だ。サムがケリー家のジェット機をよこしてくれるそうだ。それと、テネシーまできみとリースに同行してくれるKGIのチームも」

オナーはほほ笑まないように唇を噛んだ。〝ほかになにか起こらなければ〟というのは、ガイがかかわっているサイドビジネスの暗号だ。命を落として家族を無防備にしてしまうようなことに個人的にかかわらないように気をつけているものの、彼は多くの人にとって多くの意味がある存在だった。ガイは、かつての彼のように謎に包まれた一匹オオカミのCIAエージェントのレズニックと、多くの政府機関――アメリカ政府だけにとどまらない――と、KGIにも、情報を提供している。しかし、自分が実際に彼らを助けているということを認めるくらいなら、舌を噛むだろう。

ガイはさまざまなコンサルティングの仕事をしている。彼は何年も陰で働き、生きてきた。たいていの法執行官が知らないことを知っている。犯罪組織のボスたちの考え方や動き方を知っている。人身売買や、そういう活動の黒幕について、膨大な知識を持っている。ほんとうのガイを知らなかったら、オナーは悲鳴をあげて反対方向に逃げ出すだろう。どこからどう見ても〝要注意人物〟なのだ。それでも、高潔な男だ。行動規範がある――厳しい行動規範が。そしてそれをつねに固守している。自身がおのれの法律なのだが、その力や知識や能力や人脈を悪用しない。

善良な男だ。

「子どもは何人欲しい？」オナーは思わず口走った。

すぐにデリカシーのなさをののしった。もう。まるでムチみたいだ。ひとつの話題から、まったく関係のないべつの話題にひゅっと移るなんて。

ガイは十分の一秒だけ困惑した表情を見せてから、顔をしかめた。しまった。夜まで待つべきだったかもしれない。愛し合ったあとで満足してくつろいでから、びっくりさせればよかった。

ガイは体の向きを変え、両手をオナーの腰に置き、正面から向かい合った。最初の妊娠のとき、ガイは少し――いいえ、すごく――神経質だった。マレンに自分たちの子を取りあげてもらうと言い張った。彼女は産科医ではないのだが。一般開業医だ。だが、ガイはマレンを好いていた。彼が好きな人間は多くない。けれどそれ以上に、ガイはマレンを信用していた。彼が信用している人間はまちがいなくひと握りしかいない。ガイはマレンを信用していた。

そういうわけで、出産予定日の二週間前に、ふたりでテネシーに行った。ガイは、オナーが出産して、家に帰っても問題ないとマレンが判断するまでとどまると宣言していた。ただ、わざわざ〝家〟がどこかはだれにも言わなかった。それはガイとオナーだけが知っている極秘情報であり、家族にも知らせないとガイは言い張っていた。知らない情報を無理やり吐かせられることはないからだ。

オナーは唾をのんだ。ガイは憤然としていて、そのせいで圧倒されそうだった。子どもを増やすという話が出ただけで、動揺が波のように伝わってくる。

「きみには二度とあんな思いをさせない」ガイはきつく歯を食いしばり、ますます顔をしかめた。それから顔全体をやわらげ、愛のこもったあたたかい目つきになる。「きみは息子を産んでくれた。息子ができるなんて思ってもみなかった。きみはおれにほんとうの家族を与えてくれた。おれ自身のもの。おれの血が流れてる。きみとリーズだけでおれは満足だ。きみがいれば、いつも満足だ」

オナーは声をあげて笑った。どうしても我慢できなかったのだが、ガイはオナーがおもしろがっているのが不満そうだった。「ガイ、わたしは最高に安産だったわ！ スムーズに、なんの問題もなく終わった。六時間しかかからなかったのよ」

ガイの顔が青白くなり、目に苦悩が満ちる。彼のまなざしに相反する感情が見て取れ、オナーの心がよじれた。

「ああ、オナー、ものすごく苦しんでたじゃないか」ガイはつらそうな声で言った。「きみはもう十分痛みと苦しみを味わってきた。おれが苦しめたんだ。おれが！ これ以上きみを苦しめるものか」

オナーは完全に態度をやわらげた。この男に対する愛が心いっぱいにあふれる。彼がいなかったら、どんな人生になるだろう？　オナーは手で彼の顔に触れ、頬をやさしく愛撫した。

「ハニー、出産に痛みはつきものよ。天地創造以来ずっとね。でも、それで得られるものは……ああ、ガイ、それで得られるものは、痛んだり苦しんだりするだけの価値があるわ。かわいらしい男の子か女の子が生まれるんだもの」

オナーはガイの抱擁から身をほどき、ソファからそっと立ちあがった。バウンサーを楽しんでいる美しい息子のもとまで歩いていく。もうバウンサーから体がはみ出しそうだ。オナーに気づくと、息子は大きくにっこりと笑い、生えはじめた上下の前歯を見せた。そしてすぐに足をばたつかせ、全身をくねらせはじめた。やはり、息子がバウンサーを壊すか、飛び出してしまう前に、べつのものを用意しなければ。オナーは息子を抱きあげて腕にかかえ、やわらかな肌にやさしく手をはわせた。それからガイを見あげる。その目には夫と息子への愛がビーコンのように輝いていた。

「わたしがいま腕に抱いているものを得るためなら、どれだけ苦しもうと、その価値はある。その気持ちは変えられないわ」

ガイは頭を左右に振った。その目には彼女がよく知っている頑固さがにじんでいた。ガイは胸もとで腕を組むと、唇をきつく結んでオナーを見つめた。

「おれたちの子はリースだけでいい。きみにまたあんな思いはさせない」

オナーはあきれて目を上に向け、それからほほ笑み、つま先立ちになった。ふたりの体のあいだにリースをはさんで、ガイにキスをする。

「愛してる。だけど、次の子どもを拒絶するには遅すぎるわ。文句を言わずに、もう決まったことを受け入れるしかないわよ」

ガイはすっかりショックを受け、まちがいなくあっけに取られた様子でオナーを見つめた。しばらくのあいだ、完全に言葉を失い、口を開けたり閉じたりしていた。スレッジハンマーで頭を殴られたみたいな顔をしている。

「また妊娠したのか？」ガイはしゃがれ声で聞いた。「早すぎるぞ、オナー」たちまち声にパニックがあふれ、頭からつま先まで猛烈に震えはじめた。「最初の妊娠から完全に回復してもいないじゃないか！」

ガイはおびえた顔で、暗い目をしていた。

「きみを失うわけにはいかない。きみはおれのすべてなんだ。くそ、おれはなにをしたんだ？　おれはなにをしたんだ？　きみは避妊してただろう。こんなこと起こるはずがない。おれはなにをしたんだ？」と同じ言葉を三度くり返す。ガイは絶望して混乱していた。「きみを苦しめてしまう。また同じ目にあわせるわけにはいかない。とくに、こんなにすぐには」

ガイは両手で顔をこすってから、頭をかいた。すっかり悲嘆に暮れてがっくりしている。こんなガイは見たことがなかった。ふだんは強く、心が折れたりしない。つねに自分を抑え、意のままに感情を消すことができる。しかしいま、オナーの目の前で自制心を失い、取り乱している。

オナーは同じように反応するわけにはいかなかった。状況を明るくとらえて、まったく怖がっていないということを示さなければ。

「あなたのオタマジャクシは精力旺盛なのね」オナーはからかった。「スーパーマンにとってのクリプトナイトみたいに、避妊薬にも弱点があるんだわ。あなたよ」

おもしろおかしくしようというオナーの試みに対して、ガイは彼女をにらみつけた。

「なんでこういうことでジョークを言える？　きみになにかあったら、リースは母親を失って、おれはきみを失うんだぞ」

オーケー、ユーモアはアウト。じゃあ、奥の手を使おう。オナーは大きく悲しげな目でガイを見つめ、実際に口をとがらせた。自分がこんなことをするなんて想像もしていなかった。だけど、うまくいくのであれば、良心の呵責などこれっぽっちも覚えたりしない。しかたがないではないか。夫がとにかくわからず屋で、正気とは思えないほど過保護なのだから。

「ガイ、結婚する前から、わたしが大家族を望んでるのは知ってるでしょう」オナーは低く震える声で言った。泣きそうになっているように聞こえるだろうか。「それを拒むの？　わたしが心の底から望んでることだと知りながら？」

ガイは顔をしかめ、頭をかき、そのまま手を首のうしろにさげてうなじをつかんだ。そして目を閉じた。

「きみが望むものはなんでも与えるとわかってるだろう。世界だって与える。だが、ちくしょう、オナー。きみを失いたくない！」

オナーはリースを胸の上まで抱きあげ、その頭を自分の首の横にもたせかけながら、真剣に夫を見つめた。愛する男。だれかをこれほど愛せるとは思ってもいなかった。

「ああ、ガイ、わたしを失ったりしないわ」オナーはこの男に対する気持ちをすべてこめてやさしい声で言った。「あなたは永遠にわたしから離れられないのね」

ガイは両腕を妻と子にまわし、オナーの頭のてっぺんにあごをすりよせた。「そのとおりさ」とつぶやく。「ぜったいにきみを手放したりしない、ベイビー。きみはすでに、おれが夢にも思っていなかったものを与えてくれた。それなのに、さらに与えてくれるなんて」

ガイはわずかに頭をはなし、オナーの目を見つめた。オナーには彼の目にうかぶすべてが見えた。「愛してる」ガイの声は感極まって荒々しく、ぎこちなかった。「永遠に。おれは要求が多いし、ろくでなしになることもあるが、きみのことは毎日神に感謝してる。もうこれ以上人生がよくなるはずはないと思う瞬間、きみがほほ笑みかけて、おれの世界全体を明るく照らしてくれて、ますますよくなる。毎日、前の日よりもよくなっていく。おれはきみにふさわしくないが、けっしてきみを失望させない」

ガイの目にとてつもない弱々しさが見て取れた。驚いたことに、涙がきらめいたかと思ったが、それは現れたときと同じようにすぐに消えてしまった。想像だったのだろうか。オナーは、両親にはさまれているリースを窒息させないように体の横に移動させてから、またつま先立ちになり、ガイに長く甘いキスをした。ガイも長く甘いキスを返し、つねに支配的で要求が多いということを証明した。

リースがもぞもぞしはじめたので、ふたりはしぶしぶ体をはなし、ガイがオナーの腕から息子を受け取った。

「早めにマレンのところに行ったほうがいいわね」オナーは悲しそうに言った。

「来週行こう」ガイは断言した。支配と要求が復活していた。それからガイはオナーを厳しくにらみつけた。「無理をするんじゃないぞ、オナー。赤ん坊がいるうえに、妊娠してるし、最初の妊娠のときみたいにつわりもあるかもしれない。指の一本も動かすな。反論はなしだ」

「それと」ガイは言い、オナーが口を開けてしゃべろうとすると一本の指を立てた。「また息子を産んでくれ。どうしても子どもで家をいっぱいにしたいんだろう。娘には守ってくれる兄貴たちが必要だ」

オナーは笑い声をあげ、リースを抱いていない側のガイの体を横から抱きしめた。「これからもあなたを喜ばせるわ、旦那さま」

ガイはやさしさにあふれたまなざしでオナーを見おろした。片側には息子が、反対側には妻がよりそっている。

「喜ばせてくれてるさ。毎朝、きみの横で目覚めてる。毎晩、きみがおれの腕の中で眠ってる。きみにほほ笑みかけられ、愛してると言われると、世界全体が明るく輝く。人生でほかにはなにも望まない。きみがおれの人生だ。それ以上大切なものはなにもない」

七カ月後、オナーは頼まれたとおり息子を産み、また夫を喜ばせたのだった。

訳者あとがき

お待たせしました！　日本でも人気のマヤ・バンクスによる〈KGIシリーズ〉最新刊をお届けします。ケリー兄弟と特殊部隊KGIのメンバーが活躍する本シリーズも、本書でとうとう十作目に到達しました。

今回の主役はハンコックです。リオの元部下で、これまでにもちょくちょくと登場し、不思議な存在感を放っていたハンコック。前作『復讐の連鎖』では家族について意外な事実も発覚しましたが……本書で主役となって、いったいどんな女性と恋に落ちるのか、そしてKGIとどうかかわってくるのか。どうぞお楽しみください。

そして続く十一作目は、ケリー兄弟でひとりだけまだ独身のジョーの物語です。こちらも近いうちにお届けできる予定ですので、楽しみにお待ちください。

最後になりましたが、今回もまたこのシリーズを翻訳させてもらう機会をいただき、訳出の際に多くのアドバイスをいただきました、株式会社オークラ出版と株式会社トランネットのかたがたに、それから、この本を手に取ってくださった読者のみなさまに、この場をお借りして心からお礼申しあげます。

夜明けの奇跡

2019年10月16日　初版発行

著　者　マヤ・バンクス
訳　者　市ノ瀬美麗
（翻訳協力：株式会社トランネット）
発行人　長嶋うつぎ
発　行　株式会社オークラ出版
〒153-0051　東京都目黒区上目黒1-18-6　NMビル
営　業　TEL：03-3792-2411　FAX：03-3793-7048
編　集　TEL：03-3793-8012　FAX：03-5722-7626
郵便振替　00170-7-581612（加入者名：オークランド）
印　刷　中央精版印刷株式会社

定価はカバーに表示してあります。
乱丁・落丁はお取り替えいたします。当社営業部までお送りください。

ISBN978-4-7755-2899-0